麒麟
戰爭之王
—劫後重生
桔子樹◎著

驀然間好像有一滴水從心頭滑過，陸臻緩緩抬起頭。

夏明朗安靜地看著他，瞳色漆黑如夜，然而明亮。就像在遙遠的夜空之外還有另一個世界，那些來自異界的光芒挾裹著千萬光年的星雲，走到這裡，靜謐而奪目。

隊長?!陸臻蠕動著嘴唇，卻沒有發出任何聲音。他們在這個無聲的瞬間彼此凝望，從眼底看到心底，那樣疲憊，一路征塵，遍身浴血……然而無限歡喜，就像兩個在沙漠中跋涉的旅人，茫然中睜開眼，看到淨色的泉水。

第一章　斬首

戰爭是政治的延續，而實力是一切的根本。現代資訊發達，不到一天時間，夏明朗的赫赫武功就傳遍了整個南喀蘇尼亞。人們口耳相傳，消息越來越誇張，到最後，那些事兒聽起來簡直有如神蹟。

勒多港的中國大使館門庭若市，各種政治掮客、中間商蜂擁而至。原本還在觀望的人們火速動了起來，正在對掐的軍閥跑得更快……他們生怕被對方搶了先手。而像吉布里列這種與中方長期交好的軍閥勢力，此時成了最熱門的搶手貨，遠近的兄弟們都想湊過去問問：中國佬兒的脾氣怎樣，好相與否？

從各方試探性地蠢蠢欲動各自觀望到……紛紛倒戈相向，夏明朗只花了不到十二個小時。

聶卓的戰略目的是絕不可丟臉，夏明朗已經超額完成了任務。

等夏明朗正式班師回南珈已是午夜，陸臻正在巡查哨位，只聽得方進在廣播裡興奮地大喊：「隊長回來啦！」

陸臻不自覺仰望天空，星漢燦爛中，有幾個光點緩緩移近。

打勝仗是一種非常複雜的心情，起初興奮無比，壯懷激烈，看著戰機躍入視野，狂風捲起衣領，那種感覺的確是舒暢而狂放的。

然而，首先降落的是尚可以迅速恢復投入戰鬥的輕傷患，他們的戰袍上還沾著血，分不清是自己的還是敵人的，通通凝固成黑色的斑點，滲透進布料的紋理裡……那生死橋上千鈞一髮的驚心動魄撲面而來。

心情急轉直下！

陸臻連忙領著人過去，把走動不便的戰士們架起來往回抬。夏明朗隨著第二架直升機降落，自然而然地從陸臻手上接過基地指揮權，重新佈防南珈。所有的重傷患已經在前線醫院分流去了勒多港，隨著一起分流走的是大批醫護人員。張浩江堅持追隨夏明朗趕了回來，畢竟有些時候一將可值千軍。

停機坪上奔跑著匆忙的醫生與戰士，一個個黑影子攪得燈火繚亂，彷彿大戰將即的緊張與嚴肅。陸臻站在夏明朗身後問道：「傷亡率怎麼樣？」

夏明朗轉過身擁抱他，有幾秒鐘完全放鬆了自己的身體：「三死十一傷。」

起初因為勝利而帶來的狂喜被冰雪冷凍，陸臻含糊地應聲，用力拍了拍夏明朗的後背。他沒說什麼，也不必說什麼，歡樂共用，苦難同擔，這世間的一切你我都可感同身受，言語反而是最單薄的了。

沒多久，夏明朗聽到秦若陽在身後喊他。

「夏隊長……」秦若陽的臉色陰鷙得彷彿風雨欲來，「剛剛得到的消息，雷特打算把主力調向南珈。」

陸臻匪夷所思地瞪大了眼睛：「他要幹嘛？」

「復仇！據說是為了榮耀。本來我們已經打算派人去談了，條件可以講，南珈我們也可以暫時撤出來，但是……」秦若陽挑了挑下巴，看向夏明朗，「他堅持要你的命。」

夏明朗看了陸臻一眼，居然笑了，嘴角扯出一個弧度，凜然不羈。

「這哥們的腦子是不是還留在中世紀？」陸臻暴怒，「這也太沒誠意了！」

「這才是他厲害的地方，我們不可能拿夏隊的性命去交換，可是對於本地人來說，這卻是解決問題最合理的方式。」秦若陽冷笑著分開手，「價值觀的差異，彼此都覺得對方非常沒有誠意。」

「他是鐵了心要打這一仗！」陸臻一時間回不過神，「為什麼？」

「走投無路最後撈一票，他知道我們打不起。」秦若陽冷笑，隨即感覺到夏明朗鋒銳如刀的目光襲來。視線相碰，秦若陽往後退了一步：「暫時沒有大規模增兵的可能。」

陸臻一時間心亂如麻：「他也不想想將來。」

「他為的就是將來。」夏明朗微微皺眉，望進遠方天際，有些出神。

秦若陽有些訝異地看了夏明朗一眼，解釋道：「雷特的立場是最硬的，他不可能直接跟我們達成協定。你用極端主義的旗幟聚起一群人，回頭說你不想再極端了，馬上就會被旗下的暴徒給掀下來。

「原來是這樣。」陸臻終於回過神，「先打一仗，把隊伍裡積蓄的暴力和好戰份子都消耗掉，換成一個響噹噹的地盤。將來無論是戰是和，投向哪一邊，都是個好籌碼。」

秦若陽疲倦地點頭。

「大老闆什麼想法？」夏明朗忽然問道。

「大老闆在和吉布里列他們談，實在不行，就把地方讓出來，把你們留下來換裝打游擊。」秦若陽眉心蘊著一絲凜利的殺氣，「我們必須讓他付出代價，讓大家明白挑釁的後果，否則……」否則就會有更多的挑釁者。

陸臻默然不語，心思轉得飛快。冷不防聽到廣播裡在喊他的名字。返航的機長剛剛收到通知，要帶陸臻回勒多港參加新聞發佈會。軍命不可違，陸臻雙眉緊鎖，帶著一肚子忐忑不安爬上飛機。

夏明朗看著陸臻向他揮手，直升機艙門關閉，在旋風中升起，漸漸消失在夜空裡。

「你說，如果他死了，會不會好一點？」夏明朗轉頭看向秦若陽，「那個雷特。」

秦若陽的瞳孔猛烈地收縮：「你打算怎麼讓他死？」

「這是個好問題。」夏明朗微笑著，「讓我們來研究一下。」

黎明時分，會議室裡燈火通明。渾濁的空氣裡浸透了菸霧，讓燈下的每一張臉都變得模糊起來。夏明朗有一瞬間的疑惑，陸臻怎麼沒去開窗，轉瞬間又想起：哦，陸臻不在。

戰事討論已經告了一個段落，所有人都沉默著，菸灰缸裡的菸蒂像小山一樣越堆越高……終於最後一個菸頭壓塌了它，菸灰像雪崩那樣滾到桌面上。

「不行，太危險了！」柳三變率先打破了這凝滯的僵局。

「是敵非友，死他一個，總好過我們大家死好多。」夏明朗懶洋洋地解釋著。

「我不是說這個。太危險了……你不能去。」柳三變有些激動，「那都是他們的地盤，彼此連人種都不一樣，就算你能把他幹掉，你怎麼脫身？你是頭兒，你應該坐鎮後方。」

「我不去誰去？」夏明朗笑了，有些傲慢的，「還有誰能比我好？坐鎮後方有你們就夠了。」

「找本地人。」柳三變說道。

「哦，可是……」一直佔著電臺通訊旁聽會議的吉布里列不得不出聲表態，「我們做不到，要不然他早死了。」

夏明朗攤了攤手。

「我沒說你們。」柳三變煩躁地揮手，也沒顧上吉布里列根本看不到，他有些懊惱陸臻居然不在，只能盯著陳默，「你也不說句話勸勸你們隊長。」

陳默聞言看向夏明朗，用他一貫平靜無波的聲調說道：「我跟你去。」

柳三變登時氣結。

夏明朗站起來開窗，晨光像金子那樣落了一地，讓所有人精神一振。

「就這麼說定了！聶老闆那裡我來說服。」夏明朗看著窗外，他的整張臉都沐在晨光裡，連嘴唇都被染成泥金色，凝眉斂目，不怒自威，「放心，我會找合適的機會，否則就不出手。」

柳三變感覺到壓力和慌亂，一下子徹底洩氣，他忽然意識到有些人是不可說服的……哦不，是不可違抗的。夏明朗平靜的側臉像凝固的雕塑，帶著無可言說的帝王般的威嚴；嘴角的平直線條代表了他的不妥協，那是深入骨髓的自信，無人可以撼動。這讓柳三變莫名其妙地生產了某種「我不應該阻攔他」的自我否定，然而這種否定毫無理由，他只是本能地被這種壓迫感震懾了。

「散會吧。陳默留下。」夏明朗沉聲道。

秦若陽收拾好電臺站起身等待，柳三變低著頭猶豫了一陣，終於一拳捶在桌面上，搶在秦若陽之前離開。

夏明朗聽到身後桌椅與大門依次響動，最後會議室裡又恢復了寧靜，只剩下兩個人淡淡的呼吸與心跳聲。

夏明朗慢慢轉過身去，陳默從自己的座位上站起來。

「隊長？」陳默輕聲問道，那神情仍然是平靜的。

夏明朗很喜歡陳默的眼神，清澈無垢，因為極致的純淨，所以有無與倫比的堅定。

「你不能跟我一起去。」夏明朗說道。

陳默微微抬了抬頭，有些詫異的。

「你得留下來。陸臻和柳三變都足夠聰明，也足夠有本事，但是聰明人都容易猶豫，不夠堅定……不像你。」夏明朗垂眸看向地面，總有一些不好意思地，「這麼多人裡我最信你，我把他交給你，幫我照顧好他。」

陳默想了一會兒，漸漸有些恍然的樣子。

「好，」陳默說道，「他會死在我後面。」

夏明朗一時錯愕，愣了一會兒卻又笑了，感覺自己就像一個向二弟託付大嫂的江湖老大。那種心情似乎是可笑的，卻又無比真摯。假如陸臻不是他的愛人，那麼此刻站在這裡聽他託付心事的……大約更應該是陸臻。

可是現在，陸臻倒成了他最重的心事。

愛情真是一種奇妙的情感，那個人就住在你心裡，他強大而又柔弱；你對他極度地信任卻從來不能放心；每一次，當你想起他，滿心壓抑不住的尊重佩服卻又無比憐惜……就是這麼矛盾。

這就是愛。

2

此刻此時在勒多港，陸臻剛剛洗完澡換好常服。穿衣鏡內那道挺拔的身影染了一抹金色的晨光，恰到好處地調和了陸軍制服過於沉重的松枝色，幻出青蔥的暖意，像早春時節枝頭的新綠。

梁雲山敲門進來，不自覺一聲喝采：「到底是年輕，一覺睡起來就這麼精神了。」

「前幾天沒睡好。」陸臻微笑。

「是啊，昨天嚇我一跳，認半天，都快不認得了。」梁雲山偏了偏頭，「走吧！先吃點東西，馬上開始。」

陸臻戴正軍帽，跟著他走了出去。

梁雲山經驗老道，知道此時謠言四起，所以趕在大清早各路媒體反應過來之前，迅速召開新聞發佈會，而且這次與上次不同。這一次中國是攻擊方，一切資料盡在掌握，而對方茫然無知。事發突然，新聞發佈會上只有寥寥幾個常駐喀蘇的歐美大社記者，梁雲山頗為得意地向陸臻炫耀：就算牛記（很厲害的記者）們看到報紙馬上包機過來都來不及。

雙方實力不對等，衝突自難發生，整個發佈會顯得有些冗長沉悶，梁雲山再次重申中方的和平主張，呼籲聯合政府，呼籲文官制度。

陸臻聽著老梁侃侃而談，心裡不自覺地模擬作答，他只覺得有趣，順便試驗自己還記得多少外交套話。至於陸臻自己的臺詞更是早早就定好的：雷特是如何偷襲的，他們是為何去巡查的，怎樣遇襲，怎樣反擊……一張張圖片擺出來，死傷於炮火的難民，被炸毀的房屋，血流成河的南珈，證人的供詞，高射機槍拉長的火點與RPG的尾焰在夜空中交錯飛舞。

這是一條完整的邏輯鏈，幾乎不可撼動，在沒有更多消息來源的情況下，記者們除了速記和拍照再也找不到更多雜事兒可幹。

好不容易等到自由提問環節，大概是實在沒什麼可問了，三兩個問題以後，話題不可避免地偏向了類似中國的「喀蘇戰略」或者「非洲戰略」這樣的宏觀而空泛的大問題，雙方交換著那些世人熟知的套話，發佈會越發地無趣起來。

陸臻輕輕撚動著稿紙，默默估算大概還有多久可以結束。

然而，一個尖銳的問題被突然拋了出來：「日前美國國務卿希拉蕊·克林頓指出，非洲應該警惕那些推行新殖民主義的國家。請問，軍官先生您對此有何看法？」

「我？」陸臻有些詫異，這畢竟不是他的話題，而且他這次並不接受自由提問。

「是，是的，我認為這是一個軍事方向的話題。」小記者看起來很激動，有些結結巴巴的。

陸臻想了想，給梁雲山送過去一個「放心」的眼神。

「我不是一個外交人員，我是一名軍人，我並不瞭解有些新詞的確切含意，比如說『新殖民主義』。」陸臻鬆開手中的稿紙，「如果我的記憶沒有出錯的話，『殖民』應該是用來形容類似早年的美國開拓者們殘酷獵殺並奴役印第安人這一類的暴力行為。所以我認為這是一個不實的指控！我們在非洲一沒搞種族清除，二沒有輸出饑餓與窮困，三沒有劫掠黑奴。我們一直平等待人，積極提供工作崗位，在客觀上提升了這些地區的工業化水準與人民的生活水準，我認為這應該是新自由主義，而並非什麼殖民主義。」

「但是你們在這裡低價掠取資源！」

「這位先生，中方在喀蘇尼亞投資的所有油田都經由公開透明的招標程式……」梁雲山自然而然地接過這個問題，陸臻神色不動，平靜地看著這名小記者被老梁輕鬆打發。

發佈會開了兩個多小時，更大的功能恐怕是對雷特隔空喊話，放下屠刀，立地成佛，一切好商量。臨到退場時小記者奮力擠到主席臺前，衝著陸臻喊道：「我參加過上一次，那時我以為你是個人道主義者，但現在我覺得我錯了。」

陸臻低頭看了他一眼：「當你看我順眼時，我就是人道主義者；當你覺得我的回答不如你想像，我就不再是了。其實我就是我，從來不曾改變過。」陸臻很有禮貌地笑了笑，埋頭收拾雜物離開。

時間緊迫，剛剛離了會場，陸臻就隨著梁雲山直奔勒多機場，他們將在此各奔東西，陸臻回南珈，梁雲山去奈薩拉。總統大人的日子現在很有一點不好過，丟了大半個南部，面子上到底難看，連他自己部落的元老們都在考慮是否要換一個當家的。

梁雲山前去斡旋，順便委託喀蘇方面的高官幫忙與雷特做更深的接觸。這種事聽起來幾乎匪夷所思，可卻是再真也不過的事實。在任何有衝突的地方都是如此，各種勢力錯綜複雜，你中有我，我中有你。

這個季節的天氣涼快了一些，尚文凱開車時沒有關窗，長風吹透了陸臻的衣襟，梁雲山坐在副駕駛座上，忽然感慨：「現在要再做點事太難了，要是再早一百年就好了。」

「那怎麼辦？沒趕上趟嘛。」陸臻隨意地開著玩笑，知道梁雲山也是位性情中人，早先的疏離不過是職業化的偽裝。

「那幫人，自己燒殺搶掠混出來的，老底還沒洗乾淨就出來裝聖人了。」梁雲山憤然，他受老一代教育出身的，對「萬惡的資本主義」從無好感。

「沒辦法，立場不同。」陸臻拍了拍梁雲山的肩膀。

「他們就是怕了，懂嗎？中國這麼多人，人均想多佔一點點，就是搶他們口裡大塊的食。好地方早讓他們佔了去，能給我們剩下點什麼呀！一窮二白，都得自己投資建起來，公路、鐵路、港口、輸油管線……容易嗎？」

「這就是工業時代。」陸臻說道，「你要發展，就需要市場，需要原料。你發現控制生產更有賺頭，你發現自己的資源不夠要去外面找。你發現外面那些地方太爛了，你就得收拾。忽然有麻煩了，你想保護自己的專案和人員就得派兵。最後……你發現你得盡可能地控制世界。持劍經商，舉刀談判，這是三百年來這個世界永恆不變的規則。唯一的進步在於，現代人手段更溫情了。」

梁雲山回頭看了陸臻一眼：「小夥子見識不錯啊，對經濟這麼有瞭解。」

「戰爭是政治的延伸，而經濟是政治的基礎，都是戰場，不能不瞭解。」陸臻微笑，三分謙遜的態度，卻更顯光彩。

「對，就得是你這態度。戰場！」梁雲山忽然激動起來，「我當年給小夥子上課的時候反覆強調！有些話是用來說的，不是用來做的，這個世界還是叢林的，外面的豺狼虎豹那麼多，你對他們講仁義，就是對自己的同胞殘忍。」

「國內有人批評？」陸臻敏感地問道。

「一幫洋奴，生怕洋大人生氣呢，對世界格局還沒你瞭解。」梁雲山不屑地哼了一聲。

陸臻失笑，尚文凱不自然地咳嗽了一聲，似乎也覺得自己老闆太激動了。

「對了，我們的油田真的是招標招中的嗎？」陸臻配合地換了一個話題。

「那當然，你當他們不會砸錢嗎？砸得比我們漂亮巧妙多了。我們靠什麼？還是成本低！老蘇管那麼大一個廠子，年薪才兩百多萬，老外怎麼比？隨便一個小主管的年薪都得二十多萬歐，人家一個加油站的加油工拿我們一個採油工的錢。」梁雲山嘆氣，「我們啊，但凡有一點成績，也都是苦出來的。」

「是啊，可有誰不是苦出來的？英、美、日、德……有誰起家的時候沒一本血汗史？」陸臻半開玩笑，「只能說他們命好，祖上苦完了，輪到子孫享福了。」

梁雲山哈哈一笑：「被你這麼一說我倒是舒坦點了，就指著咱們的兒孫真能享福吧。」

勒多港外是大片的荒漠，車行在天地間，總是開了很久都像還停在原地，公路上的行車並不多，即使和平已至，北喀蘇的政局仍然動盪不堪，民生凋敝。

一輛重型大車從窗外閃過，被他們超越了去，陸臻看到車身上幾個中文字，指著問道：「運什麼的啊？」

梁雲山探頭一看：「糧食。」

「援助的？北邊也有饑荒？」

「是啊，本來糧食產量就低，一打起來就什麼都沒了，西南邊還有兩個大難民營，每天好幾十萬人張口要吃飯。」梁雲山撓撓了鬢角，「我今天過去也是為這事。唉……能不能先停一下，甭管誰當家，先把人收拾起來，這幾十萬饑民聚在一起，不鬧事才怪。」

不過大半年不見，陸臻發現梁雲山的鬢角已經白了大半。

「辛苦了。」陸臻由衷地。

梁雲山失笑：「比不上你這種拼命的。」

陸臻靜靜地看著他，目似靜海深流，轉念，彷彿想到了什麼，露出一絲溫柔的笑意：「我還不算是拼命的。」

「振作點，小夥子，像你說的，我們這代人苦點，子孫就能享福了。」梁雲山轉過身，拍了拍陸臻的肩。陽光下，梁雲山疲憊的雙目光彩煥然，豪情不減。陸臻有些受到震動，梁雲山只比他的父親小幾歲，算得上是同一代人，有同樣的堅韌與豪邁，自艱難困苦中成長起來，對這片家國故土有深沉的愛。那種愛難以言說，深入骨髓，讓他們看不得一點不平事，針砭時弊比誰都更尖銳……然而他們從未想過放手，更從無厭棄，鐵肩擔道義，責無旁貸。

支撐這個世界的，終究還是那些腳踏實地的人。

陸臻沒再說什麼，只是反手按住梁雲山的手背，微笑著點了點頭。

陸臻搭了個順風機，這是往南珈送糧的機子，為了節省班次，專門推遲了兩天好帶上陸臻回去，免得直升機起起落落地折騰。

軍用運輸機多半氣密性不佳，高空風冷，陸臻向機組借了兩件軍大衣裹上，縮在玉米堆裡美美地睡了一覺。等他醒過來時，艙尾大門已開，機艙裡彌漫著稀薄的雲氣，機組成員正準備把大包大包的糧食投放下去。

陸臻把自己的傘包拆開又重新疊了一次，這是麒麟的習慣，永遠不相信別人疊的傘。路過的機組人員看著他直樂，笑道：「別緊張！」

「嗯！」陸臻點頭。

機艙裡很快就變得空蕩蕩的了，陸臻走到艙門邊向給機組做出一個OK的手勢，在得到許可以後自己跳了下去，他不喜歡被人推，雖然有的傘兵會喜歡。

飛行高度合理，這只是一次常規跳傘，陸臻張開手臂撲進雲裡，地球的引力帶著他穿越雲層，蒼茫茫的非洲大地撲面而來。

在他身下，是朵朵像蒲公英一樣的圓形傘，那是差不多50噸糧食和各種維生素類藥品，差不多夠整個南珈地區維持大半個月。現在已是旱季，不再是作物瘋長、隨便採點葉子果子都能當飯吃的時候。即使不能向難民提供非常充分的食物，也得維持他們不會餓死，因為再沒有比饑民更危險的存在了。

此刻，夏明朗正坐在南珈主樓的天臺上，這裡本來有個瞭望點，但之前的炮襲將它毀去了大半，彈片甚至削掉了頂樓的一角。夏明朗坐在斷垣殘壁裡往天上看，碧藍的天幕中飄浮著一隻隻白色的小蘑菇，要分辨哪個是陸臻很容易，因為他的傘是長方形的。

柳三變領了人出去收撿物資，第一批糧食落在了門外，麻包砸在乾枯的灌木上，被尖利的樹枝劃開一個口子，黃澄澄的玉米粒子撒到地上，無數人湧了過去。

陸臻很快就發現了夏明朗，那個吊兒郎當的樣子即使在一百公尺以外都不會看錯。夏明朗向他招手，指間夾著半截菸，好像邀請的模樣。陸臻抽動傘繩，挾著風巧妙地轉向，他在學跳傘的時候踩點就練得特別好，有半專業運動員的水準。

夏明朗用力抽盡最後一口菸，把它踩滅到地上，然後張開雙臂站了起來。

陸臻刻意炫技，迎著夏明朗身前半米處落地，向前的衝力帶著他一個踉蹌，一頭撞進夏明朗懷裡。背後的傘布飄飄蕩蕩地從天上罩下來，兜頭裹住了他們兩個人。

「謝了啊！」陸臻哈哈一笑，扶著夏明朗的手臂站起，卻被夏明朗牢牢地箍在了懷裡。

「怎麼了？」陸臻終於感覺到有些不對。

他一手挑高傘布，想去看夏明朗的眼睛。卻不想被夏明朗用手握住脖子，比以往任何時刻都更加深情而急切地吻住了雙唇。

唔？陸臻慢慢收回手，攏到夏明朗肩膀上，白色的傘布落到他們頭頂，好像糾纏的床單那樣包裹著。

「怎麼了？」陸臻小聲低喃，四肢湧上一種深刻的熱意。他的手指摸索到了夏明朗的腦後，輕輕地撫弄著他刺硬的髮根。

「我們，昨天晚上開了個會。」夏明朗深深地看了陸臻一眼，那雙清透眸子裡泛著瀲灩的水光，交織著禁慾與熱望，令人著迷。

「嗯？」

夏明朗按住陸臻的後腦按到自己肩膀上，更深地抱緊了他，頸項交錯，耳鬢廝磨。

「秦若陽說雷特那邊內部矛盾很重……他的開價是我的命，這就等於斷了和談可能。」夏明朗低聲道，「我不是個善於守城的人，你知道的，我的專長不是這個。」

「所以？」陸臻偏了偏頭，有些緊張，卻不覺得惶恐，好像等了很久的那個答案終於要出現。

「所以把我留在這裡用處也不大，但是把我放出去，沒準就能了結這個事。」似乎是不自覺的，夏明朗每多說一個字都加上幾分力道，最後兩個胸膛緊緊地擠壓在一起，你甚至無法分辨到底在哪一邊跳動的心臟才是自己的。

「明白了。」陸臻輕輕呼出一口氣，聲音幾乎是釋然的。

夏明朗猛地放開了陸臻，他近乎困惑地看過去，卻從陸臻臉上看到了如往常一般平靜而從容的微笑。

「我早就想到了。」陸臻微微笑道。

「真的？」夏明朗心裡驀地一鬆，感覺某種濕意從眼角湧出來，「你沒提過。」

「我相信你知道應該怎麼選擇，我什麼都相信你。」陸臻把傘布從他們頭頂掀開，隨手收起，團在一起。

「是嗎？」夏明朗聽到自己的聲音哽咽，剎那間湧上的情緒完全無法克制，他捂住臉，眼淚滑過手背，「我想了半天要怎麼說服你。」

「你不需要說服我。」

「媽的……老子編了一晚上瞎話一句沒說上。」夏明朗不知道自己為什麼會流淚，卻完全不想掩飾。今天早上在柳三變面前的浩然霸氣消失得乾乾淨淨，他用力握住陸臻的手腕緊緊不放，坐在斷牆上哭得近乎於放肆，往日的似錦繁花一瞬間掠過腦海，令人如此眷戀。

「那就說點別的？」陸臻蹲下身，仰起臉來看他，像個孩子似的。

「會很危險，我沒把握。」夏明朗瞪著陸臻，恍然回到了少年時，第一次出征，滿心的忐忑與不安，只想說給眼前這個人聽，看著他柔和的微笑，彷彿就能得到安慰。

「你一定會贏的。」陸臻一眨不眨地看著他。

「如果我回不來怎麼辦？」夏明朗用手背蹭著陸臻的臉頰。

「你說呢？我都聽你的。」

「不許改嫁！我在下面等你。」夏明朗咬牙切齒地，「記住，你這輩子都是我的人，老子要有什麼萬一，做鬼也纏著你。」

「好啊。」陸臻輕輕地笑了，帶著所有少年人的意氣與一生的浪漫。

3

針對中方的新聞發佈會，雷特發出了一份措詞更為嚴厲的聲明。他號召所有南喀蘇尼亞人行動起來，把中國人徹底趕跑。

中國人，是的，雷特這次換了個範圍更小的名詞來代替那個曾經被他用來拉仇恨的「外國人」，這代表著他已經為自己找到了後臺。

可是，在部落利益大過天的南喀蘇尼亞，這種口號能有多大實際的號召力實在值得商榷。多半是遠方的軍閥們搖旗吶喊，雷特周邊的軍閥們小心戒備。無論用什麼理由，上帝親臨也罷，沒有人會歡迎一位帶著大軍壓過自己地盤的憤怒將軍。更何況，當這群蝗蟲過境後，連什麼破磚爛瓦都不會給你剩下。

雷特就像一頭闖進瓷器店的公牛，每一節櫃檯的老闆都盯著他，心情極度複雜。

我為你歡呼，你去撞別人！

老闆們紛紛表態。

世事很少不合邏輯，即使表面上看起來感覺很瘋狂，那也只能代表著你沒站到對方的立場上看懂他的邏輯。夏明朗站在雷特的腳下往南看，終於明白了為什麼這哥們兒會成為南喀蘇尼亞的老大，為什麼這麼多人樂意跟著他「瘋」。

項莊舞劍，意在沛公。

雷特想要的不僅僅是南珈那幾個油田，他要的是從北往南這大片土地的實際控制權。他並不害怕得罪中國，只要南喀蘇尼亞是他的，確定是他的，他可以跟全世界做生意，而且最終，中國也會繼續跟他做生意。

藉一個堂皇的口號，他招兵買馬排除異己：凡是與我作對的全是中國人的走狗！被走狗當然是很鬱悶的，偏偏舉槍反抗還得背個國家叛徒的罪名，這就是沒搶著道德制高點的壞處。

夏明朗最後帶走了徐知著和方進，這是一個黃金三角，由兩名超級狙擊手和兩名強力突擊手組成，還有一顆連鬼見都愁的大腦。

吉布里列表示會全力協助夏明朗，當然，這也是最符合他利益的選擇。否則，當雷特的大軍打著反華的旗號南下撈地盤，十一區的實際控制者吉布里列先生可是在劫難逃，無論他樂不樂意，都被雷特一腳踢進了中國這一邊。

黃沙漫漫，南喀蘇尼亞的冬天仍然炎熱，只是異常的乾燥，長莖的枯草在風中獵獵作響，這裡是廣袤的非洲稀樹大草原。

夏明朗坐在指揮車裡，眼前的螢幕上緩慢地刷新著即時的衛星圖。他們從南珈消失的公開理由是協助吉布里列建立防線，此刻他正在實踐這個理由。

「你確定他們真的會來？」吉布里列站在車門外問道。

「當然。」夏明朗指了天空，「現在有兩個衛星就在我們頭頂，光學加紅外。車隊離我們還有十五公里。」

吉布里列把上半身探進車窗裡，在各種閃閃發光的螢幕和儀錶盤上看了半天，仍然一臉迷茫。在他身後的散兵坑裡埋伏著一百多名戰士、幾輛改裝火力的越野車、十幾個小口徑槍榴彈發射器以及各式機槍與火箭彈。他們要在此伏擊一個車隊，雷特的主力運輸車隊，運載著從邊境走私進來的糧食和油料。

理智告訴吉布里列，夏明朗絕對是正確的，高翔和何勇的作戰能力在他看來都像神一樣，而夏明朗是他們的隊長。他們操作著他完全不能理解的高科技，完全不需要派任何偵察兵出去，指著一張他怎麼都看不懂的破圖輕輕鬆鬆地說道：「嘿，哥們，我們去把雷特的糧路斷掉吧！」呃，啊？吉布里列當時聽得下巴都要掉下來了。

可是，情感的力量卻讓吉布里列很動搖，那三個人一輛車看起來孤零零的，放在這天地間不及黃沙一捧。他們能有多大的本事，是有順風耳還是千里眼，還是三頭六臂？吉布里列聽說過夏明朗輝煌戰績，但是人們對自己不能理解的東西總有本能的懷疑。

吉布里列回頭看看散兵坑裡埋伏的士兵，心裡莫名地焦躁。這是他最精銳的士兵，是高翔和何勇幫他精心調教過的。他們能聽懂基本的英語作戰口令，並且射擊精準。無論犧牲哪一個，都會讓吉布里列心痛萬分。

「準備吧！」夏明朗探出身去喊了一嗓子。吉布里列連忙打消了他的胡思亂想跳回散兵坑裡。徐知著把反器材狙擊槍拆開，從供彈口的防塵罩到出彈口的彈殼收集器全擦了一遍，在這種天氣下作戰，太容易出現卡彈了。方進打開車頂的武器站出口，拉過三管加特林重機槍，再一次調校瞄具，然後把雙聯型陶式反坦克導彈的紅外瞄準儀拉到自己面前。

這輛車是在雷特正式宣戰後，用軍機加急特快送過來的。特別加固的國產悍馬底盤，四輪獨立的胎壓自動調節系統，加裝反應裝甲和超厚防彈玻璃，擁有高敏度衛星信號接收器及小型陣地雷達……這簡直就是一台手工樣車，技師們把各種各樣的好東西拼了命地往上裝，好讓這些實戰的機會來檢驗自己的設計思想是不是對頭。

遠方的天際升起菸塵，現在不需要衛星也能看出來車隊臨近了。稀樹大草原沒有路，也不需要路，這正是麻煩的地方。比如說，你沒法兒在路邊埋地雷。

夏明朗合上軍用筆記本，爬到主駕駛位上坐下。

這是一個龐大的箭頭型車隊，由兩輛車載式自行榴彈炮開路，後面跟著它們的彈藥補給車。車隊的主體是十二輛油罐車和不下二十輛集裝箱車，兩翼掩護著十幾輛加裝了重機槍的越野車與加裝無後坐力炮的中興皮卡，還有三輛運兵的大卡車。

方進屏氣凝神地盯著鐳射測距儀裡的數字，它在不斷地下降中，好像死神的鐘聲。

「準備了！」方進說道。

夏明朗把腳踩到油門上；徐知著打開車門上的射擊口，長槍抵肩。

「發射！」隨著方進一聲低吼，兩枚陶式導彈同時彈射升空，空中突然爆發的尾焰氣流引燃了戰車前臉上用來隱蔽的枯枝亂草。夏明朗一腳油門到底，伴著巨大的引擎聲，戰車的車頭仰起，從隱蔽的淺坑裡直竄了出去。

在擋風玻璃外迅速飛散的火苗中，夏明朗看到導彈拖著白色的尾跡直直插入自行榴彈炮，猛烈的爆炸將車身徹底吞滅。後方躲閃不及的彈藥補給車一頭栽了上去，車上滿載的炮彈齊齊（全部）殉爆，竄出十幾米高的火焰，整個車隊驚慌失措地四散開來。

夏明朗加速再加速，一千多米的距離轉瞬即至。

方進握著三管加特林開了火，燃燒的子彈像一支沾了火的鞭子那樣揮出去，沒有加重裝甲的越野車在它面前就像紙糊的那樣，從裡往外噴著火，三兩下就碎了個稀爛。終於有敵方士兵反應過來向夏明朗開火，無後坐力炮在匆忙間調轉炮口……

夏明朗非但沒停車，反而加速往前衝，直接切入車隊主體與右翼越野車的間隔裡。雙方在相隔不到十米的距離對射，高速擦身錯過。對方的重機槍在車窗玻璃上留下成排的白點，子彈橫飛，冒著菸的彈殼在車身上跳躍，紛落如雨。一輛拖著無後坐力炮的皮卡被方進射出的金屬洪流攔腰切斷。

徐知著這才拉栓上膛，瞄準一輛已經被他們甩到身後的油罐車。雖然車子在劇烈地晃動，但是油罐的目標實在太大了，簡直閉著眼睛都能打中。12.7毫米的穿甲燃燒彈輕而易舉地在鐵罐上鑿開一個洞，帶著一串火光閃入。隨即一聲巨響，巨大的儲油罐被掀到半空中，大塊大塊的罐體碎片燃燒著從天上砸下來，還未燃盡的柴油被衝擊波拋向遠方，那是從天而降的火，落地燃燒。大地頓時化為一片火海，敵方士兵紛紛從車上跳下去，四散著逃命。

「快，快跑！」方進從車頂的出口縮回來，七手八腳地撲滅頭盔上沾的火苗。

夏明朗把油門踩到極限，車子藉助爆炸的衝擊力像飛一樣擦著火焰掠出去，一直開到對方重機槍的有效射程之外，才調轉車頭停車。

兩側吉布里列領導的伏擊部隊也已經開始投入戰鬥，成排的榴彈與火箭彈像下餃子似的往下落。一輛瘋狂逃命中的運兵大卡車被兩枚RPG（Rocket Propelled Grenade）轟上天，幾十名大兵好像爆米花那樣迸開來落了一地。

到處都是火，紅外熱能反應已經完全靠不住，夏明朗打開陣地雷達掃描全區域，選擇新的回切路線。方進又重換了一箱500發的子彈，徐知著放下重狙，開始操作全自動菸幕彈發射器。不遠處，吉布里列的部隊在重火力的掩護下，開始慢慢接近，打起了衝鋒。

「RPG！」方進在加特林的瞄準鏡裡看到一團火。

夏明朗正在操作雷達，自眼角的餘光中看到一道裹著火光的黑菸，本能地踩下油門高速倒擋，車子一下竄出好幾十米，忽然180度U型側轉。RPG擦著車身左側掠了過去，撞碎在遠處的草叢裡，騰起一團豔色的火。

方進在車頂被甩得一頭撞在防護板上，連忙縮回來。夏明朗換擋加速，方向盤一下打到死，車身馬上像陀螺那樣急轉起來，高速運轉車輪與地面摩擦，濺起一片塵土，像一個碩大的黃沙障，把車子徹底掩護住，遠處的RPG射手一下子丟了目標。方進掙扎著爬起，用雷達鎖定目標，調轉槍口一鞭子掃過去，得益於加特林重機槍的超長射程，這世界馬上令人安心了不少。

徐知著拍了拍方進的大腿，豎起拇指，方進頗為得意地咧嘴一樂，就聽得夏明朗暴喝一聲：「坐穩了！」戰車瞬間啟動，從黃沙障裡衝出去。

徐知著連連打出十幾發菸幕彈，滾滾濃菸列出一道道菸幕的牆，夏明朗踩著油門闖過去，一眨眼的工夫就往前搶了幾百米。

遠處正在與吉布里列交火的敵方士兵馬上把注意力又集中到這台火神車上，也顧不上打不打得準，只是瘋狂地射擊。各式各樣的彈頭像冰雹一樣砸過來，車身正臉的反應裝甲一塊塊爆起。

「徐知著，再放一把火。」夏明朗喊道。

徐知著有些意外，油料在喀蘇尼亞是非常金貴的戰略物資，所以之前的戰鬥計畫是只炸一輛車。當然，在戰場上服從命令是本能反應，在他腦子轉過神來之前，他的身體已經幫他換槍上膛。

「十點方向，第二輛車！」在夏明朗下令的同時，油罐車應聲爆炸。巨大的衝擊波像水波一樣沿著地面擴散開，讓車子在大地上跳躍，就像海裡的船。

又是一片火海，沖天的菸柱騰起不下二十米，氣溫已經高到讓人無法忍受的地步。夏明朗一打方向盤擦火焰繞過去，利用加特林重機槍和大口徑重狙的超長射程在遠處給對手施加壓力。

從對面射出的子彈漸漸稀落下去，驚恐而絕望的士兵陸續投降，吉布里列帶著人衝上來，開始清掃戰場。投降的士兵們雙手抱頭成排地蹲在一起。吉布里列正在指揮人馬把離火場太近的車子開走，這些都是他的戰利品。有了這些東西，車才能開，坦克才會動，人才有飯吃……戰鬥才有可能會勝利，而此消彼長，雷特的實力就會大打折扣。

夏明朗下車檢查戰車的受損情況，雖然這輛車的外部已經毀了大半，輪胎與防彈玻璃上佈滿了彈痕；防紅外塗裝被火燒得亂七八糟；回廠大修時，那些技師大概會心疼得淚流滿面。但是夏明朗對這車的性能還算滿意，即使達不到真正意義上全地形車的水準，也勉強能用了。

夏明朗摸出菸捲，在車身側面一小攤沾著柴油頑固燃燒著的火苗上點著菸。眼前是一片正在燃燒的血紅煉獄，被蒸騰的熱力扭曲著，像海市蜃樓一般。

夏明朗感覺到某種猶豫，那種從心底而生的隱隱的不踏實感。聶卓將權利下放，給了他全權決定任務內容的自由。於是，他其實也可以就這樣，打著不甚危險的醬油（與我無關；明哲保身）一直下去，想必也不會有人敢罵他不夠盡力，可是這樣的醬油戰是打不滅雷特的鬥志的，只要他大軍南下，橫在陸臻面前的，便是死戰了。

南珈不是一個好陣地，只能反反覆覆地交戰，那會像個絞肉機一樣，絞死很多人。

他和他，總有一個人要冒險。

方進從車門裡爬出來，解開頭盔揉著自己那滿頭的包呻吟：「我感覺，我們的確要考慮遙控機槍平臺了。」

「你不是一直說遙控平臺打得不爽嗎？」夏明朗長長地吐出一口菸霧，彎腰抓起一把沙土拍滅了那團火。

「媽的，再不爽也比送命好啊。」方進提著頭盔跟在夏明朗身後，「防護板都快被我用頭撞穿了。」

「這倒真是個問題啊！」夏明朗用挾菸的手攬過方進的脖子，低頭看了看，「還真是，已經夠二（愚笨）了，可不能撞得更二點了。」

「隊長！」方進哭喪著臉。

「夏隊長！」吉布里列迎上去，再看向夏明朗時的眼神已經變得完全不一樣了。

「你們的傷亡怎麼樣？」

「還沒統計，應該不會太嚴重。」吉布里列臉上洋溢著喜色，這是一場大勝，超出他人生經歷的大勝。

夏明朗放開方進，微微笑了笑：「那就好。」

「太厲害了，太感謝了，中國派你來幫助我們……」吉布里列由衷讚嘆。

「不是我，是我們！」夏明朗說道，「這次給你的支持力度可不小。」

「對對，是你們，你們都厲害。」吉布里列連忙更正，見方進一臉的不在乎，這才放下心來。

夏明朗知道吉布里列還是沒能理解，卻沒有再多加解釋。

我們……不是三個人，而是無數人。從頭頂那兩顆衛星，到麒麟基地裡數十人的技術團隊，日夜分析著海量的資訊情報；從高速計算的軍用電腦，到性能出眾的專業戰車……這是一張完整而立體的產業網，這裡面的每一根釘子背後都需要成千上萬人來支撐。

而一切，才是完整的我們，才是戰鬥力的源泉。

我就是情報比你準，裝甲比你硬，馬力比你大，子彈比你狠……當面對射，你死我活！

這就是實力，最硬碰硬的東西，來不得半點馬虎與投機取巧。

夏明朗心想，要是老子也開著中興皮卡來打仗，你一定不會覺得我有多牛Ｂ。

「戰鬥結束了嗎？」秦若陽忽然利用衛星通信切入電臺通訊裡。

「嗯！」夏明朗向吉布里列做了個手勢，走到一邊去。

「幫忙查個人，俘虜裡有沒有一個叫安東尼‧賽科的，他是我的線人。」

夏明朗下意識地抬頭望，遍地橫屍：「你怎麼不早說？」

「他發出求救信號，我才知道他在車隊裡。」

「我可不能保證他還活著。」

「明白，注意保密。」秦若陽冷冷地應了一聲。

夏明朗無奈，只能找吉布里列商量，怎樣神不知鬼不覺地把這位線人先生從俘虜中剔出來。兩個人正在討論細節，卻聽著徐知著在電臺裡喊道：「隊長你們過來一下。」

「什麼事？」

「有異常，您過來一下。」

夏明朗問明了方位往裡走，越是接近戰場的核心地帶，溫度越是高得驚人，汗水還未流出就已經被蒸發乾淨。焦黑的地面上殘留著未盡的火，一小片一小片地燃燒著，空氣裡彌漫著燒焦皮肉的氣味。吉布里列的手下們正忙著把車從火場裡開出來，只是很多重型車輛的輪胎都已經燒壞了，只能不斷地把那些好輪胎輪換上去使用。

「你看這個。」徐知著指著十幾米外的一輛集裝箱車，把紅外掃描器遞給夏明朗。

夏明朗探頭一看，螢幕上一片人形的熱能反應，堆堆疊疊地擠在一起。

「特洛伊木馬？」夏明朗一愣，腦子裡反射似的蹦出來這麼一個詞。再一看，果然一貫謹慎的徐知著同志已經把人撤到了射擊角度之外。但是也不對啊……這麼熱的天，誰會用集裝箱運人，那還不得熱死幾個？

「這個……」夏明朗俯下身去看了看輪胎，把紅外掃描器扔給徐知著：「別怕，輪胎都燒化了，但凡有埋伏也見上帝去了。」

當然，為免炸彈暗算，夏明朗用一小塊定向爆破炸藥從遠處炸開了門栓。嘩啦一下子，集裝箱後側的大門洞開，無數女屍像死魚一樣從裡面湧出來，赤身裸體，皮膚有燙傷的痕跡，衣服都被扯得稀爛。

那居然是一集裝箱的女人，而且是年輕女人。有人把她們關進那鐵箱子裡，當戰火漫延時，她們傾盡全力也沒能撞開那扇門，被活生生烤死在裡面。

眾人目瞪口呆，膽子小點兒的啊的一聲慘叫著跳起來，再小一點兒的，已經趴到一邊去吐了。

「怎……怎麼回事？」夏明朗連舌頭都打結了，很少有什麼事能震得連他都說不上話來。

吉布里列硬著頭皮上前看一會兒，湊到夏明朗耳邊說出一個詞：「營妓。」

「這也算物資？」夏明朗怒吼，「他從哪兒搞來這麼多人？」

「難民營、搶、買……都可以，有些地方用一把米都能換一個女人。」吉布里列不見得比夏明朗心理素質更過硬，但見慣不驚，所以要鎮定得多。

夏明朗艱難地咽下一口唾沫，再怎麼鐵血，再怎麼鎮定，看屍山血海而不動色，也畢竟是男人，憐香惜玉是化在骨子裡的，在戰場上你死我活，鬥的是力，所謂賭命，願賭服輸。可是貿然看到這一車慘死的妙齡少女，夏明朗還是被徹底震住了。

那麼年輕，那麼柔弱……花還沒開就謝了。

一個黑人小夥子急匆匆跑來，似乎是被夏明朗臉上的煞氣嚇住，猶豫了半天，才湊到吉布里列跟前說了幾句。原來那位安東尼．賽科已經被找出來了，黑哥們辦事粗糙，直接讓所有戰俘報了一通名字，回頭就把人提了出來。只是不明白老大要這人有什麼用，還麻利（利落）地多捆了幾道。

夏明朗放心不下他們辦事的水準，只能親自去接收戰俘，走開幾步又停下來，轉身指著吉布里列說道：「按你們的風俗，給她們……找個歸宿。」

「那當然。」吉布里列馬上說道。

為了避人耳目，夏明朗一直把人拉進車子裡面才鬆綁，方進和徐知著都被剛才那場面給嚇住，也不管這邊缺不缺人手都跑了回來，清掃戰場的工作徹底丟給了吉布里列。

安東尼看起來倒是很冷靜，黑白分明的大眼珠子機警地掃來掃去，也不說話。

方進這輩子第一次見到活的線人，十分好奇，探頭探腦地湊過去問道：「你為什麼要背叛雷特？」

「我沒有背叛雷特。」安東尼斷然否認。

「呃……」方進傻眼。

「他根本不是我的族人，他殺了我們半個村子的人。我不需要背叛他……」安東尼越說越是激動，鼻翼呼呼地擴張著，像一頭憤怒的公牛。

夏明朗瞥了他一眼，用衛星頻道接通秦若陽，把電話遞了過去。安東尼警惕地喂了兩聲，馬上爆發出一大串夏明朗很難聽懂的土語。沒過太久，談話和緩下來。秦若陽的聲音出現在電臺頻道裡：「把他的車還給他，讓他回去。」

「回去？」夏明朗按住耳機，知道安東尼聽不懂中文，還是下意識地壓低了聲音。

「這麼大一支車隊，逃掉幾輛車也不是不可能。安東尼願意冒險，我也不想斷了這條線。」

話是這麼說沒錯，但是……夏明朗總覺得風險有些大，抬眸盯著安東尼問道：「你開哪輛車？」

「我運豆子。」

豆子……嗯，豆子？夏明朗忽然皺起了眉。

安東尼心裡有數，遇襲時逃命當然更有效率。他的車就停在戰區邊緣的地方，受損並不嚴重，只有碩大的箱體上嵌著幾個黑糊糊的彈孔。夏明朗拉開集裝箱後部的大門，裡面是一包包用粗麻布捆紮好的黃豆。

「你認識路？」夏明朗瞇起眼睛，看著那黑洞洞的大門。散落的豆子在燦爛的陽光下呈現出溫柔的金黃色，從車廂裡瀉下來，像一個小小的瀑布。

「當然。」安東尼有些莫名其妙。

「那麼，不介意我搭個順風車吧！」夏明朗微笑著。

嗯？……啊！安東尼驚愕地瞪大了眼睛。

4

56扁刺鋒利的刃口沒入暗紅色的泥土裡，無聲而流暢地滑動著，陸臻坐在一截斷牆上，背後是寂靜的非洲的黑夜，月亮像銀盤那樣清澈耀眼。陸臻正在畫的是南喀蘇尼亞第五區的地圖，這張圖他每天都要看三遍以上，早就爛熟於心。雷特的主力暫時就駐紮在那裡，而他的先鋒已經滲透到南珈北部不到一百公里的地方了。夏明朗下午報告了他的最新計畫，寥寥幾句話而已，只說了去路沒有歸途。當然，事情緊急，歸途無法計畫。

雷特一直與他的主力部隊待在一起，要滲透到他身邊非常困難。情報部透過當地軍閥秘密招募了不少非洲裔殺手混入雷特的大軍，但通通無法接近目標，這種時刻，有一個來自外部的強力攪局便顯得至關重要。

一雙制式沙漠靴出現在陸臻的視野裡，恰恰踩在地圖的邊沿，陸臻的視線從下往上走……那人卻忽然蹲了下來。陸臻不自覺樂了，雖然背光看不清來人的面目，但是全世界大概也只有一個人，會在私下裡把一個下蹲的動作做得好像規範軍姿那樣標準。

只有陳默。

陸臻收回視線，最後帶過幾筆，完成一張完整的地圖。陳默低頭看著，似乎在思考。也不知道過了多久，陳默忽然抬手按住陸臻的肩膀。陸臻詫異地轉頭，只看到陳默一雙眼睛在月下微微閃著光，明亮而濕潤，彷彿有很多話要說，卻倒不出來。

「默爺。」陸臻漸漸笑了起來，「怎麼了？」

陳默微微垂頭，又把視線投向了地面。

「默爺，如果小侯爺出事了，你會怎麼辦？」陸臻問道。

「報仇。」陳默蹦出兩個字。

「有道理啊。」陸臻點點頭，「我以前一直在想，如果夏明朗出事了我會怎麼辦？曾經有一陣我是心裡很有底的，我想反正他走了，我也不活了，也就沒什麼可怕的……哇靠，默爺，你鬆手！」

陳默眼神冷硬地站了起來，陸臻苦著臉活動肩膀：「至於嗎，骨頭都讓你捏斷了……」

「我答應過隊長不會讓你死的。」陳默但凡有一點怒氣，那聲調都像一盆冰水似的凍得死人。

「我知道……」陸臻站起身，把56軍刺插回腿袋裡，「你放心。我發現當事情變得真正有可能的時候，我的感覺和原來完全不一樣。我現在很安定，很平靜……一點也不害怕。我不知道你是不是能理解這種感受，但是，你放心，我這裡沒什麼需要你特別擔心的。無論發生任何事，他會一直好好的……在我心裡！我永遠也不會失去他，永遠！」

陳默眨了眨眼睛，顯然是困惑了。

「你將來可能會理解……沒準兒會。」陸臻發現他好像把陳默給嚇著了，其實按陳默同志的大腦還沒能進化到殉情這一節，隨便說句「我沒事」就能把人給打發了，他這純粹是多餘表達。

陳默仍然一臉懵懂，盯著陸臻看了一會兒，低聲說道：「你不要亂來。」

「那當然。」陸臻連忙保證，用力拍一拍陳默的胸口。

陳默退了兩步：「我回值班室。」

「嗯，我一會兒過去。」陸臻看著陳默在黑暗中消失，不自覺笑了起來。他下意識地低頭看，發現自己正站在地圖的中間，雷特主力駐紮的地方……不知道夏明朗是否已經到達了，會在什麼時候動手。

不過放手去幹吧，我的愛人，你將不老不死，沒有誰能把你從我心裡帶走。

值班室裡燈火通明，陳默已經離開了，去巡查崗哨。郝小順守著一堆儀器在監控南珈的防衛，秦若陽呆呆地坐在自己的電臺邊上發愣，手邊是一小疊剛剛列印出來的紅外衛星圖。入夜後光學衛星已經回撤，夏明朗在集裝箱車的頂部加裝了紅外閃爍器，透過經緯度擬合，遠紅外衛星可以即時監控車子的定位。

「到哪兒了？」陸臻拿起一張圖看了看，圖像已經擬合過，黑漆漆的底色上標出鮮明的紅點，旁邊用白色的印刷體寫著座標。陸臻隨手打開電子地圖尋找定位，秦若陽把最新的一張圖交到陸臻手上：「已經到了。」

陸臻點點頭，地圖上顯示出夏明朗所處的周邊地形。

「你覺得他們什麼時候會動手？」秦若陽湊過來看。

「不知道。」陸臻雙手抱肩，「我從來不會去想像他要做什麼。」

陸臻把地圖反覆放大縮小，今天下午，衛星把雷特現在的駐地裡裡外外拍了個透。

「為什麼我們不能派飛機直接……轟炸了，就像北約那樣，搞個禁飛區？」陸臻忽然蹦出來一句，他終究是有些焦慮的。

「因為效果不好。」秦若陽在桌邊輕磕著手指，「我們研究過全球近期七十五次政治變革，結果表明，由外界強力干預完成的政變會帶來更長時間的不穩定。除非我們的目的就是讓這裡不穩定，否則，強力軍事干預是最壞的選擇。」

「這樣?」陸臻有些意外,「我一直以為我們是出於人道主義的選擇,才沒這麼幹。」

「你應該說,我們的利益符合人道主義的選擇。」秦若陽有些疲憊地按著太陽穴,「一個國家情況很複雜,有人支持A,就有人支持B。你的手伸得越長越強硬,得罪的人就越多。你殺了一家人的兒子,他們全家都會恨你,這是很自然而然的事。所以,血流得越少,和平越容易實現。威懾力應該施加給領導人,但沒必要讓民眾瞭解太多。」

「這樣。」陸臻微微笑了起來,「師兄,我覺得,你現在想問題和原來完全都……不是一個深度了。」

秦若陽失笑:「這一年活得比二十年還久,怎麼能不想深一點?」

正在說話間,最新的紅外衛星圖在螢幕上一行一行地刷新出來,陸臻在餘光中掠上一角,臉上的笑容瞬間凝固了,秦若陽順著他的眼線轉過頭去,螢幕上顯示著一大片鮮豔的熱能反應……

「動手了?」秦若陽失聲道。

陸臻緊緊抿住下唇,拉過鍵盤操作,夏明朗帶去了不下60公斤的高能炸藥,幾乎把吉布里列的庫存搜羅一空。不同分辨尺度的拍攝指令沿著無形的電波傳遞到衛星上。陸臻感覺心跳得非常緩,然而沉重無比。

「怎麼樣?」秦若陽有些焦躁地問道,他畢竟不是專業人士,看不懂衛星圖的細節。

半晌沒等到陸臻回答,秦若陽抬頭看過去,卻又愣住了。陸臻不帶笑意的面孔看起來無比嚴肅而認真,平靜的眼神帶著莫名的威懾力;當最後一絲輕快的氣息從他眼底褪去,那種凝神專注的眼神背後閃著強烈的征服慾望。

紅外衛星調整了拍攝的頻率與範圍，印表機發出繼續不斷的輕響，列印好的衛星圖片像雪片一樣飛出來。

陸臻隨手推開桌上的雜物，把衛星圖一張張鋪開，凝神估計爆炸的當量與交火地點。

這就像一場無聲的默劇，一幀一幀地推進著，向陸臻展示出一派烽火連天的景象。他甚至能感覺到火焰炙烤到皮膚的痛感，子彈擦著頭皮飛過時那種髮根發麻的觸覺。夏明朗在他腦海中快速地移動，射擊……然後消失在暗夜裡。

「看樣子是真的動手了。」秦若陽移開電臺話筒，就這麼一會兒的工夫，已經有兩撥線人冒死聯絡他，詢問究竟發生了什麼事。而那些藏在暗處的殺手們已經抓住機會全員出動。

「情況怎麼樣？」陸臻問道，眼睛仍然盯著最新的圖片。

「不清楚，只說很亂，有一架直升機叛逃了，火箭彈亂掃，司令部炸得火光沖天的……」秦若陽不自覺一頓，詫異地看到陸臻嘴角浮出一絲笑意，似乎有些無奈的，卻又有種異乎尋常的……溫柔？

陸臻指著圖片上模糊的一點：「這兒。」

秦若陽拿過去細看，好不容易從強紅外背景下看到一個模糊的直升機輪廓。

「是夏隊在開吧！什麼型號？」秦若陽嘖嘖稱讚。

「看不出來，不過……直升機嘛，還不都一樣。」陸臻挑了挑眉毛，把直升機的圖形尺規傳回麒麟基地，讓劉雲飛隨時鎖定這架直升機的動向。

「怎麼個情況？隊長成功啦？」郝小順丟下自己那攤工作，探頭探腦地過來張望。

「自己看。」陸臻把最新的圖交給郝小順，坐回到電腦邊。他有種莫名的預感，夏明朗在直升機上。假公濟私之下，當然男人比戰果更重要那麼一丁點。

直升機在打光了所有的彈藥後迅速往東飛去，陸臻看到火炮陣地上一片紅點，想必所有的炮口都已經打得發紅。他閉上眼睛，想像從地面射向天空的彈串，像密密麻麻的釘板，穿越它需要非凡的勇氣。眼前是縱橫交錯，流動著焰光的彈道，烈風切過裸露的皮膚，好像有一雙無形的大手在拉扯著你一樣，喉嚨焦渴，在狂風中乾得像沙漠。

陸臻想起曾經演習時夏明朗帶他們跳傘，腳下是高炮陣地閃爍的火光，夏明朗站在機艙口笑得白牙亂閃，親暱地把人攬過來，然後一腳踢出門外。那個時候也是這樣，黑暗中，無窮無盡的風……

「不好，組長！」郝小順喊道。

陸臻霍然睜開雙眼。

「直升機目標跟丟了。」

「怎麼會？」陸臻直接調取原始衛星圖做圖形分析。

郝小順有些忐忑地指著直升機最後出現那張圖片說道：「半分鐘前剛剛消失的，應該是在拍照的間隙裡落地了。」

很快，劉雲飛傳回伺服器系統分析後的結果，確定直升機消失在距離雷特核心司令部十六公里遠的一片叢林裡。因為四處都是炮火落地後燃燒著的彈坑，所以不能分辨具體位置。

「我覺得隊長他們應該迫降了。」郝小順故意樂觀地說道。

陸臻默然不語，值班室裡的氣溫瞬間降了好幾度。

「我……嗯，有個好消息。」秦若陽打破沉默，「剛剛得到的消息，雷特重傷，軍中第二號人物希瓦德被狙擊手擊斃。連帶還死了一個警衛頭子。」

「只是重傷？」陸臻皺眉。

「據說抬出來全身是血，憑他們的醫療條件應該也撐不了多久。」秦若陽沉吟了一下，「我通知吉布里列宣佈對此事負責。」

「哦。」陸臻無意識地應了一聲，他知道秦若陽並不需要跟他商量。

桌子上的紅外衛星圖鋪得滿滿的，好像連環畫一樣，串起一整場戰鬥。陸臻一張張反覆翻看，卻仍然拿不準夏明朗具體幹了點啥。那傢伙有種神奇的指揮藝術，可以把身邊的一切都利用起來，像早就計畫好了似的。

秦若陽輕呼了一口氣，在陸臻身邊坐下，把頭上纏的耳麥拉下來扔到桌子上：「現在就只能等了。」

「不會有事的。」陸臻勉強擠出一絲笑意。

為了保密起見，也為了減輕負重，夏明朗三人出發時沒有攜帶任何長途通訊設備。如果沒有意外的話，他們會在找到安全的隱蔽所以後，利用紅外閃光燈向衛星報告自己的座標。

而吉布里列與五區的地頭蛇們已經坐上皮卡出發，在第五區各處開花，好趁亂收拾掉一批雷特的殘部，把他們打回老家去。受過簡單夜戰培訓的吉布軍，將在戰場上檢驗自己最近訓練的成果。一切聽起來很順利，陸臻告訴自己暫時忘記直升機的事，儘管它忽然出現又忽然消失，但是你得相信夏明朗可以製造一切不可能，這對他來說輕而易舉。

兩個小時以後，衛星捕捉到了第一個紅外閃光信號，值班室裡歡呼雀躍。差不多天快亮的時候何勇帶著吉布里列的一支小隊收復了那個地區，發信號的是徐知著，但也只有他一個。

徐知著利用吉布里列的長途通訊裝置向總部報告戰況，原來當時他們兵分兩路，徐知著負責隱蔽狙擊，而夏明朗和方進負責搶奪直升機。在裝滿了豆子的貨車大爆炸以後，直升機從空中掃射，將現場攪得一片混亂，雷特軍的高層被保鏢們簇擁著從房屋裡跑出來。徐知著就像打靶一樣，挑看起來顯眼的大人物射穿了好幾個。

彼時夜黑風高，兵荒馬亂，槍聲四起。

徐知著把自己裸露在外的皮膚都塗成黑色，防彈衣貼身穿在寬大的襯衫裡面，看起來儼然就像一個強壯的非洲黑小夥兒。

之前就埋伏在雷特營裡的暗樁齊齊發難，同一時間有十幾個槍手在下黑手，子彈從四面八方射向指揮所。這些人成了徐知著最絕妙的掩護，幾乎沒費什麼力氣，他就混在四散出擊的士兵中間順利地溜了出來。

但是夏明朗和方進仍然沒有消息，某種隱約的忐忑在眾人眼底堆積，但沒人相信這兩人會在野外遇難。就像陸臻說的，即使小行星撞擊地球，他們也會是最後一撥消失的人類。

天色漸明，刺目的陽光從窗外射進來，爬到桌面上。陸臻起身去拉窗簾，聽到遠處傳來一聲模糊的嘶吼。

陸臻略微愣了一下，卻並沒有在意。不一會兒，陳默在通話器裡呼叫：「你過來一下，有問題。」

「唔？」

「嗯，吵起來了。」陳默不是一個善於處理糾紛的人，他對敵人永遠比對自己人更有一手。

陸臻匆匆跑向事發現場，隔老遠就看到一大群人圍著，涇渭分明地集成幾個陣營，彼此虎視眈眈。陸臻有點頭疼，這是最麻煩的情況，他舉起手高聲叫喊著：「讓一下讓一下……怎麼了？」

眾人轉過身來看他，陸臻穿過那縱橫交錯的視線結成的網，一眼就把米加尼從人群裡挑了出來。這個素來帥氣的非洲小夥正悲憤欲絕地坐在地上，他十三歲的大女兒氣息奄奄地躺在他懷裡，下身的裹布上凝著一攤血。

陸臻頭皮發炸，隱隱地明白些了什麼。

張浩江一把拉住陸臻：「你快點，先勸勸他，小姑娘得先治啊，咱得先治啊……」

陸臻點點頭先穩住老張，沒想到剛邁出去一步，米加尼便霍然抬起頭，眼睛瞪得像銅鈴似的，整張臉都憤怒得扭曲了起來。陸臻不自覺咽了一口唾沫，馬上轉身喝問道：「誰幹的？」

沒辦法，即使真凶難查，他也必須得給米加尼這個面子，他是部落貴族，南珈有一半的黑人保安都拿他當頭人看。四下裡自然靜悄悄的，無人應聲。

米加尼等了一會兒，忽然把女兒摟進懷裡，仰天嘶吼。

氣氛壓抑，空氣裡衝撞著狂躁的熱力，泥土被陽光炙烤，散發出嗆辣的氣息。陸臻感覺到一束火苗燃燒在他的後頸上，汗水從曬痛的皮膚表面流過，刺癢無比。

「誰幹的？」陸臻不自覺動怒了，因為米加尼臉上那顯而易見的來自父親與男人的苦痛。平心而論，米加尼是很好的夥伴，忠誠並且開朗，是非洲大陸上少見的熱愛妻子與家庭的男人。

安靜，安靜……空氣好像凝固了，靜得發脆，只聽得到一片濁重的呼吸聲。

「怎麼回事？出什麼事兒了？」海默撥開人牆走進來，剛一個照面就變了臉色，「誰幹的？我早就說過，不許殺人，沒有強姦，誰幹的？」

小女孩被米加尼抱得太緊，幽幽然醒了過來，小聲地抽泣著，微微掙扎。

陸臻腦子裡靈光一閃，馬上喊道：「現在不認也沒關係，等小姑娘精神好點兒，我們一個一個查。所有的男人都在她跟前過一遍，我就不信抓不到人！老張，趕緊地……」陸臻遞過一個眼色，張浩江心領神會。

海默慢慢拔槍，把彈夾退出來，一顆顆數完子彈，然後裝好；掌心一磕，發出一聲清脆的卡槽鎖閉的輕響。海默把推開保險的M9拎在手裡，冷冷地威脅道：「現在承認還來得及，等會兒要是被揪出來，就甭怪我不客氣！」

人群裡出現了一些騷動的跡象，陸臻冷眼旁觀。不一會兒，一個年輕人被推了出來，臉上帶著尷尬討好的笑容，嘰裡咕嚕地說著什麼。米加尼猛地跳了起來，拔拳就往前衝，年輕人嚇得直往後躲，七七八八的人都圍了上來，兩撥人撕打到一起。

「他們吵什麼？」陸臻一頭霧水。

「他說願意娶她。」一個會說英語的保安很熱心地向陸臻解釋。

「這樣也行？」陸臻感覺匪夷所思。

保安被嚇了一跳：「有有，有時候是可以啊。」

「見他媽的鬼！」陸臻蹦出一句國罵，連忙領著人把廝打成團兒的兩邊分開。

「你想幹什麼？你想讓我怎麼樣……」米加尼怒氣衝天地向陸臻吼叫著，胸口起伏，呼呼地喘著氣，像一頭憤怒的公牛。

陸臻一瞬間有些茫然，他感覺到陽光的力度，汗水在他的髮根流淌。他不知道這種情況應該怎麼處理，他不瞭解……法律嗎？或者部落有他們自己的方式？但是無論如何不能讓兩邊因此展開械鬥，那樣會讓矛盾升級，變得不可收拾。

「你先冷靜。」陸臻試探著對米加尼解釋，「反正這小子甭想逃掉，我們……」

砰！

一聲清脆的槍響。

陸臻條件反射式地回頭，只看見那個年輕人直挺挺地仰面倒下去。他的臉上帶著錯愕的神情，後腦勺被子彈整塊掀飛，血液混合著腦漿飛濺出來，像加了辣油的豆腐腦。

海默若無其事地收起槍：「我說過的，沒有強姦！」

陸臻目瞪口呆。

米加尼的咒罵戛然而止，就像一台老式拖拉機忽然熄了火，他默默地站了一會兒，轉身從張浩江手下抱起自己的女兒，頭也不回地離開了。張浩江看著那倔強的背影心裡一陣無奈，一邊收拾工具，一邊高喊著，讓米加尼帶女兒去醫療室。

事情忽然被解決了，雖然有點莫名其妙的。對於米加尼這邊來說，強姦犯已經付出了足夠的代價。而另一邊，雖然陸臻到現在也沒搞清那傢伙到底屬於哪個陣營，是海默的「貨」又或者是外面的難民，但似乎並沒有人打算為他向海默報仇。

人群漸漸散去，有幾個人試探著過來收殮屍體，海默冷冷地看了他們一眼，轉身離開。陸臻有些好奇地跟上去，一前一後地走過大樓的轉角處。海默停下來看著他，有些挑釁的樣子。

「規矩就是這樣的？」陸臻還是困惑。

「唔？」

「我是說，妳知道可以這樣處理……為什麼？」陸臻想了想，「別跟我說，這裡是非洲。我想知道的是為什麼。」

「因為我的拳頭足夠硬。」海默揚了揚手，「這是我的地盤，我一早就定過規矩，他們明知道。」

陸臻懷疑地：「就這麼簡單？」

海默有些不耐煩：「當然！你覺得不可思議只是因為你把人命看得太值錢。懂嗎？什麼生命是無價的，狗屁！都是那些坐在屋子裡，一輩子沒有見過血的人臆想出來的。」

陸臻不自覺深吸了一口氣：「這樣？」

「當然。戰爭、貧窮……人命如野草，跟動物沒什麼分別，嘩嘩地生出來，嘩嘩地死掉。」海默笑了起來，「看你這表情，這很難理解嗎？七八十年前，你們中國也是這樣。也不過就是過了幾年好日子，你就忘記過去的一切了嗎？」

「就這樣？」陸臻忽然覺得所有不可理解的東西，都變得順理成章了起來。

海默笑著走過去拍了拍陸臻的胸口：「小帥哥，回到你四平八穩的太平盛世裡去吧，你的腦子不適合這裡。」

陸臻的笑容尷尬，帶著幾分無奈的味道，卻不見憤怒。太陽疲憊不堪地懸在半空中，在他腳下投下一團小小的陰影。

陸臻沒有直接回值班室，而是繞路去了張浩江那裡。小姑娘還在手術中，米加尼與他的妻子呆呆地站在門外。陸臻過去安慰了幾句，女人便哀哀痛哭起來，米加尼垂著頭沒說什麼，只是伸手把妻子攬進懷裡。

陸臻陪著坐了一會兒，正想離開，便聽到米加尼問：「能把我的女兒帶去中國嗎？」

陸臻一愣。

「我們有錢，我們可以給嫁妝，能不能幫我把她嫁到中國去？」米加尼眼中閃著急切的光。

「她，還太小。」陸臻小心地選擇措詞，「在中國，女孩子都要二十五六歲才會考慮結婚。」

米加尼呆呆地盯著陸臻看了一會兒，眼底的光亮又黯淡下去。

空氣裡飄浮著米粥的清香，不遠處的空地上，姜清正領著一隊人給難民們分配食物。破碎的玉米粒熬成粥，加上一勺鹽水煮爛的豆子，這便是難民們半天的口糧。

一個小男孩兒捧著碗蹣跚跑過，不小心一跤跌倒在陸臻跟前。陸臻連忙跑過去扶他。小孩兒仰起臉好奇地瞅著，一雙眼睛大得不合比例，圓而黑亮；小臉蛋兒黑裡透紅的，像一隻大大的黑布林。

陸臻忍不住在他臉上親了一口，隨手抱起來。一位婦人怯生生地攔到陸臻跟前，臉上顯出驚慌的樣子。陸臻方才醒悟過來，小心翼翼地把小人兒又放回了地上。小朋友一邊咬著手指，戀戀不捨地被媽媽拖走，排到隊伍的最末尾。

陸臻發現那個婦人長得相當憔悴，手指粗糙而乾枯，那是長年累月的勞作與饑餓留給她的，倒是把兒子養得出奇好。

或者，把食物留給兒女是所有母親的天性。

5

陸臻回去時，秦若陽正在走道裡抽菸，遠遠地看他過來，自菸雲彌漫中招手：「你跟我過來。」

「我們隊長怎麼樣了？」陸臻馬上問道。

「你跟我過來，有很多消息。」秦若陽推開身邊的大門，會議室裡空蕩蕩的，窗簾緊閉，只漏出一線陽光，塵埃在薄薄的光層裡翻騰。

「怎麼了？」陸臻隨手開燈，感覺氣氛有些詭異。

秦若陽盯著牆上的地圖，半晌才心不在焉地說道：「安東尼死了。」

「是嗎？」陸臻著實愣了一下才反應過來安東尼是誰。可是一時間又搞不清楚秦若陽與這位線人的私交如何，不知道應該說些什麼。

「林奎也死了。」秦若陽慢慢說道。

「嗯？誰？」陸臻搜索枯腸也沒記起這個名字。

「林奎，我的助手，你見過的，個兒比較高的那個。」

「哦……哦。」陸臻的腦海裡依稀浮起一個影子，極淺而淡的，面目模糊。

「你不記得他了吧？」秦若陽苦笑，有些悽愴的味道，「他還在我面前誇過你，說你在記者會上表現得很好。」

「主要是……都沒怎麼交流過。」陸臻有些抱歉地。

秦若陽拉了一張椅子過來坐下，眉目凝定著，一聲不吭。陸臻總覺得哪裡不對頭，試探著湊近安慰道：「幹我們這行的你也知道，難免生離死別。」

「雷特確定已經死了，屍體被他的部下帶走了。」秦若陽做了一個從中間一切兩半的手勢，「吉布里列把雷特的大營給衝了，衝得四分五裂的。」

「呃？那很好啊，吉布兄這次賺大了。」話題轉得太猛，陸臻幾乎有點噎到。

「方進有消息了，你們隊長還在失蹤。」

「啊？」陸臻心頭一凜。

秦若陽卻緊跟著說道：「現在，有一支隊伍正往南珈過來，說是要報仇。」

消息一個比一個勁爆，陸臻的腦子幾乎接不上趟，條件反射式地追問道：「誰？多少人？」

「是雷特弟弟手上的一支，大概有三千多人。」

「你他媽不早說。」陸臻顧不上罵秦若陽不知輕重，一邊往值班室跑，一邊吼道，「全區一級戰備！」

刺耳的警報聲瞬間響徹雲霄，南珈基地像是被人猛地抽了一鞭子，所有人都跳了起來，向自己的崗位狂奔。警戒力瞬間加了三倍，難民們跑回到自己的帳篷裡，米加尼帶著基地的保安們一個分區一個分區地清點計數，好控制難民的行動，不讓他們亂跑。無線電臺的群通道裡頓時擠進了很多人，各自七嘴八舌地問著：發生什麼事了？

陸臻把各項命令下達完才想起找秦若陽算帳。他怒氣衝衝地一腳踢開會議室大門，卻發現秦若陽還是那樣一動不動地坐著，眼睛直勾勾地盯著牆。

「秦若陽，你這算怎麼回事？」陸臻強行收斂了怒氣。

秦若陽緩緩轉過臉來看他，眼神空洞：「為什麼，我做了所有對的事情，結果還是這樣了？」

陸臻像是被一盆冰水兜頭澆了下去，怒火散得一乾二淨，倒是有些慌了起來：「師兄？」

「你說我是不是有哪裡搞錯了？為什麼是這樣子呢？」秦若陽痛苦地捧住頭。

「你，你別想這麼……你這也想太多了啊。」陸臻這會兒腦子裡也亂七八糟的，實在沒有餘力安慰這個心情沮喪的男人。

「準備撤吧，南珈守不住的。」秦若陽深吸了一口氣。

「才三千人，他們有這麼厲害？」陸臻不信。

「你這裡難民太多，打起來控制不住，會有人反。」秦若陽又恢復了他面無表情的陰鬱鬱的樣子，思路清晰而犀利，「他們待在南珈不過是為了活命，誰給他們活命，他們就會聽誰的。這種人我見得多了，非我族類，其心必異，信得過的人不多。」

「可是，上面的命令還沒下來……」陸臻仍然遲疑，他為南珈付出了太多，無法接受這樣的結果。

「快了。」

陸臻咬牙切齒地：「那也得讓他們付出代價。」

秦若陽喃喃自語：「才三千人，能濟什麼事？你說他們為什麼不投降？也是，他們為什麼要投降……」

「組長！一號線，聶卓將軍電話！」陸臻聽到郝小順在值班室裡大喊。

聶卓的心情完全不如秦若陽那麼沉重，彷彿對目前的情況早有預估，他的命令很簡單：撤了就打！

和平時期，死不起人，如果一不小心在南珈死傷太多中國石油工人，那種強大的政治輿論壓力絕不是任何一個高層人士願意看到的，所以無論如何都要先把人撤出去。

然後，剩下一座空城，一群隨時可以拋棄姓名的戰士，將給任何來犯之敵以迎頭痛擊！

這個命令讓陸臻瞬間神清氣爽，豪氣直衝頭頂，雙眸閃亮。

秦若陽站在陸臻身後聽完命令，如釋重負地說道：「最後的戰役，看你們的了。」

陸臻瞳孔收縮，正了正軍帽，俐落地低吼：「沒問題！」

就讓他用最硬的拳頭為這塊土地劃定新的規則。

戰略轉移方案是一早就做好的，車輪滾滾，一個龐大的車隊從庫房裡開出來，加油檢修。難民們嗅到了戰火臨近的氣息，漸漸騷亂起來。柳三變急中生智，開倉放糧，每個人發二十斤玉米，揣上逃難去，不過半天工夫，就散去了好幾百人。

當太陽升到最高點時，天色驟然陰沉下去，疾風貼著地面流動，吹起細碎的砂石，打在軍靴上沙沙直響。遠方傳來隱隱的槍炮聲，那支潰軍現在的日子也不好過，吉布里列正追在他們的屁股上咬。佔領一個像南珈這樣的戰略要地是他們唯一的翻身機會，否則，在弱肉強食的南喀蘇尼亞，等待他們的……就只有滅亡了。

陸臻與陳默相互敬禮，相互下達任務指令。

陳默將帶領絕大部分的麒麟隊員和海陸的迫擊炮連死守南珈，依託良好的工事與地雷陣形，相信足可以給來犯之敵以重擊。陸臻和柳三變將護送車隊翻山越嶺，疾行兩百多公里，將非作戰人員送入鄰國的難民營避難。在一番討價還價之下，海默同意出一個六人小組幫陸臻守衛南珈，並且，在那六個人裡包括查理和他的「小鳥」。

李國峰忙著指揮技術人員上車，看到陸臻從旁走過，連忙拽住他問道：「我們還會回來的吧？」

「那當然。」陸臻毫不猶豫地回答。

廣場上依次排開沉默的十輪大卡車，人們匆匆忙忙地奔走其間。陸臻看到米加尼與他的妻兒揮手道別，他將留下堅守崗位，剛剛做完手術的小女孩虛弱地依偎在母親懷裡，眼神茫然不知所措。

第一部分車隊緩緩開出，車斗裡像沙丁魚罐頭似的擠著老弱婦孺，陸臻注意到有個胖胖的小手指向自己，定睛看過去，才發現正是早上遇見的那個孩子。孩子的母親充滿歉意地看向陸臻，謙卑地笑著，強行把孩子的臉轉了過去，抱進懷裡。

天色陰沉，遠方天際被滾滾的沙塵染作鉛灰色，細密的塵土飛揚在半空中，迷人眼目。

陸臻注意到秦若陽一直沒出現，他在無線裡呼叫了幾聲，對方無人應答。一絲不祥的預感爬上心頭，陸臻忽然記起剛才離開時，秦若陽最後向他揮手，臉上有淡泊如菸的笑意，與這熱火朝天的戰鬥景象格格不入，分外的詭異。陸臻一時間心頭打鼓，抬眼看到陳默走近，連忙招手喊道：「默爺，陪我走一趟。」

陳默沒有問什麼，安靜地跟在陸臻身後。

會議室裡空蕩蕩的，陸臻站在空曠的走廊裡大喊秦若陽的名字，回聲一層一層返回來，空空洞洞。

陳默忽然說道：「在211室。」

陸臻一愣。

「我剛剛叫人用紅外掃了。」陳默解釋道。

「真有你的。」陸臻拔腿就跑。211是當初撥給秦若陽他們用的保密室，只是這段時間秦若陽一直與陸臻在一起辦公，已經很久不回去了。

房門虛掩，陸臻輕輕扣了兩下，門便自己滑開了。

藉著昏暗的天光，陸臻看到秦若陽獨自坐在桌前，又是一副發呆的模樣。陸臻心裡一鬆，正想抱怨；陳默一手執槍從陸臻身後繞過來攔住他，一邊用後背蹭開了日光燈。明亮的燈光瞬間填滿了這屋子的每一個角度，秦若陽卻仍然一動不動地坐著，連抬頭看看都沒有，彷彿對周遭的一切變化渾然無知覺。

一絲極淡的苦杏仁的氣息飄浮在空氣裡，陸臻感覺到血液上湧，血壓在急速地往上升，直衝得頭皮發炸，瞬間分泌的腎上腺素讓他的心臟劇烈地收縮。陳默走過去伸出兩指按在秦若陽頸邊，不一會兒，他看著陸臻輕輕搖了搖頭。

氰化鉀入口即死，本是無藥可救。

陸臻急促地呼吸著，恍然覺得這空間裡的苦杏仁味兒濃烈之極，幾乎讓他喘不過氣來。他猛然撲到窗邊開窗，混夾著沙塵的狂風撞在他臉上，陸臻毫不顧忌地大口喘氣，過了好一會兒，才漸漸平靜下來。

「怎麼會這樣？」陸臻喃喃自語，聲音已然哽咽。

陳默敲敲桌子，示意陸臻往上看。桌子上整整齊齊擺放著秦若陽的手提電腦、檔夾、筆記本……一層一層地摞好，像個金字塔一般。而最上層的鋼筆下面壓了一張紙，字跡清晰地寫著：終於能結束了。我走了，你珍重！

陸臻的眼淚奪眶而出：「怎麼會這樣？」他不知所措地看著陳默，眼神茫然。

「是自殺。」陳默很快檢查了現場，沒有打鬥的痕跡，沒有物品零落……秦若陽把這一切做得清淨而謹慎，就像他一直以來的對待工作的態度。

「可是為什麼？」陸臻捂住嘴，用力深呼吸，好讓發脹的頭腦更快地冷靜一下來。

「戰場綜合症？」陳默也很茫然。

陸臻擦乾眼眶裡的淚水，手指顫抖著扶起秦若陽的臉。

或者曾經有過掙扎與苦痛，但現在的秦若陽看起來睡容安祥，臉上的皮膚透出一點血色的紅，唇邊有少量嘔吐的痕跡，散發出淡淡的苦杏仁味道。陸臻下意識地想要幫他擦乾淨，被陳默迅速地握住了手腕。陸臻一愣，轉瞬間醒悟過來，收回了手指。

陸臻感覺到視野又模糊了一些，他用力揉了揉眼睛，低聲說道：「我一直覺得他不對，但是我……沒有關心他。」

「你關心不過來的。」

陸臻沉默良久，嘆息道：「可能吧。」

窗外的廣播裡一聲聲傳遞著口令，第二撥車隊正準備出發，引擎沉重地轟鳴。陸臻出神地看著窗外的天空，因為哀傷而變得柔軟的眼神再度堅硬起來。他反手握住陳默，說道：「幫個忙，讓他看起來像陣亡。」

陸臻靜靜地逼視陳默，目光清朗。

陳默想了一會兒，說道：「沒問題。」

「謝了。」陸臻抬手敬禮，頭也不回地離開了這個房間，他沒有太多時間，沒有時間……

陸臻站在南珈的大門口回望，遠遠近近的建築物都籠罩在一片灰中透黃的塵菸中，看起來蒼茫而渾重。就為了這些，這些地上的和地下的，為了替這個古老的民族在地球上爭取生存的空間，這一路走來他們付出了太多，即使小心謹慎，仍不免損兵折將。

中國太大了，有太多人，太多的需要，這個地球早已被瓜分殆盡。

不搶？哪裡來的地盤？

大門口駐守著機槍哨位，一位麒麟隊員靜靜地站在那裡。他們會堅守，在國人不知道的角落裡，因為只有他們是無論發生任何事都不會上報紙的人，是這個國家秘而不宣的力量。

中國的資產，中國的人。

陸臻想起聶卓曾經說過的話，驀然一股心酸撞向胸口。彷彿心有靈犀似的，陳默伸手按到陸臻肩上。

「默爺，等我把人送到，馬上回來幫你。」陸臻的眼睛熠熠生輝，燃燒著戰意。

「嗯。」陳默微微點頭。

第二章 並肩

喀蘇尼亞的山路路況極差，在這種無等級土路上越野車要比大卡快得多。所以陸臻雖然是最後一批出發的，也仍然很快趕上了第一撥車隊……當然這也正是這樣安排的原因。在他們身後，大片大片的炮彈爆炸聲連綿起伏，陳默他們已經開始接戰。

陸臻站在山頭回望，天邊火光熊熊，南珈的地雷是他佈置的，他知道那些玫瑰有多少刺；而同時，他們有三架武裝直升機的強火力壓制。即使最後短兵相接，陸臻對戰況也很有信心，拼巷戰，陳默和他們的兄弟們不說全世界無敵，至少……在非洲是無敵的。

陸臻看著最後一輛大卡順利翻過山梁，連忙跳上車子，還順手拉了柳三變一把。

柳三沒動，卻把手攏在耳邊：「聽，我家的炮在響。」

「走了。」陸臻一笑，把人拽上了車。

海陸這邊的情況畢竟與麒麟不一樣。對陳默，陸臻自認還沒什麼資格敢說放心或者不放心；可是柳三變手下那隊人馬卻是第一次離了他單幹。姜清不過一個中尉而已，從未獨當過一面，即使有陳默這尊大神罩著，也仍然讓柳三變心揪得緊。

這到底不是演習啊！

可是南珈城內的戰鬥雖然兇險，卻是可以退的，實在不行放棄陣地先撤，等待機會與友軍會合，再把陣地搶回來。而他們這邊的任務卻是絕對不容有失，柳三變根本不敢想像，要是一炮把李國峰他們給炸飛了會是個什麼情形。

越過這道山嶺，南珈就在他們的視野範圍內正式消失，柳三變坐在車後仍然戀戀不捨，止不住地轉頭往回看。車行至谷底時柳三再一次回頭，卻看到一支螺旋槳從峰線上緩緩升起……柳三變嚇了一大跳，擦了擦眼睛再看，果然是一架敵機，連忙喊道：「直升機攻擊！」

陸臻就坐在柳三變身邊，那一聲大喝震得他耳朵嗡嗡直響，連頭都沒回，操起車載電話指令已經脫口而出：「停車，棄車四散隱蔽！」

整支車隊在山谷裡戛然停止，動作最快的自然是戰鬥人員，一個個好像椅子上裝了彈射器那樣從車裡飛出來，就地滾倒。陸臻這時才顧上瞭望，在高倍望遠鏡的中心赫然停著一架法國產的「黑豹」多用途武裝直升機。武器吊艙帶得挺齊全，左右兩側各帶了兩個70毫米的火箭彈發射巢和兩個20毫米的機炮。

黑豹原型機是海豚，海豚的國產型就是大名鼎鼎的武直-9家族，說穿了都是一個模子拍出來的餅。PLA對武直-9可謂是物盡其用到了變態的地步，各種型各種號，軍民兩用，裝配在大江南北的各條戰線。陸臻對武直-9當然是再熟悉也沒有，機頭一抬已經知道它要幹什麼，厲聲喝道：「紅矛-7，兩發準備！」

紅矛-7是最新的輕型地對空導彈，性能上比毒刺差了那麼一點點，重量略高，飛速略慢，但是對付幾架黑豹卻是足夠用了。陸臻刻意求穩，直接就是兩發準備。

說話間，那架黑豹已經把一行火箭彈打了出來，大白天光線明亮，70毫米火箭彈的尾焰看著倒也沒有多搶眼，但是落地一路菸花絢爛，亂石驚飛，四下鬼哭狼嚎，有一輛車甚至直接被掀翻了過去。

武裝直升機，武裝直升機……地面部隊永遠的噩夢，這個定理適合交戰的任何一方。

導彈預熱準備需要一點時間，那邊越野車上的幾台重機槍已經抬高槍口掃射過去。雖然黑豹的複合裝甲有一定的防彈性，但是面對這樣高密度的彈雨壓制，每個飛行員都不會貿然硬闖，黑豹機頭一轉已經盤旋開去，像是在準備下一輪的搶攻。

這架飛機怎麼會出現在這裡？陸臻終於有時間考慮這個問題，頓時心底一涼。

難道南珈已經失守了？

不可能啊！陳默的防線是不可能這麼快就被突破的，但是……它？眼前這耀武揚威的東西又算是怎麼回事？南珈那邊有三架武裝直升機壓陣，制空權的爭奪應該非常激烈，陸臻無論如何都不相信對方還有能力分出一架多餘的直升機來玩追擊。有這麼牛B的實力，何至於被吉布里列追著屁股打？

黑豹一個盤旋繞過，沿著剛剛出擊的軌跡又氣勢洶洶地殺了過來。

先料理了這玩意兒再說！陸臻來不及細想，直接一聲斷喝：「導彈準備！」

一枚紅矛-7脫離導彈發射架，在半空中略一懸停，尾焰驟然變大，風馳電掣地撞了上去。導彈的飛速快，一千多米也不過是分分鐘的事。黑豹的原定攻擊當即被打斷，在空中強行變向，甩下一行菸花似的紅外誘餌彈。

陸臻舉著望遠鏡細看空中那混亂的一團，忽然喊道：「把架子給我！」

「唔？幹嘛？」徐光啟不解。

但是同隊人就是有這樣的默契，不解歸不解，辦事不遲疑。徐光啟馬上主攻手變副攻手，那個「嘛」字還沒落下，已經把導彈發射架擱到了陸臻肩頭。

陸臻沒時間解釋，湊過臉去緊盯著瞄準鏡裡的目標。

第一發紅矛-7一頭撞上了紅外誘餌彈，在半空中爆開一朵豔麗的花火，黑豹燎著焰光擦過，於千鈞一髮中搶到一線生機。地面上，眾人心頭一陣懊惱，陸臻手裡一提，第二發導彈又奪空而出。

「兩發紅矛-7準備！」陸臻說出下一個指令。

「會中。」

「沒中？」徐光啟連忙往天上看，「你發太快了吧？會不會讓前面那團火給吸過去？」

那枚紅矛-7在半空中繞出一條平滑的弧線，像一把圓月彎刀。

「那還準備什麼？」徐光啟這下更不解了。

「以防萬一。」陸臻平靜地說道。

不遠處，紅矛-7堪堪結束了它豔麗的征程，直接劈中直升機駕駛艙。黑豹瞬間被一團火球吞沒，凌空解體。機載武器與油箱在爆炸中不斷地殉爆，一連串的爆炸從半空中一層層落地，各種碎片沾著火焰劃過天際，像一朵盛大的菸花。

「呃……現在沒有萬一了。」徐光啟說道。

「嗯，取消準備，把東西收起來打掃戰場。」陸臻把導彈發射架交給徐光啟。

「你還是快了一點，你應該等前彈的火團再跑遠點，那個溫度高，會干擾。」

「不快。」陸臻的手指在半空中劃出一道弧線，「可以繞過去。從這個方向攻擊，他就沒法躲，一轉向，視角正對火焰。」

徐光啟一愣，所有的麒麟隊員都開過武直-9，即使不算精通，但那點空間概念是不會錯的。正常情況下，飛行視野裡冒出一團火光當然不至於出什麼大問題，可是如果旁邊咫尺間就是一枚導彈呢？那轉向過後的一個愣神，就足夠送他上西天了。

紅矛-7是發出不管型導彈，再加上輕型導彈操作簡便，一向在隊裡被稱為傻瓜導彈。但是把傻瓜導彈打到這份兒上，這份心機、意識、對時機的把握……倒是讓徐光啟相當佩服。

當然，更讓他「佩服」的是陸臻都算到這份兒上了，居然還要留個後手，真真正正的以防「萬一」。

這一場飛來橫禍雖然在頃刻間即被撲滅，造成的損失卻十分可觀。山谷裡四面流火，遍地都是哀嚎與呻吟，血腥味兒濃重得讓人想吐。有一輛大卡車被火箭彈撕成了碎片，傷亡無數，斷肢殘臂掛在殘破的車體上，一片狼籍。

陸臻跑到車邊，一把扯過柳三變焦急問道：「怎麼樣？」

「不是我們的人。」柳三變倒是不矯情，直接說重點。

「太好了！」陸臻心中大定。一錯眼看到海默神色輕鬆地站在一旁，想來她手上那些值錢的「人貨」也正安然無恙著。

那麼……陸臻心思電轉，這才有些尷尬起來。當時棄車的指令下得足夠果斷，手腳麻利些的差不多都能逃出來。李國峰他們畢竟都是男人，正值壯年，行動靈敏。海默的「人貨」有專人看管，自然也不會落下。而剩下那些一時無人顧及的老弱病孺，其命運也就可想而知了。

生逢亂世，又不夠有錢有勢，活著就像螻蟻一般輕賤。到了這種時候，你才會明白什麼「人道主義原則」不過是句口號，現實殘酷得讓人麻木。而陸臻在欣喜過後的那一絲慚愧，已經是戰場上難得的善意了。

柳三變是熟手，打掃戰場的瑣事自然不用陸臻操心。陸臻憂心這架莫名其妙的直升機，連忙鑽進指揮車聯繫陳默。可是等他把情況如此這般地一說，連陳默也詫異了。

「你那邊怎麼樣？」陸臻追問道。

「正常。」陳默道，語氣平淡無波，背景聲槍炮連綿。正常的意思不是說壓力不大，戰況不激烈，而是一如之前預計的那樣壓力很大戰況激烈。

「可……那怎麼飛我這兒了？」陸臻想不通。

「我這沒見直升機。」陳默說道。

「那怎麼會？」陸臻這下更想不通了。

武裝直升機對地面部隊的威脅性是個人都知道，哪有放下自己的兄弟讓對方的直升機虐，上趕著跑到他這地頭來虐人的道理？

除非……陸臻心底一涼，後背騰起一層冷汗。

除非他們知道什麼才是中方的命門，哪裡才是最關鍵的所在！

可問題是這一帶山路崎嶇，望山跑死馬，像這樣直升機追車隊，自然分分鐘可及，但真要上地面部隊圍追堵截……陸臻用手指在地圖上粗粗一量，心裡估摸著怎麼著他們也追不上了呀！

陸臻兀自在那裡頭疼，他哪裡知道在非洲，直升機比地面部隊值錢多了，從來都是地面配合天空，絕沒有天上還要掩護地面的事。那架黑豹一聽說前方有三架直升機封堵，壓根兒連迎戰的心思都沒起，一貓腰繞到後方，尋思著能不能拾個什麼漏，遠遠地看到這邊有一支中國車隊，自然大喜過望地撲了過來，誰承想一個衝擊過後就折在了這裡。

也是，對空導彈無論大小都有軍火管控，在非洲算是個有錢也不一定能買到的緊俏貨色。這架黑豹平素耀武揚威慣了，怎麼料得到居然有人會把導彈當RPG那樣放，出手就是紅矛-7，還是雙黃蛋。

可是這樣的戰術在陸臻看來卻是再自然也不過的，紅矛-7是徹徹底底的國產貨，也就是賣價唬人，自用是絕計不會有人心疼的。陸臻為了防空，一車子拉了十八發導彈囤著，塞得跟白菜似的。

這一邊是正兒八經（正經八百）的大國軍隊，一邊是勉強為生的地方割據勢力，雙方的資訊嚴重不對等，思路天差地別，彼此都覺得對方莫名其妙。於是一個直接動身去見了馬克思，另一個抓破腦袋都想不通問題到底出在哪兒。

「嘿，有什麼好辦法？」海默一腳踹上車門。

「我是從來都不會有什麼『好辦法』的。」陸臻苦笑，「我能有的，也就是一個『不最壞的辦法』。」

陸臻把路線微調了一番，好加強防衛偵察的力度。

「你還真是講究，比你們隊長仔細多了。」海默把腦袋探進車窗裡看地圖。

「那是你看不懂他有多講究。」陸臻失笑。

夏明朗辦事雷厲風行，看似粗糙莽撞，其實是講究在刀刃上。那種招招見血、直擊要害的戰術意識，無法言傳，不可身教，憑的是那份從死人堆裡爬出來的經驗。陸臻哪有這種戰場直覺，自然是只能開地圖炮轟遍所有漏洞，萬事求穩。

車隊很快再次開拔，道路被清開，輕重傷患抬上車一併拉走，柳三變另外又留了一批人下來處理屍體。十萬火急之際自然來不及好好挖坑，長雷管插下去，連聲爆響，大地上炸出一條淺淺的傘兵坑。就這麼把人匆匆忙忙地埋了進去，也算是入土為安。

陸臻看著車窗外戰友們忙碌的身影漸漸遠去，心裡一點點沉下去。

生命如此脆弱，輕易地消失，輕易被掩埋，輕易被忘卻。

但願還有來生！陸臻心想，但願來生……沒有戰爭。

2

陸臻一路提心吊膽，卻沒再遇上什麼麻煩，倒是聶卓收到了風聲，馬上電話追來。陸臻只能把兩邊情況揀重要的再向領導彙報了一番。聶卓聽完「唔」了一聲，便沉默下來。

「您覺得？嗯……怎麼看？」陸臻心底升出一絲期待，想聽聽大老闆的獨到見解。可話音還沒有落地他就後悔了，要比實戰戰術聶卓估計連他都不如，請他發言表態這根本就是在找死。好在聶卓不是個喜歡不懂裝懂的人，想來想去沒個頭緒，也只是泛泛地叮囑了一些「注意警戒」、「加快速度」之類的廢話。

陸臻心下一鬆，卻又有些失望地，不自覺地幻想起如果夏明朗在……那會是怎樣。

雖然夏明朗也不見得萬事皆通，可是偏偏此刻他就是不在場，這種「不在」為他提供了一切可能，讓陸臻堅定不移地相信夏明朗將無所不能。

「不過……」陸臻猶豫了一下，還是忍不住問道，「我們隊長現在，夏明朗他……」

「夏明朗。」聶卓彷彿無意識似地把這個名字重複了一遍，卻又遲疑起來。

陸臻心裡沉下去：如果有好消息，聶卓自然不需要猶豫。

果然，聶卓低聲說道：「他們找到了夏明朗的編號牌，但沒有找到人，所以……」

「一塊，夏明朗的編號牌？」陸臻忽然打斷他。

「對，一塊。」聶卓有些詫異，不明白陸臻為什麼能直接猜中這個細節。

「沒有別的了？」陸臻追問。

「沒有。另一塊編號牌沒有裝追蹤器，所以……那麼大的戰場，不藉助儀器是不可能找到一塊金屬牌的。」聶卓耐心地解釋道，雖然他覺得這個原理陸臻應該比他更明白。

「嗯。」陸臻短促地回應了他一聲。

衛星電話看不到人的表情，聶卓也有些焦慮：「我希望你能暫時保留這個消息，你應該明白他對你們這個團隊的影響力，我不希望有更多人知道夏明朗失蹤了……」

「不，夏明朗是不會失蹤的。」陸臻再一次毫不遲疑地打斷了聶卓的話。

「那當然，我會加派人手去搜索的。」聶卓並沒有動怒，他把這種失態歸結為某種戰友情，這是他完全可以容忍的冒犯。

「不，我是說，夏明朗是不可能失蹤的。將軍，請幫我借用KUB-3號衛星。」

「嗯？」聶卓一愣。

「在夏明朗身上……嗯，在他皮下植入有追蹤器，KUB-3可以追到這個頻道。」

聶卓沒有馬上答話，他似乎是思考了一陣才緩緩問道：「你們有這個項目？」

「我們沒有，但是夏明朗有，這是個實驗項目。」陸臻說道。

聶卓哦了一聲，鑑於麒麟的特殊性質，把實驗項目單單使用在隊長大人身上，似乎也不是多麼匪夷所思的事。

「好，我馬上派人去辦。」聶卓馬上答應下來。

「追蹤器在每天格林尼治時間的兩個零點啟動，信號維持60分鐘，我馬上把跳頻頻道發給您。」陸臻一番操作，指尖在鍵盤上飛快地跳躍著，把一串串信號指令傳輸過去。

掛斷電話，陸臻倒是鬆了口氣，他對自己未雨綢繆的計畫非常滿意。無論如何，生不見人死不見屍這種事，他是絕對不會容許夏明朗再玩一次了。而且，現場只留下了一塊夏明朗的編號牌，這代表了什麼……這代表著「有人」把屬於陸臻的編號牌帶走了。

一組麒麟軍牌一塊嵌有追蹤晶片另一塊沒有，這是基於成本的最好選擇。畢竟，當這玩意派上用場時，有一塊只是收到戰友手裡代表一個死亡的名額而已，沒有定位需求。

追蹤晶片可以在三公里範圍內精確定位，是尋找失蹤戰士的利器，所以即使是保密任務，在一時間尋不到更好的定位儀的情況下，夏明朗也只能把這玩意給帶上了。

陸臻不自覺地按住胸口，只有他和夏明朗知道夏明朗身上那兩塊軍牌全帶著晶片。這陣子他們成天換軍牌，不知怎麼的顛來倒去地就換成了這樣，可是自己一直留在大後方，也就沒想過再換回來。

在後面的路程中敵人一直沒出現，天氣卻越來越糟糕了，山區氣候多變，有時風平浪靜，有狂風大起。臨近黃昏時分，車隊行進到一個風口，沙塵暴就像失了控一樣尖叫起來，風沙刮擦著岩壁，發出尖銳的嘯音，鬼哭狼嚎一般。

血紅的落日凝在山樑上，像一隻滴著血的怪眼，陰霾地望著人間。狂風捲著沙礫在崖口築出一道土牆，空氣稠密得好像有形的實體，血淋淋的殘日投照過來，把這一切都染作血色。

「我操……他媽的。」海默在陸臻耳邊大喊，瞇縫著眼睛，惡狠狠地瞪著這條倒楣催的破路。

風大，捲起的砂石也就更大，陸臻閉著眼睛都能感覺到細石子打在眼皮上的痛感，連忙拿出護目鏡戴上，剛一開口，又吃下滿嘴的土。

柳三變裹得像個阿拉伯女人那樣從黃沙帳裡衝出來，甕聲甕氣地說道：「沒有埋伏。」

「我早就說過了，這個地方叫魔鬼谷。」海默不屑地，「當地人避都避不及，誰會埋伏到這裡來……」

海默熟知地方上逸事掌故，一路都是指手畫腳過來，對陸臻這種小心謹慎的作風非常瞧不起。陸臻苦笑，人命大事，怎麼可能聽個傳說就當真了。

「全體下車，步行過關。」陸臻大吼，不讓海默有機會繼續鄙視下去。

除了傷患和老弱，所有人下車步行，用沾了水的三角巾掩住口鼻，但是擋不住空氣裡濃重的土腥味兒。進到山谷以後，沙塵越發厚重，迎面看不到三米之外。前方探路的尖兵甚至出動了夜視鏡輔助觀察。天色漸黑，陸臻只顧跟著前人走，目不斜視，腦子裡漸漸刷成一片空白。這些日子以來他勞心勞力，連覺都睡不好，此刻倒是得了一點休息的機會。

風聲呼號，在峽谷中迴盪。陸臻走到最後幾乎是睡著了，扯著前人的衣角亦步亦趨。也不知走了多久，前面人驀地站定了，他也沒發覺，迎面撞了個滿懷。

那位海陸的戰士七手八腳地扶住他：「陸隊長，你怎麼了？」

陸臻睜著眼睛盯著他看了好一會兒，好像一張白描的畫上漸漸補填了顏色，眼前的景物才活泛了起來。非洲的風光雄奇，這道峽谷的盡頭居然是塊綠地，走出來豁然開朗。疾風吹動勁草，沙沙直響，漫天的紅土黃沙卻消散得乾乾淨淨。

陸臻轉回頭，看到小兵還傻愣愣地瞪著他，連忙解釋道：「啊，沒事。我睡著了。」

「哈，您真厲害，那路太難走，您也能睡著？」小兵一下樂了。

這會兒，有更多人從峽谷裡湧出來，大口地呼吸著鮮潤的空氣，彼此嬉笑著，替身邊人撲打塵土，那些極細極輕的微塵有如輕菸般揚起在空中。

一輪明月懸在嶺上，月光清豔，銀輝似的千萬點微塵落下，鍍上每一片樹葉。

陸臻大睡初醒，那個關著正事大事的大門還沒開，空白的腦海裡揚起狂瀾。剎那間，一切有關明月有關夏明朗的畫面紛至遝來，有如潮水一般淹沒了他。陸臻感覺到皮膚上的戰慄，那種急切地想要被撫摸被擁抱被擁有的……慾望。在他根本還沒發覺的時候，眼淚已經滾下來，打濕了睫毛。

「怎麼了？」柳三變用手肘撞了撞陸臻。

「嗯？」陸臻茫然。

「哭什麼？」柳三變大惑不解。

「啊？」陸臻連忙抹臉，沾著塵土的臉頰瞬間被抹成了個花貓樣。陸臻愣愣地搓著手指，半晌才反應過來，解釋道：「進灰了。」

柳三變大笑，從陸臻包裡抽出三角巾沾水，草草給他擦了兩把。

「你呀，有時候看著還挺威的，一會兒又像小孩兒一樣。」柳三變把三角巾塞到陸臻手裡。

陸臻慢慢擦著臉：「我們隊長在的時候我更威。」

「你嘛，你那就是狐假虎威。」柳三變毫不留情地鄙視，他知道陸臻不會介意。

收拾完了上路，陸臻便有些心神不寧起來，十分心思總是分去三成給電臺。等到後半夜時，陸臻的心跳越來越快，拼命熬著看到指針滑過凌晨四點，連忙撥電話主動聯繫聶卓。

「沒有搜索到信號。」聶卓沒去休息，卻也沒帶來一個好消息。

這不可能！

陸臻連呼吸都停了一拍，這句話凝在舌尖上被攔了下來。無論任何角度來說，於公於私，他都沒有必要質疑聶卓給他的結論。

可是……

「可能是他們的掃描範圍還不夠大。」聶卓即時給了一個解釋。

「應該考慮所有飛機機動能達到的範圍。」陸臻乾巴巴地說道。這不是個好解釋，因為60分鐘足夠KUB-3掃描整個喀蘇尼亞。

「嗯，他們就是被思維定勢了，光顧著夏明朗失蹤的那一塊。我已經關照下去了，下次把範圍擴大些，別在一個小圈子裡反覆掃。」聶卓很耐心地向陸臻解釋細節，最後溫和地安慰道，「你也別太著急……要對夏明朗有信心。」

「當然。」陸臻斬釘截鐵地回答道。

「先集中精力完成手頭的工作。」聶卓在語氣中加了一些硬度。

陸臻瞬間警醒，連忙打起精神朗聲應道：「是，保證完成任務。」

「好的。」聶卓沒有再多廢話，乾淨俐落地掛斷了。

柳三變探身過來問道：「出事了？」

「沒。」陸臻勉強笑著，心裡卻漸漸沒了底。

他有不太好的預感，源於聶卓反常的耐心和細緻。這位將軍的態度有些太鎮定了，從容不迫地向他解釋著那些技術人員才會關心的操作細節，而這些知識絕不應該是聶卓所熟知的……似乎是有人教會了他應該怎麼說。

可是，一位將軍有什麼必要費這種力氣呢？

直接把操作員的線路接過來不就行了？

他想要隱瞞些什麼？

陸臻一路胡思亂想，而車隊卻忽然停了下來。陸臻面前的警報亂閃：最前方的偵察車表示，紅外掃描，前面山崖上有大量熱能信號。

全體警戒！

陸臻連忙集中注意力，把夏明朗暫時放到腦後。

海默一溜小跑地從自己車上過來，指著螢幕上的紅點兒說道：「山地部落。」

在喀蘇尼亞的北部山地有很多非常非常原始的古老部落，文明水準基本還處於中國三皇五帝那個年月，即使被現代文明強勢洗腦，文明的演化也得需要個百來年。而此刻，這些部落正處於演化期裡最糟糕的階段。

他們學會了使用現代武器，卻沒學會遵守現代規則。

海默從來不敢放單跑這條路也是因為他們：一群原始人，扛著槍架著炮，熟悉地形，悍不畏死……這簡直是最要命的敵人！現在正是這群人居高臨下地扼守要道，真是頭也痛死。

「咋辦咋辦咋辦咋辦？」海默繞口令似的唸叨著。她很好奇陸臻的想法，這會兒人多勢眾，倒是可以狠狠幹一架。但是陸臻這種人無利不起早，看著沒有必要的戰鬥，恐怕……

「他們在那兒想幹嘛？」陸臻眉頭緊皺。

「打劫啊！」海默用一種看白癡的眼神瞪著陸臻，「此山是我栽，此路是我開，男人拉回去當奴隸，女人綁回去生孩子。」

「此樹是我栽。」陸臻下意識地糾正道。

「呃？哦！一樣啦。」海默滿不在乎地。

陸臻自己也覺得好笑，敲著螢幕問道：「我是說，不能光留下買路財嗎？」

海默樂了，自覺猜中了陸臻的心事。

「別光顧著笑，牙太閃，當心對方有狙擊手。」

海默笑著搖了搖頭：「不能！」

「太貪了吧？」陸臻鬱悶的。

「三年不開張，開張就得吃三年，人家做的一錘子買賣。」

「你會說他們的話嗎？」

「會一點點。」

陸臻把話筒轉向海默：「幫我錄一句：要麼滾，要麼死！」

海默瞪大了眼睛。

陸臻一眨不眨地盯著海默，用眼神讓她明白自己完全不是在開玩笑。那是一種帶著清豔光彩的凜然神色，令人心動。海默忽然吹了一聲口哨：「哇哦，小帥哥，你好像又活回來了！」

陸臻皺了皺眉，有些不解的。

「這一路……呃，不是，最近你就像個老太婆一樣，死樣怪氣的。現在好像……忽然活了，跟以前一樣帥得要死。」海默眨了眨眼睛。

「錄音！」陸臻粗魯地拍著車門，用粗放的動作掩飾心底的狂瀾。居然……會被發現了嗎？陸臻一直覺得自己很好很好很好，但是那種好與正常都過了分。他變成一個恰如其分的標準化的軍人，完美無缺，幾乎不受任何情緒影響。

是的，只有這樣才能抵擋思念。

那種可怕的，好像會把人吞沒融化的思念。

紅矛-7四聯準備！火箭彈十發準備！

陸臻下達的命令讓柳三變與海默面面相覷，然而，陸臻雙手抱胸站在車邊，像長矛那樣挺拔地站立著。月光落在他的鼻樑上，呈現出一道筆直的線，下顎繃緊。

這種姿態代表著堅定！

無與倫比的堅硬與一往無前的勇氣……

柳三變有種錯覺，好像站在他面前的是夏明朗或者陳默，隨身散發著超量的壓迫感，讓人不由自主地想去依賴。

陸臻點了點頭，隨即又下達了一個更令人驚駭的命令。

亮燈！

「不會吧！」海默失聲喊道。

車隊離對方埋伏的距離甚遠，憑山地部落那種老舊的作戰方式，當然不會配有什麼高科技的紅外夜視設備，所以現在有90％的可能對方就算是知道有車來了，也不知道來了多少車。可是，這黑燈瞎火的全隊亮燈算什麼？生怕對方炮手等會兒找不到目標嗎？

陸臻沒有理她，只是向柳三變偏了偏頭，亮燈的命令馬上傳達了下去。整個車隊的大燈陸續打開，狹長的山谷裡呈現出一條閃亮的長龍。

紅外掃描器上的紅點飛快地移動著位置，顯然，對方已經發現了他們。

抵在車隊最前排的高聲喇叭開始播送起海默剛剛錄下的句子：要麼滾，要麼死！

海默驚愕地確定陸臻居然是打算硬闖。

戰士們扛上火箭彈和導彈悄無聲息地摸到山腳下，沒多久，陸臻一聲令下，一排十發火箭彈齊齊飛出，落點極準地炸開在對方火炮陣地的前沿。山崖上燃燒起一行流光的焰火，碎裂的岩石和樹木簌簌地從高處落下。

對方馬上還以顏色，在轟轟的炮響中，剛剛發射火箭彈地方被炸出一個個深坑。當然，戰士們一擊得手，早已撤了個精光。

不見棺材不掉淚……陸臻咬了咬牙，沉聲下令道：「紅矛，幹掉他兩門炮。」

在黑暗中，兩發導彈不顯山不露水地脫離發射架，然後在半空中啟動，風馳電掣一般迎風撲向山崖的高處。紅矛-7是對空導彈，對付400多米高處不會移動的火炮正是輕鬆小菜，剛剛發射了一輪的炮膛熾熱無比，是絕佳的紅外誘導源。紅矛-7奇準無比地撞上去，把那兩台舊炮連同周邊的炮手一起炸成了灰。

對方的火炮集射馬上停了下來，陸臻強行壓下內心暴躁的因數，耐心等待著。

不一會兒，又有一炮打下來，卻是遠遠地直奔向車隊。炮彈切割空氣發出尖利的嘯聲，陸臻目送這一枚火炮從視野中滑過，鞭長莫及地撞碎在路邊。

「不錯。」海默又吹了一聲口哨，「火炮射程估計得挺好。」

「那也是你們的情報工作做得好，要不然連型號都不知道，還估計個啥？」柳三變很謙虛。

陸臻在這兩人的相互吹捧中又發出了一枚紅矛，剛剛開火的炮手估計還沒來得及離開炮臺就被導彈吞沒了。

山崖上徹底平靜了，所有的炮口都啞了火，連放冷槍的都停歇了。

山谷靜寂，只有那台車載大喇叭還在週而復始地叫喊著。海默聽著自己的聲音不間斷地喊著同一句話，莫名其妙地，居然有種喉嚨發癢的錯覺。

紅外掃描器上的紅點再次快速移動起來，這一次……是撤離。

海默拍拍陸臻的肩膀，道了一聲恭喜。

陸臻低頭微笑，漆黑瑩亮的眸子閃動著異樣的光亮。

3

闖過山地部族的控制區，這條路就再沒有什麼可怕的了。陸臻一心求快，不斷地催促著前鋒部隊趕緊的別磨蹭。柳三變雖然有些不解，卻沒有出聲詢問，他們已經合作了太久，他相信陸臻必然有自己的道理。

車隊在破曉時分衝出喀蘇尼亞的國境線，濃厚的晨輝流淌在林梢，像輕盈的火焰。幾近赤道的緯度，即使是初升的太陽都擁有無與倫比的熱力，陽光極其耀眼，發散出金紅色的光，陸臻身上迅速浮起汗水。

「快到了。」柳三變從GPS上抬起頭。

陸臻很短促地應了一聲，並不太在意。

柳三變詫異地轉頭看過去，發現陸臻一手撐在車窗上，正眼神專注地看著遠方。柳三變沒有再說話，只是安靜地看著。他發現陸臻側臉的輪廓被晨輝鍍上了一層暗金色的光，一點星芒凝聚在眼底，隱約浮動著某種慾望的因數，這讓他看起來好像隨時會脫韁而出一樣。

「怎麼了？」柳三變抬起手，想要按上陸臻的肩膀。

陸臻有如條件反射般地側過身，以一個微小的後退，讓柳三變的手掌凝滯在半空中。

「想什麼啊？」柳三變順勢推了陸臻一把，觸手才發現對方全身的肌肉都繃得緊緊的。

「沒什麼。」陸臻微微低下頭。

「你擔心夏明朗啊？」柳三變早就想問了，只是之前的陸臻正常得不正常，倒讓柳三變開不了口。柳三變自覺親疏遠近他排在最末，總不可能越過陸臻去操夏明朗的心。

「嗯。」陸臻乾脆地點點頭。

「不會有事的。」柳三變安慰道。

「三哥，我想問個很爛的問題。」陸臻低頭看著自己的膝蓋。

「唔？」柳三變熱心地湊過來。

「如果阿梅姐意外……犧牲了，你會不會……你會怎麼樣？」

「呃？」柳三變顯然是被問傻了，著實愣了一愣以後，才苦笑道，「沒想過。」

「會再娶嗎？」陸臻忽然笑了。

柳三變也放鬆下來，呵呵笑道：「不知道啊！這誰知道？好端端的誰會去想這事啊。」

「可是阿梅姐想過吧。」陸臻抬起頭看向柳三變。

柳三變滿臉的笑容瞬間凝固了，過了好一會兒，他搓了搓臉感慨道：「我對不住她！」

「阿梅姐會再嫁嗎？」陸臻不知道自己想問什麼，他心裡有些亂，夏明朗攥住他的手腕痛哭的樣子一直映在腦海裡。陸臻感覺從心窩處泛起一股尖銳的痛感，這是他一直迴避的，此刻卻越來越鮮明。

「幹嘛？幹嘛？」柳三變誇張地挑起眉，「想挖牆腳啊？」

「怎麼會。」陸臻微笑著，「我有老婆了。」

「你老婆？你老婆在哪兒啊……我也不是第一天認識你。」柳三變失笑。

陸臻按住胸口：「在這裡。」

疼痛像水波一樣擴散開，沾染到指尖上，漲漲地發疼。

柳三變盯住陸臻的眼睛，那雙漆黑柔亮的眸子溫潤的讓人心疼。有種莫名其妙的直覺在告訴他，陸臻說的全是真的，可是……

「倒也是，從來沒聽你說起過你女朋友。」柳三變試探性地問道，畢竟陸臻青春年少帥哥一名，有個藏在遠方的女朋友也很合理。

「我老婆。」陸臻固執地糾正。

「好好，你老婆。」柳三變證實了自己的猜想，「你們這些年輕人啊，沒扯證就老婆老婆地叫，也不嫌害臊。」

陸臻微微笑著，鼻子皺起一點點，驀然有些稚氣的。

「想她了吧？」柳三變伸手擼上陸臻的後腦勺。

而這一次陸臻卻沒再躲，只是用很輕的聲音溫柔地說道：「是啊，特別想。」

柳三變本來就情感豐富，這會兒物傷其類，心裡更是酸得不行不行的。自顧自醞釀起了他甜蜜的思念，遠方有嬌妻幼子，這真是拴在男人心尖上的絲線。

倒是陸臻敏銳地感覺到車速又慢了下來，很快，前方的偵察車傳回消息來：是接應的人到了。

那邊領頭兒的名叫李衛東，是個四十多歲的中國男人，戴著金屬質的半框眼鏡，看起來十分精明強幹的樣子，身邊是來自聯合國難民署的觀察員。李衛東一見面就極熱情地迎了上來，雙手握住陸臻的手說道：「辛苦了辛苦了。」

「還好，麻煩您跑這麼遠來接。」陸臻知道這是來自臨國大使館的參贊。

「應該的應該的，本來應該在國境線上等你們的。結果大清早收到消息說你們過境了，我一想怎麼這麼快，連忙跳起來……」

陸臻微微皺了皺眉，笑道：「我們認識路。」

「那不一樣嘛。」李衛東露出十分爽朗的笑容。

陸臻眉角一沉，無意中卻發現那位聯合國觀察員的臉色不虞。陸臻順著他的視線轉頭看去，才知道那邊的工作人員已經上車開始檢查起難民們的傷勢。

陸臻連忙把自己那點私心雜念拋到腦後，操起流利的英語將他們遭遇的空襲事件添油加醋反覆渲染。李衛東是多少精明的老將，外事經驗豐富，馬上配合陸臻擺事實講道理，把國際觀察員心頭那片疑雲抹了個乾淨。

天氣濕熱，陽光透過樹葉的間隙中戳到人身上，曬得皮膚發痛。陸臻感覺到汗水像溪流一樣從自己的髮根流淌下來，一直盤桓在胸口的那股焦躁的情緒又翻湧上來。

「給我們將軍打個電話吧，報告一下情況。」陸臻用一種非常溫和而禮貌的態度向李衛東建議道。

「我？」李衛東有些莫名其妙地。

「我們將軍一晚上沒睡了，現在好不容易消停了，你我都接上頭了也讓他踏實一下。」陸臻的誠懇中醞釀著某種固執，讓人明白他絕不會妥協。

李衛東仍然不解，他不太想得通為什麼這個電話需要他來打，畢竟各自的條塊系統不一樣，如果是本著讓領導放心的態度，陸臻自己去彙報一下不就得了嗎？

「來吧。」陸臻微笑著伸手攬上李衛東的肩膀，把他帶到指揮車前。

李衛東是名經驗豐富的外事人員，這種經驗讓他擁有出色的隨機應變能力，很少會為那些看起來莫名其妙的東西困惑太久。老李看著陸臻撥號，接線，轉接……然後爽快地把耳麥接到手裡。他非常熱情地代表外交系統向聶卓表達了感謝，同時盛讚陸臻的專業與快速。

他在倉促間為陸臻的異常找了個解釋。大概是這個年輕人希望自己幫他在上級面前吹捧一下吧……李衛東在心裡這樣嘀咕著，把這個順水人情送得漂漂亮亮。像是要驗證老李的猜想，陸臻在李衛東說完後急不可耐地接過了耳麥，他甚至直接坐進了指揮車裡，看樣子是打算跟自己的領導好好聊一下。

李衛東站在車外向陸臻揮了揮手，得到一個冷淡的點頭做為回應。

老李在轉身離開時忍不住搖了搖頭：現在的年輕人啊！

「我的任務完成了。」陸臻相信聶卓只有在確定人員安全以後才會跟他攤牌。

不一會兒，衛星電話的螢幕上顯出模糊的人臉，是聶卓那一邊打開了視訊。陸臻心頭一凜，把臉湊到攝像頭前。車載衛星電話的螢幕很小，不過4英寸見方，當然，如果仔細看，還是可以看清對方的神情的。

「挺好的。」聶卓微笑著，「對了，有件事，我有點疑問。」

「嗯。」

「你們麒麟的專案計畫上並沒有涉及夏明朗身上的那個東西。」

「是的。」陸臻回答得異常簡潔與乾脆，他不自覺地繃緊了脊柱，緊握的拳頭按在膝蓋上。

「所以？」聶卓困惑地揚了揚眉毛。

「這是解放軍軍事科學院遙感所的一個實驗項目。」

「是的，但是……據我所知，這個項目並沒有通過審批。」聶卓的神色平和，連語氣都是最最溫和的那一種，但談話的內容出賣了他更深的用意：盡可能少地提供手上掌握的資訊，把問題拋給對方，這是一種審訊技巧。甚至，聶卓確定陸臻也在對他使用這種技巧。

「對。」陸臻再一次用一個字回答了這個問題。

聶卓不自覺地瞇起眼睛，等他意識到這一點時，馬上又微微笑了笑，然後問道：「為什麼？」

「上面覺得成本太高，用途不廣。」

「哦。」聶卓點點頭，「經費呢？」

「嗯？」陸臻睜大了眼睛。

聶卓嘆了口氣，確定他不可能透過這種技巧性的試探從陸臻口中得到任何驚喜，一旦確定了這一點，聶卓的語氣陡然嚴厲起來：「我在問經費。一個沒有過審的項目，從哪裡得到經費，做出第一批實驗品？」

「我給的。」陸臻答道。

「為什麼？」聶卓眉峰一凜，眼神尖銳得好像會撞碎螢幕。

「因為夏明朗曾經失蹤過一次，我不想讓他失蹤第二次。」陸臻感覺到自己掌心的汗水，滑膩膩的，刺痛被指甲切開的傷口。他不知道聶卓在懷疑什麼，亦不知道聶卓想知道什麼，心底有一個可怕念頭蠢蠢欲動。他在小心翼翼地試探，卻為自己的每一句話感到驚顫。

聶卓似乎被這個答案困擾了，他沉默了一會兒，方才繼續問道：「你給了他們，差不多六十萬。」

「嗯。」陸臻盡可能緩慢地深呼吸，好緩解心臟劇烈的跳動，他相信視頻的圖像不足以捕捉這些細節。

「為什麼？」

「為了讓他們把這個項目做下去。那個組的組長是我一個師兄，我們有一次無意中遇見，他說了整個Idea，我覺得很有意思，也給了他們一些支援，做了初步方案，不過後來項目沒過審。但我需要這個東西，他們也覺得很可惜，畢竟已經花了很多精力，所以我提供了經費，支援他們買原材料做完一期。」陸臻一口氣說了很多，因為他確信這些事實聶卓早已掌握。

「你這麼需要這個東西？」

陸臻不自覺地將拳握得更緊，試探著重複道：「因為夏明朗曾經失蹤過。」

聶卓眨了眨眼睛，彷彿有些哭笑不得地問道：「就因為這個？」

「那，要不然，您認為……我是為了什麼？」陸臻相信自己在表面上看起來完美無缺，而只有他自己明白，此時此刻在他心中繃著怎樣的一根弦。這很可怕，如果被聶卓懷疑上的話……他與夏明朗的關係是經不起審視的，他們現在過得很隱蔽，但這並不是因為他們多麼避嫌的緣故，而是鑽了國人思維定勢的空子。

在中國，兩個男人在一起多親密都沒關係，很少有人會做性向上的聯想，一句好哥們兒好戰友就把什麼都糊弄過去了。人們總是固執地相信同性戀都是娘娘腔的、翹著蘭花指的、嬌嗲嗲的男孩子……陸臻有時候甚至感謝這種有色眼鏡，因為在這層顏色的保護下，他和夏明朗變得那麼安全。

可是……

「這就得問你了，你為什麼要花重金在夏明朗身上安裝全球衛星追蹤系統？」聶卓把夏明朗這三個字咬得很重。

陸臻腦子裡靈光一閃，豁然開朗。

是啊……在夏明朗這種級別的人身上安裝衛星追蹤器，這是什麼樣的行為？在某些時刻，夏明朗這個人的位置就代表著共和國的頂級機密。這會兒只怕是連總參三部都已經出動了，陸臻毫不懷疑他的祖宗八輩兒又被拎出來查了個底兒掉。

陸臻簡直想抽自己一個大嘴巴，怎麼可以做賊心虛到如此腦殘的地步？你他媽在想點什麼啊？任何人遇到這種事都得首先考慮國家安全，而不是男男姦情吧！？

陸臻一朝想通，簡直哭笑不得，馬上換了一副口吻斬釘截鐵地說道：「因為他曾經失蹤過，還是我親手把人弄丟的。我當時發誓，只要能把人找回來，不管付出什麼代價，我都不能讓他再失蹤第二次。」

「就這樣？」聶卓的語氣柔和下來，或者說他從一開始就不願意懷疑陸臻，只是這件事太過詭異，他的理智告訴他不可小視，但是情感卻很容易被軟化說服。陸臻提供了一個只要是軍人都會動容的理由，這個理由足夠充分。

「這個專案在遙感所紀錄很全，在我們隊部也留了底，整個過程都明明白白的，所以您一查就有。我要是真有別的心思，怎麼可能給自己留這麼大把柄？」陸臻已經徹底放鬆了。

「那你何必藏頭露尾的？」聶卓不悅。這正是他想破頭想不明白的地方，花了錢，還不讓人知道，學雷鋒啊？

「當時我本來想從隊裡出經費，我先拿錢墊一墊。可是最後經費沒批下來，我錢已經花出去了。」陸臻十分無奈，「沒敢告訴大家是怕夏明朗知道了跟我搶著付帳。這事是我一手操辦的，我的遺憾我的心願，總不能坑得他傾家蕩產。您去問問我們隊的羅總，我當時討帳的報告寫了可多呢。我也不想出這個錢哪！」

聶卓沉默了半晌，嘲道：「你倒是有錢。」這他媽一筆爛帳，嚇得他一晚上睡不著覺！什麼事兒啊！？

陸臻乖乖閉嘴，不敢再辯。

「說到夏明朗。」聶卓平順了氣，「他現在的位置的確有些奇怪……」

「我們隊長怎麼了？」陸臻脫口而出。

「衛星顯示，他在朱旺，這是南方最大的城市，目前在巴厘維手上。這個人是雷特最大的盟友，現在也是他繼承了雷特主要的遺產。不過……」聶卓露出一些困惑的樣子，「巴厘維是個溫和的主戰派，跟我們一直有聯繫。目前也正在透過我們和吉布里列討論交換戰俘的問題，但是，他從來沒有透露過夏明朗在他手上。」

「可能他不知道那是夏明朗。」陸臻馬上給出了一個解釋。

「有這個可能性，但是……」

「但不管怎麼說，如果確定我們隊長在朱旺，您打算怎麼辦？」陸臻實在沒有耐性聽聶卓的但是。

「帶他回來。」聶卓乾脆俐落地說道，他微微笑了一笑，神色間透出一絲睥睨的意味，「那是當然的。」

陸臻終於笑開，馬上請戰：「我申請參與這個任務。」

「花了六十萬……」聶卓搖了搖頭，「如果我拒絕你，你是不會接受的吧？」

「軍人以服從命令為天職。」陸臻收斂了笑意，「但是我會盡量爭取。」

聶卓敲了敲桌子：「陸臻，你要明白，既然對方不打算用公開的方式處理這個問題，這其實是對我們有利的……」

「我們把他偷回來。」

聶卓失笑：「你要明白我不能派給你很多人。」

「我需要徐知著和方進，反正他們還在北面。」陸臻說道，「柳三變可以回南珈，陳默那邊也需要人手。」

「但你怎麼確定夏明朗還活著？」

「因為只有活著才是這個頻道信號，假如環境溫度低於三十二度，就會是另一組信號了。」

「果然是個值錢的項目。」聶卓想了想，「我再看看，想辦法花點錢，看能不能找點幫手。一個戰士願意為戰友的安全花費重金，組織上也不能太摳門了。」

「謝謝將軍！」陸臻大喜。

「謝什麼？！說起來，你為什麼不在自己身上裝那麼個東西？」正事談完，聶卓又拎起了之前的話題，雖然大是大非的嫌疑洗清了，聶卓那一腦袋霧水可還沒散盡。

「因為第一批實驗就做出來這麼一個成品，然後……再進一批材料還真挺貴的，我也沒錢了。」陸臻不太好意思，「而且他們也不想做了，上面不要的東西，沒有前途。」

「就這麼簡單？」聶卓苦笑。

「讓您費心了。」陸臻這會兒想想也覺得好笑，聶卓使用了最常規的思路，但自己與夏明朗卻是完全非常規的關係。這種非常規的心虛讓自己幹了不少多餘的掩飾，引起了聶卓最常規的警覺。

「你昨天就知道夏明朗已經找到了。」聶卓沒有用否定句。

「嗯。」陸臻卻問道，「那您昨天知道我知道這些嗎？」

「我猜，你應該知道。」聶卓瞇了瞇眼睛，閃爍的瞳眸深處閃過一絲光亮，「你很瞭解我，你有沒有想過將來跟我合作，我查了你的履歷，你不應該一直待在麒麟。雖然那的確是個好地方。」

「請給我一點時間考慮。」陸臻很驚訝，他早就預料到聶卓會對他發出某種邀請，但是他完全沒想過會是現在，而且居然是「合作」而不是別的什麼詞。聶卓的確很懂得在恰當的時候給下屬尊重感。

「你還年輕，我們可以一起做點事。中國已經太平了很多年，沒有那麼幸運會一直太平下去。」聶卓目光凜然。

「我知道，但是，我需要時間考慮。」陸臻挺直了脊背，他的未來必須跟夏明朗商量過以後才能做決定。

「我會在北京等你。」聶卓意味深長地說道。

朱旺雖然是南方第一大城市，甚至是將來要成為首都的存在，但市政建設還不如中國東南一個縣級市。市中心不過一個十字路口，寥寥的幾座高樓旁邊是連綿不斷的棚戶區，大片大片的貧民窟一直延伸到城外。看到這裡，陸臻就明白南方為什麼要鬧獨立，南方提供了喀國60％的石油出產，卻只能分得不到20％的收益。

巴厘維的軍營就建在貧民窟的終點，濁黃的河水從營區旁邊流過。此刻正是枯水區，河床大面積地裸露，一些無家可歸的流民用木棍掘地，艱難地種植著穀物。

兩天後，陸臻以中方代表團成員的身分出現在朱旺城，而徐知著與方進則提前了一天到達，身分是當地中餐館的小工，這讓陸臻由衷地感覺到中餐館是個比總參三部還要牛B的存在。

陸臻是在聶卓給他安排了這麼個身分以後才領悟過來，他不是夏明朗也不是徐知著或者方進那樣的存在，他是露過臉的，兩次新聞發佈會讓他人盡皆知。

他代表中國，代表PLA，這個身分無從掩飾。

那也就意味著，他不能被俘，他只能成功，或者戰死。

從這個意義上來說，他根本就不是這次營救行動的好人選，陸臻起初甚至以為聶卓失誤了，但是很快地他又明白了過來。聶卓是不可能會忽略這一點的，他甚至嘗試過說服他，所以他迫不及待地拋出了橄欖枝，用那樣光明燦爛的前途誘惑自己不要以身犯險。

生命，與榮耀！

聶卓是聰明人，如果連這兩點都無法打動一個人，那麼其他任何勸說都是徒勞。這位將軍沒有用命令來壓制他，而是給了他選擇的機會，這讓陸臻很有些感動。當然，這種感動在夏明朗這三個字面前不堪一擊。

白從搞丟了夏明朗，方進就沒敢離開過前線。這次聽說陸臻親自參戰，在方進心裡，那就跟穆桂英掛帥要先怒斬他這個先鋒是一樣一樣的。當然這也沒得說，是自己搞丟了他男人，如果萬一有個什麼不好，陸臻這輩子就得守寡了，心裡恨自己十八洞都是應該的。

陸臻藉代表團去吃飯的機會在小包廂裡開小組會討論「偷人」細節，方進一路點頭都沒敢抬。冷不丁偷偷瞅上一眼，倒是陸臻剛好看過來：「當時的情況到底什麼樣？你覺得隊長的傷勢重不重？」

「我我我……我也不知道啊！」方進舌頭打結，哇的一聲就哭了出來。

陸臻滿頭黑線，心想我還沒哭呢，你哭什麼？

「我我……當時隊長讓我跳，我就先跳了，然後他拉起來又飛了，然後那個飛機就掉下來了。」方進一把一把地抹淚，他是真傷心，提起來就覺得難過得不行，總覺得在那個電光石火的關鍵處，是他扔下了隊長獨自偷生。即使那個命令是夏明朗親自發出，也不能讓方進好過多少。

陸臻只能伸手摸了摸方進的大腦袋：「改天有空再哭。」

方進這會兒哪裡敢違抗陸臻的意思，馬上眼含熱淚止住了。

KUB-3的定位誤差有三十多米，並不能具體定位到某個精確的點。好在麒麟身分牌的信號在三公里內都非常強烈，利用專業的接收設備，尋找夏明朗並不是一件難事。

徐知著和方進前晚已經去摸過地形，徐知著用手肘捅開尚在專心抹眼淚的方進，把手繪的地圖攤到飯桌上。據信號顯示，夏明朗目前正被關押在巴厘維軍營側樓的地牢裡。

徐知著的指甲在一條代表高牆的直線上刻下一道淺痕：「沒敢進，怕驚動了。不過位置已經確定了。」

陸臻點點頭，把地圖拿起來細看。

方進像是忽然醒悟似的大驚小怪地問道：「噫，對了臻兒，你的牌怎麼會在隊長身上？」

徐知著忍無可忍，抬手就是一肘子打在方進胸口。方小侯一聲怪叫，不滿地瞪住徐知著：「你打我幹嘛？」

徐知著瞬間漲紅了臉，不知道應該怎麼向這個二子解釋現狀。

「小侯爺說得有道理，萬一那塊牌子不在夏明朗身上，這位置就是個陷阱。」陸臻放下地圖，「我得親自去看看。」

方進眨巴著眼睛，心想這跟我說的好像不是一個道理……不過，算了，方進大方地決定放棄這個疑問。他怎麼搞得清楚這兩個人的家務事呢？方進這樣安慰自己。

陸臻把地圖疊好放進手提包，與徐知著和方進精確對錶，他還得回去跟海默討論接應的細節。一切順利的話，他們只要能把夏明朗偷出軍營，藏入中國勢力的控制區域就算大功告成。畢竟事到如今，巴厘維已經沒有膽量公開掃蕩中國領事館。

夜黑風高，朱旺沒有公共電力供應，整個貧民區都沉溺在一片濃鬱的黑暗中，與夜行作戰服完美融合。

深冬是南喀蘇尼亞最舒服的季節，溫度適宜。陸臻行走在河床的邊沿，身邊傳來悠長的水聲，淺淡的月光揮灑在如鏡的水面上，塗抹出一條平滑的光帶。而在另一邊，在河岸之上，雜亂低矮的草棚堆疊在一起，好像從半空中隨手散落的破爛紙盒。

現在是晚上十一點半，對於一個沒有電力的城市來說已是深夜，人們已經休息了很久，正在最深的睡眠裡。

巴厘維的軍營看起來很醜陋，完全是那種毫無創意的立方體樣建築，營內道路橫平豎直，燈光昏暗。營區四周的高牆上纏繞著通電的鐵絲網，配合著在高牆下巡邏的士兵，這種上世紀七八十年代的警戒系統在陸臻他們眼裡有如無物。越過電網，營內的警戒力更是單薄。

據信號顯示，夏明朗被關押在軍營東側的一個院子裡，這個小院在公開情報裡看起來似乎是一個長官生活區，有一幢六層高樓和兩組長條形的二層小樓。

差不多凌晨一點左右，陸臻與徐知著出現在其中一組小樓的房頂。在他們對面，越過一行叫不出名字的樹木和一條六米寬的水泥路……就是他們此行的終點。

像這樣走到近處，陸臻才發現那棟樓房原來配有一層半入地的地下室，緊貼著地表的牆面上挖出一個個狹小的長方形小窗，視窗豎著拇指粗的鋼筋，兩組巡邏兵正慢悠悠地在水泥路上溜達著。在這個軍營裡顯得很金貴的街燈，在這條路上明顯密集了不少，整個路面都被照得明晃晃的，閃著光，就像那條不遠處的大河。

「是私牢嗎？」陸臻心裡嘀咕著，信心卻是更增了一分。陸臻從背包裡抽出紅外探測儀與軍牌信號的接收器，一層一層的紅光顯示信號之強烈。

徐知著匍匐在陸臻身邊，給狙擊槍口旋上消聲器，謹慎地審視著周圍的一切。是右邊第四個窗口！

陸臻將手掌攤平，調整呼吸，他緊盯著自己的手指，確定它正平靜地懸停在半空中，不帶一絲震顫。徐知著像是感覺到什麼，轉頭看了他一眼，用肩膀極輕而緩慢地蹭了蹭陸臻。

在加強功率的紅外探測儀面前，任何牆壁都像是不存在了一樣。近處的高樓剝去鋼筋水泥的遮掩，赤裸裸地呈現在陸臻面前。大樓的地下室是一個個大小不等的隔間，屬於夏明朗的那間很大，看起來差不多有9個平方米，但是熱能反應單薄——只有一個人。

這符合陸臻對夏明朗的常識判斷。

即使是俯身為囚，他也得是獨佔一室的那種。

「行動？」徐知著感覺到陸臻支撐起身子。

「我先去看看。」陸臻將背包卸下，抓住樹杈，從樓頂無聲無息地滑到樹上。

這棟樓東西長約二百多米，那兩組巡邏的士兵正在大樓的轉角處站著聊天。他們似乎是很疲倦了，四個人親密地擠在一起，唇邊燃起紅點，然後磨磨蹭蹭地往前走著，不斷東張西望。陸臻緊緊地盯著他們的背影，直到這些人消失在轉角的黑暗中。

利用一根靜力繩，陸臻從樹梢輕盈地落地，甚至沒有驚起一點塵埃。

地牢的窗子很矮，幾乎緊貼著地面，陸臻彎腰匍匐下去，就著街燈看到對面牆角邊堆積著一團破爛得像垃圾一般的人形物。陸臻一瞬間甚至有些失神，方進已經耳機裡焦躁地嚷嚷起來：「是嗎是嗎是嗎……」

是嗎？是嗎？

陸臻重重地彈了一下耳麥讓方進閉嘴，從口袋裡摸出一枚子彈扣在指間彈了出去。金屬落地時發出叮的一聲脆響，那團破爛彷彿受驚似的動了一動，緩慢地翻轉過來。

是嗎？是嗎？趕緊啊！讓我知道是不是！

陸臻感覺到心臟在喉間跳動，每一下都牽動神經。

「臻兒！撤！」方進忽然在頻道裡喊道。

「我操！」陸臻牙齒一滑，生生把嘴唇咬開一個破口。他迅速地從地上跳起來，就著幾步奔跑高高躍起，一手拽住靜力繩，利用一個漂亮的慣性回環攀住了樹杈……

兩個巡邏兵從大樓另一邊的拐角處轉出來，慢悠悠地踱著步子。

「不是？」徐知著發現陸臻居然又回到了樓頂上。

「不知道。」陸臻顧不上解釋，迅速打開紅外探測儀將它連上自己的掌上電腦。這款紅外是美軍特種使用的實驗型機，海默不知道透過什麼管道神通廣大地搞來，擁有更為精細的解析度。

陸臻將探頭對準方向，快速調節參數，螢幕上漸漸顯出比一般熱能探測器更為清晰的輪廓來。因為人手與臉部等裸露在外的皮膚溫度偏高，甚至嘴唇與眼睛都會擁有與表面皮膚不同的細微溫差，這些差別被準確捕捉後，透過一系列複雜的圖形運算，陸臻甚至可以隔牆看清對方的每一根手指。

此刻，地牢裡那堆疑似夏明朗的破爛已經貼牆坐了起來，陸臻看著他緩慢地伸出手，把那枚子彈握到手心裡。那是陸臻慣常用來送人的子彈，12.7毫米口徑，上面用56軍刺的尖端鑿著一個「L」。

陸臻相信夏明朗會用某種方式來宣告自己的身分，某種專屬於夏明朗的方式。他看到那枚子彈被握在手中反覆摩挲，全金屬的外殼漸漸染上人的溫度，在螢幕上變得越來越清晰明亮。

然後，它被夾在兩根手指之間，貼到……一雙更為明亮的嘴唇上。

陸臻感覺到全身的血液刷的一下湧上頭頂，就連脖頸側邊的皮膚都燙得生疼。

「是隊長。」他用一種壓抑著哽咽的顫聲宣佈。

「耶！」方進單純直率地表達出他的狂喜。

等到那兩組巡邏兵一前一後地消失在拐角，陸臻再一次滑下樹杈，把某種暗黃色的乳膠塗到鋼筋兩端。黏稠的乳膠質地在空氣中迅速液化，散發出刺鼻的氣味。這是一種強力腐蝕劑，它可以把鋼鐵變得像木頭一樣疏鬆脆弱。

陸臻飛快地搧動空氣，讓這些氣味快點消散開，一邊利用冗餘電路跳開纏繞在視窗的電網。不一會兒，腕上的多功能錶顫動了一下。

時間到！

陸臻拔出匕首把那幾根鋼筋齊根切斷，常規情況下應該先使用洗脫劑，但這種時候陸臻也顧不上了，不過就是多廢掉一把刀而已。

「臻兒，趕緊！」方進出聲提醒，這代表巡邏兵已經走到了大樓的側面，還剩下一個拐角。

陸臻抬頭看了看樹上，他這次沒有留繩，這似乎是一種下意識的反應，代表著他內心深處的渴望。陸臻猛地拉開多功能行攜具和防彈背心，從視窗扔了進去，然後一個滑地魚躍，利用前衝的慣性探進去半個身子。

「陸臻？！」徐知著對這種不理智的衝動感到不解。

粗糙的水泥表面隔著作戰服摩擦皮膚，腋下被撞出沉悶的鈍痛，陸臻雙手撐住牆，試圖把自己卡在窗戶的胯部拔出來。方進近乎絕望地讀著秒，徐知著把槍口移向轉角處，開始認真考慮在一瞬間連續擊斃四個人的可能性……

忽然間哨聲大作，防空警報響徹雲霄。

在那個瞬間，所有人，所有的事情都停滯了，巡邏兵停下了腳步，方進忘記了讀秒，徐知著的手指凝滯在扳機上，陸臻僵直了身體。

被發現了？發現了？不至於吧！無數個念頭，不可計數的畫面像海潮那樣奔騰在陸臻的腦海裡。

陸臻下意識地抬起頭，在他眼前，斜靠在對面牆邊的夏明朗忽然睜開了眼睛。陸臻一直以為夏明朗在看著他，現在才發現原來不是。夏明朗霍然張開的雙目中凝聚著閃亮的光斑，彷彿漆黑靜夜裡升起的寒星，從陸臻的眼底一直看到心裡。

陸臻僵直的肌肉猛然放鬆，一下子從窗口滑脫，顛倒著往下栽。情急中看不清地面，陸臻條件反射地分開雙腿卡住了窗框。

「陸臻，收腳！」方進急促地命令道。

那兩組巡邏兵觀望了幾秒，居然在一聲高過一聲的尖哨中又悠閒地兜了起來。而在大樓的另一邊，平整無遮擋的水泥路面上，陸臻留在窗外的漆黑軍靴簡直就跟從地裡扎出來那樣顯眼，只要他們轉過來，第一眼就能發現。

不過，也就是緩了這麼一兩秒鐘的時間，陸臻已經找回了自己的重心，一手撐地輕巧地翻轉，在巡邏兵繞過拐角時收回了腿。

方進長長地吐出一口氣。

陸臻顧不上跟夏明朗說點什麼，趕緊在卸下的鋼筋兩端抹上黏合劑，一手攀住窗框按原樣再把鐵窗給黏回去。在地底，地面上的腳步聲聽來分外的鮮明，陸臻可以清晰地分辨出巡邏兵的位置，自遠而近……他最後審視了一眼窗口，確定在細節上沒什麼偏錯，方鬆手落地；同時伸腿一勾，把落到囚室中間的防彈背心踢起來，抓到手裡。

「隊長。」陸臻極輕而短促地喊了一聲，剛剛往前竄了一步，卻發現夏明朗已經抬起了一隻手，掌心向前，直立著。陸臻下意識地跳了回去，後背緊貼到牆壁。

燈光從視窗瀉入，在囚房中央的地面上留下一個長方形的光斑。

當陸臻安靜下來，這房間又回歸寂靜，陸臻甚至可以看清那束光明與黑暗的邊界，無數的塵埃在光線中翻動，飄浮著，從暗處流動過來，被照亮，又再次消失在黑暗中。

夏明朗正隱藏在黑暗裡，他也是，面對面的，相隔著大約三米的距離，中間是一條光做的河，隔開彼此。

陸臻不明白夏明朗為什麼要阻止他，他甚至不願意去思考，只是眨也不眨地盯著夏明朗的眼睛。在夏明朗睜開雙眼的瞬間他已經放棄了自己的思緒、身體與心，唯一渴望的只有回去。

回去……

回到夏明朗身邊，無所思慮地凝視，不再有疲憊與彷徨。

腳步聲越來越近，第一條腿的投影出現在光斑裡，巡邏兵緩緩走過，用陸臻聽不懂的語言小聲地交談著。

陸臻恍惚中感覺到那塊光斑越來越明亮，它甚至照亮了整個牢房，光明與黑暗的界線變得模糊起來，生長出毛茸茸的金邊。陸臻盡可能地收攏身體，讓自己緊貼到牆上，躲藏進光斑無法觸及的地帶。

很快，夏明朗的身體被籠罩到光斑裡，那條明亮的光帶飛快地向上延伸，照亮了夏明朗的雙腿、身體與手臂……已經被血液與泥土浸染得看不出本色的作戰服，某些地方被扯碎了，變成一縷一縷的布條兒，肌肉從那堆爛布裡鼓出來，裸露著。

那團一直凝滯在陸臻胸口的悸慟像水波一樣擴散開，哽咽到喉頭，連呼吸都帶上了一絲疼痛的味道。

又一道陰影出現在光斑裡，陸臻驀然焦躁，他甚至想一槍把這人轟開。但這傢伙居然停了下來，他的身體擋住了投向夏明朗的光，陸臻看到那團投影越來越大，似乎是有人彎下腰在審視什麼，一個圓圓的球體出現在光斑中間。

陸臻屏住呼吸，把手槍扣在掌心，透過投影調整角度，以確保他能在必要時把這個腦袋打得個稀巴爛。

「不對，我們得先撤。」

陸臻聽到耳機裡傳來徐知著的聲音，他輕輕劃了一下喉麥表示疑問。

「他們亮燈了，所有燈都亮了，探照燈全亮了。」徐知著嘟囔抱怨著，「好像不是針對我們的，見鬼了。」

讓一個身穿漆黑夜行衣的刺客待在燈光下，這種事聽起來都會讓人感覺傻得可以。

5

陸臻轉了轉眼珠，腦子裡亂糟糟的，當然想不出比暫時撤退更好的辦法。燈光像瀑布那樣從視窗傾瀉下來，似乎更明亮了幾分，陸臻心中一動，低頭看過去，擋在夏明朗身前的那團陰影已經走開了。

此刻，光的領域已經穩定下來，光與暗再一次有了清晰的分界，燈光照亮了夏明朗的半張臉，厚實的嘴唇緊抿著，透出暗紅的血色，下顎棱角分明；而他的眼睛仍然隱藏在黑暗中，閃著幽暗的光。

陸臻用力咽了一口唾沫，這才感覺到喉嚨發緊，他不敢大動，只是微微鉤了鉤手指，眼淚奪眶而出。夏明朗撐住牆壁慢慢站了起來，一步、兩步……燈光掠過他的眉毛與額頭，桀驁的短髮仍然刺硬地站立著。

陸臻緊緊地盯住他，連呼吸都停止，淚水無聲無息地劃過臉頰。

越過光與暗的界線，夏明朗的身體忽然晃了晃，筆直地向前栽倒，陸臻張開手臂抱住他，用胸膛承接夏明朗的重量。

「水，水……」夏明朗貼在陸臻耳邊低喃。

「真摳門，連點水都不讓喝嗎？」陸臻從頸邊抽出水囊的吸管，刻意說出一些俏皮話。

夏明朗沒有動，用力啜吸著陸臻水囊裡的運動功能飲料，不一會兒，鼓動嘴唇吐出一大口暗紅色的血水。陸臻看到其中夾雜的血塊，瞳孔一陣收縮。夏明朗又咬住了吸管，這一次他喝得很慢，喉結緩慢地滑動著，這是長期缺水的人必須要注意的。陸臻收攏雙臂，微微往後傾倒，好讓夏明朗靠得更舒服些。

過了好一會兒，夏明朗終於吐出吸管，雙手摸索著捧起陸臻的臉，額頭緊貼，嘴唇輕輕碰了碰陸臻的，嘴角微微彎起一個弧度：「你來了，寶貝。」

「……嗯！」陸臻發現他剛剛強行忍住的淚水又湧了出來。

「別哭啊，寶貝，你受苦了……」夏明朗挪動拇指抹拭那些讓人心疼的液體。

陸臻不可抑止地抬手扣住夏明朗的後頸，彷彿要吞食一般含住他厚實的嘴唇，把舌尖送進去。

熱……熾熱的溫度好像要把什麼燃燒融化了一樣。

陸臻用舌尖摩擦著夏明朗的口腔上壁，然後捲住柔軟的舌頭吮吸。夏明朗猛然戰慄了一下，手下增加了力氣。陸臻戀戀不捨地抽出舌頭，清涼的空氣撲打到濡濕的嘴唇上，令陸臻驀然警覺。

這是不正常的高熱！

陸臻伸手按住夏明朗的額頭：「你在發燒。」

夏明朗微微點頭。

陸臻陡然緊張起來，像夏明朗這麼強健的身體，只有一種情況會讓他發高燒——炎症。

「哪裡？」陸臻低頭尋找。

夏明朗側過身子，抬手指了指左肩，陸臻一把扯開夏明朗的作戰服。在黯淡的燈光下，夏明朗光裸的肩膀上蜿蜒著一個可怕的巨大傷口，差不多有十幾釐米長，從鎖骨下方一直延伸到肩頭。幾截髒兮兮的黑線粗針大腳地縫起破碎的皮肉，有些地方已經綳脫了，傷口高高腫起，滲出渾濁的膿水。

陸臻只看了一眼，眼神就徹底燃燒了：「他們也不怕你死了！」

夏明朗虛弱地笑了笑，一手指向窗口。陸臻側耳細聽，果然，腳步聲又近了。陸臻機敏地計算過視窗的視野範圍，扶著夏明朗貼牆坐下。

「給我點吃的。」夏明朗啞聲道。

「媽的，沒水沒糧沒醫生，這他媽什麼窮窩？」陸臻抽出一支能量棒放到夏明朗手裡，這是專門調製出來給重傷患補充體能的東西。

夏明朗咧著嘴，無聲微笑。陸臻把手電筒固定到頭上，一晃眼看到這個笑容，無奈道：「還笑？」看見你了嘛！夏明朗用口型無聲說道。

陸臻眼中閃過一絲笑意，打開醫療包在夏明朗肩上扎下兩針鹽酸利多卡因。退燒針、廣譜抗生素，甚至腎上腺素……在陸臻面前一字排開，雖然早有心理準備，可是真正面對這樣的場面，陸臻仍然需要深呼吸來平定自己的心情。

「給我一針嗎啡。」夏明朗含糊說道。

嗯？陸臻瞪大眼睛。

夏明朗微微點頭，示意他沒有聽錯。

「可是……」陸臻失聲道。到目前為止，夏明朗都沒有表現出一絲疼痛的意思，陸臻幾乎忽略了像這樣巨大的傷口，那嚴重的感染與高燒對人是怎樣的折磨。陸臻用衣袖飛快地抹了一下眼角，就好像在擦汗一樣，一聲不吭地把嗎啡針劑抽出來，在他的印象中，這是夏明朗第一次主動要求嗎啡。他以前也受過很多傷，而即使在最虛弱的時候，他都抗拒這種東西。

「怎麼搞成這樣的？」陸臻定了定神，低頭尋找血管。

「飛機砸下去的時候，碎了個不知道什麼東西，扎進去了。」夏明朗說得很平淡，一如既往。他偏著頭凝視陸臻，在昏暗的光線下，陸臻的唇上閃著一抹亮色，那是剛剛吻過留下的痕跡。

夏明朗伸出手指托起陸臻的下顎，陸臻一時茫然，順著夏明朗指尖上那一點微薄的力道俯身過去……夏明朗偏了偏頭，含住了陸臻的嘴唇。

夏明朗唇上沾著一點巧克力味，那是能量棒的味道，很淡的甜。陸臻分開雙唇讓舌頭進入夏明朗的口腔，那種冷峻的血腥氣又在舌尖上擴散開。陸臻耐心地舔舐著夏明朗的牙床和上顎，卻意外地觸到一處空洞。

「唔？」陸臻很奇怪，夏明朗是沒有在牙裡裝過毒藥的。

「出了點兒意外，回家得補牙了。」夏明朗滿不在乎地揚起眉，神色有些恍惚地，「你真好看。」

陸臻一瞬間面紅過耳，眨巴了一下眼睛，不知道能說點啥，只能悶下頭去，抓著紗布沾消毒液清理傷口。

夏明朗沒什麼反應，局麻藥已經開始起作用了。

耳機裡，方進又咋咋呼呼地叫囂起來：「臻兒，臻兒，你知道出啥事了嗎？」

「說！」陸臻對這種在戰場上賣關子的行為深惡痛絕。

「他們在搞防空演習，演習了居然，直升機全上天了，我他媽的……簡直了。」

方進兀自抱怨著，徐知著已經把通話切進來：「怎麼辦？」

「我是不會離開的。」陸臻簡潔明快地表達了自己的立場。

徐知著沉吟了一會兒，說道：「好，那你見機行事，隨時聯絡。我們在外面掩護你。」

「怎麼？」夏明朗問道，入耳式的耳麥隔音效果極好，即使近在咫尺也聽不見什麼。

「外面在防空演習。媽的真是見鬼了，事先一點情報都沒有，我現在都出不去了，到處都封鎖了。」陸臻生怕夏明朗會趕他走。

「防空演習能有什麼事先情報啊，巴維利半夜不小心被噩夢嚇著了，就可以開演習了。」

「你倒是有經驗。」陸臻笑了，「想當年是不是就這麼幹的？」

「那是，必須的。」

「喲，你也會做噩夢啊？說說吧，都夢點啥？」橫豎出不去，陸臻開始研究怎樣簡單地幫夏明朗處理一下這個傷口。

「夢到你。」夏明朗低聲道。

陸臻不滿：「我怎麼就成噩夢了呢？」

「夢到我把你傷了，你哭天喊地地求我別碰你。」

陸臻怔住，半晌，有些羞澀地笑了：「怎麼會呢？我高興都來不及呢。」

「夢到你說愛我，樣子特別真，我心都化了，爛泥似的，都提不起個兒來。」夏明朗的目光悠遠，像是跌進了回憶裡，「你還記不記得，有一次，你編程忘了吃飯，低血糖暈在澡堂裡？」

「啊？」陸臻手下一抖，紗布差點戳到夏明朗身上。

「你一定忘了，我可還記得呢！」夏明朗微微笑著，帶著恍惚的神氣，「那時候你光著身子枕在我大腿上，小臉紅撲撲的，摸著特別滑。我後來就想，就這長相，這麼好看的，這身條這個性……這要是個妞，老子拼命也得拿下嘍。」

陸臻默默鬆了口氣，笑道：「可惜就不是個妞，結果是老子拼命把你拿下啦。」

「幸虧不是。」夏明朗用手背蹭著陸臻的臉，「要不然，這會兒你就只能抱著照片在家裡哭了。」

「老子要哭也得抱著你哭，照片有什麼用！」陸臻假裝兇狠。

「是啊，照片又不能用。」夏明朗嘿嘿笑著。

陸臻再一次面紅過耳，佯裝聽不懂，調整好頭燈的角度一刀下去，極精確地切開了夏明朗腫脹的傷口。黃濁的組織液混著血絲流過胸膛，陸臻夾著紗布擦拭，卻在夏明朗腋下意外地發現了一行排列整齊的傷口。全是刀傷，切口筆直平滑，一刀緊貼著一刀，有些已經開始癒合了，有些還滲著血。

這是職業行刑師的手法，最小的傷害，最大的疼痛。

陸臻用力咽了一口唾沫：「他們想問你點什麼？」

「多了……比如說我是誰，幹嘛的。」

「你怎麼說？」陸臻深呼吸，手勢又平穩起來。

「我說我是越南人，吉布里列花錢請來的。」夏明朗說得很慢，聲音低沉而含混。

「你又禍害越南兄弟。」

「那怎麼辦？我就越南話說得最好了。」

「你說越南話，他們能聽懂嗎？」陸臻切開已經腫脹壞死的皮肉，開始有意識地東拉西扯，轉移夏明朗的注意力。

「不能。」夏明朗搖了搖頭，「哎，白瞎了我的西貢口音。」

「就這樣？」

「還問了點打仗的事，吉布里列的，我挑不要緊的說了一點。」夏明朗忽然一笑，「對了，他們還問我，夏明朗是誰。」

「他們問夏明朗『夏明朗』是誰？」陸臻也樂了。

「嗯，他們想知道洪斯那一仗是誰指揮的。」

「神指揮的！」陸臻脫口而出。

夏明朗呵呵笑：「英雄所見略同。」

「你太不要臉了！」陸臻鄙視道。

「那必須的嘛，必須吹啊……我說人家那是天縱英才，威武雄壯，中國人民解放軍鎮軍之寶。就我這種小蝦米，也就是遠遠地看過人家幾眼，我哪兒知道夏明朗是誰啊……」

「你這人也太不要臉了。」陸臻哭笑不得，「不過更不要臉的是……我居然還覺得挺貼切的。」

「是嗎？」夏明朗瞇起眼睛，「原來我在你心裡的形象這麼高大。」

「那當然。」陸臻低眉一笑，手上卻停了下來。

「嗯？」

「怎麼還有彈片沒清乾淨。」陸臻小聲咕噥著，換了鑷子探進去，試著輕輕一拔。夏明朗忽然一口咬住下唇，脖側的肌肉繃成剛直的線。

「疼？」陸臻連忙停手，看來這彈片埋得夠深，已經超出了局麻藥的作用範圍。

半晌，夏明朗緩過神來，啞聲道：「還好。」

「那算了？」

「拿出來吧，嵌著更疼。」

「可是，再打一針？」陸臻躊躇。

「算了，直接取吧，那地兒麻藥不好打。」

「可是……」陸臻遲疑著。

夏明朗微微笑了笑，溫柔地看著陸臻的眼睛：「我能忍。」

陸臻深吸了一口氣，正要動手，夏明朗忽然抬起手：「等等。」陸臻連忙頓住，聽著夏明朗極緩慢地說道：「給我把槍。」

陸臻愣了一會兒方才反應過來，從背囊裡摸出一柄備用手槍塞到夏明朗手裡，有些抱歉地：「居然忘了。」

夏明朗舒張了一下手指，握住那支烏黑冰冷的兇器。槍是他的手指，他靈魂裡的骨骼，在任何時候都會給他以力量。陸臻感覺夏明朗就像高速攝像機下的植物那樣飛快地生長，像枯樹枝頭頭綻出新綠，煥發出光彩。

「我來了。」陸臻說道。

夏明朗點了點頭，下意識地咬住了下唇。

「別介啊。」陸臻找出一捲紗布塞到夏明朗嘴裡，「已經挺厚了，咬腫更沒法兒看了。」

夏明朗失笑，陸臻抬起手臂擦汗，把手術刀探進去小心翼翼地分離彈片與黏連的組織。四周極安靜，只聽到金屬與金屬滑擦時那種瘆人的聲響。陸臻看到汗水沿著夏明朗脖頸上緊繃的線條滑下，積聚在鎖骨處，泛出一抹幽暗的光。

這彈片長得很規整，分離起來倒是不難，陸臻再一次用鑷子夾住它，左右輕輕晃動了一下，抬頭看向夏明朗的眼睛。夏明朗眨了一下眼，然後重重閉牢。陸臻深吸了一口氣，按住夏明朗的胸口把彈片拔了出來。

夏明朗喘著氣，胸口急遽起伏，緊繃的身體像一根斷裂的弦那樣驟然癱軟下來。

但是……陸臻目瞪口呆地看著他鑷子尖上夾的那個東西，雖然刀鋒抹去了上面所有的字跡，把雕花劃得亂七八糟。可是這玩意兒他就算是做夢也不會認錯——這是他的麒麟軍牌。

「你怎麼……」陸臻用拇指搓去軍牌表面黏連的血肉，血水凝結在混亂的刀痕裡，看來怵目驚心。

「總得找個地方藏……」

「我以為……」陸臻脫口而出。

「一看就是從來沒坐過牢的。」夏明朗不屑地，「你以為的那個地方是看守們頭號檢查對象。」

「那你也不能往這兒放啊，你還不如扔了它呢。」陸臻勃然大怒。

「怎麼能把你扔了。」夏明朗認認真真地笑，「扔了你，誰來救我？」

「你這樣會感染、發炎……你不要命了？」陸臻感覺全身的火都在往頭上湧，要不是情況不允許，他真想把夏明朗拎起來揍一頓。

「那又怎麼樣呢？只要你能來，我就死不了；如果你不能來，我臨死還多個念想。」夏明朗握住陸臻的手，連軍牌攥在手心裡，「多好啊！」

「你……」陸臻鼻子酸哽得連話都說不出來，憋了半天也憋出幾個字，「你這個瘋子。」

「別哭啊。」夏明朗手下又緊了緊，「你現在後悔跟了個瘋子，那也晚了不是……」

「鬆手。」陸臻抽了抽鼻子，「你把我手弄髒了。」

夏明朗嘿嘿一笑：「你想在這兒控制無菌，那也不可能啊。」

陸臻把手從夏明朗手裡掙脫出來，另換了一隻手套，義正詞嚴地告誡道：「別再說話了。」這個混蛋一句話讓人笑，一句話讓人哭，這種狀態他還怎麼幹活？陸臻清理完傷口，把殺菌消炎用的凝膠抹在創面上，再用特製的黏合劑把傷口黏合，最後用彈力繃帶把這一塊牢牢地捆了起來。回去以後會有專業的醫生逐層縫合傷口，戰地醫療以快為主，不必太精細。

幹完這一切，連陸臻都出了一身的汗。夏明朗皮膚上滲出細密的汗水，退燒藥開始起作用了。陸臻在夏明朗身邊坐下，極小心地繞開傷口，把人抱進懷裡。

「這些天，你怎麼熬過來的？」陸臻下意識地用拇指摩挲著軍牌，金屬表面已經被他磨得啵亮，泛出燦爛的銀光，但刀痕裡凝結的血液像是再也擦不去，呈現出一種半透明的近於黑的紅。

「想你。」

「我是說……」陸臻感覺這小子今兒晚上的情話氾濫得都成災了。

「就是想你。」夏明朗慢慢放平身體枕到陸臻大腿上，給自己找個舒服的位置，「就想想你，想想大夥，想想以前那些逗樂的事。就想，咱怎麼著都得挺住啊，我這活得太有意思了，剛討了這麼一如花似玉的老婆，還有一班好兄弟，一死可就全便宜別的混蛋了。」

夏明朗說得很慢，聲音在空氣裡潺潺地流動，像流動在深山裡的水，清而潤，泛著細膩的光澤。遠處傳來一些喊打喊殺的聲響，直升機旋翼切破空氣，聽起來像風一樣。

時間能停下來就好了，陸臻心想，時間停下來，讓他和夏明朗都睡一下。

好累啊！只想抱在一起什麼都不幹，就這樣握著手，小聲地說著話，到天荒地老都成。

夏明朗卻忽然安靜下來，把腦袋從陸臻腿上移開，貼到地面上。陸臻抬下頭去看他，只見他擺了擺手，用口型說道：「有人。」

到這會兒，連陸臻也聽到了腳步聲，由遠而近……

怎麼辦？

有時候人總是心存僥倖，有時候，怕什麼偏偏來什麼。陸臻聽到腳步聲停在門外，幾個人嘰裡咕嚕地正在小聲談論著什麼，陸臻全身的肌肉驟然繃緊，蓄勢待發，像一隻隨時可以出擊的豹子。

「門上。」夏明朗小聲說道。

陸臻不假思索地一躍而起，三兩下換好手套，就著兩步助跑在牆面上踏了一腳，借力起跳，緊貼到門框上方那個牆角裡。黏性手套在光滑表面足可以支撐100公斤的重物，雖然在水泥面上要打些折扣，但是角度運用得當，陸臻仍然像蜘蛛俠那樣穩穩地懸在半空中。

牢門鏽澀，開門時發出咿咿的聲響，三個男人鬼鬼祟祟地摸進來。

這他媽怎麼回事兒？這會兒又不是飯點，大半夜的……陸臻十分警惕地探出足尖點在半開的牢門上，平衡好身體，悄悄放鬆了手套的鎖扣。

那三個男人裡，有兩個顯然是一夥的，另一個大步走到夏明朗跟前，揪著衣領把人從地上扯了起來。夏明朗的臉被拖進光斑裡，一隻不知道從哪裡伸來的黑手掐著他的下巴，像查看牲口那樣看來看去。

陸臻連呼吸都停了，怒火蒸騰，燒得發根發痛。他默默告訴自己要忍耐，把視線放遠，落到那扇窗子上，他們唯一的光明。然而一聲沉悶的重擊，讓這團白光剎那間殷紅如血。

陸臻連忙調轉視線，只看到一記重拳最後的殘影。時間像是被撥慢了，畫面一幀一幀地跳過。夏明朗偏頭的角度……脖子好像斷了那樣偏折到極限，血水從他唇間飛濺出來，懸停在半空中，晶瑩剔透，像一滴純淨的寶石。

像是感覺到了陸臻的注視，夏明朗微微睜開眼，一絲凜冽的光彩從他眼底直射出來，殺氣宛然。他看著陸臻微微點了點頭，退後兩步，沉重地倒在了地上。

兩個男人興致勃勃地討論著什麼，湊近過去；原來打頭的那人卻無聊地站到了一邊，點起一支菸正要往嘴裡送……一截血棍忽然從他嘴裡突出來，刺尖上挑著一滴血，將墜未墜。

後頸處，從顱骨以下頸椎以上的空隙間刺入，穿透延髓，從嘴裡穿出，這條路線就是死刑犯執行槍決時的子彈軌跡。延髓控制人的呼吸與心跳，一旦受損連呻吟一聲的機會都沒有，瞬間致死。

男人癱軟的屍體倒在陸臻身上，腦袋向後仰起。陸臻在他身後露出半張臉，神色專注而平靜。

陸臻下殺手時的樣子跟所有人都不一樣，不像方進，發飆時有狂暴的殺氣，令人望而生畏；他卻仍然是一脈嚴肅的模樣，好像手中穿透的不是一個活生生的大腦，而只是個模型，所以心無雜念，極其精準。

陸臻鬆開右手握住他的肩膀，左手腕微微一振，軍刺的血槽帶入空氣，釋放了肉體空腔所造成的負壓。修長的軍刺就像劃過黃油的熱刀子那樣流暢地滑出來，幾縷鮮血沿著軍刺的棱線流到陸臻手背上，陸臻順手在那人肩上帶過，把黏膩的血漬擦乾淨。失去支撐的肉體仰面倒下，陸臻一手托住那人的後背，無聲無息地放平到地上。

另外那兩人兀自興奮地圍著夏明朗拳打腳踢，砰砰砰……拳拳到肉的悶響讓他們忽略了周遭的一切，渾然不知死神已緊貼在他們身後。

陸臻屏住呼吸，輕輕拍了拍其中一人的肩頭。

「唔？」那人茫然間起身轉頭，被陸臻捂住嘴一把按到牆上，軍刺從下顎柔軟的空腔處刺入，穿透腦幹，直達顱底。陸臻感覺掌下的人體就像一隻泄了氣的皮球那樣軟下來，眼睛瞪到了極限處，剎那間黯淡無光。

咳咳……陸臻聽到身後傳來一連串的咳嗽聲，連忙轉身看過去，發現夏明朗已經半跪著蜷縮了起來。在他腳邊，一團抽搐的肉體在嘶聲喘氣，脖子上深嵌一把匕首，大團的血從他嘴裡湧出來。陸臻心下一鬆，只覺得夏明朗就是夏明朗，就算他只剩下一口氣，他仍然是兇器！致命的！

陸臻來不及細想，一腳踏在刀背上用力踩下，黑暗中只聽到「喀」的一聲輕響，頸椎碎裂，送那人徹底上到西天。

「這幫人來幹嘛的？」陸臻小聲嘀咕，一邊忙著把屍體拖到牆角隱蔽處。

夏明朗指向窗外，死死咬住自己的衣袖，抵抗肌肉的抽搐。陸臻聽到巡邏兵的腳步聲再一次臨近，只能狠狠心用力按住夏明朗的嘴，把人攬進懷裡。夏明朗睜大眼睛看著他，身體不斷地抽動，咳嗽聲壓抑在喉間，好像在嗚咽一般。陸臻感覺到某種溫熱的液體濡濕了他的掌心，心痛得無法形容。

有些事，想到與看到是完全的兩碼事。

剛剛一出手便秒殺兩人的戰績，沒在陸臻心中留下半分成就感，他陡然覺得自己曾經所有的堅強與冷靜都毫無意義。

一個男人，無法保護自己心愛的人不受傷害，那真是極度的恥辱。

他無法想像在這之前的每一個夜晚，夏明朗是如何度過。

一個人，在無窮無盡的黑暗中夜夜受苦。

陸臻感覺到嘴裡彌漫的血腥氣，在他不知道的時候，已經把牙根咬出了血。

腳步聲自遠而近，又再一次離開，夏明朗也漸漸平靜下來。陸臻小心翼翼地鬆開手掌，看到夏明朗唇上全是血，臉色煞白。

「是來揍我的。」夏明朗舔著牙尖吐出一口血水，嘶啞著嗓子說道。

「嗯？怎麼？」陸臻用三角巾沾水，給夏明朗擦拭臉上的血跡。

「他們……」

「三更半夜的，就為了揍你？」陸臻只覺難以置信。

夏明朗疲憊地眨著眼：「這些人是雷特的手下，買通看守進來揍我一頓，再帶點紀念品回去。」

紀念品？！

陸臻連忙把夏明朗全身上下的零碎都檢查了一遍，卻沒見有什麼缺失，驀然心底一涼，從後背竄上一道寒氣：「你的牙？」

「所以說，是個意外。」夏明朗無奈地。

「這他媽想幹嘛？拿根繩子串起來掛在脖子上？」

「有可能。」夏明朗咧開嘴笑了。

「他們來過幾次了？」

「不多。」

「你就這樣讓他們打？」陸臻第一次覺得夏明朗的笑容如此刺目，像尖刀剜在他心頭最柔軟處。夏明朗可以傷可以死，但怎麼可以……怎麼可以就這樣子，毫無意義地，束手無策地……被幾個混蛋小人爛扁著洩憤。

「那怎麼辦？」夏明朗揚起眉。既然逃不出去，反抗就沒有意義，還不如把精力花在怎樣保護自己上。

「跟我走！」陸臻慢慢湊近，在極近的距離盯著夏明朗的眼睛，「我們一起，我帶你走，現在！」

我一分鐘都不想忍，一秒鐘都不願意停留。

跟我走，請相信我能保護你！

我們一起，要麼生，要麼死，殺開一條血路，終點都會是天堂。

夏明朗純粹的黑眸煥出異彩，嘴角微微翹起來，笑道：「好啊！」

陸臻拉著夏明朗站起來：「你還能自己走嗎？」

「我可以試試。」夏明朗很認真地點頭。

陸臻迅速從牆角邊平躺的死人身上扒下兩套衣服，夏明朗脫下自己的鞋給其中一人換上，拖著他蜷縮在牆角，剛好是從窗子裡可以看到的地方。

門外的走廊黑而狹長，左右都看不到頭，像一口黑漆漆的井。夏明朗伸手指出一個方向，陸臻架著他躬身走過一扇扇緊閉的鐵門。走廊的盡頭是一道沉重的黑門，牢門虛掩著，透出一線火光。

陸臻屏住呼吸，在門縫裡張望了一下，卻發現是個行刑室，一排排鐵架與各種看不出名堂的古怪東西模糊在黑暗中。牆角處燃著一爐炭火，火光濃鬱得像血，映在陸臻的瞳孔裡，在燃燒。

陸臻聽到人聲，連忙把夏明朗拉到身後，給手槍旋上消聲器。

在熱成像儀的透視視野中，牆後一團明亮的高光是火，另一團較為黯淡的光斑便是人了。陸臻緊貼在門邊，探出足尖把牢門踢開，門軸轉動時發出刺耳的聲響，地面上鋪開一抹長方形的光斑。

門內有人高聲問了一句什麼，陸臻捂著嘴，嗚咽著咳了一聲。

腳步聲臨近，一個黑色的人影出現在門前的光斑裡，陸臻對著地上的投影調整角度，扣動了扳機。將人瞄準以後說「不許動」再開槍這種事，的確，只是電視裡演演的而已。

極細微的一聲輕響，子彈旋轉著脫出槍膛，濃烈的血腥氣爆炸性地彌漫開。距離太近，即使是9毫米的空尖彈也有足夠的動能撕開整塊頭蓋骨。陸臻機敏地竄出去，一把扯住對方仰面倒下的身體，順勢放平到地上，沒發出一點聲響。

然而，在這樣寂靜的時刻，單單是頭顱爆裂的聲響也足夠引人注意，陸臻很快就聽到一串急促的追問從行刑室外逼近。陸臻把夏明朗推到牆角處藏好，三兩步跑到門邊。隨著一陣稀裡嘩啦的金屬碰撞聲，大門洞開一線，陸臻輕輕躍起，一手搭在門上，雙腳離地懸空。

陸臻的體重讓那扇門驀然變得有點不靈活，門外的人用力推了一下，衝進門裡。房門大開，陸臻在身後的牆上用力一踢，身體貼在門板上蕩了回去。光線昏暗，不及那個衛兵看清地上那一攤血肉模糊的腦漿混合物，陸臻的兩條腿已經架到了那人的肩膀上。

鬆手，身體扭轉，強大的絞切力，將對方的脖子徹底地絞斷。

夏明朗站在陰影裡，冷眼旁觀這一切，無聲無息的殺戮，快捷，而精準；沒有任何多餘的動作，從頭到尾都只是一擊，剎那間已定生死，就連讓對手多掙扎一秒鐘都是失誤。

殺人是個技術活，這項技能人人都擁有，看似本能，卻更是一種高深的策略。這就像人人都會跑步，卻不是所有人都有資格參加奧運會。

陸臻從不是身體素質最好的那一個，但是，夏明朗相信他可以贏下所有人——因為他冷酷無情的大腦和精密的計算。

夏明朗知道這一天早晚會到來，總有一天，陸臻會不再猶豫，毫無遲疑，在舉手投足間解決一條人命。

這就像每一個少年都終將會死去。

陸臻輕捷地從地上跳起，拉出熱能掃描器的探頭伸向門外，不一會兒，收拾好東西走回來：「隊長，暫時清場。」陸臻走得很輕快，落地無聲，像一隻機敏的豹子在逡巡他的領地，有種風發的意氣。

「嗯。」夏明朗仍然有些恍惚，思緒停在某個遙遠的地方。

這正是他一直以來在等待的那個陸臻，從多年以前見到他的那一刻起，夏明朗就在心裡這樣期待著。是他一手勾畫了陸臻的未來，他現在的樣子，每一個棱角都由他細心打磨，每一段骨骼都有他精心的錘鍊。

而此刻，他成長得比他想像中更好更強悍……可是為什麼，居然會覺得心疼呢？

那個純白無瑕的少年已經死去了，那個在血色殘陽下向他剖白心跡的孩子……那麼天真、熱情、正直、善良得不可思議的孩子永遠地，消失了。

這是否，就是成長的代價？

「怎麼了？」陸臻感覺到夏明朗的異樣。

「沒什麼。」夏明朗把陸臻拉進懷裡，用臉頰憐惜地磨蹭著他的脖頸。

如果有可能，會不會後悔？

夏明朗問自己。

如果有可能，真希望陸臻永遠不必長大，永遠不必學會這種遊走在生死邊緣的冷靜。一切都讓他來做就好了，天塌下來由他扛著，陸臻只需要快樂地活著就可以了。不必有煩擾，又不必有憂傷，十指不沾血。

「讓你受苦了。」夏明朗說道。

「你這……這說的什麼話。」陸臻從夏明朗懷裡掙脫出來，一本正經地板著臉，「我受什麼苦，我受再大苦也不及你啊。啊不對……我是受苦了，苦大發我了，每天都不敢去想你活著還是死了。我一定能把你帶出去，信不信我？」

夏明朗失笑。是的，他後不後悔都沒有用，關鍵是陸臻不會後悔。

陸臻把一副喉麥塞給夏明朗：「雜事回家再想哈！你爺們兒帶著你征戰沙場呢！專心點！」雖然不明所以，但夏明朗萬年難得一見的脆弱猶豫讓陸臻產生出無與倫比的滿足感，他眨了眨眼睛，好像滿天的星辰都碎在他眼底，熠熠生輝。

「好啊。」夏明朗點頭微笑，很乖的樣子。過去沒有如果，未來不容假設，他會好好去愛每一個陸臻。

陸臻側著頭凝視夏明朗全心依賴的眼神，感覺自己快要燃燒起來了，皮膚的每一寸都往外爆著火星，這世上只有一個人可以輕易地掌控他所有的慾望……一切慾望。陸臻回想起這些日子以來他反覆做的一個夢。

在夢裡，他和夏明朗都是來自遠古的戰士，他們舉著戈扛著盾牌、他們跨著馬拿著弓弩，他們站在城外高高的雲梯上……場景不斷地變化著，唯一不變的只有他和夏明朗。

他們相愛！他們戰鬥！

背靠著背，在屍山血海中毫無畏懼。

戰火燃燒著，落日的血紅籠罩所有的戰場，修長的青銅劍在刺擊中反射出沉鬱的血光，戰士們的鮮血與汗水混合在一起，肆意地揮灑，那些火熱的液體潑濺在他臉上，像最熾烈的親吻，燒穿他的骨骼。

想要贏，想活下去，對生的慾望，對勝利的慾望是那樣強烈，心中鼓揚著激昂的快意，血液在沸騰中蒸發嘯叫。

在每一個夢裡，他都這樣盯著夏明朗的眼睛。

那是怎樣的一雙眼睛啊！

那麼美那樣動人，比所有的火焰更熾熱，比所有的光芒更燦爛，攝人心魂！

7

陸臻深吸了一口氣，定定神，打開通訊：「小花，我們出來了。」

「嗯？？！！」

「有人打擾，待不下去了，看守被我殺光了，暫時還安全。」陸臻從一個字裡聽出了兩個問號兩個驚嘆號，有些心虛。

「那現在怎麼辦？」徐知著永遠不愧是徐知著，在任何時刻都沒有一點廢話。

「能走嗎？」陸臻瞥了夏明朗一眼。

「不能。」徐知著乾淨俐落地回答道，「直升機都在天上。海默說外面的棚子太擠，車開不進來，查理已經在路上了。」

「那好，幫我掃一掃這棟樓，挑個房間給我，我們先藏著。」陸臻很快拿出了方案。

徐知著沉吟了三秒，終於問道：「隊長，您怎麼看？」

「聽陸臻的。」夏明朗不假思索地答道。

陸臻又飛快地瞥了夏明朗一眼。

「好的。」徐知著在腦子裡盤過一道，終究沒有更好的方法。

行刑室的外間要高上半層，已經在地面上，家具粗陋。貼牆邊放著兩張破床，鋪蓋倒是一色的，有些制式的意味，但是床鋪凌亂，顯示出低下的軍事素質。陸臻從床上搜出一把AK74，拉槍栓瞄了一下，發現保養得還不錯，隨手扔給了夏明朗，連同之前在死人身上搜到的幾個彈夾一起。

徐知著的掃描結果還沒出來，陸臻把夏明朗扶到床邊坐下，不死心地搜索起整個房間，想要找點有用的東西。但是櫃門撬開，卻只是一些錢物、傷藥之類的，連一點值得帶走的東西都沒有。陸臻東翻西找，好奇地擰開了一個層層包裹的小鐵盒。盒子裡白花花的，盛著一小撮像鹽一樣的細末兒。

陸臻湊近聞了聞，露出若有所思的表情，用指尖沾起一嚐，馬上吐到了地上。

「媽的。」陸臻罵道，「果然是毒品。」

夏明朗馬上僵住了。

「給我。」夏明朗說道。

「海洛因。」陸臻把小鐵盒放到夏明朗掌心，「純度還挺不錯的，哎，早就聽說這小子也種罌粟。」

石油雖然是喀蘇尼亞最重要的戰略資源，但是比起技術要求低下、容易轉手變現的毒品來說還是次了一層，所以南邊的大小軍閥多多少少都會沾一點，吉布里列也是跟中方搭上線以後才洗手上岸。

「怎麼了？」陸臻發現夏明朗的手指在發抖。

「帶上吧。」夏明朗用力合上蓋子，「說不定會用得著。」

「嗯？」陸臻莫名其妙。

「拿來送個人什麼的，挺好的。」夏明朗笑道。

陸臻失笑，心底那些忐忑又散開了去。恰在此時，徐知著把房牌號送了過來，三樓，右邊第二個房間。

「走吧。」陸臻伸出手來，夏明朗厚實的手掌緊握上去，手指穩定而乾燥。陸臻心想，剛剛一定是我看錯了。

走廊裡沒有看守，但是燈火通明，很多房間裡都還亮著燈，似乎是演習來得太倉促，連關燈都沒顧上。熱能顯示，軍官們帶家眷的套房在四樓以上，這棟大樓的下面三層幾乎是空的。

陸臻回憶著剛剛在外面觀察過的樓層分佈，壓低帽子與夏明朗一前一後若無其事地走到樓梯處。徐知著報給他們的門號是一個雜物間，陸臻拿著萬能鑰匙像尋常開門那樣走了進去，對徐知著的選擇很滿意。這是個好地方，有一扇大窗正對著樓外的院子，進可攻退可守，視野開闊，有大量的櫃子、架子、髒衣服、破床單可供藏身。

有誰會想到兔子逃出狼窩以後，反而會選擇躲在窩邊呢？

陸臻靠到窗邊去觀察地形，天已經快要亮了，這時節天總是亮得特別早，天與地的交接處泛出灰白。幾架直升機在半空中盤旋，士兵們列著隊跑過營區的大路。

啪！陸臻聽到身後一聲輕響，連忙疾轉身，卻發現是夏明朗失手把那盒海洛因打翻到了地上。雪白的粉末飛濺開來，像是被人用油彩在地板上重重抹了一筆。夏明朗雙手抱肩，篩糠似的發著抖，慢慢蹲到了地上。

「隊長！」陸臻心驚膽顫地衝過去握住夏明朗的手。

夏明朗抬起頭來看他，瞳孔已經擴散到了極致。陸臻感覺自己手上抖得厲害，說不好是夏明朗在發抖還是自己的肌肉在抽搐，冷汗一層一層地冒出來，怎麼也控制不了。

陸臻終於想通了那一直盤桓在他心頭的不安是什麼：夏明朗受的傷太輕了！

他之前一直不能正視這份不安只是因為他太心疼了，這種心疼讓他放大了所有加諸夏明朗身上的苦痛。然而，如果用最客觀不帶情感的眼光去審視去判斷……敵人怎麼可能如此仁慈？

夏明朗落在他們手上這麼多天，沒缺胳膊沒少腿，沒有短少任何一點零件。那幫人怎麼下手他是知道的，從緬甸到非洲……那些職業行刑家們可以輕而易舉地在幾個小時以內把一名壯漢削成爛泥。然而夏明朗沒有遇到這些，只是沒有水、沒有食物……這一切都表明對方在等待，熬著他，胸有成竹地等待著他的某一個崩潰的時刻，那會是什麼？

夏明朗用力閉上眼睛，微微笑了笑：「你看，我現在連路都走不了。」

陸臻聽到自己沉重的呼吸聲，幾乎有些虛脫似的，汗水冷了下來，沾在皮膚上，寒氣逼人。

「最後一次，我們一起殺出去。」夏明朗打著冷顫，牙齒咔咔地響。

陸臻看著自己的手指一點一點地鬆開，然後跪到夏明朗身後，把他抱進了懷裡。他收緊手臂，慢慢說道：

「知道嗎？拜耳公司曾經認為海洛因是比阿司匹林還要安全的藥物，他們給這玩意起了個漂亮名字，說它是英雄式的發明，在公共藥房裡賣了很多年。」

「還有這事？」夏明朗含糊說道。

「嗯，因為那時候的歐洲人只是在吃它，而且吃得很少。口服海洛因要很久才能到腦，發作很慢，效果也不明顯。」

夏明朗吐出手指：「那怎麼辦？」

陸臻的視線落到那攤白花花的雪花粉末上，很多人以為吸毒很簡單，看電視電影裡演的，用刀尖劃開一大包白粉，挑一撮出來用自來水攪攪就可以往血管裡打。但其實吸毒也是個技術活，給新手愣頭青塞一包高純白粉，回頭十之八九就得毒死在自家床上。

這會兒沒有錫紙沒有秤，最要命的是不知道純度，在陸臻這個級別的外行人嚐起來，四號海洛因（註1）都是一個味兒，90％純和60％純也沒什麼分別。陸臻想了一會兒，抽出急救包打開，他還有兩針嗎啡，不如先拿來頂頂，等藥效過去的時候，夏明朗吃下去的那點東西應該也能派上用場了。

註1：「2號海洛因」又叫次海洛因，化學名稱為二乙醯嗎啡，狀如磚塊，呈淡灰褐色，只出現在亞洲。毒販製作時只需加入鹽酸製成鹽酸化合物，再摻和4％～50％的咖啡因，製成這種海洛因，是為方便運輸和交易。

「3號海洛因」是一種棕色或灰色顆粒狀物質，又名棕色糖塊。提取過程中加有士的寧、奎寧、莨菪胺、阿司匹林、咖啡因等原料（取其中的某幾種）。這種棕色糖塊含海洛因30％～50％，歷來用於吸食。使用時將海洛因粉撒於錫箔上面，用慢火在底下加溫，使之變成流質，吸者口啣紙筒，對箔上流質狂吸抽咽，飲開水。據吸毒者說，吸海洛因比吸食鴉片的提神力強10倍。這種方式被香港、馬來西亞、新加坡和泰國成癮者廣泛採用。

「4號海洛因」是從嗎啡精煉出來的，經過乙醯化、鹽酸化，然後提純、增白，成為又輕又細的白色粉末。

陸臻終於明白了夏明朗為什麼見面就向他要了一針嗎啡。海洛因的學名是二乙醯嗎啡，但真正在人體內發揮作用的仍然是嗎啡，一母同胞。

夏明朗還在發抖，只是幅度小了一些，陸臻輕拍夏明朗的手背找到血管。看著針管裡的液體漸漸消失，他的手指很穩定，雖然心裡緊張得要命。

「是誰他媽發明把這玩意往血管裡打的？」夏明朗忽然問道。

陸臻想了想：「美國佬。」他依稀記得海洛因注射是在美國先流行起來的，那個時候，每家美國醫院裡都塞滿了癮君子。

「都他媽拉出去斃了。」夏明朗嘶聲道。

「那當然。」陸臻低頭看著夏明朗的眼睛，「好點了嗎？」

「還行。」夏明朗轉了轉眼珠，他說得很艱難，拳頭緊握，每一塊肌肉都繃起。

陸臻想起何確大隊長曾經對他說，你永遠都不能跟毒癮發作的人講理智，他們連親娘老子都不認識。夏明朗還知道控制自己，這是個好消息，至少說明了他上癮還沒有很深。

但是……如果再晚一些時候過來會怎麼樣？

陸臻感覺到自己的血液在一點一滴地變成冰，後怕。他放開夏明朗，一腳把地上那些刺目的雪花末子踢得四散飛濺，然後踩上去用力搓動，極細的粉末混到塵土裡，消失了。

夏明朗好像虛脫似的躺下去，他的誘惑之源已經被摧毀，他終於不用跟自己的慾望對抗了。

「他們居然這樣對你。」陸臻咬牙切齒。

「算是手下留情了。」夏明朗茫然地看著天花板，「沒有抽筋剝皮，沒給你切手斷腳，算不錯了。」

陸臻沒吭聲，不想承認這話說得有理。

「他們在我面前，把一個人扔到了水泥攪拌機裡。」夏明朗的聲音有些飄忽，「我那時候就在想，那要是你，我就完了……下次出門還是得揣點藥在身上。」

陸臻胃裡翻攪得厲害，一團一團地往上頂：「你是故意的，不帶毒？」

「我怕我忍不住。」夏明朗咧嘴笑，「一個……意志薄弱就把藥嚼了，就顧不上你了。」

對於某一類人來說，被俘是最大的英勇，這是尋常人無法理解的勇氣，因為在尋常人的生活中，不存在需要這種勇氣的時刻。深入敵後的諜報人員總是隨身帶毒藥，那不是因為忠誠，而是恐懼。

「我是不是有點傻？我其實應該帶著你一起的。」

陸臻從牙縫裡蹦出兩個字：「廢話！」

陸臻忽然感覺自己也傻透了。媽的！人生一世，草木一春，活著是多麼真實純粹的事，卻在自己最愛最信任的人面前都不能坦白！夏明朗總想在他面前保持一個無敵超人的形象，他總想在夏明朗面前撐出一個無敵理智的形象。他們都在拼命地長，拼命較著勁兒，他們就像兩棵瘋長的樹，為了能比對方長得高點，連自己的樹皮被抻著都不顧了。

「夏明朗，我得跟你說，我以後再也不會在家裡等你了！」陸臻連後槽牙都快咬碎了，「我得跟你說清楚，我以後再也不會那麼懂事地在家裡等你了。」

夏明朗躺在地上，仰面看著。他忽然覺得那個燃燒著火焰的少年其實還沒有死去，他的靈魂被大火燒掉了一些，那些最輕最浮躁的部分，換上了鐵做的筋骨。但他仍然活著，流著鮮嫩的血，肌膚如玉，每一個細胞都是有彈性的，活潑潑的慾望與生命。

有一陣子夏明朗覺得自己已經不知道應該怎樣去愛他了，怎樣跟上陸臻的腳步。他的進步那麼快，像在飛一樣。雖然陸臻一直說要保護他，要照顧他，要這樣，要那樣……但是夏明朗知道陸臻喜歡什麼。

陸臻喜歡可以仰望的男人。

每一次，當陸臻用癡迷的目光崇拜地看著他，夏明朗都能感覺到壓力。

這樣的目光還能持續多久？

當陸臻站在一樓的時候，往上看全是牛人，可是現在他已經一步一步地接近樓頂，他還在往上看……

那就，只能讓自己飛起來了！

竭盡所能，把所有的心血、才華、精力、能力……全部釋放出來，然後彷彿漫不經心地捧到他面前，只希望他會喜歡。

那天，站在樓頂上，夏明朗看著陸臻從天上飛下來，像一個天使，純白的降落傘在他身後飄浮。那個瞬間，他抓住陸臻的手腕痛哭，百味雜陳。

他真覺得自己已經到頂了，這個時代這個中國發生不了大規模戰爭，他沒有機會更好了。他已經指揮出了人生最巔峰的戰鬥，完美無缺。

然後呢？我還能做什麼？

當他站在樓頂，看著腳下的世界，陸臻那樣微笑著，看著他，眼神充滿了迷戀與崇拜。

然後呢？我還能再做些什麼？

讓你這雙眼睛永遠只停留在我身上？

陸臻在夏明朗身邊跪下，溫柔地撫摸著他的臉頰。夏明朗下巴上的鬍渣長出了不少，青鬱鬱的，看起來很憔悴。有時候再多的爭吵都無法解決問題，再多的溝通都詞不達意，因為有時候連自己都不相信自己想要的是什麼。

那些人性的自私、懦弱、虛榮在矇蔽我們的雙眼，然而，在電光石火間剎那的頓悟，讓你在對方眼中看到彼此的靈魂！

「媽的。」陸臻輕輕罵了一句，笑了。

人生是個舞臺，你在台前跳舞，在台後磨練，而那個人是你的觀眾、導演、舞伴……那麼多的角色，要怎樣平衡才好呢？

因為相愛，我們變成了現在這樣子。當我終於長成了站在你身邊的另一棵樹，讓我們繼續學習如何彼此纏繞吧。

夏明朗扶住陸臻慢慢站起來，他的精神好了很多，當然，嗎啡是最強力的鎮痛劑與安撫劑，又是海洛因同類藥，連打兩針，總得起點效果。天已經開始亮了，遠處的雲層破出光線，河邊洇染著霧氣。

夏明朗與陸臻各自探出一隻眼睛往外看，軍營裡還是亂糟糟的，完全看不出有收工的意思。

「媽的，不睡覺啦？」陸臻犯起了愁。

地牢裡塞著五個死人，這是無論如何都藏不住的，巴厘維的軍事管理再混亂，也不可能永遠不發現這個事。

「不對，他們已經發現了。」

「怎麼會？」陸臻一驚，沒聽到警報也沒人在搜索，沒有一點已經暴露的跡象啊。

「他們在列隊，分區封鎖。」夏明朗指著不遠處的一片軍營說道。

陸臻在夏明朗指點下也馬上看出了端倪，他並非真的不懂，只是剛才沒往這方面細想，只覺得外面人太多，分佈得讓人極為不舒服，要混出去好難。現在調整思路看過去，果然……他媽的！

巴厘維在南方被稱為沉默的鬣狗，當年，身為政府軍大員起兵造反的人是他，反對雷特北伐的人是他，支持雷特南下的人是他，最後退守朱旺，不戰亦不降的人還是他。這是個謹慎的機會主義者，起初淹沒在人海，最後當前浪死在沙灘上，剩下了他。

包圍圈還沒合縫，巴厘維把網撒得很大，從軍營的最周邊開始，一層層封鎖，等到他收網的時候，那真是連只蒼蠅都躲不過去。

「隊長，我覺得……好像不太對。」是方進的聲音，有些遲疑的。

「你在哪兒？」

方進報出事先規劃好的座標，陸臻幫夏明朗指了出來。隨即明白了方進為什麼會感覺不對，因為就快封鎖到他那兒了。

「待著別動。」夏明朗說道，「徐知著，報告方位。」

「隊長，我已經出來了，十五分鐘後直升機到，我在上面控場。」

夏明朗挑了挑眉毛，真聰明，狙擊手必須待在高處，可是大白天的一開槍就會暴露，所以對於一個出色的狙擊手來說，隨時關心退路是一種直覺。

「只能打出去了。」夏明朗從背後抱住陸臻，灼熱的舌頭從陸臻的太陽穴舔到耳根處。

「嗯。」

「咱倆可不能同時被俘。」

陸臻輕聲笑了：「你放心，到時候我先把你幹掉，回頭再去找你。」

「乖！」夏明朗吮住陸臻的耳垂。

第三章　死神的執照

1

幾輛車列隊開進這間大院，一個矮胖子踢車門跳下來，怒氣衝天地往樓裡走。

夏明朗瞳孔收縮，貼著陸臻耳邊輕聲道：「巴厘維。」

陸臻眼前一亮，喝道：「動手！」

夏明朗只眨了一下眼便明白過來，眼中含著一絲笑意，有種睥睨生死的爽朗。

陸臻拉開一枚手雷準確地砸了下去，這黑糊糊的小東西忽然從天而降，落地爆出一大片火花，把巴厘維和他的保鏢們嚇得抱頭躲避，人群擁擠著往後退……夏明朗已經把第二枚手雷塞到陸臻手裡，陸臻掌握好節奏一個緊接著一個地扔下去，轉眼間四枚手雷、兩枚閃光彈、兩枚菸幕彈扔了個精光。

霎時間樓下火光沖天，人仰馬翻，菸霧繚繞，有眼尖的看到問題出在這個窗戶，子彈零零落落地打過來。而更多的士兵則根本還沒回過神，他們在下意識的反應中四處臥倒躲避，尋找掩護。

方進在聯絡頻道裡嚎叫：「你們動手啦？」

「閉嘴。」夏明朗輕斥。

陸臻扯過一幅床單抖開，一頭綁在夏明朗腰上，一頭踩在腳下。

「跳！」陸臻一聲低喝，隨即把步槍撥到連發檔，一連串密集的掃射，子彈像潑水一樣灑下去。強火力壓制，不求打中，只求你別抬頭。

夏明朗縱身躍下，揮刀在布塊的邊沿一抹，床單瞬間開裂，沿著纖維的紋理刷刷撕開，這種不斷釋放的拉力稍稍減緩了夏明朗下墜的勢頭，讓他落地時可以更從容些。但饒是如此，貼地翻滾的那一下仍然讓他疼出了一身冷汗。肩膀上有些溫熱的東西在往下流，傷口一定是崩開了。

夏明朗顧不上那麼多，他甩開身上的破布，右手一振，把背在背上的AK74盪到身前。

這底下菸霧彌漫，正是紅外發威的好時候，夏明朗在掃射中仍然控制著準頭，連續幾聲慘叫好像沒有間隔地嚎出來，對面的火力馬上小了很多。巴厘維的手下準頭極爛，但這不能怨他們，這院子裡到處都是自己人，對手卻只有一個，而且敵暗我明，一開槍就會誤傷，自然不如夏明朗那麼放得開手腳。

陸臻聽到夏明朗的槍聲響起，馬上另換了一支滿倉彈夾，單手拉住窗簾，飛身盪出去。

窗簾的掛鈎受力一個個斷裂，崩得到處都是，最後整幅窗架都垮下來，重重地砸到窗臺上。陸臻在離地還有三米時鬆手，修長的身影在半空中劃出一道弧線，而手中的槍口仍在不斷地噴射出火焰。

陸臻剛一落地，夏明朗便貼了過來，肩靠著肩，極有默契地同時收槍，狂奔。

陸臻方才扔下的那堆手雷看似盲目，其實每一步都有精心的計算，他炸壞了三輛車，只留下了離他們最近的那一輛；他在人群與大門之間扔下了一枚手雷，讓巴厘維沒機會逃進樓裡。他們現在看起來大概不像兩個逃亡者，而更像刺客——巴厘維是陪著雷特被殺過一次的驚弓之鳥。

陸臻聽見有人用各種語言尖叫著保護將軍等等……

戰鬥最根本的優勢是火力，勝利永遠都站在有更多槍和更猛火力的那一邊。而如果這一切你都不具備，那就只能選擇快。在最短的時間裡，把最大的火力發揮出來，出其不意。

這一切的變故前後不過才十幾秒鐘，剛好足夠一支AK74一梭子打到底，或者兩隻沙包從三樓落地。夏明朗落地時驚飛的菸霧還不曾散去，子彈橫七豎八地穿透菸幕，留下一條條細長的彈道。

現在，他們得先搶到那輛車，那是一輛改裝過的民用悍馬，頂盤上裝著12.7毫米的重機槍。一步，兩步，時間在這一刻被細細分化，一秒鐘要分成一千個千分之一秒來經歷，越來越近。

陸臻在眼角的餘光發現夏明朗比他慢了半步，他咬了咬牙繼續奔跑，壓榨出他體內最後一點潛能。眼風再次掠過時，夏明朗已經從他的視野中消失，他下意識地伸手往後攥過去，牢牢地抓住了什麼。

風，捲起菸霧呼呼地吹著，晨風像流動的水稀釋了墨蹟那樣吹開菸霧。陸臻看到那輛悍馬車在自己眼前顯出輪廓，再回頭，所有綽綽的人影都開始清晰起來……有幾發子彈追著他的腳步在地面上彈開，塵土飛揚。

陸臻幾乎可以看到菸霧從自己指尖上散去，他將在這晨光中徹底顯形，暴露在無數的槍口下。

來不及了！

陸臻忽然轉身站定，夏明朗猝不及防，一下子撞在他身上。陸臻退了一步，緊緊攬住了他。

「住手，要不然我就開槍了！」陸臻忽然高聲喊道。

當你在模糊的視野中忽然看見一個人在跑，你會開槍；如果他老老實實站著，你反而會停下來瞄準，這是一種可以預見的戰場非理性。

槍聲驟然停止，因為絕大多數人都在漸漸淡去的菸霧中看清了陸臻的輪廓。

陸臻的戰術很成功，在「保護將軍」的口號中，所有人像潮水那樣湧到巴厘維身邊，裡三層外三層地圍了個死透，真正上趕著來追他們的少之又少。巴厘維個子矮小，此時甚至需要扒開幾個腦袋才能看清現場。當然，他亦不敢，只是偷偷露出一隻眼睛，但是眼前的一切卻讓他迷惑。

菸霧散去，陸臻左手執槍抵住自己的太陽穴，又說了一遍：「住手，要不然我就開槍了。」

他說的是英語，很慢，這麼簡單的英語在巴厘維手下有很多人可以聽懂。有人不自覺地往後退開了幾步，誰知道這小子的腦袋裡是不是裝滿了炸藥，人肉炸彈神馬的，在南喀蘇可不是個稀罕物。

巴厘維忽然喊了出來：「我認識你。」

雖然紅外視鏡擋住了額頭，但大半張臉都露著，那雙令人印象深刻的眼睛是抹不去的。

「是啊，我也認識你。」陸臻微笑道。

「先住手。」巴厘維連忙喝住自己人，以免誤殺大魚。但巴厘維果然不愧是巴厘維，眼珠子一轉馬上問道：「他是誰？」

「他？」陸臻攥著夏明朗背上的衣服，讓他站直，「我不認識他。」

「怎麼可能！」巴厘維不屑。

「是啊，我也在想怎麼可能，我明明是過來跟你談判的，巴厘維先生。但是我昨天吃過晚飯出門散步，眼前一黑就被關到了這裡，這位先生說可以帶我出去，我真沒想到出來會遇到您。」陸臻異常認真地說道。

什麼叫眨眼間編出一套謊話，並且聲情並茂，細節完整！？

饒是夏明朗這種扯瞎話的祖宗也在心裡暗暗寫了一個服字。

「你在開什麼玩笑！」巴厘維說得很慢，因為他需要思考。到底陸臻是來救人的；還是過來陷害他的；還是說自己手下真有不開眼的把人逮進來表功的……這些問題驟然間還真不好分辨。

「巴厘維先生，你需要給我一個解釋。」陸臻抬起頭，仰望天際，雖然太陽還沒有徹底升起來，但天色已經很亮了。

「我為什麼需要給你一個解釋。」巴厘維冷笑了一聲，決定把那些亂七八糟的問題先往後推，「我現在殺了你，或者抓回去，你又能怎麼樣？」

「您太暴力了，巴厘維先生。」陸臻拉著夏明朗退開幾步。

「是嗎？但那又怎麼樣？」巴厘維挾著人群步步迫近，以強凌弱的感覺就是好，尤其是當天上掉餡餅的時候。

「晚了，巴厘維先生。」陸臻從容道，「剛剛衛星已經拍到我的臉了。我在這裡，全世界都知道，如果我死在這裡，你就需要給全世界一個解釋了。」

巴厘維這下徹底愣住了。

下意識的第一個反應是被陷害了，第二個反應是怎麼辦……幾秒鐘換了無數個心思，大腦高速運轉，腦痛欲裂。

陸臻拉著夏明朗慢慢往車邊退，對方一直咄咄逼人，這種後退倒是不露痕跡。

夏明朗一直沒有轉身，下巴擱在陸臻肩膀上。這是個可以讓陸臻安心的位置，這樣，無論在任何時候他開槍……一發子彈都可以同時帶走兩個人。

陸臻已經退到車邊，眼風一掃，明晃晃的長彈鏈連在機槍上，真是閃瞎人眼。陸臻偏過頭，蹭了蹭夏明朗的耳朵，手指在他背上寫下一豎。

一點方向。

夏明朗輕輕吮了吮陸臻的頸側。

當所有人的目光都集中到陸臻身上，專注於他的槍口，他的眼神，隨著他的語言心思電轉時，陸臻手上一鬆，轉身就往車上撲。槍口刷刷地移過去，幾顆摟不住火的子彈倉促間蹦出來，陸臻只覺大腿邊上一涼，子彈擦過，已經啃下了他一塊皮肉。

沒有人關心夏明朗，那是一攤爛泥，誰都知道。然而，當巴厘維的一聲怒吼尚未運足氣，夏明朗驟然轉身，開槍！

在任何時候，都不可低估手上還有槍的夏明朗！

永遠不可！

槍是他的手指，他的視線所及，子彈出自他的靈魂。

巴厘維感覺到一蓬血濺到自己臉上，極腥而熱，讓他不自覺倒吸一口冷氣，硬生生地，把什麼話都掐斷在喉嚨口。

不過幾秒鐘的遲疑，足夠了，陸臻拖起車頂那架重型機槍，轉身瘋狂掃射，12.7毫米的重型機槍彈像洪水一樣席捲過去。巴厘維與他的人肉長城剛剛威風了一把，立馬又是臥倒的臥倒，隱蔽的隱蔽。人牆一亂，巴厘維眼前全是後腦勺，還不等他出聲喝止，已經被人撲倒在地啃了一嘴土。

沒辦法，此時此刻無論如何都以他為尊，大家防刺客防暗殺那根弦繃緊了不敢放鬆。槍聲縱然密集卻也盲目，求的是守不是攻，真正把心思放在殲滅陸臻和夏明朗身上的人十成裡不足一成，而這也正是陸臻選擇在這個時候殺出來的終極目的。

眨眼的工夫，夏明朗已經拉門坐進駕駛室。車上的鑰匙還沒拔，陸臻頭一個手雷就是奔著它扔的，猛烈的爆炸嚇得司機一個激靈就跳了車，民用悍馬薄皮大餡，躲在裡面被炸上就是一個死。

夏明朗發動車子一腳油門踩下去，車輪摩擦地面，發出刺耳的尖叫聲。車像怒馬，勒頭一百八十度一個猛轉，直奔院門而去。

這世道，橫的怕愣的，愣的怕不要命的，困獸猶鬥時以死求生，那種氣勢殺意無邊，迫得人人都想往後退一步。反正老大又沒發話，誰不惜自己那條命？尤其是在這個朝不保夕的世界裡。

門口的幾名哨兵在這一團混亂中顧此失彼，單薄的鐵門哐的一聲被撞開，悍馬車疾馳而去。

這邊，巴厘維終於踢開壓在他身上的隨從們站起來，仰頭一聲怒吼：「追！」

是追，不是給我殺，不是幹掉他們，不是把他們撕成碎片……如果你是一個小兵，多年當差，你就能聽出其中的分別來。

巴厘維仍然有疑惑，即使他已經高度懷疑天上那台衛星是否存在，但是萬一呢？

中國人到底有沒有那種可以在天上拍到人臉的衛星啊？

誰知道！

沒準真有呢？巴厘維撓了撓腦袋，那都是些他完全不瞭解的神器。

夏明朗出門直接右轉，油門轟到底。遠處，聽到槍聲的士兵們正遲疑追來，陸臻仗著重機槍射程遠，一通狂掃，堵得他們不敢冒頭。

夏明朗忽然高聲問道：「你那個，衛星……真有？」對於這種高科技的玩意兒，他著實也不是特別把穩。

陸臻一愣，轉而仰天大笑，笑聲伴著槍聲流盪，風在耳邊呼嘯。天邊，一輪紅日破空而起，這人間……血光沖天。

夏明朗輕笑，臭小子，差點把我都蒙了。

巴厘維把人都散在軍營的各個角落裡搞封鎖，具體到某一個地點，兵力反而單薄。陸臻有重武器在手，普通散兵一時半會兒根本進不了射程。加上夏明朗把車子開得如飛，想要擊中像這樣高速的物體，並不是件容易事。

陸臻壓住彈道射擊，只覺得心思無比寧定。夏明朗就在他身後，不必回頭他也可以感覺到那個人的存在，永遠堅定的存在，讓他在無比兇險的逃亡中感覺到平靜。

生死一線間，他的線，繫在夏明朗身上。

陸臻忽然覺得今生再無遺憾，他的人生，曾經這樣戰鬥過，曾經那樣快樂過！

青山處處埋忠骨，假如蒼天要我今日五更亡，那就葬在你的懷抱裡。

夏明朗在下一個路口轉左，陸臻猛然覺得不對，再細細一想的確不對，連忙喊了出來：「調頭，那是條死路！」陸臻覺得疑惑，夏明朗應該在樓上看過地形才對。

「沒事。」夏明朗仍然催油門加速。

陸臻聽到身後一聲巨響，猛回頭，只看到死路盡頭那面牆轟然倒下，碎出一個四米多寬的豁口。

「這是……」陸臻瞠目結舌。

「爺幹的！」方進在頻道裡歡呼。

「你怎麼知道……」陸臻詫異。

「隊長讓我給個最短的路線，我就把座標給他了。」方進得意地，「這就是他媽最短的路線！嘿嘿！」

「可是，他怎麼知道座標……」陸臻一句話還沒說完就悟了，當年那堂四角定位劃分坐標系的課還是夏明朗上的。

夏明朗略略減速，壓著碎磚爛石越過豁口。車裡顛簸得厲害，陸臻忙著扶穩機槍平衡身體，忽然一個急剎，陸臻咚的一聲撞在機槍擋板上。

「讓開讓開讓開……」

陸臻聽到一連串的呼喊，說不好是身邊還是耳機裡，再一看，方進已經從路邊一棵大樹上躍下，狂奔而來。

「小侯爺威武！」陸臻連忙貓身滑到後座處，把機槍位讓給方進。

「那是！」方進毫不自謙。

夏明朗馬上提油門加速，車輪在傳運軸的催動下呻吟尖叫，油門呼呼地噴著火。半空中兩架直升機已經氣勢洶洶地殺了過來……直升機對地面攻擊需要有恰當的角度和路線，夏明朗與陸臻驟起發難逃亡，巴厘維手下的直升機駕駛員多半技術粗糙，調整需要一點時間。

但是，現在他們已經調整好了！

「我操他媽！」方進絕望而憤怒地仰天掃了一梭子。然而，同為12.7毫米口徑，航空機炮比起車載重機槍又兇悍了數倍，方進想撩著他們不容易，從天往下打，一砸一個坑兒。

「有神的求神，沒神的賭命！」夏明朗高喊，同時把車子開出眼鏡蛇抽風時的扭動。

這就是賭命的時刻，與你的才能、學識、軍事技能完全無關的時刻，有如砸骰子比大小，全靠人品。陸臻一手抓住車座，從後車窗裡看著兩架直升機呼嘯掠過，兩條子彈聚成的鞭子抽得地面亂石驚飛。在機身壓到車子上方時，陸臻不自覺地閉上了眼睛，腦海裡全是夏明朗睥睨天下的眼神。

「我操！」

陸臻聽到方進狂喜的吼叫，狂風呼呼地捲進來，睜眼看到右邊一扇車門已經被子彈撕了下來。

但是人沒事！

直升機一擊不中繞到前方重新調頭。

「老天保佑！」陸臻喃喃自語著握緊了槍，即使是像他這樣的無神論者，此時也忍不住讚美起蒼天。

「徐知著，炸！」方進低聲喝道。

不遠處，又一面牆轟然倒下，驚飛的碎石融化在霞光裡，夏明朗幾乎把油門踩斷，車子挾著一百多公里的時速壓著斷牆飛了出去。陸臻不自覺地回頭看，昂起的車頭正對著朝陽，滿目金黃火紅，好像撞進了天際。

「抓緊！」夏明朗怒吼。

陸臻看見晨輝剪出夏明朗的背影，沉鬱而堅定，像山一樣……

2

巴厘維的軍營比起周邊的貧民窟要高上兩三米，地基幾乎就是打在別人的房頂上。悍馬車頭昂到頂點時瞬間下落，車身在半空中劃出一條弧線。陸臻看到黑糊糊的房頂白燦燦的鐵皮撲面而來，人們尖叫著四散。車子撞碎一間茅草搭成的棚頂落地，帶著慣性接連衝倒了好幾間鐵皮茅草房。

當夏明朗終於踩住剎車把車身停穩時，這款號稱民用最強悍的越野車已經四面漏風，像是快要報廢一樣。

「走！」陸臻顧不上揉一揉全身上下在這輛破車裡撞出的烏青，直接從洞開的後車窗裡竄了出去。夏明朗踢開駕駛室的門，踉蹌跌出來，陸臻一把扯著他的手臂架到肩上，衝著還在車頂上倒騰的方進大吼：「跑啊！」

「你們先走，爺斷後！」方進掏出手槍砰砰砰連開幾槍，把槍從底座上拔了下來。

「廢什麼話，一起！」陸臻脫口而出。

「一起個毛線啊！腦殘了你？」方進從車裡跳出來，一杆巨大的長槍扛在肩頭，12.7毫米的子彈粗如手指，金燦燦的纏繞在胸口，好像黃金戰甲。方進在他那個重量級，絕對可算得上天生神力，他是麒麟基地裡唯一一個跟黑子扳腕子還有過勝績的人。這會兒威風凜凜地站在霞光裡，好像神話裡的巨靈神。

陸臻咽了一口唾沫，感覺自己果然腦殘，他全鬚全尾的時候都跑不過方進，現在還拖著夏明朗一個重傷患，還敢說一起？麻利兒地趕緊跑吧……別拖累了人家。

「小心！」陸臻也不廢話，拖起夏明朗就跑。

比起橫平豎直大路朝天的軍營，貧民窟簡直比亞馬遜熱帶雨林還要讓陸臻感動。那窄小的小路、參差的小屋，那亂七八糟的門和稀奇古怪的窗讓這裡比迷宮還迷宮。

陸臻根本沒打算按正常方式穿越這片神奇的土地，拉著夏明朗從門進從窗出，再從這家人的屋頂翻入另一家人的後院。隨手一槍，打斷某戶人家的曬衣繩，嘩啦一下大堆衣服砸下去，驚起了孩童的哭喊。

黎明時分，大夢方醒，災禍彷彿從天而降，驚慌失措的人們尖叫著，哭喊著，從屋子裡闖出來。他們大多不知道發生了什麼事，只是被槍聲驚起，卻不知道逃向何方。

陸臻與他們錯身而過，那一身浴血，一脈殺氣，唬得沒有人敢上前。直升機在半空中盤旋來去，底下亂糟糟一片，再也找不到目標。陸臻聽到身後響起機槍連發，方進終於找到了一垛磚牆架起槍口掃射，追兵剛剛在圍牆豁口處探出頭，就被他掃下去一片，沒挨著槍子兒的士兵翻滾著臥倒，零零碎碎地回擊，卻完全失了準頭。

直升機立馬殺了過去。

「方進，撤！」徐知著一直在控場中，看得比誰都清楚。

方進顧不上槍管火燙，拎起來貓腰就跑，還沒跑出去十米遠，兩發火箭彈追過來，把那垛磚牆炸得灰飛菸滅。方進被衝擊波摺倒，一頭栽進一間鐵皮屋子裡。那家人正縮在牆角發抖，齊聲驚呼剛剛起勢，方進抬頭一瞪，把慘叫聲卡死在喉嚨口。一個男孩子嚇得一口氣噎住，翻白眼暈了過去。

生活在戰爭年代，要麼特別膽大，要麼特別膽小，這家人是後者。

方進驟然有些不好意思，咧開嘴笑了笑，知道人家嫌他，馬上從窗子裡溜了出去。

直升機在頭頂盤旋，方進再也找不到機會開槍。剛剛被壓制在豁口處的追兵，紛紛探出頭來。張望了一會兒，終於有膽大的試探著爬過殘壁，剛一抬頭，眉心炸開一蓬血，腦袋像碎裂的西瓜。

狙擊手！狙擊手！

眾人又尖叫著往後縮，情急中又有一人倒下，子彈穿過後腦，一槍斃命。連槍聲都沒有，正兒八經的無聲狙擊，來無影去無蹤，無可尋覓。

這下子大家都怕了，趴得死死的，連頭都不敢抬。

徐知著不再開槍，安安靜靜地等著，對耗！狙擊手在戰場上的作用盡在於此，無聲的威懾！我不需要幹掉很多人，我就可以嚇垮很多人！

直升機一圈又一圈地盤旋著，除了惶恐不安的老百姓找不到任何目標。

要怎樣隱藏一滴水？

讓它匯入大海裡。

陸臻拉著夏明朗衝進一間鐵皮屋，沒有尖叫沒有人影，沒有瑟瑟發抖的哭泣……空的！陸臻一愣，夏明朗已經從他身邊越過。陸臻連忙拉住夏明朗手臂，低聲喊道：「別跑了，先躲躲。」

夏明朗站定晃了晃，忽然仰面栽倒，重重地砸到陸臻身上。陸臻嚇得連忙撈住他攬進懷裡，才發現夏明朗臉色蒼白如紙，半個身子都浸透了血，從指尖上一縷一縷地往下滴。

陸臻腦子裡嗡的一聲，刷出三秒鐘的空白，然後眼前好像剛剛打開的電視一點一點地顯出影像那樣浮出模糊的畫面。魂飛魄散中，陸臻的手指抖得厲害，哆哆嗦嗦地去摸夏明朗頸邊的脈搏，情急之下怎麼摸都摸不到位，指尖一潭死水，波瀾不興。

陸臻忽然抬手狠抽了自己一記耳光，終於定下神來，手指沿著夏明朗的耳根處往下滑，心跳縱然微弱卻也急促。陸臻大口大口地喘著氣，一種從裡到外的虛脫感從他每一個細胞裡泛出來。陸臻顫抖著解開夏明朗的上衣，發現傷口果然全部綳開了，略一翻動，暗紅色的血大團大團地湧出來。

陸臻連忙找紗墊填進去止血，異常焦躁地在頻道裡呼叫方進，治療失血性休克的醫藥包都在他身上背著呢。

「我怎麼找你啊？」方進嘀咕。

「查我軍牌！」陸臻吼。

方進聽著一愣，心想逃都逃出來了還發這麼大火兒，果然穆桂英秋後算帳了。

貧民窟裡容易迷路，但這對方進來說不是個問題，因為他根本不需要路。

方進最後看了那個豁口一眼，憤憤地吐了口唾沫，把重機槍拆成了一堆零件。拋開這個累贅，方進就像猴子穿越森林那樣穿越起破屋爛棚。

兩點間什麼最短？

兩點間直線最短！

方進遇牆翻牆，穿家過院，飛簷走壁，動作流暢而輕巧，像是在飛一樣。這是他專門練習過的一種技能，他一向自稱是可以四足行走的人。

不遠處，巴厘維的手下們依靠裝甲車的掩護終於從豁口裡衝了出來。徐知著用高爆穿甲彈打癱了其中一輛車，然後有一搭沒一搭地放起了冷槍，戰果雖然不多，但效果很明顯。士兵們膽顫心驚地推進著自己的搜索線，雖然把老百姓驚得亂竄，但收效甚微。

當方進摸到陸臻身邊時，陸臻正在給夏明朗餵藥，是的，「餵」藥。可憐的方小侯爺從窗口跳入還沒站穩，當場傻了，目瞪口呆地看著陸臻從夏明朗身上抬起頭來，唇上沾著一點水色，亮閃閃的，讓方進一下子紅透了臉。

陸臻顯然對自己剛剛的舉動毫無自覺，只是惡狠狠地瞪過來，吼道：「輸液包！」

「哦哦哦……」方進如夢初醒，從背囊裡掏出兩包失血性休克急救用的藥液。

陸臻馬上搶了一包過來，拆出針頭埋入夏明朗的靜脈裡。隨即問道：「輸血帶呢？」

「在呢在呢……」方進一手舉高藥液，一邊抽出一個小包。這是特別設計給戰場急救用的輸血針管，可以直接從健康人身上採血輸給重傷患，血製品攜帶困難，有時候活人反倒是最好的供給源。

方進剛想拆包，劈手又讓陸臻奪了過去，拆開針頭正要往自己手臂上扎……

「臻兒！」方進情急之下一腳踢在陸臻手腕上，「你瘋了你，你的血不能輸給隊長的。」

陸臻一愣，慢慢抬起手攏住自己的瀏海低吼了一聲。

「臻兒？」方進彎下腰試探著詢問，「你忘啦，我跟隊長才是一個血型的。」

麒麟內部所有的隊員都做過血液配型，誰能給誰做緊急輸血，這都是刻在心上做夢都不會忘記的救命稻草。

「你來，你來，快點……」陸臻急不可耐地從方進手裡接過輸液包。

方進小聲嘀咕著蹲下身去，另拆了一包輸血帶給自己和夏明朗兩頭扎上，殷紅的血液靜靜地穿過透明膠管。方進抬高手臂製造恰當的輸血壓強，只覺得兩道火辣辣的視線直刺腦門，他膽顫心驚地偷瞄了一眼，發現陸臻正目不轉睛地瞪著他……不對，是他的血，那眼神之嫉妒之怨毒活像有人睡了他老公。

方進不自覺咽了一口唾沫，極為自卑地低下頭，心想：你丫就算是現在想全身換骨髓也來不及了不是，我知道我的血沒隊長金貴，可是你也別這麼嫌棄啊！好歹他媽的我現在也是在救你男人啊……方進自己給自己鼓了鼓氣，可抬頭一碰上陸臻的眼神又縮了下去。

尼瑪，太可怕了！

嫉妒果然是魔鬼！

但是我冤枉嘛！

方進在心中默默哭泣，淚流滿面……

「寶貝……」

方進聽到極模糊的三個字，正當他震驚著懷疑自己是不是聽錯了的時候，陸臻已經收回他所有怨毒的視線跪到了夏明朗身邊。

「隊長，你醒了？」陸臻把食指按在夏明朗唇上，喜不自勝。

夏明朗艱難地睜開雙眼，眼神迷茫地找不到任何焦點，忽然抬起手來牢牢攥住陸臻的衣領，低聲喃喃道：「寶貝，寶貝……」

「我在我在我在……」陸臻一迭聲應著，伸手墊到夏明朗脖子下面，讓他枕到自己的大腿上。

夏明朗似乎並沒有意識到自己現在是什麼情況，固執地抬起插滿管子的手臂撫摸陸臻的臉頰。陸臻握住夏明朗的手指放到唇邊親吻，十指冰涼，掌心裡全是冷汗。陸臻只覺得心疼，把夏明朗的手指暖在掌心裡，小聲應和著：「我在的，隊長，你看，我一直在。」

夏明朗反手扣住陸臻的手腕，凝眸看了一會兒，彷彿嘆息似的低低唸誦道：「陸臻！」

這名字從喉嚨的深處發出來，猶如某種呻吟，悠長而纏綿。

陸臻的眼淚瞬間湧了出來。

夏明朗喜歡叫他寶貝，尤其是做愛的時候，總是一聲聲喊著，用那種飽含著慾望的喑啞的聲調；反倒是「陸臻」這個大名很少出口，偶爾陸臻犯了軸勁強烈要求，也要捧住臉細細地看清楚了才肯叫一聲。

陸臻一直嘲笑夏明朗這叫老流氓作風，甭管跟誰上床都是寶貝，確保萬無一失，從根本上斷絕了高潮時喊錯名字的可能。夏明朗卻總是笑，拽拽地、囂張地、渾不懍地……滿不在乎地笑著。

然而，在這一刻，陸臻才忽然明白了所有的一切：夏明朗只是害怕，害怕自己會在神志迷失的邊緣忘情地呼喊他。他把那個名字藏得那麼深，藏在心底最深處，只有在最安全時，才肯拿出來咀嚼回味。

「是我，隊長，陸臻在。」陸臻俯下身溫柔地親吻著夏明朗的額頭與嘴角，眼淚滴到夏明朗臉頰上，與汗水混合到一起。

方進覺得自己一定已經透明了，就像變魔術一樣，現在只有他可以看到夏明朗和陸臻，而他們看不見他。

他就是一個完美的血袋與輸液架，除此以外，他看不到聽不到感覺不到……

然而，方進偷偷瞄了瞄，感覺眼睛裡熱辣辣的。

你得說，他們一點也不讓人覺得噁心。方進心想，果然是我方進的兄弟，你看，連男人親男人這麼噁心的事，都幹得那麼理直氣壯……

「你們在哪兒？臻兒？你們在哪兒？」徐知著在頻道裡呼叫。

方進瞧了陸臻一眼，感覺穆桂英現在全副心思都在男人身上，估計一時半會兒還顧不上掛帥，連忙代他回覆了：「我這一時說不清。你在哪兒？外面情況怎麼樣？」

「巴厘維出動了不少人，正撒著網在搜，我們得趕緊撤。直升機已經到了。」徐知著的聲音有點喘，似乎在劇烈的運動中。

「現在？」方進看著手上的輸液袋，這一時半會兒的，夏明朗還真動不了。

「再等會兒，等他們的直升機沒油。」徐知著說道，「你們盡量接近河邊。」

「行。那你呢？」

徐知著輕輕一笑：「我去給他們加點料。」

方進站在這兒的角度看不到窗，心裡癢得很，蹭蹭著想要移開幾步，陸臻一個嚴厲而無情的眼神過來，立馬又站定了。方進心想，他娘的，怎麼早年沒發現這小哥有這麼兇殘啊！

夏明朗已經清醒過來，半靠在陸臻懷裡調整呼吸，他體內有大量嗎啡，呼吸抑制作用強烈。現在這情況又沒條件吸氧，只能自己想辦法克服。

一些煙霧伴隨著刺臭的氣味從窗子裡飄進來，夏明朗皺了皺眉，打開群通問道：「徐知著，你在燒什麼？」

「輪胎。我發現這裡有不少輪胎。」

朱旺沒有完整的垃圾回收制度，貧民窟裡自然什麼樣的廢品都會被人帶回來再利用。

「嗯，別把房子都點了，影響不好。」夏明朗啞聲道。

徐知著似乎是愣了一下，回覆道：「明白。」

陸臻用三角巾沾水給夏明朗擦臉，感覺手下的皮膚在回溫，夏明朗渙散的視線漸漸凝聚出了焦點。陸臻低頭吻了吻夏明朗的眉心，輕聲哄道：「再挺挺，馬上就好了。」

夏明朗失笑，有些無奈的樣子，挑了挑下巴示意方進把輸血管子拔掉，一手攬住陸臻的脖子站了起來。他剛剛暈厥的主要原因還是缺氧，嗎啡抑制加劇烈運動，大腦的含氧量跌過底限，直接就暈了過去。現在緩過那口氣來，各種補液，又輸了200多毫升全血，精神自然好了不少。

「還是我背你吧。」陸臻死死拽著夏明朗，到底不放心。剛剛要不是他即時喊了一聲停，他真擔心夏明朗會挺到直接倒地斷氣。

「嗯。」夏明朗試著走了幾步，無奈地點了點頭。

三個人組團再出發，方進成了當之無愧的開路先鋒。這會兒，陸臻把所有亂七八糟的負重全扔了，只留下最基本的武器與防彈背心，背著夏明朗小心翼翼地跟在方進身後。

清晨破曉時分，這是一天裡氣溫最低的時候，空氣裡的水氣凝結在燃燒輪胎產生的菸塵上，四處都流動著黑濛濛的菸。徐知著的確意識出眾，一個好的戰略狙擊手不光槍法出眾，更應該擁有傑出的全局意識與戰術家的天分。

巴厘維的手下都是沿著大路開工，驚得遠處一片雞飛狗跳，這河邊的偏遠地帶反而沒什麼人追蹤。老實說，在這樣的戰亂年代裡，當兵也不過是求口飽飯，出工能不出力才好，有誰願意去啃什麼硬骨頭？

陸臻雖然也曾經與方進一組執行過任務，但通常各有分工，自顧不及。這是他第一次緊跟在方進身後，由他保護，聽他開路，陸臻也就第一次深深地體會到什麼叫麒麟第一突擊手。那是一種可怕的靈活與穩定，以及無與倫比的力量，舉手投足間將人撂倒，無聲無息。陸臻有點感慨，如果現在還是冷兵器時代，大概誰都幹不過方進。

前進很順利，夏明朗一行三人藉著房屋的陰影做隱蔽，穿行在小巷中。夏明朗的臉正貼在陸臻耳邊，呼吸輕淺而急促，陸臻總是不時地用耳朵蹭一蹭他，終於惹得夏明朗低聲警告：「專心點。」

陸臻覺得委屈，他不是不想專心，他只是想隨時都能聽到夏明朗的呼吸聲。

徐知著與他們在河邊相遇，輪胎燃燒時的菸霧把他薰得眼眶通紅。他激動地撲上來擁抱陸臻，眼底那一線紅痕看起來真像是要哭一樣。夏明朗拍了拍徐知著的肩膀說道幹得不錯，徐知著有些羞澀地笑著，眼神卻是發亮的。

3

查理是個炫技派，隨時隨地，他沿著河道超低空飛近，連夏明朗他們都是聽著螺旋槳的風聲才知道人來了。海默按預定頻道接入無線通訊，一副救世主口吻：「嘿，親愛的，等急了吧！」

陸臻哭笑不得。

不過，這種十萬火急的時刻誰還顧得上鬥氣？陸臻連反駁一句的衝動都沒有，背上夏明朗三兩步滑下河堤，直升機穩穩地懸停著，離地不過兩米。海默一手抓牢機艙把手，彎下腰去，還不等陸臻出聲阻止，已經攥住夏明朗的衣領從陸臻背上把人提進了機艙。

「哎，你他媽……」陸臻脫口飆出半句國罵，連忙攀住艙底爬上去。

海默這才看清了夏明朗那半身鮮血，連忙把人放到地上：「抱歉，我以為他腳斷了。」

「他失血都快休克了！」陸臻驚怒，一身殺氣亮出來，眼中全是刀光劍影。

「嘿……哥們兒。」海默有些不好意思。

猛然間機身一側，查理在廣播中大喊了一聲：「小心！」直升機斜斜飛出一個弧線，一枚RPG擦著機翼飛了過去。陸臻在情急中把夏明朗死死地抱進懷裡，一頭撞上了機艙壁。

「見鬼，被盯上了！」海默冷笑。

遠處，巴厘維的手下們顯然已經發現了這個好目標，好像不要錢似的傾瀉著火力，曳光彈劃破天際，在晨輝中閃閃發光。查理不得已，拉起機身急速盤旋。

「我們還有兩個人！」陸臻固定好自己。

「廢話，我知道！」海默頭也不回地抬起狙擊槍，「你這是上了他，還是上了他老婆？咬這麼死！」

陸臻怒吼：「你能不能回家再廢話？」

「你在說什麼？」一直站在門邊的機槍手忽然火氣十足地問過來。

陸臻一愣，只覺得此人面善，卻想不出在哪裡見過。海默已經用英語幫忙解釋起來：「有人睡了他老婆，他心情不好。」

陸臻登時傻眼，只覺得腦海中有一千隻草泥馬奔騰而過，正當他猶豫著這種屁話是反駁好還是不反駁好。

金髮小子已經收斂了怒氣，滿懷同情地看過來：「哦，真對不起。」

陸臻張口結舌，幾秒鐘以後他才後知後覺地反應過來，這哥們的意思其實應該是：聽到這個消息我真遺憾！

我操！

陸臻無奈地低下頭去看夏明朗，感覺再跟這些人較真下去，他早晚會被氣死。

直升機既然已經被發現了，超低空懸停這種炫技也就沒機會再來一次了。好在徐知著和方進比起此刻廢去半條命的夏明朗來說要靈活勇猛了太多，可供搭救他們的選擇也寬裕了太多。查理一個火箭彈加機炮的混合式攻擊稍稍壓制了對方的火力，海默很快就在馬克沁的重機槍火力掩護中放下了絞索。

方進和徐知著追著粗大的尼龍繩奔跑，用腰間的掛鈎把自己扣到長索上，海默開動絞盤收繩，兩個人就像一根繩上的兩個蚱蜢那樣懸上了半空。

收工走人！

查理歡呼了一聲，顧不上還有倆大活人懸在機艙外就開始推操縱杆上升，以便更快速地脫離戰場。方進眼看著地面火速遠離自己，鬼哭狼嚎地吼著。空氣被子彈摩擦出熱辣的菸火氣，破空的尖嘯迴響在耳邊，方進一路怒罵著爬進了機艙門。

然而，馬克沁忽然大吼了一聲：「RPG！」

查理在他出聲示警之前就已經扳動了操縱杆，直升機一個橫滾，以一個極度驚險的動作在空中拉出一道弧線，三發RPG彈呈品字形從機艙下部掠過。

陸臻這次早有準備，把夏明朗抱得極死，沒有受到一點磕碰。只是苦了徐知著，一隻手剛攀上機艙底板就被甩了出去，整個人像放風箏一樣砸到起落架上，大腿側邊傳來鑽心的痛感，全身上下被擦出無數個口子。

「哎喲，小花！」方進一聲驚呼脫口而出，下意識地貓腰過去正想撈他，被馬克沁高大的身軀拱進了機艙內部。

「你丫找死是不是？」方進大怒，也不管對方聽不聽得懂，直接飆京腔。

「你丫才找死呢！」海默拉著保險繩塞到方進手裡，「你當心栽出去摔死！」

方進縱然有無數個缺點，但有一個優點是極端突出的，那就是知錯！馬上諂笑了一聲，說道：「沒注意。」

馬克沁聽不懂中文，趕在海默教訓方進的當口，已經探身出去把徐知著拉進了機艙。徐知著挨了那一下重的還沒緩過來，抱著大腿疼得正哆嗦，抬頭對著馬克沁扯出一點笑意正想說謝，一隻大手罩到他臉上抹著：

「Don't cry! Baby, it's ok!（別哭啊！寶貝，沒事了！）」

「我沒哭啊！」徐知著一臉茫然，還不等他反應過來，已經被方進一把扯到身後。

方小侯爺漲紅了臉咆哮：「你丫幹嘛呢？動手動腳的，不想活了你？」

「都他媽什麼時候了，吵架？」海默只覺得匪夷所思，飛起兩腳踹過去。機艙內空間狹小，饒是方進也挨著了點。徐知著連忙把他拉到一邊，小聲追問：「怎麼了？發這麼大火？」

「他佔你便宜你知道不？他叫你Baby！聽聽！這話是隨便叫的嗎？金毛鬼子！他以為他是誰啊……」方進像連珠炮似的罵出一大堆。徐知著哭笑不得，心想那哥們兒最多就是個熱情過度，您這是從哪兒來的邪火啊？

還是那句老話，好在馬克沁不懂中文，見徐知著對他做了個OK的手勢，也就轉過頭去把心思放在了戰局上。

直升機不斷爬升，視野自然越來越廣闊。海默拿著高倍望遠鏡觀察戰場，忽然大笑了一聲：「我說呢，盯這麼緊，原來老東西親自出馬盯戰！」

徐知著連忙端起自己的配槍觀察，十倍瞄準鏡雖然調到極限也不夠，但也依稀可以看見巴厘維橫刀立馬站在車邊發飆的身影。不自覺，牙又癢了起來，下意識地放了一槍過去，但距離太遠脫了射程，子彈像失速的流彈那樣落到了幾米之外。

海默眯起眼睛笑道：「夏隊長！你我相識一場也是緣分，我送你一發『地獄火』帶這老東西上路吧！不收錢的！」

查理聽到指令調轉機頭正準備攻擊……夏明朗忽然大喊了一聲：「不！」

這是夏明朗進入機艙以來說的第一句話，他甚至因為太過激動牽動到傷處而不得不停頓了一下，才用小了很多度的音量補充道：「不用了！」

海默詫異地挑起了眉毛：「為什麼？」

「他不是一個想打仗的人。」夏明朗說道，「殺了他對局面沒好處。」

陸臻腦中靈光一閃，不自覺地低頭去看夏明朗的眼睛，夏明朗仰起臉來看著他，神色從容靜謐。陸臻用口型低聲問道：剛剛，那一槍……

夏明朗無聲地點了點頭。

陸臻苦笑。在那個硝菸彌漫的院子裡，關於夏明朗射向巴厘維的那一槍，他一直有種微妙的違和感。他總以為是自己太過迷信夏明朗的能力了，畢竟在那麼兵荒馬亂的時刻，雖然距離不算遠，但要用手槍在人群中準確地擊中半個腦袋也仍屬高難動作。夏明朗的身體狀況那麼差，沒能一槍爆頭也很正常。

可是……

陸臻把視線投向機艙外，巴厘維永遠都不會知道，那個在他手上被折磨得奄奄一息的男人，曾經饒過了他兩次性命。

雖然，這份仁慈並非是給予他的。

「但他把你搞成這樣……你……」海默不可置信。

「是的，但……」夏明朗又閉上了眼睛，「我和他不一樣。」

「有什麼不一樣？嘿，哥們兒，別告訴我你真打算放他一馬！『地獄火』射程8公里，我們完全可以幹掉他，然後大搖大擺地走掉。」海默仍然不肯相信。

「這跟這沒關係。」夏明朗無奈地睜眼看向她，「他有槍，我也有槍；他殺人，我也殺人……但是，我跟他不一樣。返航吧！」

海默眼神變得溫柔起來，微笑著問道：「你決定原諒他？」

「沒什麼原諒不原諒的。只是……我不為自己殺人。明白嗎？」夏明朗的眼神清潤得近乎純淨，「我，夏明朗沒有自己的敵人。」

「我們都沒有自己的敵人！」陸臻忽然說道，「我們是國家的武器，我們不能憑自己的喜好來判斷什麼人應該死，什麼人不能死。」

陸臻忽然想起了那個下著雨的午後，那是他在喀蘇尼亞見到的第一場雨，那是他人生中第一次失去兄弟。夏明朗緊緊地抱著他，撫摸他，告訴他「我們與他們不一樣」。要堅持做一個好人，這樣未來無論發生什麼都可以坦然。

夏明朗慢慢合上了雙眸，他知道陸臻會幫他解釋剩下的一切，他知道陸臻瞭解他所有的想法。

海默安靜地看了他們一會兒，在陸臻身邊坐下：「你居然做到了。」

「嗯？」陸臻不解。

「即使在戰場上，人也不能隨心所欲地使用武力。」海默看著機艙外蒼茫的天際，「你曾經說過的。」

「是嗎……」陸臻想了想，頓時自豪起來，「哦對，是，我說過的。」

「還打嗎？」查理在廣播裡問道，「快要脫離射程了！」

「不打了！」海默高聲喊道，她頓了一下，伸手戳了戳夏明朗，「雖然我一直覺得有怨報怨有仇報仇是天公地道，但是您的理由很充分，我被說服了。」

夏明朗微微勾起嘴角，露出一絲笑意。

「挺好，雖然我不會這麼幹，但是……嗯，我很欽佩你，因為您有理由殘暴卻不肯殘暴。」

「應該的。」夏明朗閉著眼睛含糊應道。

陸臻感覺到有什麼東西填滿了自己的靈魂，令其無比沉重卻又豁然開朗。

是的，他們是麒麟，是死神，是浴血的修羅，腳跨陰陽兩界，手握別人的生命。

一生鐵血殺伐，在生死之間徘徊，是共和國最尖利的武器。

然而，當殺過那麼多的人，當鮮血浸透了衣襟，當戰火彌漫四野……你總得留下點什麼來說服自己，說服自己相信這一切都是必要的，相信自己「和他們不一樣」。

雖然把自己變成野獸就能脫離做為人類的痛苦，但夏明朗為他指引了另一條通向平靜的路。

仁慈，是死神的執照！

4

直升機徹底脫離戰區，機艙內所有人都鬆懈了下來。雖然查理的飛行技術過硬，並沒有什麼起伏顛簸，陸臻還是固執地讓夏明朗躺在自己懷裡。

米-24上面沒有太多的急救設備，倒是可以吸氧。於是，剛剛沒有輸完的補液繼續插上，剛剛沒有輸足的血……好吧，雖然馬克沁聲稱他也是O型血，但畢竟沒有做過配型，任誰都不放心，所以方進還是承擔了一個血熊的全部職責。

只是方小侯爺縱然威武，畢竟個兒小，全血總量不比那些身高馬大的壯漢，兩次一共400多毫升的全血獻出去，饒是鐵骨金剛這會兒也差不多軟了，呆頭耷腦地縮在角落裡瞇著。

徐知著左右看看，三位戰友一個傷重，一個情重，還有個二子不開口還好，一開口全完；估摸著這會兒能承擔外事任務的也就只剩下他了，於是誠誠懇懇地對著海默說了聲謝謝，又繞到馬克沁身前道謝。

馬克沁湛藍色的眼珠子笑得瞇起，親暱地扶住徐知著的肩膀問道：「Zorro，你能不能幫我一個忙？」

「那當然！……只要不違法亂紀的就行。」徐知著謹慎地補充了一句。

「不違法不違法……」馬克沁連連擺手，「你能不能給我一張陳默的裸照？」

「啊……」徐知著驚叫了一聲，當場鋼筋混凝土化。

「唔？不行嗎？」馬克沁有些失望，「半裸……也可以的。」

「不是啊……」徐知著感覺他的世界觀都要分裂了。組長這怎麼回事兒啊……這哥們兒你見過嗎見過嗎？為什麼逮著我要你的裸照啊，什麼世道啊，這世界太兇殘了，有沒有人出來解釋解釋啊！

「不是？那就是可以嗎？」馬克沁再一次眉開眼笑。

「不是……」徐知著終於意識到他在說什麼，艱難地從水泥磚裡掙脫出來，「你為什麼需要陳默的照片？」

徐知著努力把舌尖滾了滾，還是沒能滾出裸照這麼兇殘的名詞來，只能虛弱地以照片含糊指代。

「因為查理快要過生日了。」馬克沁微笑著回答。

徐知著直愣愣地等待著，等了幾秒鐘才發現對方沒有繼續往下說，只能回頭把語言再組織一下：「查理過生日跟陳默的照片有什麼關係？」

「哦，因為我打算把照片送給他當生日禮物。」馬克沁興奮地解釋著，「我想他一定會樂瘋的，他那麼愛陳默！」

「查理愛陳默？」徐知著再一次崩潰了。

「是啊！你想啊，查理一定特別希望能把照片放在床邊，每天睡覺之前看著來一發，哇哦，那很刺激的，你知道……」馬克沁擠眉弄眼。

徐知著的視線從馬克沁的肩膀上方飄過去，落到方進身上。而後，他用力咽了一口唾沫，略帶同情地看向馬克兒。心想，還好，你是托我辦這事，要不然你這會兒應該已經在機艙外面了。

「所以你的意思是，因為查理在暗戀陳默，所以你希望從我這裡得到一張陳默的照片，然後送給查理去……嗯。」徐知著試圖理順整個邏輯關係，他心中仍然懷著渺茫的希望，盼著只是自己聽錯了，而不是對方抽風了。

但是馬克沁以一個燦爛的笑容和一聲堅定的「YES！」徹底粉碎了徐知著的希望之火。

徐知著用力擦了擦汗，然後努力微笑著：「抱歉，我不能幫你這個忙。」

「噢，為什麼？」馬克沁大呼。

金髮小哥極度失望的樣子，讓徐知著的世界觀遭到了再一次無情的顛覆。尼瑪，這種無理的要求被拒絕不是再正常也沒有了嗎？

「嗯，因為。」徐知著想了想，感覺對腦殘無理可講，於是坦然道，「我沒有。」

「你去拍一張，回頭發給我。」馬克沁的眼睛又亮了。

「陳默很兇的，我不敢。」徐知著笑瞇瞇的。

「噢……」馬克沁失望地表示理解，「好吧，查理的確……也這麼說。」

徐知著默默鬆了一口氣。

「要不然你給自己拍一張，把頭截掉給我。」馬克沁突發奇想。

徐知著微笑著：「其實你可以自己給自己拍一張，然後把頭截掉送給查理。我感覺你會比較像。」徐知著頓了頓，為了增加說服力又補充了一句：「陳默比我高。」

「但是我有胸毛。」馬克沁隨手拉開作戰服，「你看，我的胸毛是金色的。」

「你可以剃掉。」徐知著瞄了一眼，真誠地建議道。

馬克沁托起下巴，似乎在認認真真地思考著：剃掉胸毛與查理的生日禮物哪個更重要，雖然讓兄弟開心是大事，但就此變成一個沒有胸毛的男人，是否成本過大？

徐知著拍了拍馬克沁的肩膀說道：「反正剃了還會長出來的。」

有人在糾結的天平上重重地加上了一塊砝碼，馬克沁同志於是一拍巴掌毅然決然地說道：「好吧，那就這樣了。」

徐知著強忍住嘴角的抽搐，笑容無比美好：「對了，這事跟我說說就成了。你就別再找別人幫忙了。你知道的，在中國……」

馬克沁一臉迷茫。

「在中國，大部分人會覺得一個男人暗戀另一個男人是很……的事。而要裸照之類的……」徐知著見馬克沁的臉色漸漸凝重起來，於是意味深長地點了點頭說道，「你要明白，這是會打起來的，我是指他們會揍你。因為覺得被侮辱了。」

「哇哦。」馬克沁欣喜地，「還好，你跟他們不一樣。」

徐知著眨巴眨巴眼睛，不知道自己應該是悲是喜。

「你看，你就沒覺得我變態，想揍我什麼的。」馬克沁開懷大笑，十分歡樂。

徐知著呵呵笑著，心想我當然覺得你是變態，只是我懶得揍你。反正等會兒江湖再見，咱就老死不相往來了。

徐知著想到這裡，笑容更美好了一些，隨手摸了摸傷腿，表示自己站著也不易，要趕緊去休息。

回到另一邊，陸臻用眼神詢問了一下：聊什麼聊這麼久？徐知著擺擺手表示沒什麼，一切正常。陸臻垂下眼眸溫柔地注視著夏明朗彷彿沉睡的臉。徐知著在陸臻旁邊坐下，冷不丁看到陸臻大腿上一攤血跡，隨手拽了陸臻的袖子指給他看。陸臻乍一見大驚失色，連忙搬起夏明朗的上半身找傷口。

徐知著滿頭黑線地拽住他：「是你自己的血。」

陸臻一愣，疲憊不堪地揮了揮手說道：「沒事，別管它。」

陸臻輕輕放下的手掌極自然地貼在夏明朗腮邊，隨著他的呼吸微微起伏。徐知著靜靜地看了一會兒，恍然覺得此情此景怎樣都可以入畫，連眼角眉梢那一點硝菸灰跡都讓人從心底裡服貼出來，溫暖而充實。

徐知著想了想，大概就是因為這個原因，讓他對馬克沁與查理那麼寬容。

直升機在中途加了一次油，直飛勒多機場，聶卓已經站在停機坪上等待。之前，陸臻向他彙報情況時鄭重其事地加了一句：將軍，您能不能來機場接我們？

聶卓著實愣了一下，但欣然同意了。老實說，這種要求的確不合禮數，但正是那一點點不合禮的嬌蠻，透出了那麼一絲恃寵而驕的嫡系範兒。聶卓是正式向陸臻開過口的，陸臻當時說需要時間考慮……現在，應該是已經考慮好了。

直升機從遠方的天際顯出輪廓，聶卓身邊的副官把望遠鏡遞過來，說道：「是他們。」

聶卓沒有接，副官知趣地把東西收起。

螺旋槳捲起的狂風吹動了帽檐，聶卓抬起手把帽子用力往下按了按，大步流星地走向了直升機。機艙門嘩的一聲開到底，方進第一個從直升機裡跳出來，連眼角的餘光都沒帶到聶卓這邊，大呼小叫著：「醫生呢？醫生呢？」

聶卓往旁邊讓開一步，幾個軍醫官推著擔架床從他身邊跑過。

很快，陸臻跪在機艙底板上把夏明朗捧了出來，外面幾個軍醫官七手八腳地接住了，小心翼翼地把人安放到擔架上。陸臻來不及下地，一手拽住一名軍醫吼道：「失血性休克，有感染，輸了晶膠體液，差不多400毫升全血……」

軍醫官按住另外一邊耳朵減少螺旋槳的噪音干擾，邊聽邊點頭。

聶卓上前幾步，向陸臻伸出手，說道：「先下來再說，這麼吵，聽都聽不清。」

陸臻似乎是怔了怔，隨即伸手握住聶卓的，借力跳下了飛機。

軍醫官們推著夏明朗走向救護車，陸臻追在後面解釋夏明朗的傷勢，聶卓的臉色漸漸凝重起來。雖然早有心理準備，但親眼看到自己帳下最英武不凡的猛士傷成這樣，聶卓心裡也憋著一把火。

七手八腳的一陣忙亂，夏明朗被合力抬上救護車，醫生們各司其職開始忙碌，陸臻被人從車裡擠出來，茫然無措地站在門外。

聶卓點上一支菸遞給陸臻：「先喘口氣。」隨手把菸散給其他人。

陸臻說了一聲謝謝，接過來默默地抽著，菸霧模糊了他的臉龐。

聶卓不自覺瞇起了眼睛，曾經他看到過的陸臻都是整齊而優雅的，像一柄精心打磨的劍，刃光燦若秋水。而眼前這個陸臻卻是全然陌生的，滿身硝菸，一臉的征塵，鮮血乾涸在衣角，沾著泥土。偶爾抬眸看他，平靜的視線中閃著焰光，那是殺過人流過血，經歷過滄海之後的從容。

聶卓有些欣喜亦有些得意。

「將軍。」陸臻抽完一支菸，用眼神示意聶卓走開幾步，低頭道歉，「我還是暴露了，巴厘維知道是我。」

「既然同意讓你去，就有這種心理準備。」聶卓呵呵一笑，「聽說你們鬧得很凶啊，把老巴嚇壞了。」

「對不起。」

「頭抬起來！」聶卓低聲喝道，「垂頭喪氣的像什麼樣子！我讓你道歉了嗎？」

陸臻下意識一個跨立，昂首挺胸地站到聶卓身前。

聶卓捶了捶陸臻的胸口：「軍人，永遠不必為自己作戰太英勇說對不起！巴厘維那種人，給他點教訓也好，不知道天高地厚，總覺得我們欠了他的。外交部那些到底是文人，骨子裡軟，怕事，不瞭解那些軍閥的心理。」

「但是，這樣一來，我們與雷特的死……就脫不了關係了。」

聶卓冷笑了一聲：「你以為原來就脫得了關係嗎？」

陸臻默然，的確。

「沒關係，又沒枉擔了那個虛名，不留把柄就行。」聶卓的笑容柔和起來，「聽說你倒打了巴厘維一耙？」

「嗯。我說是他綁架我。」陸臻有些感慨，這個情況他還沒來得及報告，聶卓果然消息靈通。

「不錯，果然機靈，我就知道你得來這一手。」聶卓攬住陸臻的肩膀，「放寬心，戰場上的事你來解決，戰場下的事我來處理。把你這副愁眉苦臉的樣子收起來。」

「但是，」陸臻鼓了鼓勇氣，看定聶卓的眼睛，「我們隊長他，被人注射了多次海洛因。」

聶卓的臉色一變。

「應該是為了逼供。」陸臻心中暗暗忐忑。

「他說了點什麼？」聶卓沉聲道。

「嗯？」陸臻陡然發現聶卓關心的重點似乎與自己先前的疑慮並不一致。

聶卓的眼神變得鋒利起來，陡然轉頭對著救護車喝道：「他什麼時候能醒？」

一個軍醫官連忙跳下車來：「報告將軍，他一直醒著。」

「我能問話嗎？」聶卓氣勢逼人。

軍醫明顯怯了，躊躇著猶豫了一會兒說道：「可……可以。」

聶卓彈了彈手指：「都讓開！」

軍醫們面面相覷，終於一個領頭的揮了揮手，一行人默默退開。方進被這陡然而生的變故嚇了一跳，徐知著眼疾手快地把懵懂中的方進拉到一邊，陸臻向他擺了擺手，跟在聶卓身後上了車。聶卓回轉身瞪他，陸臻只覺得後背汗毛直豎，但還是固執地站了門邊。

「怎麼了？」夏明朗慢慢坐起，陸臻連忙過去幫他搖起了上半截床。

聶卓靜靜地看著他，心情有些複雜，夏明朗肩上的傷口剛剛解開還未處理，繃帶浸透著血，暗紅色，露出血肉模糊的缺口。

夏明朗看了看陸臻說道：「無論您想問什麼，我想，都不用瞞他。我傷重，整個情況他比我更瞭解。」

聶卓看了陸臻一眼，說道：「關門。」

夏明朗看著慢慢合攏的車門，眼中閃過一絲銳利的光彩，他剛剛鬆懈下來的神經又一點一滴地凝聚起來。

「陸臻說，他們對你用了藥。」聶卓的聲音變得柔和而沉重。

「對。」

「我知道你現在傷很重，但我仍然希望你可以儘快回想一下，是否說了什麼不應該說的東西。」

「沒有，我說了能說的，忘了不能說的。」夏明朗直視聶卓的雙眼，神色坦然。

「你確定？」聶卓隱隱有些威脅意味，「夏明朗同志，我本來是絕不會懷疑你的，但是現在情況不一樣。你需要對我坦白，如果有萬一，我們可以提前做出調整，盡可能地挽回損失。你是有經驗的老同志。」聶卓看了陸臻一眼：「他把我叫到這個機場來，想必，也是希望有一個機會，能繞開一切程式，讓大家先彼此交個底。」

陸臻低下頭，果然是老江湖，心如明鏡。

「真的沒有。」夏明朗啞聲道，「才兩三天，我還挺得住。」

聶卓沉默了半晌，欺身逼近夏明朗：「你可要想好了。你現在告訴我，沒什麼，人扛不過藥，這個大家都能理解。但是如果你有所隱瞞，造成組織上的被動……這就是你的責任了。」

「是的，我確定，我也想好了。」夏明朗再一次重複，聲音平靜而和緩。

「那就太好了。你先休息，餘下的我來安排。放心，一切有我在。」聶卓直起身，用力握了握夏明朗的手，示意陸臻跟他出去。

車外，醫生戰士連海默他們都圍了過來，圍了一圈。聶卓探身出來一看，笑了：「幹嘛呢？怕我吃了你們隊長？」

徐知著勉強扯出一個笑：「怎麼回事啊？」

「機密。」聶卓用一個眼神打發了徐知著，抬手按住領頭那位軍醫的肩膀說道，「我最好的戰士，吃了很多苦，要給他最好的藥，所有的……你們盡可能地好。」

「那當然。」軍醫仍然有些疑惑。

聶卓貼到軍醫耳邊低聲說了幾句什麼，軍醫恍然大悟似的點了點頭，連聲說道：「好的好的，明白。」

大概大人物辦事就是這麼爽利，轉眼間，聶卓已經換了一個模樣，與戰士們握手言歡。方進心思淺白，很快就樂和了起來，指手畫腳眉飛色舞地表戰功。

不一會兒，軍醫檢查完畢，做完預處理，夏明朗他們四人隨救護車去往和平號，大家就此分道。

陸臻把聶卓送到車上，聶卓坐在後座上低聲叮囑：「跟夏明朗住一個病房，晚上或者明天我來看你們。你們兩個，不要走動，好好休養，不要見任何外人。」

「明白。」

5

前線軍醫多半專精外傷科，這會兒在和平號上的都是全軍最年富力強正當打的醫生。夏明朗一上船就被直接推進了手術室，陸臻與徐知著等人本想站在門外張望，很快就被醫生護士們一個個抓走，押進處理室清創裹藥。

等陸臻被纏了一身的繃帶推進病房，恍然發現身邊果然只剩下了他一個人，負責看護他的護士笑容很溫柔，但一言不發。陸臻握住護士的手腕問道：「跟我一起進來的那位重傷患什麼時候出來？」

護士搖了搖頭：「不知道。」

白瓷盤裡排著一行針劑，陸臻默默看著她把那些有色或者無色的液體灌入自己靜脈，手上略緊了緊：「我不需要鎮靜劑。」

「睡一覺會感覺好一點。」護士說道。

「我想醒著，等我戰友回來。」陸臻微微笑道。

護士姑娘點了點頭，把其中一支針劑放到了一邊。

夏明朗的手術持續了很久，陸臻在沒有外加藥物的情況下還是頂不住睡了過去，只是睡得不實，夢裡一直有戰火硝菸與天光掠影。太陽穴裡抽搐著疼痛，一半身體渴望著休息，而另一半則固執地不肯睡去。神經回路裡因為之前高速的運轉積存下的興奮性遞質還未耗盡。

忽然聽到砰的一聲門響，陸臻從夢中驚醒，便看著一大隊人湧了進來。醫療船畢竟空間狹小，夏明朗插了一身的管子，林林總總的儀器把整個雙人病房擠得滿滿當當。

陸臻從床上跳下來，隨便挑了個看起來老成些的醫生問道：「我們隊長怎麼樣了？」

醫生抬起頭，很嚴肅樣子：「手術很成功，但感染很嚴重，所以還需要再觀察。」

陸臻微微點了點頭，敏銳地看到醫生胸前的名牌上寫著潘豪二字。他已經習慣了醫生們那種說一句吞半句，什麼邊角餘地都要留全的說話風格。只是既然手術成功，那應該就沒什麼大礙了吧，陸臻站在人群之後，伸長了脖子往裡看。

「怎麼起來了？」潘醫生剛剛意識到陸臻也是個病人。

「我沒事。」陸臻笑道。

「沒事？」潘醫生從陸臻的床下抽出病歷來看，一邊看一邊搖頭，「快躺下躺下。還沒事？！這上下都縫了幾十針了……還沒事。」

「我真沒事，你們針腳太密了。」陸臻在床邊坐下，「跟他比差遠了。」

「他？」潘醫生指了指夏明朗。

陸臻剛一點頭，醫生大人就怒了：「你跟他比？那可是鬼門關上爬過來的，全身感染又失血，差點就重症膿毒了。」

「那現在呢？」陸臻大驚。

「現在……還行吧，要看他體質了。」

雖然夏明朗的體質絕對是經得起考驗的，但陸臻到底還是放不下心，索性站到床上去看，唬得潘醫生連同之前負責看護他的護士一起過來拉人。陸臻一手撐住天花板，另一隻手牢牢地握住了那兩人的手指：「我就看一眼，你就讓我看一眼。」

「哎，你這人。」潘醫生用力掙了掙，居然紋絲不動，手指就像是焊在了陸臻掌心裡，不由得心裡生出一些怯意，「哎，你要看也下來看，別摔了。」

陸臻顧不上理他，只是在人頭攢動中尋找夏明朗。終於有人聽到這邊的嘈雜回身查看，陸臻自縫隙中看到夏明朗緊閉的雙眸，半透明的氧氣面罩遮住了他半張臉，讓他看起來分外脆弱。

「能下來了嗎？」潘醫生想了想，說了一句重的，「耽誤了幫他看病，你負得起這個責任嗎？」

話音還沒落，陸臻已經呈挺屍狀躺在了床上：「你們都別管我，我真沒事！」

「你這孩子。」潘醫生哭笑不得。

「他什麼時候能醒？」陸臻問道。

「不清楚，他現在不能打催醒藥，得靠他自己醒。」

「為什麼？」

潘醫生回頭淡淡看了他一眼：「身體情況不允許。」

陸臻恍悟，沒有再問，只是蜷曲著身子，側身看向另一邊。那些全副武裝到牙齒的醫生們推著各種醫療儀器來了又去，好像在對一個山頭衝鋒，一撥又一撥。陸臻漸漸有些恍惚，只覺得他千辛萬苦好不容易搶回來一隻脆弱無比的蛋，途中險些砸了，讓他差點斃了自己；現在把蛋運到巢裡了，一群大白鵝撲上去，把他踹到了一邊。

陸臻自覺有些委屈，眼巴巴地看著，再一次矇矓睡去。

到夜裡，夏明朗的體溫忽然飆到四十度，護士催促著醫生，腳步聲紛至遝來。一通檢查下來看不出更多問題，只能扒了衣褲用酒精強行降溫。

陸臻坐立不安，圍著眾人不停問東問西。終於有人嫌他礙手礙腳，在夏明朗床尾給畫了個圈，示意：站那兒去吧！

在這個角度，可以看到完完整整的整個夏明朗，陸臻乖乖過去站好，心裡終於安分下來。醫生們在忙忙碌碌地核查各種資料，像密碼一樣，寫在長長的病程紀錄上。陸臻感覺到有一隻手按上自己的肩膀，回頭一看是潘醫生。

「沒事的，去休息吧。」

陸臻微笑：「我睡不著。」

「他沒事，身體這麼好，什麼都能挺過來。」

「您就讓我站在這兒吧。」陸臻極誠懇地哀求著，眼淚汪汪的。

潘醫生愣了一愣，倒有些不好意思起來：「你這孩子……行行，你就站這兒吧。」

全密封的艙室裡看不到天光，白天黑夜也就沒了分別。

陸臻看著護士用脫脂棉沾了酒精一層一層往夏明朗光裸的皮膚上擦拭，亮晶晶的，閃著細膩的光澤，勾勒出漂亮的肌肉紋理，雪白的繃帶勒住古銅色的皮膚，邊緣透出些些血色。

陸臻總覺得奇怪，即使是受了這麼重的傷，夏明朗看起來仍然是有力的，那種粗獷的生命力，像他的體溫一樣張揚著棱角，從他身體的每一寸生長出來。曾經以為的脆弱簡直就是種假象，他就像遠古的戰神一樣，自血色黃沙中站起，甩一甩劍尖的殘血，抓一片雲彩擦拭寶劍，臉上滿是不經意的笑，閉目只是為了沉睡。

陸臻不自覺地伸出手，指尖溫柔地撫過夏明朗的腳背，高燒中的皮膚柔軟之極，燙得好像要融化一樣。陸臻好像觸了電似的握拳，左右望瞭望，心跳得打鼓。大家都很忙，沒人注意到他的小動作，陸臻小小聲籲了一口氣，從耳根處一點點紅起來。

陸臻記不得那天晚上是什麼時候又被趕回床上去睡，只是合上眼，又是一番夢境與現實的交錯，鋪天蓋地的硝菸味再一次將他吞沒。朦朧中又覺得自己丟了什麼，轉身一遍一遍地找，身邊全是混沌的顏色，灰灰暗暗的，忽然間好像又明白了過來……

隊長呢？

不對不對，隊長已經安全了！

可是隊長呢？

陸臻急得大汗淋漓，掙扎著要從這噩夢裡爬起來，可是眼皮子像是黏在了一起，怎麼都睜不開。陸臻拼盡了全身力氣用力一睜，一束光線打進他的眼底，居然真的醒了……

陸臻翻過身，第一眼便看到夏明朗沉睡的側臉，頓時心頭大定。

「喲，醒了。」

陸臻聽聲音以為是潘醫生，起身一看才發現聶卓已經到了。著一身戎裝，微皺著眉頭在聽醫生報告病情，自眼角的餘光中看到他坐起來，抬手往下一按，示意他躺下。

不一會兒，聶卓走過來，在陸臻床邊坐下，溫和地問道：「感覺怎麼樣？」

「還好。」陸臻想了想，還是坐起。護士過來幫他搖起床，又墊了一個枕頭在他背後。

「聽說你昨天東竄西跳，搞得醫生們不得安寧。」

「啊……」陸臻臉上一紅。

「老潘啊！」聶卓轉過臉，「我這麼重要的戰士你也不給安排個單間房？」

陸臻心裡嚇了一跳，正想說別！

潘醫生已經苦笑著答道：「我們船上只有無菌監護是單間。」

聶卓攤了攤手，看向陸臻：「那就沒辦法了。」

「沒事，這樣好。」陸臻由衷地。

醫生與護士一個個退出去，不多時，聶卓的副官幫他們帶上了艙門。陸臻知道聶卓有話要說，把腰杆又挺了一挺，盡可能坦然地看向他。

「先說好消息吧，省得你這一臉苦瓜相，看著就煩。」聶卓一頓，「對了，你的習慣是先聽好的，還是聽壞的來著？」

「好的吧。」陸臻無奈。

「好消息就是，南珈已經打完了，還是我們的。」

「傷亡呢？」陸臻馬上問道。

「傷亡，還可以吧，交換比很高！」

聶卓身為主官，自然首先從戰略意義上思考問題，然而陸臻卻在心底沉下去，畢竟再高的交換比也意味著犧牲。

「我現在不能給你看簡報，回頭細說。昨天晚上空降兵就已經進場了，沒什麼意外的話，辦辦交接，熟悉個業務，最多再有十天，陳默他們就可以回家了。」聶卓像是看穿了陸臻的心理。

「那隊長呢？」陸臻敏銳地聽出了異樣。

「你……」聶卓停頓了好一陣，「你和夏明朗現在……不適合繼續留在喀蘇尼亞。」

「為什麼？」陸臻的聲音很平靜，並沒有什麼驚訝的意思。

「現在是喀蘇尼亞局勢最微妙的時候，瓜田李下，不管什麼原因，得避個嫌疑。」聶卓按住陸臻的肩膀，「這也是為了保護你們，國內國外都有會說閒話的，萬一有什麼……站著說話的人，腰是最不疼了。」

陸臻微微點頭：「我懂。」

「所以現在你和夏明朗的傷都很重，需要儘快送到國外治療。」聶卓看向夏明朗，「等他情況穩定下來就走，我會安排。」

「嗯。」陸臻知道現在什麼都不必問，你只能選擇信任。

「哎呀，還有一個好消息，差點忘了。」聶卓揚起眉毛，「目前初步決定，給你們一個集體一等功。所有前線犧牲的戰士追授榮譽稱號，夏明朗、你，還有重傷的戰士都是一等功。剩下二、三等功人太多了……陸臻同志，領導在說好消息的時候，別這麼愁眉苦臉的。」

陸臻愣住，下意識扯出一個笑。

「算了算了……」聶卓揮手，「怎麼以前沒發現你這麼婆婆媽媽的？跟巴厘維拼命的那股勁兒哪去了？說吧，在顧慮點什麼，就你我現在這個交情，還交不了底嗎？」

「我們隊長……毒嗯，他的藥物依賴問題，以後……」陸臻低聲問道。

「我還當什麼大事呢。」聶卓失笑，「相關情況，該怎麼樣就是怎麼樣，報告裡我當然會寫清楚，你不會指望我就地給你瞞了吧？」

「那當然不！」陸臻沒敢說我其實真心這麼指望過。

「但是，夏明朗這一次，連同你這一次，整個行動都是絕密。」聶卓一笑，「再過三十年解密。」

「所以……」

「所以這是個秘密，在今後的很長一段時間也會是，不應該知道的人，沒機會說三道四。」聶卓以一種「年輕人，你還太嫩」的眼神看過來。

「謝謝將軍。」陸臻喜出望外。

「放心了？高興了？」聶卓瞇起眼，整了整衣角站起，邁出兩步，站到夏明朗床前。陸臻心中一動，從床上溜下來，站到聶卓身邊。

「海默跟我說了當時的情況，你們隊長心胸很大，你要向他學習……」

「嗯。」陸臻猛點頭。

「我沒機會等他醒了，回頭老潘會給你一針，你也得睡著上飛機。以後有的是機會聚，回北京我再請你們喝酒。」聶卓把帽子戴正，從領口到衣角又理了一次軍容，「幫我帶句話給他，我聶卓一生佩服的人不多，他夏明朗算一個。有勇有謀，知進知退，且以家國為念，我軍之幸。」

「將軍，您別這麼說……」

聶卓瞪了陸臻一眼：「你一個帶話的，幫他客氣什麼？」

陸臻連忙閉嘴。

聶卓抬起手，很端正地敬上一禮。

陸臻感覺有種光芒讓他退後了一步，聶卓的背影有如刀削，禮畢時一揮手，肩上金星閃耀。而夏明朗仍舊沉睡著，所有閃爍的金光在他面前化為沉水……平靜地流淌。

陸臻不自覺地在想像，如果此刻，夏明朗醒著，會是怎樣的神情，可想了半天都不得要領。眼前卻漸漸浮出一抹懶洋洋的笑，溫柔而狡黠的，是滄海奔流以後，浮華散盡的從容……

【End】

後記

如果還記得《麒麟》最初的文案，大家應該也能明白這一部這一章於我而言的意義，雖然經歷了寫作生涯中最大的瓶頸，所幸最後還是挺下來了。最後劫獄的高潮我很滿意，也希望大家會喜歡。

接下來，戒毒與休養這部分的內容將會歸入番外。

所以基本上，《戰爭之王》這一部的正章到此完結，撒花，放炮……我很高興！

俺活著寫下來啦！

番外 Nirvana

Nirvana

1

和平號醫療救護船。

在接下來的日子裡，夏明朗一直處在半昏迷狀態。陸臻終於意識到這不是什麼正常情況，但老潘並不是那種溫柔細緻的醫生，他有軍人的行伍氣，從來不願意多做說明，只是含糊地解釋為戒毒需要。

陸臻很鬱悶，但又無可奈何：是啊，你憑什麼要求他給你一個明白？

你懂嗎？

又或者，你是什麼身分呢？心急如焚不是一個誰都可以拿來煩人的理由！

然而，他們並沒有在此停留太久。兩天後，夏明朗的情況漸趨穩定，潘豪一臉嚴肅地給陸臻扎上一針，把這兩名「重傷患」大搖大擺地抬下了船。他們將取道埃及離開非洲，寫在公開病歷上的病症是：未知生物鹼中毒。

陸臻對麻醉品有耐受性，醒來時飛機還浮在大西洋上空。他茫然四顧，從滿滿的醫療器械中找到夏明朗，迷迷糊糊地坐了過去。陸臻大概知道一次長途醫療飛行是什麼價錢，對聶卓在敬佩之餘又多了一份感激。

「喂？」前方視野裡闖進一顆巨大的頭顱。

陸臻凝神辨認了幾秒才反應過來：「海默？」他著實困惑，「怎麼哪裡都有妳。」

「是你們的門路太少。」這女人毫不客氣地反諷，頂著一頭包租婆髮型在陸臻身前坐下，像變戲法似的變出一面鏡子來，塞進他手裡：「幫忙。」

藥勁兒還沒過，陸臻腦子裡暈得厲害，放眼看去一切都像隔著一層白紗般的不真實，彷彿一捲老式的法國文藝錄影帶，鏡頭凝固，朦朧曖昧。他呆滯地握著鏡子，大腦像生銹的機械，一格一格地運轉，海默說得不錯，中國軍方沒什麼海外需求，又極難取信，的確沒有太多邪門路子。想到這裡，他忽然又惦記起了夏明朗，伸手探進被底，把對方的一隻手握到掌心，這才覺得安寧。

海默看向鏡子的眼神與她殺人時一般專注，手邊排開一行古怪的盒子，裡面五顏六色晶晶閃亮。那些鮮豔的細碎粉末像輕菸一樣嫋然升起，散發出微妙的香氣。

於是，就這樣，柔美與兇悍彼此妥協，凝成微妙的平衡。

「怎麼樣？」女人闔上最後一個盒子，眼角斜飛拋出一個媚眼。這是標準的會情郎範兒，女為悅己者容，那種亮晶晶祈盼的眼神沒有哪種眼影可以模擬。

「很漂亮！」陸臻笑了，笑容從容和悅。

有人梳妝打扮等著見情人，有人滿懷憂慮握著情人的手，人們的苦樂永遠無法共通。陸臻是厚道人，他從不嫉妒，他總是為別人高興。

海默歡呼了一聲，解開滿頭髮捲。陸臻這才注意到她的全套行頭：緊身牛仔、馬靴，上身著一件白底金色印花的短袖T恤，長V領露出一道深深的事業線，一顆湛藍色的水晶珠子恰恰懸在中間；再配上光滑的麥膚與波浪長髮，即使五官沒辦法瞬間改換，也是上世紀鄉村音樂性感女神範兒。

陸臻作勢鼓掌。

海默並起雙指送出一個飛吻。

這款妖嬈的老流氓氣派引發了陸臻的聯想，腦中類比程式自動激發，不出三秒鐘就把這身行頭扒下來換到夏明朗身上，然後陸臻像是忽然就醒了過來，笑得上氣不接下氣。

這趟旅程跨越了整個大西洋，歷時漫長，夏明朗在半路上犯了一次癮，瞳孔放大呼吸急促。陸臻面無表情地看著醫生把那些惡毒的液體一點一滴地擠進那具他最鍾愛的身體裡，感覺自己血管裡流動的不再是血液，而是滾燙的油。他甚至有些耐不住那種烈焰焚身一般的苦痛，連呼吸都變得輕弱了。

飛機落地時已是深夜，本地空氣濕潤清爽，夜空清澈。

巴哈馬，一個地圖上幾乎找不到的加勒比海小島國，自然的天堂。陸臻感覺皮膚刷的一下吸足了水分，緋了一整年，忽然柔軟了，簡直有點不習慣。

午夜的機場航班極少，只有不遠處的直升機停機坪上還亮著燈，一個男人正從那邊走過來。背光處看不太清面目，然而身形筆直，雪白的長衣在夜風中翻飛拂動。海默忽然發出一聲驚叫，歡呼著從陸臻身邊掠過，像樹袋熊那樣蹦到那人身上，嬌柔柔地喊了聲：「老公，你怎麼來了！」

陸臻被這一記嚇得不輕，差點就心臟病突發了。

走近後，陸臻才發現「老公大人」長得極白，幾乎就是黃種人能達到的極限，在月光下瑩瑩發亮，像一尊玉雕的佛。所幸骨架高大，又生了一張溫和平淡的路人臉，多少中和了一些膚色給人帶來的震撼：一個男人如果長得太過細潔好看了，總是有些怪異的。

這是陸臻第一次見到白水，莫名其妙地，腦海裡印出四個字：玉樹臨風。後來，他對此人的印象有過多次轉折，從極好到極壞，又歸於平常，卻總還記得第一眼的感覺，乾乾淨淨的，玉樹臨風。

「白水，你們的主治醫生。」白水向陸臻伸出手，說的是中文，口音十分地道。他雖然看著不像個壯漢，力氣倒是不小，一手抱住海默，居然也站得穩穩當當。

陸臻知道他是華人，更加生出好感，兩個人相互握手，介紹彼此，氣氛十分融洽。

從專機到直升機坪之間隔著一塊草地，陸臻下意識地彎腰把夏明朗抱起，大踏步走在最前面，並沒有詢問醫生的意見。白水微微皺眉，拍著海默的後背讓她從自己身上下來。他雖然不算瘦弱，但畢竟只是個書生，比不上陸臻那種訓練有素的體格。像海默這樣的老婆偶爾抱一抱是情趣，走長路還是吃不消的。

直升機上另有一張病床，儀器齊全，陸臻看著白水為夏明朗放置吸氧管，終於忍不住問道：「為什麼他一直不醒？」

「昏睡療法，他們在為他戒毒。」白水抬起頭。

陸臻發現白水與人交談時會一直看著對方的眼睛，目光平和靜謐，有如深海。人與人的相處要講緣分，有些人你永遠不會相信他，有些人一個照面就讓你感覺靠譜。而白水身上有種沉靜的魔力，會讓人心定。

「哦，那是？」陸臻深吸了一口氣，下意識地握住夏明朗的手腕。

「飛機要起飛了，你抱著他吧。」白水的目光在陸臻手背上一掠而過。

這個提議簡直正中紅心，陸臻小心翼翼地理順夏明朗身上的管子，近乎貪婪地把人收進懷裡，他結實有力的臂膀上幾乎生出無形的羽翼，輕柔而溫暖。

白水坐到陸臻身邊，一五一十地解釋起醫療方案。戒毒有很多種方法，冷火雞、昏睡療法、藥物替代……各有優劣，冷火雞利於斷根但極為兇險，昏睡療法會出現神經損傷，藥物替代一輩子糾纏難以擺脫。

陸臻的神經生物學底子是藍田打下的，什麼多巴胺、腦腓肽、神經傳導……這些普通人聽來有如天書的東西，他多少都知道些。然而，此刻他並沒有興趣聽那些專業精準的講解，只是一把拉住白水追問：「你告訴我，他能戒掉嗎？」

陸臻盯住白水，有種熱切的期待。

大約是被這份熱切所感染，白水溫和地笑了：「那當然。」

「真的？」回答太篤定，反而讓陸臻心慌。

「真的。」白水微微點頭，「他是個戰士，意志堅定，身體強壯，意外涉毒而且時間不長，擁有正常規範的生活與社交圈。」白水攤開手：「我想，即使全世界只有一個人可以成功戒斷，也應該是像他這樣的。他會很痛苦，但很可能會成功。」

「好，太好了，沒關係……」陸臻能感覺到自己的眼眶在發熱，當最大的恐懼被壓抑下去，那種滿懷哀憐的心疼又像野火一樣燎上來。麒麟幫緝毒武警打過很多工，他見過那些人毒癮發作時哀嚎的模樣，但他永遠都不能把這種形象與夏明朗結合在一起。

巴哈馬是一個群島國，月光空靜，直升機平穩地掠過星羅棋佈的礁島。白水的醫院佔據了整個島，飛機盤旋著下降，機艙下風景絕美。白沙灘上散落著獨立的小型別墅，如果不是醫院主樓上鮮紅的十字，這簡直更像一個度假村。海默得意洋洋地向陸臻介紹她們公司的產業，將此地形容為美洲最好的戒毒所：風景優美，收費合理……並且最重要的是——不留紀錄！

陸臻敷衍地點著頭，一邊把夏明朗抱下飛機，老實說他並不關心海默說的那些，但得罪主治醫生的老婆顯然不是什麼明智之舉。尤其是，他知道這女人小心眼。時近午夜，四下都是靜悄悄的，只有幾個值班的護士神情疲倦地迎上來。病房走廊裡亮著明晃晃的燈，白水在前面帶路，有一句沒一句地介紹著醫院的情況。

陸臻緊跟著白水走，驀然感覺到一隻手貼上自己後頸，不自覺低下頭去……剎那間就失了神，視野裡只剩下一雙漆黑的眸子，純淨無垢，清晰地映出自己的臉。

「他……醒了。」陸臻呆呆站定，聲音輕得發飄，幾乎是氣聲，眼前像是浮著一個脆弱的肥皂泡，只要呼吸稍重就會破裂。

夏明朗茫然睜大的眼睛裡泛著水光，那是漫無邊際的黑，剔透晶瑩。陸臻感覺自己完全無法挪開視線，眼眶越來越熱，幾乎要調動自己全部的意志力才能控制住不失態。

「哦。」白水走回來。

夏明朗漫無意識地看了白水一眼，又把視線移到了陸臻臉上。白水伸出食指在夏明朗眼前移動，被夏明朗一把抓住甩到了一邊。

「呵呵。」白水好脾氣地笑笑，「他可能剛剛醒過來，還有點意識模糊。」

陸臻胡亂點頭，趕緊把夏明朗抱進病房。房間很寬暢，有獨立的衛浴小間，房門對面是一扇巨大的落地窗。比起悶罐子似的醫療船來，這裡簡直就是天堂。

深夜，窗外黑糊糊的，似乎有樹影在搖曳。

陸臻小心翼翼地把夏明朗放到病床上，護士們一擁而上，專業而熟練地在夏明朗身上安放各種電極與軟管。白水拉著陸臻的袖子，示意他到旁邊說話。陸臻轉身卻發現邁不開步，身體一僵，視線一點一點往下走……褲腿被攥住了，夏明朗抓得非常用力，粗糙的指節泛出青白色，病服褲子寬鬆的布料擠成一團。

好像忽然就崩潰了，慾望衝出胸膛，不管不顧，陸臻握住夏明朗的手背：「我不走，我就在這兒，我哪兒也不去。」

夏明朗茫茫然看著他，一聲不吭，視線好像沒有焦點。

陸臻的手指抖得厲害，腦子裡有一個小人在叫喊：快點放開，放開，否則白癡都能看出你跟他的關係！可是手指無力地嵌進夏明朗的指縫裡，施不出半點力道，只能不斷重複著：「我不走……你放心。」

慢慢地，陸臻一點一點把布料從夏明朗指間扯出來，感覺連心都被挖掉了一塊，簡直不能呼吸！

這種痛楚會讓人憤怒：去他媽的事業、未來、別人的看法……那所有所有的一切，我只想讓別人明白我有權親吻你，陪伴你……像所有人那樣！

「看來他很需要你。」白水說道。

「啊？」陸臻心裡一慌，手下失了分寸，一下子從夏明朗手上掙脫出來。令人意外的是夏明朗並沒有堅持，手掌慢慢放下去，落到病床上。

門外傳來繁亂的腳步聲，一行人推著各種醫療機械擠進來，漸漸填滿夏明朗身邊的空間。一時間，午夜裡空寂的病房變得像白天一樣熱鬧。陸臻再一次被人群從夏明朗身邊隔開，無奈地看著醫生和護士們擺弄他，他們的神情嚴肅而又漠然，飛快地交談著，動作俐落。

陸臻感覺到某種微妙的矛盾，一方面，他欣賞這種理性的專業，而同時，他感覺冰冷。

夏明朗的目光一直沒有離開他，他近乎呆滯地盯著他，那視線像繩索，從攢動的人影之後拋過來，生生抓在陸臻心口，幾乎可以扯痛皮膚。陸臻不敢動彈，直到夏明朗再次陷入昏迷。

醫生們漸漸圍到一起討論病情，制訂醫療方案……陸臻坐在另一張病床上神經緊繃地聽著各種口音的英語，生怕一個走神聽錯哪個專業名詞。雖然即使聽懂也做不了什麼，可是他仍然想知道，只要是有關於夏明朗的一切，他都想知道。他的神經又開始高速運轉，就像是又回到了戰場上，疲憊而興奮，太陽穴抽搐著劇烈的疼痛，然而毫無倦意。

一位護士端著瓷盤過來為陸臻換藥，紗布揭開，露出深長的傷口與皮肉翻轉的血洞。小護士輕輕「啊」了一聲，詫異地抬頭看他，陸臻渾然不覺。

「你傷這麼重？」一位醫生俯下身來審視。

「啊，沒事。」陸臻漫不經心地擺擺手，連看都沒有多看一眼。

幾個小時以後，醫生和護士們陸續離開，病房裡再一次安靜下來，只剩下心肺儀單純的嘀嘀聲。白水在陸臻身前站立，溫和地說道：「我想，你應該比我們更瞭解情況，病人經受過很嚴重的驚嚇，現在心理十分脆弱……」

陸臻不自覺地笑了。

夏明朗受到很嚴重的驚嚇？死算不算？嚴刑拷打算不算？不知怎麼的，當「驚嚇」這個詞與夏明朗聯繫到一起時，給人的感覺幾乎是荒誕的。

「你笑了？」白水皺起眉。

「啊，是嗎？」陸臻摸了摸臉，心想，那一定是因為你說得太好笑了。

「陸先生，這沒什麼可笑的。」白水把病歷抱到胸前，「無論他曾經有多厲害，但此刻他是個病人，非常脆弱，缺乏安全感，從身體到心理，否則他不會這樣依賴你。他甚至只有在你抱著他的時候才會平靜……」

陸臻略有些煩躁地聽著白水教訓，這是個好人，但太過細緻，以致於有些瑣碎。他條分縷析，掰開揉碎了，試圖從各個層面向他證明：夏明朗現在纖弱敏感驚慌如稚童，你應該給他更多體貼更多柔情。

陸臻聽了半天，總覺得這哥們是在勸他攬基。那真是太好了！陸臻決定從善如流。

「沒問題！交給我吧，我會好好照顧他的。」陸臻露出誠懇的樣子，「大不了，我把他當我媳婦供著。那……你看，是不是索性把我們兩個的床拼一塊算了？」

白水一時錯愕，但很快笑了。

陸臻送走白水，下床關了大燈。窗外已經有些亮了，晨曦是一脈泛著珠光的鴿子紫，像迷霧一樣。

陸臻給自己倒了一杯水，窗外是草木繁茂的熱帶花園，碩大的花朵與鮮綠的葉子被晨輝鍍上了一層奇妙的光彩。往極遠處眺望隱約可以看到海水的亮色，朝陽不在這一面，想必落日時分的景色會更為可觀。

天色還太早，這個島還沒有醒來，成排的海鷗從林子裡飛起，融入天際。

2

陸臻站立在窗邊，看著一輪金日從水裡升起。

似乎直到這一刻，他才感覺到安定，塵埃落定，知道不會再有反覆的那種安定。其實他並不瞭解聶卓的具體計畫，也並不敢問，因為明白對方不需要向自己交代什麼，亦從無承諾。

只是他別無選擇！

聶卓是他唯一可以依靠的人，也是唯一有能力救夏明朗的人。

其實現在回想起來，被俘為什麼就丟人了？被迫吸毒算什麼人生污點？但很多事並不按道理來講，也沒有那麼多應該或者不應該，幾十年前中國軍隊裡失手被俘的戰士甚至要以死證清白，現在當然沒那麼混蛋了，但有色的眼鏡仍然少不了。

被異國軍閥俘虜加毒癮，聽起來多麼駭人！在那些一輩子都沒上過戰場，沒殺過人，沒經歷過血與火的考驗，卻可以決定夏明朗前途的人們眼裡……這絕不會是什麼加分項。

陸臻雖然年輕，但十五歲上軍校，也是個軍齡十數年的老兵，這些明擺在檯面上的東西他自然都懂。所以他當機立斷地請求聶卓親自接機，把前因後果和盤托出。所幸聶卓並沒有辜負他，幾乎不動聲色地便罩下了整件事。用刺殺雷特這個大秘密，包裹住了夏明朗個人的小秘密，盡可能地把吸毒的問題隱瞞了下來，控制在只有極少數人知道的範圍。做得滴水不漏，一石數鳥地解決了很多問題。

這才是最高明的謀略家，把適當的人放在適當的位置上，就像一根線在原地穿起所有的珠子，然後輕輕一提，一切恰到好處。

將來，絕大部分人都會以為夏明朗只是去治了一次傷吧？

陸臻忍不住笑了，他不知道真相將會被封存在一個怎樣的牛皮紙袋裡，蓋上絕密或者機密的印章，被封存上多少年。沒關係，他並不關心這個，那是太久以後的事情，到那時，他們都已經老了。

陸臻把水杯擱在窗臺上，深深地吸了兩口氣，然後轉身……夏明朗安靜地躺在病床上，呼吸微弱，裸露的胸膛微微起伏著，原本光潔飽滿的線條失去了彈性，皮膚乾澀得可怕。陸臻俯下身去細聽夏明朗的心跳，那個強壯的器官堅強地搏動著，聲音沉靜而有力。

陸臻臉上浮出笑容，想要觸碰的慾望燒灼著血液，好像已經忍了很久，太久……反而不知所措。他把手掌緊貼在夏明朗胸口，感受著那飽含生命力的微微起伏，指尖像是快要融化了一樣。他用力舔了舔下唇，直起身，把嘴唇印到夏明朗乾燥的唇瓣上。持續不斷的高燒讓夏明朗的嘴唇乾裂，帶著血的腥味。陸臻皺起眉，一遍一遍地舔舐，直到軟化。

驀然間好像有一滴水從心頭滑過，陸臻緩緩抬起頭。

夏明朗安靜地看著他，瞳色漆黑如夜，然而明亮。就像在遙遠的夜空之外還有另一個世界，那些來自異界的光芒挾裹著千萬光年的星雲，走到這裡，靜謐而奪目。

隊長？！陸臻蠕動著嘴唇，卻沒有發出任何聲音。他們在這個無聲的瞬間彼此凝望，從眼底看到心底，那樣疲憊，一路征塵，遍身浴血……然而無限歡喜，就像兩個在沙漠中跋涉的旅人，茫然中睜開眼，看到淨色的泉水。

夏明朗慢慢抬起手貼到陸臻臉上，小心地觸了觸，手指捏住陸臻的臉頰。陸臻不明所以，卻不敢動彈，只覺得臉上的皮肉被拉緊，又鬆開，被親暱地拍了拍。

夏明朗笑了：「是真的。」

「難道還會是假的？」陸臻哭笑不得。

「嗯！」夏明朗很認真地，「我做了一個很長很長的夢，在夢裡到處找你，可都不是真的。」

「我一直在啊！」陸臻眼眶發紅。

「嗯。」夏明朗張開一邊手臂。

陸臻有些猶豫，雖然夏明朗這邊肩膀是沒受傷，可是……

「讓我抱一會兒。」夏明朗的眼神無辜得讓人心疼。

陸臻曲肘支在床上，小心翼翼地貼到夏明朗肩頭，這個動作雖然彆扭，卻不會給夏明朗壓力。陸臻一邊聽著夏明朗心臟的跳動，一邊絮叨著夏明朗昏迷以後發生的事：從喀蘇尼亞到南珈，從陳默到聶卓，那麼多人，做了什麼，在做什麼……陸臻感覺到夏明朗的手臂正慢慢從自己胸口滑下，他一手扣住那隻粗糙的大手，抬頭看過去。

夏明朗已經有些迷糊了，卻又有奇異的感應，他側過臉凝視陸臻的雙眼，半晌，啞聲道：「好大的人情。」

「不怕，有你男人替你還。」陸臻笑了，伸手捂住夏明朗的眼睛，「再睡一會兒。」

陸臻下床拉好窗簾，陪夏明朗靜靜地躺著，耳邊的呼吸輕而淺淡，卻怎麼都睡不深沉。朦朧中睏意襲來，一個翻身就會醒，好像在夢中跌下懸崖，驚出一身的冷汗。睜開眼睛看看果然已經斜在床邊，離開夏明朗倒是十丈遠，再翻三個身也壓不到他。陸臻忽然想起之前他受傷那一陣，夏明朗總是趴在他床邊睡。當時沒往深處想，只是以為公眾場合不敢過於親密，可是現在想起來卻恍然大悟。以他那會兒炸得酥透的骨頭架子，恐怕借夏明朗十個膽子也不敢睡在自己身邊。

白水與他的團隊為夏明朗準備了多套戒毒方案，但夏明朗固執地選擇了最兇險的那一種——硬熬，也就是傳說中的冷火雞法。

強制斷藥是最古老，卻也最有效的戒毒方法，只是非常痛苦也非常危險。早年，常常有因為戒鴉片戒死的，而海洛因的戒斷反應比鴉片更厲害百倍。二戰時，FBI甚至用這種方法來對付那些訓練有素的德國特工，據說從沒有人可以憑個人意志挺過這種痛苦。

白水勸夏明朗再想想，用那種一貫而之的，專業而又漠然的神氣，口吻都是商量性的，毫無偏向性：你要不要如此，你要不要那般……

夏明朗只是固執得近乎於挑釁地看著白水，他的態度很明確：要麼好，要麼死，不留後患。

陸臻一聲不吭地坐在床邊，沒有人問他的意見，他只能緘默。有些東西就像沙灘，它一直存在，你卻無法看清，直到海浪退去後才會顯出本色。陸臻在剎那間認清這一點：在某些事情上，夏明朗不需要跟他商量。

他看見夏明朗眼底的刀光，那是面對強敵的眼神，帶著殺伐透血的霸氣。

於是，在這樣凜冽的眼神中，陸臻漸漸明白，原來夏明朗從不曾向他坦白真正的脆弱與傷痛。是的，他曾經痛哭，曾經氣息奄奄，曾經看起來無比柔弱過……但那也沒什麼，他只是受了點傷，他還遠未到崩潰。在他強悍的肉體裡隱藏著更強大的靈魂，那個靈魂屹立不倒，將一切握在掌心。

商討完畢，白水禮貌地告辭，陸臻猶豫了一下，決定追出去道歉。夏明朗的眼神不是那麼好吃的，平白無故讓人瞪這麼一通，陸臻還真是挺可憐他的。

「您別跟他計較。」陸臻追到樓梯口。

「沒關係。」白水抬頭微笑，慢慢走回來，「他只是太要強，太想要證明自己。」

陸臻有些詫異，萍水相逢而已，就能對一個人瞭解到這種程度，實在不容易。他搓了搓手指，無奈笑道：

「是啊，但，那又有什麼辦法？」

那可是夏明朗啊！

陸臻驀然回想起夏明朗傷重還在昏迷的時候，那時自己就睡在離他一米遠的另一張床上。偶爾在噩夢中驚醒，便會不自覺地翻身看過去，夏明朗凝固的側臉在燈光下熠熠生輝，於是瞬間就能平靜下來，心思無比安寧。那種單純的信任來得毫無理由，彷彿只要他還能呼吸，他就是夏明朗；在他吐盡最後一口血之前，他都能保護你；安全感就像一張網，在他目之所及的地方張開。

那就是夏明朗，他是太多人的依靠與信仰。

陸臻聽到白水向他示意，一行人推著一張病床從他們身後走來。陸臻側身避讓，視線下意識地落到病床上，瞬間驚呆了。

陸臻曾經在非洲大陸上見過被烈日曬乾的動物殘屍，但此刻呈現在他眼前的這具瀕死的軀體甚至比那還要乾枯破敗。他的面容失去了人種的特徵，乍一眼看過去，你甚至分不清他是亞洲人還是歐洲人，皺縮的皮膚包裹著顱骨，凝固成一張毫無特徵的人類的臉。

陸臻死死盯著他，盯著那雙空洞灰暗的眼珠子，他憑空聽到了風的尖嘯，那是夜風捲過空洞墓穴時的嘯聲。他渾然沒有發覺自己此刻有多麼失態，直到白水伸手擋住他的視線。

「唔？」陸臻如夢如醒。

「十五年期的海洛因成癮者。」白水往前一步，徹底攔住陸臻的視線。

「真可怕。」陸臻感覺胃裡有什麼東西在往上頂。

「還好吧，有些藥物是沒有十五年成癮者的。」白水溫和地解釋著。

陸臻有時候不太喜歡白水這種「一切都沒有什麼大不了」的態度。可是回頭想想，又覺得這樣很好，也很合理，職業習慣而已，見得多了，自然就不驚，他們這些軍人也一樣。尋常人身上破個口子，斷根骨頭，已經是天大的事，可是在戰場上，這算什麼？陸臻心想，你全心全意愛著護著，連一根頭髮絲傷了都要心疼的寶貝，也終究只是你自己的寶貝。

強制戒毒不可能馬上開始，否則以夏明朗此刻的身體素質分分鐘就能要他的命。不過，夏明朗畢竟底子好，身體恢復得很快，全身上下所有的傷口都在以肉眼可見的速度飛快地癒合著。

白水嚴格地控制了藥物劑量，使用美沙酮代換一部分海洛因注射，用量控制在不發生明顯戒斷反應的邊緣。夏明朗受病痛折磨，又一直處在毒癮將發未發的邊緣，精神狀態變得非常不穩定，脾氣暴躁蠻橫，喜怒無常。陸臻被他指使得團團轉，近不得遠不得，杵在床邊嫌礙眼，離得遠了又不讓，永遠不合心意，動輒得咎。他對陸臻都沒個好臉，對別人就更別提了，病房裡永遠風聲鶴唳，像一個隨時都會發生大爆炸的戰場。

這種日子當然不好過，可是陸臻卻發現自己並不會真的被激怒，似乎在夏明朗面前他從不關注自己。即使偶爾跟夏明朗對峙一番，甚至吵一架，也只是理智告訴他應該這麼做，總是有那麼點為他好的意思：嘿，哥們，你脾氣鬧得太過了，醫生要不高興了。

但那並不是真的傷心，也不是真正的愁苦。

陸臻總覺得他是可以接受任何模樣的夏明朗的，就像是存在著一個魔法，讓他永遠無法停止對他的愛。即使有一天夏明朗跌破底線禍國殃民，他可以殺了他為民除害，也仍然會愛他。

於是，在這樣強大的情感面前，夏明朗的無理取鬧被輕易地寬容了。

夏明朗的確要強，呼吸器撤下還不到三天，他就強烈要求開始恢復工作，獨自申請了一條加密衛星頻道口述紀錄整個刺殺與被俘的經歷。這些資料透過衛星打包加密發送回基地，統一保存在麒麟的伺服器上，方便相關人員調取查看，當然……那得是一些擁有超常規許可權的相關人員。

陸臻與他在這項事務上分屬不同的保密級數，夏明朗不肯通融，陸臻也就無權旁聽，每次都灰頭土臉的被趕跑，四處遊蕩。

島上是典型的加勒比海氣候，空氣濕潤，熱得通透爽快，萬物都像瘋了一樣在生長，植物張開豔綠肥厚的葉子，花朵斑斕奪目。大約是因為這樣活著太不費腦子，島上無論花鳥蟲魚還是人類，都顯出一副沒心沒肺的樣子，眉宇間一脈單純，智商直線下降。

花園裡有人組隊在打沙灘排球，穿著比基尼的小護士們身材傲人，蜜色的肌膚上沾滿了雪白的沙，場邊人拍手叫好。陸臻在這一片喧鬧中敏銳地聽到風聲，是利拳出擊時那種尖嘯，他四下查看，發現海默正在一棵樹下打沙包，白水站在樹冠的陰影裡看著，神色溫柔而安祥。

這是一幅很神奇的畫面，最尖銳有力的女人與最溫潤如玉的男人。

白水注意到陸臻走近，微笑著點頭。

「嗯，你女朋友很厲害。」陸臻笑道。

「是啊！」白水的眼角延伸出笑紋，由衷自豪的模樣，眼神迷戀，「你看，她多麼美，生命的力量。」

陸臻有些愣神，然而轉瞬間恍然大悟。他看到海默麥色的皮膚上流動著汗水，在出拳時飛濺開來，肌肉瞬間鼓起釋放，那種強悍的力量感割破空氣，迫人眉睫。

是啊，生命的力量，多麼美！

「她很配你。」陸臻說道，你的渴望正是她所擁有的，再沒有比這更般配的事了。

白水露出訝色：「很少有人會這麼說。」

「你介意別人怎麼說？」

「噢，那當然不。」白水笑了，「我想，不是所有人都能理解你真正的需要。」

「真正的需要。」陸臻摸了摸鼻子，這真是千古難題，「要是誰能告訴我夏明朗這會兒真正的需要就好了。」

「他想贏得關注。」白水專注地看著他的美人兒，漫不經心地回答。

陸臻忍不住笑了：「你把他說得像個小男孩。」

「我們每個人在面對未知與恐懼的時候，都像個小男孩。」白水安慰似的拍了拍陸臻的肩膀，「別擔心，他的表現並不出格。」

「那怎麼辦？你能不能幫幫他？」陸臻不由自主地反手握住白水，他知道不應該對陌生人依賴太多，但此刻他確實茫然。他在面對一個不太正常的夏明朗，不像過去那樣穩定而博大，寬容又慈悲。不，他並不是在為自己抱怨什麼，他不是受不了氣，吃不了苦，他只是在害怕，害怕不能照顧好他。

「我幫不了他。」白水溫和地笑著，「他並不信任我。能幫他的只有你。」

「可是我現在幹什麼他都不高興。」

「很多時候病人並不是對旁人不滿，他們只是缺少自信與安全感。」白水把手肘從陸臻手裡掙脫出來，輕輕活動了一下笑道，「你力氣真大。」

陸臻驚訝地瞪著白水胳膊上那圈紅印子，結結巴巴地解釋道：「我我，我沒用力……」

「是我的問題，我有基因缺陷，天生更容易受傷。」白水笑著解釋，「你看，很多時候並不是你真正做錯了什麼，而是，那個人有自己的問題。」

一條沉甸甸的白毛巾凌空飛來，陸臻下意識地接到手裡，海默笑嘻嘻地指著他鼻子威脅道：「嘿，帥哥，離我男人遠點。」

陸臻低頭猶豫了三秒鐘，然後用盡全力把毛巾劈了回去：太他媽窮得瑟（愛出風頭）了，簡直閃瞎人眼！

黃昏與黎明是島上最美好的時候，陽光裡調和了牛奶與蜂蜜的色彩，陸臻懶洋洋地靠在樹幹上，看著夏明朗從花園的入口處走進來。

夏明朗赤裸的上半身在陽光下閃閃發亮，除了肩膀上還包著紗布，那些淺表的小傷都已經收口了，露出淺色的新生組織。大概是這具身體的線條太過絕妙，那些原本醜陋的傷疤反而憑空給他增添了幾分狂烈的氣質，像一隻慵懶的豹子在滿不在乎地曬著它戰鬥的勳章。

陸臻咬住手指吹出一聲口哨，夏明朗爽朗地一笑，走到他身邊坐下。

「收工了？」陸臻伸出手去，摸一摸夏明朗刺硬的頭髮。

「嗯！」夏明朗抓住陸臻的手指貼在臉頰上。

陸臻靜靜地看著他，夏明朗敏感地偏過頭回望，露出一個詢問的表情。他剛硬的側臉被霞光鏤成一道剪影。這畫面似曾相識，所有最初的、最後的感動，那曾經的期待與熱望。

陸臻感覺到那種熱血湧上心頭的悸動，然而他張了張嘴，卻沒發出任何聲音。

「怎麼了？」夏明朗皺眉。

「沒什麼。」陸臻笑了笑。

誠然，夏明朗從來都是耀眼的，只是曾經那種壓抑不住的光芒四射，而此刻多少都有了一些誇張的味道。故意好像很瀟灑，好像故意很不在乎，好像……陸臻有些想笑，卻不知怎麼的眼眶又熱起來。他忽然覺得，或者有一天，當夏明朗真的老了，老到走也走不動了，他仍然會這樣固執地驕傲著，變成一個可愛的倔老頭。

看著這樣的夏明朗，陸臻感覺自己的心變得特別特別軟，幾乎帶了一點憐惜的意思：假如夏明朗堅持要當一隻虛張聲勢的紙老虎，那就配合他吧。

夏明朗一時間卻有些慌了，他總覺得自己是不是看錯了，陸臻眼底泛著水光，在夕陽殘照中顯出一脈脆弱的溫柔。夏明朗用力握了握陸臻的手，有些不知道說什麼好。他知道自己最近脾氣不算好，知道陸臻受了委屈，但他不是故意的，可是他似乎又是有意的。夏明朗當然是可以控制自己的，如果一個人能在毒癮發作時保守秘密隻字不露，那他怎麼可能僅僅因為身體不舒服就衝動暴躁？

他只是真的有些累了，他還有一場大仗要打，他有點顧不上陸臻了。夏明朗總覺得自己現在思維混亂，他有無數個念頭在轉，有無數條岔路可走。他有時覺得自己是有權利可以任性一下的；有時又覺得陸臻真是受苦了；偶爾又會想到，讓陸臻有點心理準備也好，說不定，在不久的將來自己真會變成一個嘴臉醜陋的癮君子……不不不，這種事是永遠也不會發生的！

夏明朗看著瑰麗的夕陽融入大海，腦子裡轉過無數個心思，卻一句都說不出來。他並不是那種天生淡定的人，他一向爭強好勝，勇往直前；往日的鎮定從容只是因為經歷過太多事，如果你曾經看見喜馬拉雅山倒在你面前，你也能在它崩於前而面不改色。

所以，他註定與陳默……甚至是陸臻都是不一樣的，夏明朗沒法對自己從不曾經歷過的事情保持平靜。

他其實並不害怕戒毒，他知道戒毒的時候模樣會很難看，身體會很吃苦，但他真的不怕，他從來都是不怕吃苦的。一個人，曾經在生死邊緣走過，曾經趴在沼澤地裡面對鱷魚的牙齒，曾經在重傷之際被一次次施加水刑……夏明朗不相信這世上還有什麼肉體的苦痛他忍不下來，他擔心的是以後……

那個傳說中，誰都逃不掉的，永遠都戒不掉的，所謂的——癮！

夏明朗發現自己是真的怕了，因為害怕所以急切，強迫自己去面對；因為害怕所以強硬，不肯向任何人示弱。他用一種面對仇敵的眼神瞪視自己，活生生，把自己逼成一頭困獸。

就這樣，治療工作在夏明朗的催促下一路高歌猛進，他像一輛高速列車，對一切事物的好壞標準凝固成了一個字——快！好像有一百頭獅子在追著他跑，沒有任何時間可以猶豫，夏明朗變得急切而衝動，十分武斷。

陸臻有時很佩服白水，幾乎是沒有一點性子和脾氣的人，對所有有理與無理的挑釁視而不見，在醫學允許的範圍，他對夏明朗的態度近乎於縱容。最大劑量的抗生素、含有激素的藥物以及最快速的戒毒方案……我告訴你這樣做會有什麼後果，然後你選擇要不要，溫和，耐心，專業，然而淡漠。

不過，那種淡淡然的態度反而緩和了他與夏明朗之間的矛盾，就好像他劃了一道界限在自己身前，對虎視眈眈的夏明朗輕輕擺了擺手，示意：先生，我無意進犯。

陸臻偶爾會因為夏明朗的態度而對白水感覺到有些不好意思，雖然他完全可以理解夏明朗的戒備之心：沒有哪頭孤狼會願意在受傷的時候接近陌生人。

在夏明朗的強烈要求下，戒斷工作迅速提上了議事日程。鴉片類藥物的戒斷室在大樓的頂層，大門推開，一眼望去就有種森然的氣勢，四壁與地上都包著軟墊，儀器與櫥櫃都嵌在牆壁裡面，不露一點棱角。

「這是幹嘛的？」陸臻指著牆上嵌的大幅液晶螢幕。

「用來放片子的，轉移病人的注意力。」白水一邊解釋著，一邊為夏明朗肩膀上的肌肉注射局麻類的藥物。這塊組織還沒長好，如果肌肉驟然發力很可能會撕破傷口。

護士小姐抖開一件醫用緊束衣，夏明朗瞪著那滿身的布條：「一定要嗎？」

「對你的話，一定要。」白水笑道，「我沒有那麼好的保安可以按住你。」

這個理由很給面子，夏明朗無可反駁，皺著眉頭穿上。

陸臻一直靠牆邊站著，看醫生與護士繞著夏明朗忙碌，寬闊厚實的白布帶捆紮住夏明朗身上的每一個關節。夏明朗露出非常難耐的表情，甚至不自覺地掙扎，眼神閃爍不定，不斷地看向陸臻。陸臻能理解那種感覺，對於一名戰士來說，再沒有比被人擺佈的感覺更糟糕的了，可是……陸臻走過去，從身後抱住夏明朗，方便白水他們收緊繫帶。

「我他媽應該站著還是坐著還是躺著？」夏明朗試著活動四肢，發現居然紋絲不動，現代醫學對人體的瞭解果然超越監獄。

「坐著吧。」白水掰開拮抗劑的玻璃瓶，把藥液吸入針管，「你很快就站不住了。」

「等一下。」夏明朗轉頭看向陸臻，「你先出去。」

陸臻盯住他的眼睛：「你確定？」

夏明朗重重點頭。

陸臻抿起嘴角，再問了一次：「你確定？」

「嗯。」

「好吧。」陸臻再一次無奈地笑了，在經過白水身邊時抓住他的肩膀，「靠你了。」

「放心吧。」白水露出職業化的笑容。

陸臻想了想，俯到白水耳邊低語：「照顧好我老婆。」

白水一愣，哈哈大笑著說沒問題，一切交給我。

大門在身後合攏，陸臻感覺到一種沒著沒落的焦躁，有些時候你明白前因後果，知道所有的道理，但那並不代表你會沒有期待。陸臻靠在門邊呆望，眼前是大片的礁石與碧藍的海，一隻羽毛豔麗的熱帶鳥撲棱著翅膀飛過來，停在走廊的扶欄上，微微歪過腦袋好奇地瞪著陸臻。

四周很安靜，只有海浪與風的聲音，時間像停滯了一樣。天氣並不熱，但陸臻持續地流著汗，汗水濡濕鬢角滑到頸窩裡，癢癢的，陸臻抬起手背擦汗。鳥兒受了驚嚇，撲棱著飛起又落下，華麗的毛羽在陽光下折射出金屬的光澤。

很美麗，然而醒目，將同時吸引天敵與雌鳥。

有很多東西就像硬幣的兩面，截然不同卻又無可分割，令人左右為難，鳥也如此。

陸臻背靠著牆，慢慢滑坐到地上，他有些無力抱住自己的膝蓋，感覺有些沮喪。那種感覺就是看到天上的飛鳥，你呆呆地凝視著它們，甚至不會伸出手去，因為知道捉不住。夏明朗就是那隻在他的天空中翱翔的最美麗的鳥，他擁有最強悍的骨骼與最燦爛的尾羽，鳳凰浴火，也仍然美得令人心折。

他總是捉不住他的，陸臻心想，他從來都拿夏明朗沒有任何辦法，除了順從與配合似乎找不到什麼更好的方式來愛他。

一直以來，夏明朗都在兩個人的關係中佔有全然的優勢，是他被追求，是他說開始，是他說要結婚，是他說至死不分離，是他說無論生死你都是我的人……從來都是這樣。他說如何，他說好，在他與他之間，從來沒有出現過真正的平等。

他不是沒有努力過，但夏明朗的控制力驚人，他就像一團烈火，足可以改變飛蛾的方向。

陸臻心想，所有他要求的，都是我需要的，所以無法拒絕。

陸臻知道自己這樣想對夏明朗不公平，夏明朗只是用自己的方式在愛著他，那絕不是一個錯誤，只是……也不知過了多久，陸臻沉浸在自己的世界裡默默感慨與憂傷。直到門後一串亂響與女護士的尖叫把他拉回現實。

「怎麼了？」陸臻大力推開門。

「出去！」

陸臻聽到夏明朗在咆哮，他不自覺地退開了一步，發現門內一片狼籍。夏明朗蜷縮在屋子中間的地板上，白水倒在一邊，可憐的護士姑娘已經跌到了牆角，花容失色。

「按住他，按住他……」白水連聲道。

「出，出什麼事了？」陸臻小心翼翼地接近。

「他自殘，我們按不住他。」白水掙扎著從地上坐起來。

「他，他這樣子怎麼自殘……」陸臻感覺匪夷所思。

「滾！」夏明朗抽搐般發著抖，把臉壓在膝蓋上，好像子宮裡的嬰兒那樣蜷縮著。

陸臻看到雪白的束縛衣上洇出血色，腦子嗡的一聲就炸了，當即也顧不上夏明朗的面子不面子裡子不裡子，把人強行拉開。只聽得一聲布料撕裂的脆響，膝蓋部分的束縛衣被夏明朗硬生生咬下一條，露出一個血淋淋的牙印。

陸臻一時失措，幾乎讓夏明朗從手下掙了出去。

「別讓他動。」白水急道，「他用肩膀撞地板，我們兩個人按都沒按住。」

雖然腦子跟不上，但身體的直覺反應還在，陸臻幾乎是下意識地手腳並用，一套關節鎖技流暢地施展出來，把夏明朗壓制在身下。

「都，他，媽別管我！」夏明朗咬牙切齒地嘶吼著，把臉扭到一邊。

「你別這樣隊長。」陸臻看到夏明朗絕望睜大的眼睛裡浸透了淚水，心疼得不知道怎麼辦才好。

夏明朗轉過頭瞪著陸臻，眼神兇悍而倔強。

「我不看你，好嗎？」陸臻一時被他的眼神嚇到，結結巴巴地保證，「白醫生，給我一捲紗布。」

白水把護齒套遞到陸臻面前：「你先幫他把這個用上！要不然牙全得崩了。」

陸臻騰出一隻手握住夏明朗的下巴，低聲誘哄著：「張嘴，隊長。」

夏明朗眨了眨眼睛，淚水從眼角滑下去，喉間咯咯作響。陸臻閉上眼，手指摸索著用勁，把夏明朗的下巴卸開，血水混合著唾液從口中湧出來。白水用手術鉗夾了棉花草草擦乾，手腳俐落地把護齒板墊進夏明朗的兩排利齒中間，收緊綁帶，在腦後扣死。

「行了。」白水脫力似的坐到地上，「愛琳妳怎麼樣？」

「我的腿好像斷了。」可憐的小護士抽泣著。

「不會吧！」白水霍然站起。

愛琳眼淚汪汪地拉起褲管，果然，腳踝上已經腫起了一大圈。

「OMG（Oh My God）！」白水驚嘆，急匆匆把人抱起來就要往急症室送，可是邁出去兩步想想又不對，停在屋子中間躊躇。

「你去吧，這裡我看著。」陸臻說道。

「我馬上回來。」白水到底經不住女孩子埋在自己肩頭哭泣。

房間裡又安靜下來，只剩下夏明朗粗重急促的呼吸聲。陸臻微微睜開眼，看到夏明朗眼中湧出大量的淚水，而他失散的瞳孔裡找不到任何焦點，似乎對這一切無知無覺，就像兩個新鮮的傷口那樣無可奈何地流著血。

「你真是個混蛋，夏明朗！你不應該讓我滾的！」陸臻說不上來是個什麼感覺，胡亂舔吻著夏明朗眼角的濕痕，鹹澀的苦味在舌尖化開，連胃裡都在抽痛。

走廊上傳來一連串凌亂的腳步聲，陸臻憤怒地轉頭，正看到白水領了四名大黑塔闖進來。

白水被陸臻兇狠的視線逼得倒退幾步，莫名其妙地問道：「怎麼了？」

陸臻閉上眼，低聲說道：「沒什麼。」

一張重型醫療床隨即送到，寬厚的皮革環扣敲打在鋼鑄的床架上，叮噹作響。身高馬大的黑大哥們按手的按手，按腳的按腳，很快的，在陸臻的幫助下夏明朗只剩下眼珠子可以動彈。

陸臻這才感覺到累，剛剛猝然發力太猛，小腿像抽筋了一樣隱隱作痛。他坐在地上看白水忙碌，調節皮帶，固定床位，用手術鉗夾取藥棉幫夏明朗擦臉……雖然白水的手法專業無可挑剔，陸臻不知怎麼的就覺得那明晃晃的鋼鉗子礙眼之極。他從地上拾了一團紗布擠過去，口裡嚷嚷著我來我來，把白水從夏明朗身邊隔開，用寬闊的後背擋住所有人的視線。

白水經驗豐富，對病人家屬的心思瞭若指掌，當下示意保安們離開，並且重重地關上大門。

「為什麼他一直哭，是不是很疼？」陸臻聽到自己嗓音哽咽，卻無法控制。

「他不是在哭，是臉部肌肉失調，不能即時排走淚水和吞咽唾液。」白水抱肩站在陸臻身後，「我可以用藥物緩解他的嘔吐症狀還有心率問題，但這個我沒辦法。」

「那我們還能做什麼？」陸臻喃喃自語，那種無力感又回來了，越發鮮明。

這床是專業訂制的，夏明朗連額頭和下顎都被皮帶牢牢地固定住，沒有一點掙扎的餘地。他現在就像一隻被束縛在繭裡的毛蟲，有再深重的慾望與苦痛都被硬生生收緊。陸臻能摸到繭衣之下的肌肉在痙攣抽搐，但他的確幫不了什麼。夏明朗被塞住的嘴裡吐出破碎的咒罵，陸臻小聲安慰著他，把同一句話說無數遍，直到自己都聽不清自己在說什麼，直到夏明朗精疲力竭地合上雙眼。

「好了？」陸臻不敢相信。

「昏過去了。放心，別太難過，他不會記得今天發生的一切。擦擦吧。」白水遞過去一團藥棉。

陸臻接到手裡才發現自己早已經淚流滿面。

「堅強點。開工了先生。」白水擺一下頭，按鈴通知護士送熱水進來，鬆開皮環鎖扣大刀闊斧地剪開束縛衣。夏明朗貼身的那層病號服被汗水浸透，皮膚上勒著一道道紅痕，有些已是淤青，怵目驚心。

顯然，夏明朗的殺傷力在這短短的時間內已經傳遍了整個醫院，最後敲門送東西進來的居然是保安。白水示意他把熱水遞給陸臻，自己從櫃子裡抱出一大圈尼龍繩，踩著凳子登高爬低，忙得不可開交。

「你在幹嘛？」陸臻這才注意到那些隱藏在牆體裡的鋼環。

「我們不能一直這樣綁著他，肢體會壞死，我們得給他活動餘地。」白水把那些尼龍繩索連到鋼環上，收束到一起，一邊向陸臻解釋，「這是之前為一個重量級拳王設計的。愛琳的事是我疏忽了，我總以為他的傷勢還沒有恢復。」

白醫生一朝被蛇咬，十年怕井繩，夏明朗的待遇全面升級：特種尼龍繩，混合了金屬絲織造的連體束縛衣，縫合在關節處的金屬扣，以及與牆體澆築在一起的合金鋼環。

當所有這些東西排佈妥當，夏明朗就像一隻繃在標本架上的蝴蝶那樣，被四面八方延伸過來的繩索牢牢地固定在房間中央。

夏明朗仍然沒醒，陸臻看了白水一眼，莫名其妙地感覺到一絲難堪。這異樣的情緒讓陸臻詫異，然而他是從來不怕面對自己內心的，陸臻站在那裡想了又想，一點一滴地捋順思路。不，他不是嫌棄夏明朗讓自己難堪了，他是在為夏明朗難堪。那是一種隱秘而羞恥的膽怯，會讓人想要閉上眼睛，明知道一定要面對，也仍然不好意思。

陸臻伸出手去，輕輕碰觸夏明朗的臉頰，指尖上傳來麻痺的痛感，他像是看到那些微小的血管與肌肉破皮而出，與夏明朗長到一起。陸臻忍不住舔了舔下唇，又看了白水一眼，後者正蹲在牆角整理器械。

「你，嗯，有事就去忙吧，這裡交給我就好。」陸臻盡量若無其事地說著，用身體擋住夏明朗。

「你一個人搞不定的。」

「有事我叫你。」陸臻固執地說道。

白水在牆邊站了一會兒，並沒有走近，半晌，他慢慢說道：「你應該從後面抱他。」

陸臻驚訝地轉頭，他甚至下意識地退開一步，讓白水看清自己並沒有在擁抱夏明朗，雖然他那麼熱切地想要這麼做。

「這樣，他就不會咬到你的脖子。」白水偏過頭，指了指自己的頸動脈。

陸臻愣住。

「有事馬上叫我。」白水走到門邊，又忽然轉身說道，「其實你不必難過。即使像現在這樣，他仍然是那麼美，不是嗎？」

陸臻很認真地看向白水，確定，他的秘密不可能瞞過這樣一雙洞悉世情的眼睛。

「是啊！」陸臻慢慢轉過身，「幫我把門關上。」

嗯，這樣感覺就好多了。陸臻深吸了一口氣，終於可以正視夏明朗此刻的模樣，雖然狼狽不堪……可，就像白水說的，他仍然是那麼美。

陸臻一直認為夏明朗很美，那種美不是女性化的陰柔的美麗，而是原始的壯闊的力量感，就像是名山大川，奔騰的駿馬與狩獵的獅子……除了美，你無法用別的任何辭彙來形容那種感覺，那種撲面而來的壓迫感與心蕩神馳。而此刻，他就像一頭美麗的困獸，又或者是被壓在大山下的神祇。他華麗的毛羽上燃起熾熱的火，他的面容因為疼痛而扭曲，卻仍然驕傲如斯。

陸臻聽從白水的提醒，從身後抱住夏明朗，一寸一寸地把他的身體收到自己懷裡。

然後，他發現自己的軀體變大了，他開始分不清夏明朗在哪裡，或者自己在哪裡，他又盯著大門看了一眼，希望它的確已經被妥當地鎖好了。他不想讓任何人看到這樣的夏明朗或者……自己，他忽然理解了夏明朗為什麼讓他走開，但仍然心懷不滿。

夏明朗被捆綁得十分徹底，即使清醒過來，掙扎也十分微弱，嘴裡塞著的護齒讓他的聲音變得含糊不清。陸臻繞到身前去看他，夏明朗像是受驚似的抬起頭，極其兇狠地瞪視他，滿目刀光，一片血影，仍然是那種面對死敵的眼神。陸臻卻並不覺得害怕，只是極溫柔而小心地揉了揉夏明朗的頭髮。

夏明朗的神色驀然柔軟下來，眼中流露出迷茫與哀求。陸臻看到他的嘴唇翕動，湊近再湊近，貼到他的唇邊費勁地聽清了兩個字：隊長。

陸臻一愣，不知道他在呼喊自己曾經的哪個隊長，試探性問道：「嚴頭嗎？」

夏明朗沒有回答他，視線投入更遙遠的虛無中，他全身顫抖，翻來覆去地喃喃低語，陸臻忍不住把他的護齒解下來，終於聽清了一句話：我想回家。

陸臻眨了眨眼睛，從正面擁住夏明朗，把他汗濕的臉按到自己肩膀上。

海洛因戒斷的關鍵在前三天，在那七十多個小時內各種戒斷症狀幾乎無休無止地發作著。肌肉痙攣、嘔吐、皮膚發熱、淚涕橫流、各種狂躁……夏明朗沾毒時間極短，但苦於純度頗高，內源性的阿片肽缺乏引起劇烈的神經痛反應，深藏在關節處發作，無藥可醫。

那十幾條彈性尼龍繩把夏明朗的骨骼與房屋承重牆連到一起，陸臻幾乎能感覺到大地在震顫，細碎的水泥屑從鋼環的固定處簌簌抖落，在牆上剩下一條暗色的灰跡。

陸臻旁觀這一切，卻對夏明朗的痛苦無能為力。

有時他會覺得自己就站在夏明朗的身體裡，他能看到那副強健的軀體裡每一條肌肉的顫動與每一根神經末梢脆弱的呻吟……然而，他畢竟是無感的，即使夏明朗就像是他身體的延伸，他也仍然感覺不到他的痛苦。

時間變得毫無意義，只剩下夏明朗醒來或者昏迷兩種情況。醫院派了兩名醫生輪班，但是陸臻一直沒有休息過。夏明朗無論暈著醒著都不會消停，不過短短兩三天陸臻就瘦了一圈，眼下顯出兩抹淡青色的陰影，眼睛越發幽亮。

也不知經過幾番起落，夏明朗又一次在精疲力竭後半昏迷地睡去。白水走進屋裡，打開大門和窗子通風換氣，陸臻聞到來自海洋的溫熱氣息，被汗水打濕無數遍的病號服膩在皮膚上，散發出餿臭味。

「你應該去睡一下。」白水說道。

「我睡不著。」陸臻垂頭坐在牆角。

「那你也應該去洗個澡，這樣會舒服點。」白水頓了頓，「別讓他看到你這樣子。」

陸臻抬頭望向他，白水站在窗邊吹著風，眼神溫和澄淨。怎樣看都是一個無害的人，全身沒有一點棱角，而同樣的，也看不到一絲情緒的波動，靜水深流。

陸臻用冷熱水交替著洗了個澡，換上乾淨的外套，精神果然好了很多。他打了一盆熱水回去，把大門關上，閒雜人等清走，挽起袖子幫夏明朗擦身體，劇烈的嘔吐、流汗、失禁讓夏明朗隨時都會變得一塌糊塗，又髒又臭。但只要條件允許，陸臻會馬上把他收拾得乾乾淨淨，他從不嫌棄他。夏明朗就像是他的另一個身體，沒有人會嫌棄自己。

陸臻把髒衣服扔到一邊，用熱水擦拭夏明朗每一寸皮膚。

夏明朗不知道自己是何時醒過來的，就好像他一直都醒著，又或者他從來都沒有醒，他呆呆地凝視陸臻低頭的角度，從脖頸到脊背劃出一道優美的弧線。他眨了眨眼，發現全身酸疼，好像不是自己的，所有的骨頭都被拆散重裝了一次，連一根手指都移動不了。

於是夏明朗又把視線凝聚到陸臻身上，漸漸恍惚起來，某種單純的熱力在他身體裡浮動，帶著原始的慾念的渴求。他無意識似的蠕動嘴唇，一遍又一遍，終於有一次成功地震動了聲帶：「陸臻……」

「嗯？」陸臻隨口應了一聲，猛然僵住了。

這些日子以來夏明朗罵過他十輩祖宗，操過他全家族女性，也叫過他心肝寶貝兒，求他放開他，或者給他一刀……但是，他從來沒有叫過這個名字：陸臻。

陸臻慢慢轉過頭，夏明朗睜大眼睛在看他，有些迷茫而困惑的。

像是被某個咒語所蠱惑，陸臻慢慢俯下身去，輕聲試探著喊道：「隊長？」

夏明朗歪著腦袋湊近，某種微妙的熟悉感讓陸臻忘了躲避，唇上一熱，下唇被咬住，卻並不覺得疼，血腥味在舌尖化開。陸臻沒有掙扎，手指摸索到夏明朗下顎關節處按住，夏明朗卻主動離開了。

陸臻抿掉唇上沾的血，靜靜地看著他，有些委屈。夏明朗舔了舔下唇，露出一些滿足的樣子。

「你還好嗎？」陸臻低聲問道。

「不好。」夏明朗的聲音暗啞。

「難受？嗯？」陸臻抬起頭，盯住夏明朗的眼睛，「怎麼個難受法？」

「嗯，就像……嗯，」夏明朗舔了舔乾澀的嘴唇，他剛剛最徹底的混亂中甦醒過來，仍然帶著恍惚的神氣，「嗯，像餓了三年沒吃飯。」

「別說了，睡會兒吧。」陸臻按住夏明朗的眼睛，掌心又濕又熱。

「不想睡。」夏明朗拉開陸臻的手掌，恐懼就像一張網，從他的眼底漫延開來，「那種感覺……他媽的，糟透了！就像你光著身子在我面前……跟別的男人亂搞！」

「放心。」陸臻說道，「我要亂搞也會背著你。」他試圖說句笑話讓氣氛輕鬆一點，卻沒有成功。

「你敢！」夏明朗嘟囔著，呼吸漸漸急促起來。

陸臻感覺到掌下的皮膚在顫動，汗毛直立，爆起一個個雞皮疙瘩。

「又來了？」陸臻心頭一緊。

夏明朗一聲不吭地瞪著他，瞳孔漸漸散開，絕望、憤怒、不甘……各種情緒像菸花一樣在純黑的底色上炸開。

從某種意義上來說，白水具有做一個指揮官的基本素質，因為他總有很多套方案，而且靈活機變。即使是臨時被陸臻叫進病房救場也從容不迫，隨手抖開一床毯子扔到夏明朗身上，指揮著陸臻把人抬上床，然後從頭到腳一路收緊皮帶，不到十分鐘已經捆紮完畢。

「別掙扎得太厲害，試著依靠你的自制力，如果你不想截肢的話。」白水鄭重警告。

夏明朗重重地哼了一聲，表示聽到，手臂上的肌肉收緊，浮出粗大的血管。白水輕車熟路地採到一管血樣扔進口袋裡，一邊對陸臻說道：「跟他聊會兒天吧。」

「聊天？」陸臻需要確定白水沒在開玩笑。

「吵架也行，總而言之轉移他的注意力。有事叫我……」白水的表情很認真，的確不是在開玩笑。

陸臻哭笑不得地在夏明朗床邊坐下，習慣性地絞了一把毛巾給夏明朗擦臉，嘆著氣問道：「當時為什麼讓我滾？」

夏明朗瞪大眼睛看著他，像是過了很久才明白過來，斷斷續續地吐出幾個字：「你不會喜歡。」

陸臻低頭凝視他，看了很久很久，才一字一字斬釘截鐵地說道：「你，就是我。」我也就是你，所以無所謂喜不喜歡，醜不醜陋，難不難堪……

夏明朗應該是聽懂了，眼中閃過一抹亮色。

陸臻低頭吻住夏明朗的眉心，有些疲倦地笑了：「你看，上哪兒找我這麼好的陪護去？還敢叫我滾。我滾了……你哪有這麼享福？」

當白水睡醒回屋時，看到的是這樣的情形：夏明朗大剌剌地躺著，陸臻蜷縮在床角。這是個高難度的動作，因為那塊空間長不過一米，寬不到一尺。白水估摸著自己的身形縮進去，感覺難度實在有點驚人，而且陸臻手裡還握著夏明朗的手腕，指尖扣在脈搏上，十分盡職。

白水忽然很想按住夏明朗的口鼻令他心跳加速，看陸臻是不是真的會醒……當然，他只是這樣想想而已。

「唔？怎麼了？」陸臻感覺到有人接近，艱難地睜開眼。

「有好消息，他的內源性阿片肽已經開始恢復了。」白水笑道。

「啊？」陸臻呆滯地。

「最艱難的那一關已經過去了。」白水換了個說法。

陸臻由衷笑開，迷濛地睜大著眼睛看起來傻乎乎的，純真無邪，好像整個世界都在開著花。

隨著體內各系統平衡的重新建立，夏明朗的毒癮開始減弱，清醒的時間越來越長。白水解除了他身上大部分束縛，只留下扣在腰側的兩條合金纜，還有一副包裹住每一根手指的厚重海綿手套。夏明朗對這副手套深惡痛絕，戴上就跟機器貓的爪子似的，團出碩大的兩顆白球，無論揍人揍己還是撓人撓己都成了完全不可能的任務。

為了分散注意力，好挨過這段苦時光，陸臻每天陪著夏明朗二十四小時地海聊，把曾經的趣事拎出來翻來覆去地賞玩，說到最後幾乎想吐。所有的話題都耗光，從小時候最後一次尿床到念書時第一次泡妞，夏明朗在意志薄弱的關口出賣了好幾段情史，好在陸臻的神志也不清，沒記下多少。

胡聊的話題沒有延續性，斷就斷了，夏明朗忽然沉默下來。陸臻敏感地盯住他的眼睛，臉上漸漸變色，嘆息著：「又來了。」

夏明朗很少在毒癮發作時呻吟哭喊，只要神志尚在絕不求饒，他總是用一種怒視天下的眼神看進虛空，表情兇狠得近乎單純，好像一頭被逼到天地盡頭的異獸，殺氣蓬勃，與全世界為敵，無畏而慷慨……雖然，此時他真正的敵人是自己。

然而對手是誰有時候並不重要，他這一生經歷過太多兇險，久病成醫，很有心得，知道有時候想太多都沒有用，求生只需要一脈純粹的勇氣。

正所謂狹路相逢，勇者勝。

陸臻貼牆站著，眼睛一眨不眨，那種無力的感覺又出現了。這是孤軍奮鬥的戰場，屬於夏明朗一個人的戰場，刀光與劍影都出自他一人之手，他的理性與本能、克制與慾望……而自己只能旁觀，無能為力。

陸臻只覺得熱，海風呼呼地灌進來，濕潤的、燥熱的，帶著原始的腥鹹味道。他往前跨出一步，忽然問道：「你上次說，犯癮的感覺就像看我跟別人亂搞？」

等了好一會兒，夏明朗慢慢調轉視線看向他，眼中生出些許柔和，重重點頭說道：「對！」

陸臻起身鎖上門，後背貼牆坐下去：「那看著我跟自己亂搞呢？」醫院的病號服是白底淺藍色條紋的寬鬆圓領，細麻布料子，涼滑柔軟，陸臻雙手捉住衣襟，極緩慢地推開第一枚鈕扣。

夏明朗像是聽不懂他在說什麼，表情凝固了好幾秒，然而赤裸裸的畫面很快補足了他遲鈍的思維，讓他不自覺地咬住下唇，胸腹的肌肉隨著呼吸起伏舒展，像海浪一樣。

陸臻知道自己很幼稚，卻仍然想繼續。不需要太多撫摸，身體開始感覺到某種不同尋常的意味，情緒就像過山車一樣昂起頭呼呼地爬坡。憋了太久，只要心思轉到那裡，自然就硬了。陸臻拉低褲腰把手探進去，掌心粗糙，滿手的繭衣握著生疼。陸臻輕嘶著呻吟，抬頭看了夏明朗一眼。

合金鋼纜顫巍巍地綳著，只有一束頭髮絲那麼細，彷彿隨時都會斷，夏明朗的身體向前傾，古銅色的皮膚在陽光中泛出毫光，像一隻躍起在空中的豹子，卻被看不見的束縛鎖在半途。即使隔著兩三米的距離，陸臻都能感覺到那赤裸的皮膚上有烈焰在升騰，原本凜冽的眉目間顯出癡迷與茫然。

陸臻對這個效果很滿意，他微微笑著閉眼，舔濕了掌心和手指在衣物下滑動。

這個過程被拉得很漫長，好像有一個隱形人在配合著他，細緻地愛撫，沒有休止，這是陸臻最喜歡的方式……到最後啞聲喊著夏明朗名字達到高潮，熱液飛濺上來，沾到小腹上。

夏明朗深深地望著他，眼中湧出熱望，彷彿在瀕死時分看到求生的路。

他時常會看到眼前鋪陳開漆黑的深淵，這個幻覺曾經反覆地出現，從他被俘受刑的那些日子起，到他戒毒之初最慘烈的那幾天。深黑與空洞裡似乎包含著所有可能的恐懼，無盡的深海、黑洞洞的槍口與野獸怒張的喉嚨……那無邊無盡的黑暗是吞噬靈魂的沼澤，需要調集所有的勇氣來面對。

所有的……他的，與所有人的！

所以，他有時也會看到陸臻站在虛空之上，攔住他，帶著汗水與鮮血的味道；包裹他，用溫軟的嘴唇與火熱的氣息。

「過來……」夏明朗的聲音低啞到幾不可聞，他開始分不清哪些是幻覺，黑洞，或者陸臻？

像是被某個眼神催眠，陸臻俯身爬行幾步，伸出食指蘸著自己的精液抹到夏明朗的下唇。夏明朗下意識地探出舌尖舔了舔，忽然張嘴咬住陸臻的手腕，他完全沒有收力，牙齒深陷到陸臻的皮膚裡，然後迅速甩頭，像一隻獅子那樣撲上去，將陸臻捲到身下。

「喂……」陸臻輕聲呼痛，並不十分認真地掙扎。

夏明朗欺身壓下來，滾燙的舌頭從太陽穴舔舐到耳垂，呼吸濁重，噴到陸臻極度敏感的耳廓上：「陸臻？」

「嗯？」陸臻微微瞇起眼，鼻尖上皺起細小的紋路，像一隻漂亮而危險的貓。顯然，夏明朗此刻迷亂的神情讓他得到了極大的滿足。

「你在搞什麼？」夏明朗呼吸急促，似乎有些迷茫，眼中凝著一凹深潭的水，幽幽地泛出波光。

「遵醫囑。」陸臻分開雙腿纏到夏明朗腰上，高潮甫過，大腿根處的皮膚還留著餘溫未盡，濡濕滑膩。

「見鬼，我怎麼沒聽說……」夏明朗喃喃罵著，重重咬住陸臻下唇吮吸。他觀了半天豔戲，看得摸不得，下面早就硬得不行，此刻放虎出山，硬梆梆支棱著挺進陸臻的腿之間。

「要，讓你分心的話……這比聊天管用多了。」陸臻狡猾地笑。

兩個大男人，與其聊人生聊理想，從詩詞歌賦說到國家大事，還不如痛快做一場……

夏明朗強行抬頭，退後一步俯視下來，眼中帶著些許探究的味道，但終究是混亂的。專注、火熱、慾望、狂野……種種複雜的情緒讓他的眼睛閃出鑽石的華彩，尖銳，卻迷離。

陸臻沉默著與他對視，說不清道不明的慾望在焚燒他的骨髓，心火熱辣辣地隨著血液流淌，逐一燒穿他的內臟，熱力滲到皮膚表層，逼得每一個毛孔都張開，饑渴地流出汗水。

「別鬧了！」夏明朗啞聲道。好像有什麼東西在從意識裡剝離，感覺強烈到讓他本能地感覺到恐懼。

陸臻在這一瞬間福至心靈，終於抓住了一直盤桓在心底的那束莫名其妙的慾望。抓住他！毒品也好，什麼都好，從那些亂七八糟的東西手裡把這個男人搶回來。

只有我才能佔據你全部的注意力！

「我會讓你爽的！爽得什麼都不想……」陸臻伸手扣住夏明朗的下巴，挑逗似的彎起眼角，眸光亮得驚人，像是融進了整個星河的光彩。

夏明朗的瞳孔急遽地收縮，熟悉的氣息，形狀優美的嘴唇，動人的微笑，那明亮得好像清風朗月一樣的眼睛……一切，那麼溫暖，火熱的，令人沉醉。這世間有各種各樣的享受，但與陸臻做愛絕對是夏明朗生命裡最酣暢淋漓、激昂美好的那一項，他全身戰慄地回想起那欲仙欲死的滋味，那種足可以抵擋一切痛苦的快感與滿足。

近乎失控的慾望，就像極度焦渴的旅人看到甘泉。

夏明朗模模糊糊地猶豫著……這真他媽是個好主意，他現在很難受，全身上下都難受，每一個骨頭縫裡都像有蟲子在咬，他需要一場洪水，快感的洪流，從裡到外地把自己沖個乾淨。

5

「寶貝。」夏明朗含糊不清地呻吟著，低下頭狠狠吮住陸臻的嘴唇。

陸臻被迫張開嘴，從嘴唇到口腔內部的黏膜都被有力的舌頭攪得紛亂。他的手指緊貼著夏明朗腰側，像彈琴一樣，輕盈地跳躍著，滑到胸口那一點敏感的突起細細揉撚。掌下的皮膚火燙，摸得到結實的肌肉鼓脹到了頂點，瀕臨爆發的力量感。陸臻難以自控地發出沉重的喘息，然後……忽然一聲悶哼卡到喉嚨口，整張臉白了三分。

「停，停下！」陸臻疼得眼前金星直冒，手上下意識地用了全力，把夏明朗牢牢按住，強行壓制著，讓他從自己身體裡退出來。陸臻毫無心理準備，根本沒料想居然能疼成這樣，幾乎有些憤怒，又痛又惱地抬頭掃了夏明朗一眼，不期然，卻跌進一雙火熱濃黑的眸子裡。

夏明朗沒有掙扎，但神志也不見得清醒，眉宇間燃燒著火一般的慾望，燒得眼白髮紅，佈滿細密的血絲；全身的肌肉都繃到了極點，散發出一觸即發的侵略意味，汗水滾滾而下，泛著光。

見鬼！陸臻很想抽自己一巴掌，正常人毒癮發作時連親娘老子都分不清，夏明朗就算不正常，難道還能指望他在這種時候溫存體貼細膩周道地給自己整一場合心合意的完美性愛？

陸臻眼珠子一轉，仰頭在夏明朗唇上一吻：「對不住了，隊長……」他低聲囈語，猝然暴起發力……

這房裡別的沒有，綁人的材料最豐盛，陸臻隨手抽出一條長寬皮帶就把夏明朗從頭到腳捆了個結實。夏明朗對陸臻有棲存於潛意識裡的信任感，毫不反抗地任他施為，眼中最後一點清明也隱去，變得單純而赤裸。

陸臻伸手撫摸夏明朗的臉龐，自近在眉睫的距離凝視那雙眼睛，然後慢慢褪去了自己最後的衣物。蜜色的陽光鋪灑在他結實修長的身體上，光影勾勒出肌肉流暢的線條，像一個漂亮的雕塑。

夏明朗仰起臉著迷地看著他，視野裡的一切都是模糊的，在陸臻身後漫延出白光。他努力眨眼，希望能看得更清楚點，呼吸卻更加急促起來，耳邊只剩下劇烈的心跳聲，有如擂鼓，這是被藥物擾亂的神經中樞在強行指令身體分泌過量的腎上腺素。

陸臻微微揚眉，他其實有些慌張，他想要給夏明朗奉上一場盛宴，不知道怎樣的自己才是最令人心動的，他應該是再慢一點還是再快一點……夏明朗一直對他充滿渴求，他還沒有好好研究過怎樣施展誘惑力。

「看著我。」陸臻跪到夏明朗打開的兩腿之間，伏下身用力親吻夏明朗大腿內側皮膚，感覺到他雙腿的肌肉漸漸繃緊，像是得到了鼓勵，陸臻更加賣力地吸吮起來。

有些刺激是生理性的，不以人的意志為轉移，就像刀割會疼，冰敷會冷一樣，溫熱綿軟的唇舌與口腔深處的褶皺是任何男人都無力抗拒的天堂。身為同性，陸臻清楚地知道什麼方式會讓人瘋狂，幾次吞吐，口裡的東西彷彿被激怒般支張著棱角，表面浮出筋脈。

陸臻求好心切，一下子吞深，那個又粗又硬的東西直愣愣地戳進嗓子眼裡，胃液翻江倒海地叫囂著往上湧，燒灼食道，熱辣辣地痛。陸臻被噎得乾嘔，眼中佈滿淚光。

他這個毛病不是一天兩天，之前都沒太當回事兒，此刻不知怎麼的卻升起一股子倔強，居然不管不顧地繼續往深裡吞咽。堅挺的性器在口腔中彈動，旋轉著壓向喉嚨深處，陸臻的脊背像弓一樣繃緊，最終還是斷裂，趴在夏明朗腿上嗆咳不止。

好不容易止住咳嗽，陸臻粗魯地抹了抹濡濕的嘴唇，淚水沾濕了他森長的睫毛，霧氣橫生地掩住眸子，好像幽暗的雨林。他飛快地抬眸看了一眼，再一次深深吞入。

夏明朗身體的某一部分在他身體裡顫抖，喉嚨口燒灼得好像要爆炸一樣，頭皮一陣陣發麻。陸臻強壓下所有身體的不適，心底升騰起自虐般的快感，好像那些令人發瘋的苦痛紛紛從夏明朗的骨髓裡站立起來，狂奔著湧向自己。

這讓陸臻感覺到某種如同身受的快樂：我們總是在一起的，所有的彈雨槍林與所有的燦爛陽光……

「你，別……」夏明朗掙扎著啞聲道。

陸臻豎起耳朵細聽。

「別鬧了。」夏明朗低頭凝望，潮濕迷離的目光裡融化著無邊無際的縱容。

陸臻不自覺彎起嘴角，抬眸看過去，眼眶裡積聚的水膜讓他覺得自己像是深溺在水中。

「喜歡嗎？」陸臻抬起夏明朗的下巴，急切地看著他：快，給我一點肯定。

夏明朗微微點頭，虛弱地笑了笑：「廢話。」赤裸的胸膛在半掩的衣服下微微起伏。

「好好享受。」陸臻滿足地眯起眼睛，起身含住夏明朗的喉結輕咬。

夏明朗難耐地磨蹭著他的臉頰與脖頸，含糊不清地抱怨著：「我得瘋了……」

一半是火焰一半是海水，一邊是地獄一邊是天堂，一面要克制一面想求索，閉眼魔影森森睜眼是我的天使……夏明朗神志模糊，發狠勁咬住陸臻耳後細軟的皮膚，又細細地吻：寶貝，你真看得起我！

陸臻翻箱倒櫃弄亂了兩個櫃子才在抽屜裡找到一支護手霜，當下擠出一大坨抹到股間，太久沒做，從裡到外都澀得要命。陸臻急躁地用手指緩解，狹窄的入口處襲來刺痛的壓迫感。

咬了咬牙，陸臻手上用勁，長而有力的中指深陷進去，粗糙的指尖劃破了細嫩的黏膜。陸臻發出一聲細膩的呻吟，無意中看到夏明朗的眼睛亮了一亮。

「你喜歡聽我叫嗎？」這話說得太過無恥，不要臉如陸臻也終究覺得羞澀，把臉埋在夏明朗頸窩處磨蹭。

夏明朗仰起臉，聲音沙啞：「給我。」

「親愛的，很快。」陸臻嘶聲吸氣，已經有些裂傷的穴口分外脆弱，強行擠入兩指就疼出了一身汗。見他媽的鬼，這一仗打下來手全廢了，硬得像砂紙一樣。

夏明朗劇烈地掙扎起來。

「哎，你……」陸臻一隻手毫無章法地試圖按住他。

夏明朗的眼神直白到底，所有的慾念攪和在一起，像熾熱的岩漿。陸臻毫不懷疑這一切都將在他的身體裡爆發，燒穿腸腹，然而從股間傳來空洞洞的涼意，帶著畏懼而隱秘的渴望……微微戰慄著。

「求你了。」夏明朗閉上眼睛，豐厚的嘴唇顫動著，誘人深吻。

陸臻一路強撐到此的理智轟然倒下，所有或深或淺的試探，所有或輕或重的引誘在這一刻被烈焰焚燒成輕菸。他用力握住夏明朗的脖子：「看著我。」

向我證明……你的目光只屬於我！

因為你願意！

夏明朗睜眼瞪視了幾秒，張口咬住陸臻的下唇，好像兩隻野獸饑渴吞食般地啃咬，激吻中牙齒咬破對方的唇舌，相互吞咽帶血的唾沫。陸臻一手抱住夏明朗的脖子，扶住他的東西一點一點往裡送，強烈的滿足感讓含淚的雙眸漸漸去焦點，連痛苦都似歡愉。在身體內部，黏膜上沉睡已久的神經末梢紛紛驚醒，它們興奮地奔相走告，喜極而泣……只是輕輕搖晃腰部就能引起一片戰慄，從身體內部擴散出波紋，整個人都沉溺進去，被吞沒。

陸臻再也無法忍耐，配合夏明朗失控的動作挺動身體，後背佈滿了汗水，好像行駛在雨夜的車窗，大顆大顆的水滴彙聚成溪流，蜿蜒著流淌下來。

夏明朗是荒原上最桀驁的狼，想要俘虜他就得賠上自己。

像騎乘這麼費勁兒的體位也能廣為流傳，這裡面自然有它不可言說的妙處。同樣是歡愉，求與承是兩個境界，過去總是差了那麼點意思，失之毫釐就差了千里。這是陸臻第一次徹底豁出去，拋開那些莫名的束縛與男性彆扭的自尊，他終究是不懂得技巧的人，只能用最徹底的沉溺去換取夏明朗最大的沉醉。

陸臻被汗水迷殺了雙眼，視野裡一片混亂，各種熱烈的、火辣的、熟悉的氣息與快感濃膩地包裹著，無處可逃。陸臻戰戰兢兢地調整著角度，迎接每一下兇狠的撞擊，體內那個隱秘的快樂之源被粗暴地碾過，引起一陣陣痙攣，時高時低的呻吟從嘴裡溢出來，即使用力咬住手腕也完全無法抑制。

在神志崩潰的瞬間，陸臻聽到夏明朗嘶啞的吼聲：吻我！

弓下身，陸臻摸索著找到那雙火熱的唇瓣深深吻住，熱液就這樣燙穿了他。

這場情事讓陸臻唯一感覺尚在掌握的是……他到底還是比夏明朗先清醒了過來。

夕陽低低地懸在海面上，晚霞像一團豔烈的火，從窗口燃燒到室內，在夏明朗赤裸的身體上跳躍。

陸臻把所有的繩索與束縛都解開踢到一邊，緊擁住夏明朗的後背，把他包裹進懷裡，赤色的光線在半空中折散出異彩，光影流蕩。陸臻聽到遠處的潮聲與夏明朗深長的呼吸，心思無比安寧。好像這些日子以來，所有說不清道不明的惶恐與不安都化作了流雲飛去。而直到此刻，看著它們訕訕退走的背影，才真正看清自己在害怕什麼。

是的，自然是害怕的。

即使一千一萬次地對自己說沒有問題，要相信他……也仍然那樣恐懼。

畢竟，那是夏明朗！他唯一不可失去的人！

陸臻發現人活著就是不斷地遭遇未知和恐懼，然後不斷地刷新底線。

起初，他害怕夏明朗不接受他，然後他怕夏明朗不夠愛他，接著，他怕死，怕夏明朗會死……他就像一個鬥士那樣披荊斬棘，把那些讓人心慌的猜想一個個斬落馬下。

當大刀砍碎死亡的時候，陸臻一度認定自己已經超脫了，畢竟連死都不怕了他還怕什麼？死就死了，不過是一生孤獨的思念而已，但夏明朗會活在他心底，永遠鮮活著，延續著彷彿暗戀般的焦渴與纏綿。

可是，直到夏明朗顫抖著打翻那盒白粉，他才猛然意識到他的神祇也是可以活著被毀滅的，而那會是比死亡還要殘忍的難堪。陸臻在心中盤桓很久，反覆確定，崩潰後重建。然而，夏明朗是纏在他心底的蠱，他可以親手送他上路，卻永遠不能停止對他的愛。不過，即使真有那麼一天，他也能用一顆子彈同時帶走兩個人。

想到這裡，陸臻又慢慢放鬆了凝結在胸口的那股悶氣。

夏明朗曾經很認真地誇過他心狠手辣，在麒麟鐵石心腸排行榜上，他是僅次於陳默的二號BOSS。陸臻一度認為夏明朗謬讚了，有點情人眼裡出西施的意思，但潛意識裡，他知道夏明朗說得不錯。他自認不是個很有急智的人，所以習慣於預先設想最壞的情況，做出決定，逼迫自己面對。這些年來，他可能因為小事糾結，卻從不曾為大事失態。他會害怕，會猶豫，但仍然會挺住。無止境的堅韌，這才是他全部的自信。

陸臻細細地撫摸夏明朗汗濕的皮膚，將指尖停留在血管上面感受血脈奔騰的熱量。

「我們永遠都會一起。」他極度依戀地用臉頰磨蹭夏明朗的脊背，小聲呢喃著。

彷彿是感應到他的呼聲，陸臻聽到懷裡那人呼吸起了變化，他小心翼翼地翻過身，支起手肘罩到夏明朗身上。

夏明朗瞇起眼睛定定地看著他，帶著些許探究的意味，以及濃到化不開的複雜的笑意，情潮半退的面孔封藏著一絲妖異的渴望，隱在霞光裡，半吞半吐。

「醒了？」陸臻終究受不了這目光的壓力，隱隱地又有些期待與忐忑，「感覺怎麼樣？」

「爽死了。」夏明朗慵懶地眨著眼睛，笑了，「我會上癮的。」

「那就上！」陸臻斬釘截鐵。

夏明朗啞然失笑：「咱先別管上不上癮，你先想想現在怎麼收場，你小子把這地界搞得像配種站一樣。」

陸臻這才注意到周遭的異樣，的確……這場面怎麼說也，有點兒太那個什麼……了！陸臻掩飾性地咳嗽了一聲，耳尖上一點一點地紅起來。

此時此刻，夏明朗一身衣服被撕得七零八落；革質地面上沾滿內容不明的液體；櫃門大開，繩索與藥品扔了一地……然而比起零亂的犯罪現場，陸臻通身熱情的吻痕更加引人遐想。

那是只有最飽滿的唇舌在最火熱的身體上才能烙下的痕跡，夏明朗的眼線往下滑，舔過濕潤的眼睛和紅腫的嘴唇、脖子、鎖骨……陸臻被他看得有些受不了，起身找衣服準備毀屍滅跡。

「噫？」夏明朗瞇起眼睛，伸手拉過陸臻的腕子，「我幹的？」

「大概吧。」陸臻低頭看了看，血已經止了，不深不淺的一個牙印子，倒是不太疼，只是被汗水浸漬得有些癢。

夏明朗的目光陡然深邃起來，把人拉進懷裡一寸一寸地檢查，手腕上那個還算是小事，耳後那一塊是真真實實地咬破了，血漬乾涸，凝了一片暗紅色的小碎塊。夏明朗頓時失措，露出無辜而茫然的神色：「怎麼會？」

以一個特種兵而論，陸臻身上這麼點傷叫微末，但以一場情事而言，這似乎就有些過分了，畢竟這是做愛不是打架。夏明朗對SM神馬的全無興趣，種兩顆草莓留點小印子，這叫情趣，見血留傷就……太讓人心疼了，關鍵是，自己居然全無印象。

「沒事。」陸臻一低頭從夏明朗手下繞出來，穿好衣服打開全部的窗子大力通風。海風呼呼地往裡灌，一扭頭，發現夏明朗還裸著，連忙抽了條毯子過來把人圍住。

「話不是這麼說。」夏明朗皺起眉，「我一點印象都沒了。」

「老大，你知道我為什麼綁著你嗎？你當時簡直就是想強暴我啊，一點潤滑都沒有就硬往裡捅……」陸臻說到一半發現夏明朗變了臉色，連忙笑道，「沒事沒事，被我即時制止了。」

「真的？」夏明朗勉強笑著，拿出了認真回想的勁頭，自制力是他最引以為豪安身立命的本錢。

「別想了，多大點事啊！」陸臻滿不在乎地揮揮手，把各種亂七八糟的東西一一歸位；那堆前身為褲子的破布被索性撕成了亂麻，擦乾身上擦地板，最後物盡其用面目全非，估計得CIA出馬才能確定這玩意曾經是什麼。風風火火地一通收拾，陸臻最後直起身站在門口一聞，確定已經沒什麼奇怪的味道，才做賊心虛地拉開門，貓一樣溜了出去。幾分鐘後狂奔而回，把一套乾淨的病號服扔到夏明朗身上：「快穿。」

夏明朗穿好衣服在他屁股上輕踹了一腳。

「哎！」陸臻　聲呼痛，「你幹嘛？」

「沒啥。」夏明朗摸了摸鼻子，雙手握到陸臻腰上，「我就是看你這麼竄來竄去的，這麼矯健的樣子，忽然有點不太確定剛才是不是真的……」

「那現在呢？」陸臻扭曲著臉孔。

夏明朗笑了，露出雪白的牙齒：「看來是真的。」

「我他媽腰都快斷了。」陸臻小聲抱怨著。

夏明朗把人拉進懷裡，低聲問道：「現在，告訴我，為什麼要這麼做？」

「讓你爽！」這答案十分旖旎，但陸臻眉峰上挑，下巴上揚，卻是一派挑釁的模樣。

察言觀色是夏明朗的基本技能，用到陸臻身上時更是血條全滿，技能點爆分，估計連陸臻都不如他那麼瞭解自己那張臉能流露出的心聲。當然，這也沒什麼，愛人之間總是在用他們全部的才智與耐心在觀察著對方的。

夏明朗雖然最近仗著病人的身分，嫌好道壞指使得陸臻團團轉，但這一切都是建立在陸臻不反抗的基礎之上的。現在陸臻擺出這麼大的陣仗表達不滿，夏明朗連個咯噔都沒打，立馬戰略性撤退。他一隻手攀上陸臻的後頸輕輕摩挲，眼神溫柔而誠懇：「這幾天沒顧上你，是我不好。」

陸臻一聽，眼珠子瞪得更圓了，可是轉念一想，可不就是那麼個意思，瞬間又洩了氣，忽然覺得自己真是無理取鬧到了極致。戒毒本來就是孤軍奮戰的事，他又能摻和什麼？夏明朗全心全意對付心魔還來不及，又怎麼能苛求他體諒自己的心情。

他這邊心思轉得快，夏明朗那頭是真沒轍了。他就算是再瞭解陸臻，也不是修了讀心術的，一手勾了勾下巴，尋思著是否應該把道歉的力度加大，總而言之：小人罪該萬死，大爺您別跟我計較。

夏明朗不是陸臻，夏明朗從不在感情問題上分是非對錯，萬事OK，你開心就好。可是還沒等他琢磨好說辭，另一邊已經稀裡嘩啦地軟化下來，硬生生蹦出一句：「對不起！」

耶？這是咋整的，串台詞兒了啊！夏明朗回不過神。

「我最近很亂。」陸臻垂著頭，胸口悶悶。

「我也是啊！」夏明朗笑了，這年頭誰不亂呢？老子亂得更過，人仰馬翻，亂七八糟，什麼都顧不上了，只顧著跟自己死掐。

「夏明朗。」陸臻抬起臉，眸中映著天邊最後一點華彩，血影似的重重地沉澱在瞳仁裡。

「嗯？」夏明朗精神一振，叫，名字了？！

「是我不對。」陸臻抬手阻止夏明朗插話，「這些天我一直看著你，乾著急，使不上勁，特別難受。我總覺得你不夠瞭解我，信不過我，自己跟自己憋屈。我對你的要求實在太多了，我希望你好，威風凜凜什麼都不怕，我又盼著你依賴我，瞭解我想為你付出的那份心……可是現在想想，我憑什麼？要這要那的……」

「憑我喜歡你唄。」夏明朗下意識地滑出一句，說完差點想割了自己舌頭，就算這是最實在的大實話，也不能這麼直截了當地說吧？這不是當面打臉嗎？

「是啊！你對我真好。」陸臻自嘲地笑了，但絕無怒氣。他就是有這點好處，永遠可以接受實話，從不拿喬，無論何時站在夏明朗面前都是透明的。然而，夏明朗最愛的也就是他這份近乎執拗的真實。

「這，這有什麼？」夏明朗簡直窘了，「這真沒什麼，真的！我就知道你是個懂事的，你慣不壞，所以我不怕，就只管往死了慣你。別回頭不小心把一條命交代在外面了，臨死之前還惦記著沒好好疼你一場，我就是不想留什麼遺憾。」

「別再說了。」陸臻一把將人拉進懷裡，力氣大得連夏明朗都覺得有點疼。

「我們兩個真不用分得這麼清楚。沒什麼可計較的，你能領情，我就高興。」夏明朗反手抱住陸臻寬闊的後背，手下的肌肉緊繃繃的，收縮著勁力，紮實而堅硬。

「夏明朗，我要你記住，我們總是一起的。」陸臻咬著牙，說到最後一句時，一個字一個字往外蹦。

「那當然！」夏明朗有些莫名其妙。

「未來，不管發生什麼事，好的壞的……我們都是一起的。」

「陸臻？」夏明朗終於回過味來，壞的，什麼叫壞的？有多壞？他很想分開一些去看看陸臻此刻的神情，但陸臻手上用力幾乎抱死了他，自顧自地往下說：「你要記著，我是你的！我這個人，你用得上就用，用不上我也陪著你。所以，你別怕，無論走到哪一步，我都陪著你，走不下去，我陪你死。」

狠人就是狠人，隨便甩一句話出來都是刀鋒，剝皮去骨，一刀斃命，超負荷飽和式攻擊，讓你連哼一聲的餘地都沒有。

夏明朗掰開陸臻的手指，抬頭看過去，陸臻的神色平和，目光柔靜，嘴角微微帶著一抹笑。夏明朗的舌尖舔過下唇，咬緊，腦子空了半秒。

夏明朗知道陸臻絕不是個要死要活的主，不可能真的沒了自己他就不活了。於是，這話放在這裡，多多少少都有些表忠心的意思，不光是同生共死，更是不離不棄。

按說，戀愛中人誰沒一點海誓山盟的甜言蜜語？只是聽過且過，不必特別放在心上。可是一旦這話從陸臻嘴裡說出來，那就完全不一樣了。陸臻是有信譽的人，他敢說這句話就一定是想過的，言必行，行必果。

夏明朗一時間不知道應該擺出個什麼表情，做出怎樣的回答，他是應該感動得淚流滿面，還是故作輕鬆地開點玩笑，又或者……可是腦子裡一片空白，心裡也是，一個字沒有，一句話不成，但填得很滿，沉甸甸特別紮實有份量，沒有一絲空隙。

夏明朗看著夕陽從陸臻身後落下，融入深海，光線暗下來，只剩陸臻眼底凝聚的那兩點星芒。他不自覺地回想起這些天，他所有的忐忑與不安，那些好勝爭強……總是忍不住要做點什麼，做點出格的事，然後看著陸臻委屈茫然為難的樣子一邊愧疚一邊甜蜜。

夏明朗忽然笑，溫柔地拍了拍陸臻的臉頰，輕聲笑著：「知道了！」

嗯，知道了。

你的心意，我知道了。

不必感激涕零，不必愧疚自責……什麼都不用，你能領情，我就高興。

6

當白水踩著飯點進來查房時，發現這房子裡的氣氛著實怪異，他匆匆掃了一眼，發現一個躺在床上，一個站在窗邊……嗯，果然很怪異，從他見到這兩個人起，他們還沒有在同一個房間裡分開過這麼遠。

陸臻從容地轉身，正想自然點打個招呼，忽然聽到女護士尖叫了一聲，心跳頓時停住半拍：娘滴，難道女人真的會有邪門的直覺？

「怎麼了？」白水詫異問道。陸臻匆匆掃了夏明朗一眼，發現老流氓就是老流氓，場面Hold得很穩。

女護士嗖的一下躲進白水身後，指著夏明朗喊道：「他他他……」

跑。

白水仔細打量幾眼，恍悟，笑道：「你怎麼被解開了？」

「老子剛剛抽了一輪大的，現在倍兒清醒。」夏明朗嘿嘿一笑，他現在心情好，怎樣都高興。

白水倒是沒說什麼，轉身把餐盤接到手裡，示意姑娘妳害怕可以先走，小護士非常沒有同事愛地拔腿就跑。

「這妞怎麼了？」夏明朗詫異。

「忘了？你把我們一位護士踢得腳踝骨開裂，到現在還沒拆石膏。」白水把餐盤放到床邊，一手拿了針管出來抽取血樣，袖子一擼開就看到幾道紅裡泛紫的繩痕，馬上眉頭一皺，看向陸臻，「你綁的？」

「嗯。」陸臻點頭，那必須是他綁的，夏明朗又沒長八隻手。

「你不能這麼縱容他。」白水不滿，「他現在應該依靠自己的意志力，而不是這種深度捆綁。」

陸臻正在琢磨說辭，好把事情給混過去。白水目光一轉，又被陸臻脖頸耳後的傷口吸引過去。陸臻心頭一凜，生怕露餡，心跳得越發和緩。

「他咬的？」白水檢查傷口。

陸臻沉痛點頭。

白水轉頭看向夏明朗：「失控了？」

夏明朗想了想，謹慎地說了個「嗯」。

白水敲了敲筆桿：「所以，情況是這樣，你把他放開，他控制不住攻擊了你，你又把他徹底綁了起來，然後現在你覺得他夠清醒了，你又把他給放了？」

陸臻目瞪口呆，這他媽才叫人才啊，別人不給搬梯子，自己順牆都能溜下來。

「你對治療方案有異議，要先找我商量，不能擅自決定。」白水嘆了口氣，把餐盤交給夏明朗，轉頭看向陸臻，「你跟我過來。」

陸臻心裡一沉，懷著一肚皮的心事跟了白水出門。白水一直把他帶到二樓轉角才停下，陸臻下意識往後退了兩步，露出十分尊重的傾聽姿態。畢竟醫學於他而言是個全然陌生的領域，夏明朗的安危在白水手上握著，往那兒一站就天然帶著三分權威範兒。

「我知道你很急，他也很急，但治療是一個循序漸進的過程。」白水語重心長。

陸臻尷尬得一個字兒也說不出，點頭不迭。

「不要貪功冒進，也不能反覆無常。」

「我明白，我錯了。」陸臻額頭冒汗。

白水知道軍人多半固執，做好了長篇大論的心理準備，沒料想陸臻的認錯態度居然這麼好，一時間倒沒了話。陸臻等了幾秒不見出聲，疑疑惑惑地抬起頭，卻看到白水靜靜地站在陰影裡，眼神平和寬容，正是個全心全意為人好的模樣。

陸臻腦子一抽，一直盤桓在心底的疑問就這麼蹦了出來：「我聽人說海洛因會影響……嗯影響那個……」

「那個？」白水一愣，很快笑了，一臉的意味深長，「是啊。不過你別擔心，他沾毒時間很短，不會對性功能有什麼影響。」

「還，真是啊？」陸臻大驚，「為什麼？」

「這跟阿片類受體激動劑作用的神經通路與犒賞機制有關，具體原因很複雜。」白水支起下巴沉思了一會兒，忽而抬眸看了陸臻一眼，笑道，「既然你對這個問題這麼感興趣，不如明天到我辦公室來，我可以把電腦借給你查一些資料。」

「好啊。」陸臻眨巴了一下眼睛，做出半開玩笑的樣子，不著痕跡地把話題轉回去，「那這樣說來，豈不是，那個，那個還能有美沙酮那種替代效果？」

「很有想法，應該有人研究過。」白水露出成年男人討論X（性）問題時共有的略帶尷尬而又興味十足的笑容，「不過，我不太記得了，畢竟不是什麼太成熟的研究方向。你也知道，這個方向很難進行大規模雙盲實驗，也沒辦法做統計。」

「嗯嗯，也對。」陸臻已經印證了心中所想，連忙轉移話題，又纏著白水把夏明朗的病情拎出來討論了半天。

回去時夏明朗已經吃完飯乖乖躺下，一床薄毯蓋到胸口，四仰八叉地呼呼睡著，很香甜的樣子。這些日子以來少見夏明朗這樣安睡時刻，陸臻坐在床邊看了一會兒，只覺得心裡軟軟的發脹，各種歡喜，陡然發現幸福如此簡單，不過是些正常日子，能在床邊看你的睡顏。

半夜裡夏明朗又發作了一回，陸臻給他戴上手套，睡眼矇矓地守著他。時間最公正，過去一天就是一天，陸臻掰著指頭算，總覺得勝利就在眼前。

於是第二天一大早，陸臻收拾好夏明朗，便樂陶陶地去找白水，最近夏明朗的毒癮發作頻率已經越來越小，而且頗有規律。白水辦公室的電腦可以直接登錄各大期刊資料庫，陸臻大刀闊斧地下了一大堆文獻來看，點開才發現隔行如隔山，根本雲裡霧裡一竅不通。

而另一邊，白水安頓好陸臻，與值班醫生調換過班次，捧著一瓷盤藥品往樓上走。戒毒病房的大門虛掩，白水在門口站定了幾秒，輕輕推開，猛然看見夏明朗毫無依憑地坐在窗臺上。

白水心裡一驚，連忙喊道：「快下來。」

夏明朗瞇起眼睛，似乎端詳了幾秒才確定眼前這人是誰。

白水迅速鎮定下來，掩上房門緩慢地走近，柔聲道：「快下來。」這聲音極致溫柔，像水波一樣平緩。

夏明朗仰起臉看他，欲言又止，忽然微微晃了晃腦袋問道：「你給我吃了什麼？」

「嗯？」白水微笑著，眼中沒有一絲鋒芒，看不出半點深意。

「巴比妥？」夏明朗問道。

白水的眼神終於變了變：「你怎麼了？」

「別騙我，可能你很會用藥，但絕對沒有我吃得多，藥勁兒一上來我就知道是什麼。」夏明朗轉頭看了看窗外，這裡是五層樓高，凌空的高度讓夏明朗心頭一凜，神志又收攏了一些。

「不是巴比妥，你太多心了，今天的確換了藥，但不是你想的那樣，你這樣太危險，先下來。」白水一邊解釋，一邊試著靠近。

「把陸臻叫過來……」夏明朗眼前一陣恍惚，所有的景物都浮了起來。

白水被他這搖搖欲墜的樣子驚到，連忙伸手去拉，卻被夏明朗一掌按到窗臺上，霎時間劇痛鑽心，脫口喊了出來：「放開我！」

「把陸臻叫過來。」夏明朗手上用力。

「行行，你先放開我。」白水迅速漲紅了臉，額頭上浮出一層薄汗。

夏明朗沉默了片刻，被藥物強力鎮靜下來的大腦運轉極慢，白水心裡叫苦不迭，開始認真考慮樓下能聽到他狂吼的可能性；手指上忽然一陣鬆動，白水馬上收手，發現四個指頭已經被壓出了一圈青紫。

「你想太多了，去睡一覺吧，你太累了……」白水握住受傷的手指，聲音又恢復了柔軟。

夏明朗緩緩合眼，忽然往後一仰，失重的感覺就像一盆冰水潑進腦裡，混沌的大腦又打開一條縫。夏明朗強行睜開眼，用力咬住下唇，卻發現木木的，好像隔了一層皮革，不知是牙齒發軟還是感覺失靈，居然也不怎麼疼。

「把陸臻叫過來。」夏明朗感覺到眼淚在往外流，眼前只剩下一片模糊的閃爍晶光，他最恨這種藥，不痛不癢，軟刀子殺人。

「好的，我這就找人去叫他，你先睡吧。」

從極遠的地方飄來極溫柔的聲音，夏明朗的意志繃到極處，幾乎要斷開；就像十天十夜未眠，全身都浮在雲裡；思維是一隻狡猾的兔子，只剩下最後幾縷絨毛還留在手裡。

「別這麼不相信我。」白水沉吟道，「睡吧，我這就走。」

「把陸臻叫上來。」夏明朗用力瞪大眼睛，曾經漆黑如夜的眸子蒙著一層霧氣，縹縹緲緲，沒有任何焦點。周遭的一切漸漸從知覺中剝離開，彷彿已經身處夢中，只是偶爾心悸般驚醒，後背浮出一層層冷汗。

「你太謹慎了。」白水嘆息。

「因為我不想死。」夏明朗脫口而出。

「你很怕死嗎！」白水順勢追問道。

「誰不怕？」

「但總有一些東西是比死亡更重要的，比如說……」白水頓了一頓，用最純正圓潤的音色說道，「愛情。」

夏明朗半閉著眼睛，眼珠在飛快的動。白水試探著走近，柔聲問道：「你說呢？」

「嗯，愛情。」

「還有呢？你覺得還有什麼比愛情更重要？」

「良心。」夏明朗低聲道。

白水沉默下來。夏明朗此刻已經顧不上去思考別的任何事，只求力保靈台有一線清明不失。睏到極處，連腦子都不能轉彎的時候硬生生要挺住，這終究是一種折磨，而且軟刀子磨肉，更令人難耐。

終於，夏明朗在朦朧中聽到白水按護士鈴，對服務台說：請幫我通知我辦公室裡那位先生，讓他趕緊回病房。

夏明朗心頭一鬆，雙手攥住窗框。

陸臻正看文獻看得淚流滿面，被小護士匆忙打斷，連忙三步並起兩步地往樓上跑。還尋思著能有啥急事兒啊，這都老夫老夫了，總不能這麼一時不見就念得慌……沒想到進門竟看見夏明朗神情恍惚地坐在窗臺上！

「隊長！？」陸臻這一記嚇得不輕，三魂頓時去了六魄。

夏明朗鬆開手，直直往前栽倒，陸臻飛身撲過去一把接進了懷裡。

「怎麼會這樣！」陸臻一時失色，眼神犀利得嚇人，直刺刺地刺向白水。

「你……」白水後退幾步，露出怯色。

「對不起……」陸臻架著夏明朗坐起來，用力閉了閉眼，調動出自己所有備份的和顏悅色問道，「到底怎麼回事？」

「我犯了個錯誤。」白水耐心解釋道，「昨天他忽然表現出攻擊性，所以我今天調整了藥方，但沒想到他對這個藥特別敏感，藥物副作用很嚴重……」

陸臻畢竟不是專業醫生，此刻關心則亂，著實愣了一愣才理順著這前因後果，心情頓時就複雜了起來，連忙強掩尷尬地解釋：「其實昨天是個意外……哎！隊長，你……」陸臻沒留神身上一涼，上衣被夏明朗拉開半邊。

夏明朗緊閉著眼睛像個受了驚的嬰兒那樣緊緊地攥著他，把所有能抓到手的東西往自己懷裡收，陸臻手忙腳亂地和他爭奪自己的上衣，單薄的布料發出淒慘的呻吟，當場崩線。

「這個……」陸臻臉上發燒，尷尬得要命。

「他在做噩夢。」白水說道。

「啊對……」陸臻心想大哥你真是善解人意，「可是你看這……要不然這就交給我吧，有事我再叫您？」

「我是指『壞旅程』，Bad Trip！」

陸臻臉色一變：「你給他吃了什麼？」

「一種安撫劑。正常來說不應該會這樣的，他應該感覺到鎮定和放鬆，但是他很緊張，用意識與藥物對抗，所以……可能產生了一些不太好的幻覺。」

「好的，我明白了。要不，你先……我會看著他。」陸臻在心裡叫苦。大哥，你撕我衣服也就算了，你這拼了老命要往我懷裡鑽的架勢是怎麼回事，你到底夢見啥了啊！

「好的。」白水點點頭，離開時還相當貼心地帶上了門。

陸臻鬆下一口氣，正在頭疼怎麼把這麼大一隻樹袋熊從自己身上撕下來，不料腰間一鬆，夏明朗已經抬頭看過來。

「你醒了？」陸臻一陣驚訝。

夏明朗沒吭聲，拼命揉眼睛，只覺得眼皮有千斤重，墜脹生痛。他榨出最後一點意志力強行睜開眼，看見那個模模糊糊的影子嵌在一團白光裡，終於心安。

「陸臻。」夏明朗好像無意識似的唸出這個名字。

「啊，怎麼了？」

「別離開我。」夏明朗啞聲吐出這句話，眼皮重重合上。

陸臻心頭一蕩，雖然知道這話沒頭沒尾，一定別有深意，但還是被擊中了靈魂裡最柔軟脆弱的那一部分，幾乎就要賭咒發誓賠上全部身家性命保證：不不不，我絕不會離開你！

陸臻不清楚夏明朗究竟夢到了些什麼，只是四肢糾纏幾乎長在他身上，而且極為警醒，甚至呼吸稍重一些都能引來一連串的皺眉和囈語，卻偏偏就是不醒。陸臻不敢亂動，硬生生挺了三個小時，到最後腰酸背痛腿抽筋，比站一天軍姿還慘烈。

雖然藥物反應不能用常理推斷，但夏明朗忽然變成這樣還是讓陸臻很憂心。反反覆覆把最近發生的事兒想了很多遍，總覺事有蹊蹺，一時卻理不出頭緒。

夏明朗睡得很不安穩，翻來覆去地動，陸臻只覺胸口一陣陣觸電似的發麻，很是唾棄自己，好在關鍵部位沒那麼容易被蹭到，情況還不算嚴重。陸臻小心調整，夏明朗忽然手上用力勒住他，有些含糊不清地喊著：「寶貝……」

「我在啊。」陸臻柔聲應和著，低下頭去看他。

夏明朗沒有應聲，又漸漸安靜下來。陸臻失笑，真沒出息，再聽多少次都覺得心悸，好像一道閃電擊中胸口。連毒品都有耐受，怎麼就是對這個人完全無可抵擋，永遠新鮮如初。

夏明朗一直睡到午後才模糊醒過來，神色憔悴疲憊，帶著三分茫然與呆滯，不像是剛剛抱著老婆睡了一覺，倒像是野外生存七天七夜沒合眼。

陸臻從服務台拿了兩份燴飯，兩個人席地而坐，邊吃邊瞅著，又是心疼又覺得呆得可愛，鬼使神差地用湯匙點了點夏明朗的下唇說：「啊——張嘴！」

夏明朗垂眸看了一會兒，慢慢地張開嘴，把勺上沾留的幾粒米飯舔進嘴裡。

陸臻心裡怦怦跳，試探著挖了一勺餵過去。夏明朗一言不發，無聲地咀嚼吞咽，很快就吃掉了大半碗。

「隊長？」陸臻覺得異樣，輕輕抬起他的下巴。

夏明朗凝眸看向他，眼神柔得醉人。陸臻驀然間竟覺得羞澀，手足都無措了起來，拇指匆匆抹淨夏明朗嘴角的湯汁，小聲問道：「還吃嗎？」

「能活著真好。」夏明朗說道。

「那當然。」陸臻莫名其妙。

「活著真好。」夏明朗偏過頭去，吻住陸臻的手指。

「你夢到什麼了？」陸臻瞬間恍悟。

夏明朗閉上眼，眼下有青灰色的陰影，半晌，他低聲說道：「很多人，很多……這麼多年，有走了很久的，有最近剛走的，有被我殺的，有為我死的……」

陸臻不知道說什麼好，只能坐近一些把夏明朗拉進懷裡。肩上漸漸熱起來，滾燙的液體浸透了單薄的衣料，融進那一塊皮膚裡，沿著血液流淌。陸臻把手圈到夏明朗背上，慢慢慢慢地收緊，直到兩個人都不能呼吸。夏明朗微微抬頭，臉上沒有一滴淚，只是眼眶泛出一絲血痕，顯出刻骨的疲憊。

陸臻只覺所有的能言巧辯在這一刻都離他而去，滿腔熱血，一片真心，全在眼底，默然無聲地與之對視。

過了好一會兒，陸臻伸手輕輕一拉，夏明朗嘴角浮起柔和的弧度，把額頭抵到陸臻肩膀上：「我沒事，會好的。」

「嗯。」陸臻長長籲氣，這才找回了自己的呼吸。

既然出現了嚴重的藥物反應，治療方案自然要大調。下午，有醫生過來重抽了一管血去化驗，到傍晚時分，白水托著一小盒藥片親自送到。夏明朗剛剛發作了一回，整個人縮在牆角發抖，似笑非笑地瞥了一眼，沒有接，雙手仍然圈在自己肩上。

白水盤腿坐下，讓自己的視線與夏明朗在同一高度。這是個心理暗示的高手，只可惜對面那位也是專業人士，察言觀色都是全套的功夫。倒像是兩個花花公子在談戀愛，所有的心思奇巧都淪為套路，無人動情。

陸臻往夏明朗身邊靠了靠，手裡拿了毛巾幫他擦臉。夏明朗看了白水一眼對陸臻說道：「你上午說要查資料？」

「對啊。」陸臻一時不解。

「去幫我列印一份回來，老子忽然也想知道知道，我這到底算是怎麼一回事。」

「沒用的，看不懂。」陸臻實話實說。

「讓你去拿你就拿！」夏明朗示意陸臻把自己解開，「我差不多了。」

陸臻轉頭看了看白水，露出幾分了然，只是壓低了聲音在夏明朗耳邊問：「你一個人，可以嗎？」

夏明朗瞥他一眼：「當然。」

白水聽著大門合攏，把藥盒放到地上，極為誠懇地看著夏明朗問道：「夏先生，我很疑惑，為什麼您堅持對我抱有這樣的猜忌？」

「我這還沒怎麼著呢，你就知道老子防著你；你這麼聰明個人，看到老子不對頭，會不知道馬上把陸臻叫上來？」夏明朗露出譏諷的笑意。

白水沉默了良久，慢慢笑開，有些自嘲似的：「我對您並無惡意。」

「嗯？」夏明朗挑起眉毛，慢慢站起。白水感覺到某種寒氣從脊髓裡竄上來，驚起一片雞皮疙瘩，他低頭看著自己受傷的手指說道，「夏先生，您不能在這裡動手。」

「我毒癮發作。」夏明朗笑嘻嘻的。

「我們沒有必要為這種事結下死仇。」白水忽然有些拿不定主意，迫在眉睫的殺氣讓他一時無法正常思考，「無論您用什麼理由傷害我，您都不可能活著離開這個島。」

夏明朗瞇了瞇眼睛，忽而一笑，伸手勾上白水的肩膀，手指有意無意地劃過對方的頸動脈：「傻了吧？我為什麼要殺你？」

白水緩緩呼出一口氣，默然不語，他雖然心理素質十分強悍，從不會在複雜的心理試探與交鋒中敗下陣來，但畢竟只是個醫生，從來只有他審人，沒有人審他。面對暴力，他有天然的弱勢。即使理智上很有把握，相信對方不會對自己怎麼樣，但性命握在他人之手的感覺還是在一定程度上擾亂了他的心神。夏明朗以己之長，攻敵之短，雖然有些無賴，卻是真的有效。

「跟我說實話！」夏明朗將白水的脖子拉低，嗜血的雙眸筆直地看進對方眼底。

「好。」白水從善如流。

「為什麼給我下藥？」

「為了瞭解你的喜好，為了投其所好。」

「你想要什麼？」

「你。」白水極簡潔地說道，「我們有位隊長快要退休了，正在全球物色合適的人選，海默覺得你可以。」

「就這個？」

「嗯，千軍易得，一將難求。」

「聽起來不錯的樣子。」

「是啊，如果做得好，十年會有兩三千萬美金的收入。」

「還真不少。」

「您考慮一下。」

夏明朗似笑非笑地勾著嘴角，驀然沉默了，像是在判斷白水說的是真是假。

白水嘗試著活動身體，卻發現脖子完全動不了，只能暫時放棄這個打算。他明知道夏明朗在故意給他壓力，但毫無辦法，恐懼就像是一種生理反應。他幾乎可以看見對方身上發出的毫光，挾著極為凜冽的脅迫力，囂張肆意地提示著雙方的實力差距，輕描淡寫，然而殺氣磅礴，那是用人血淬煉而成的自信。

「殺過很多人吧？」白水突兀地問道。

夏明朗略一挑眉，露出幾分訝色。白水問完自己也覺得好笑，夏明朗必須是殺過很多人的，否則他怎麼會站在這裡，怎麼會被海默看中？然而……他卻有些疑惑起來，他曾經見過很多軍人，有很正氣的，有很殺氣的，但兩者通常並不相容。殺戮是極為血腥的事情，戰爭是所有醜惡的極致，優勝劣汰，弱肉強食……遵循著古老而冰冷的價值觀。

人殺多了是會有慣性的，血見多了就見怪不怪，戰場上的邏輯與正常有序的現代社會格格不入，所以，幾乎所有久戰的軍人都存在一定程度上的價值錯亂。白水清楚地瞭解這些，為了控制海默的精神狀態，他曾經耗費了大量精力。但是夏明朗看起來非常正常，連戒毒都沒能瓦解他內心的平衡，在血腥與溫馨之間，他一定擁有一條獨特的，通往平靜的路。

「不用考慮了。」夏明朗沉聲道，「我拒絕。」

「嗯。」白水早就預感到這個答案，只是更加好奇地反問道，「為什麼？」

「你們配不上我。」夏明朗很痞子氣地笑了。

良心，平靜，國家軍人……白水在這一瞬間想通了所有問題的答案，由衷感慨道：「的確，只有一個國家才配得上你。」

「過獎了。」夏明朗眸光一閃，濃厚的殺氣終於淡去了一些，任何人都是需要聽好話的，尤其是正中紅心的極品好話，「你看，像我這麼一個人，身上這麼多事，手裡百來條人命，每天都能安安心心地睡著，是不是很不容易？」

「的確。」

「我這人花錢不多，不好美色。你說，你們手上有什麼好處，值得我，晚上把手槍壓在枕頭底下睡覺？」

夏明朗慢慢鬆開手，氣定神閒地退開了一步。

「沒有。」白水終於鬆了口氣，無可奈何地說道，「試探你，是我最近做過最愚蠢的事。」

「知道自己蠢了就好。」

「請給我一個機會補償您。」白水自嘲地一笑，「您知道的，我們能與貴軍建立現在這樣的關係，那裡面凝聚著太多人的努力，我非常不希望因為我的錯誤而傷害到這份信任。」

夏明朗漫不經心地笑著，不置可否，伸手一揮，就是個「滾蛋」的意思。

白水腦海裡沒來由地浮出三個字，哭笑不得地走了。

跪安吧！

為表歉意，白水連夜升艙把這兩人送進了海邊水屋。本來陸臻覺得戒毒房而已，又能造出什麼花兒來，過去一看才知道什麼叫奢華，牆角一方玻璃鋼打造的透明地板，漲潮時可以看到海龜遊弋，門外是延伸入大海的私人無邊泳池。

陸臻四下望瞭望笑問多少錢一晚上，白水淡然回答一千五百美金。

陸臻低頭默算，笑出一口小白牙：「剛好，我一月工資加獎金，謝謝啦！不過，也沒啥，誰讓你們賺得多呢！」

白水太陽穴跳了跳，沒敢說什麼。

這要擱往常，憑空得這麼大禮陸臻怎麼著也得謝謝人家，可是現如今出這麼一檔子事，陸臻覺得他沒揍人就已經很寬容大度了。其實挖牆腳沒什麼，不招人惦記是庸才，夏明朗這麼大一塊寶貝，自然人見人愛，車見車想載。找空子下藥也沒什麼，這年頭誰也不比誰人品更地道，又不是一家人，沒那麼多高要求。

關鍵在於，他居然讓夏明朗做噩夢了！

一想起夏明朗那場噩夢，陸臻就心疼得肝顫，這些年血雨腥風走過，沒有兩斤白酒打底，沒有夏明朗在身邊陪著，連他都不敢輕易回想往事。而夏明朗的經歷是他的十倍，十倍的驚險十倍的苦難，陸臻都不敢去想像夏明朗的夢裡有什麼……只知道他的心肝寶貝醒過來就哭了。

夏明朗！哭了！

不是他陸臻那種隨便就能流出一大把，跟男人的精子一樣不值錢的眼淚珠子，那可是夏明朗。只要一想起這茬，陸臻就覺得白小哥在自己這裡已經徹底信用破產，縱然千刀萬剮也不足以償還。暫時安頓好夏明朗，當著白水的面，陸臻就開始登高爬低、翻箱倒櫃地找監控。

白水按住額頭：「真的沒有，我們的顧客來這裡是為了保密，他們是不會允許的。」

陸臻冷笑：「我本來是很信得過你的，這份信任是你自己糟蹋掉的。」

「原來的所有房間，您也都是查過的。」白水沒忍住，脫口而出。

「白兄！」陸臻走近逼視他，「你出國太久了，中國人有句老話你怕是已經忘了，防人之心不可無，害人之心不可有！」

何必與人爭這種口舌上的長短？白水默默地唾棄自己，明智地閉口不言。夏明朗坐在床上招了招手，白水連忙繞開陸臻探身過去：「夏先生？」

「只此一次，下不為例，別再給我耍花招。」夏明朗挑起眉角。

「謝謝。」白水意外驚喜。

「我不是放過你，只是你我之間還有大義，我就算在你手上吃點虧，咱也不能傷了大義。」

「對對對……我也是這個意思。」白水忙不迭地點頭，「我們公司與中國政府是真心在合作的，否則我也不會參與進來……」

送走白水，陸臻疑疑惑惑地問夏明朗：「你真打算把這事瞞下來不往上報？」

「我有這麼說過嗎？」夏明朗故作困惑。

「那他……」陸臻指著門外。

「那是他誤會了。」夏明朗一臉無辜。

事實證明，一間好屋並不會讓戒毒變得更輕鬆一些。當天晚上，伴著海龜的划水聲，夏明朗照樣抱著自己抖成一支風中殘燭，陸臻從身後摟住夏明朗，緊緊地貼著，一聲不吭地陪伴。

番外番

白水回到辦公室，調出電腦的操作紀錄查看。陸臻下載了一堆戒毒相關文獻，雖然絕大部分是入門級水準，但也翻閱了不少，文檔上被他用螢光標記標了一堆問號。白水失笑：這位仁兄還真是好學，將來就算是不當兵了，改行幹點什麼大概都能混出來，太勤奮，做事太拼命。

海默從白水身後的窗口冒出頭，手一撐，輕盈地躍起，坐到窗臺上。

「親愛的。」海默拍拍手上的塵土，「你還不如搬到一樓。」

「但是那樣妳就沒有樂趣了。」白水轉過身，溫柔地笑著。

海默勾勾手指，充滿期待地看著他：「怎麼樣！？」

「嗯……」白水走到窗邊，低頭吻過她的臉頰，貼在海默耳邊說道，「放棄吧！」

「不！」海默提高了音量，「你不知道他有多厲害。他是小規模局部戰鬥的天才！而且他居然是個中國人。中國！你能想像嗎？那個三十年沒打過仗的中國！不，他不應該待在那裡，中國軍隊只會浪費他的天分……」

白水沒說話，靜靜地看著她。

海默越說越低，最後沮喪地嘟起嘴問道：「為什麼？」

「他太驕傲了，我想，只有一個國家一個民族才能承載他的驕傲。除此以外，他不會為了任何人與任何事動用他這筆天分。」白水把海默飛到眼角的碎髮掠到耳後去，無奈地看著她，「妳說過的，他是沒有私敵的軍人，妳能用什麼來打動他？」

「找個理由，你去說服他！」海默一抬下巴。

白水笑著搖頭。

海默呻吟了一聲，伸手摟住白水的脖子：「我很難過！」

「我知道。」白水看著自己的手指：我最近的日子……應該也會有些難過。

「為什麼，你說為什麼？你知道他一個月才賺多少錢嗎？兩千美金都不到！他還沒一個遊騎兵下士的薪水高！到我們這兒來，吃香的喝辣的，要錢有錢，要妞有妞，想幹什麼幹什麼，有什麼不好？」海默神情激動，無意中瞄到白水的手指，注意力瞬間轉移，「你手怎麼了？」

「不小心被門夾了。」

「哪扇門？！」海默怒道。

白水樂了：「你把門拆了我的手也不會好，養著吧。」

海默拉過他的手指細看，呼呼地吹著氣：「要養好久來……」

白水反手握住海默：「為什麼這麼看重他？」

「因為他有當老大的氣質，Father已經老了，幹不了幾年了，我擔心將來Themis會亂，會散，誰都不服誰……」

「那就休息吧，過來幫我。」

「我在這兒能幹什麼啊？給你當保安嗎？」海默露出一絲扭捏，「我還有那麼多兄弟，我不能不管他們。」

白水嘆了口氣，將人從窗臺上抱起，海默曲起雙腿攀到白水腰際，把臉埋進他頸窩裡：「所以我真的很失望。」

「妳有妳的期待，他有他的，看開點。」白水輕輕撫著海默的長髮，聲音柔軟。

滿打滿算，就在夏明朗和陸臻上島的第十二天，麒麟一隊終於徹底解除戰鬥封閉狀態，與海陸一起拉去北戴河療養。於是閘門放開，各種消息簡報好像洪水一樣從麒麟基地發出來，從頭到腳把夏明朗澆了個透。

戰爭是一種非常矛盾的體驗，假如你剛好身在其中，便會期待結束。為那塵埃落定時的寧靜與安定幸福得想哭，這幸福是壓倒一切的，它將沖淡所有傷痛。而假如你是領導，你便會期待勝利，戰略目的達到，一切盡在掌握時自然也是幸福的。這種幸福會讓人毫不費力地把戰略成果放在戰報的第一頁，而把傷亡名單放在最後一頁。

然而，如果你既不是領導，又已經不在第一線，那麼所有的戰報都像個噩夢。

那些眾人眼中單純的名字在你心裡是一個個活生生的人，薄薄的一頁紙上流淌著一游泳池的鮮血。勝利變得那麼輕飄飄……幾乎可以無視，生命變得那麼沉重，讓人喘不過氣。

陸臻看著夏明朗的臉色，心裡知道情況不妙。果然，接下來的兩天裡，夏明朗的負面情緒徹底失控，變得極度焦躁，成天嚷嚷著要斷藥。白水被他逼得沒辦法，只能把藥量大減。

戒毒本來就是一個腦內各種神經因數崩潰重建的過程，吃藥都不見得能改善多少；藥量一減，夏明朗的心情簡直在瞬間繃到了一個極致，眼角眉梢都帶著壓抑的火藥氣，看得出本人在竭力控制，卻令人望而生畏。

此時，距離夏明朗用冷火雞法開始強制性戒毒剛好一週，毒癮發作的頻率明顯小了下來，一天不過兩三次。血檢顯示內源性阿片肽物質也已經恢復了大半，夏明朗又開始正常工作，在絕大部分時間看起來幾乎就像是個正常人。然而，陸臻卻可以鮮明地感覺到暗中封藏的潛流。

雖然信不過白水，可是陸臻無計可施時也只能拉著他商量。然而白醫生卻對夏明朗讚不絕口，好像病人在這個時期能不藉助藥物把自己控制成這樣，就已經很不容易了。

陸臻只能默默嘆氣：那是因為你不知道他曾經是什麼樣的，你也不知道他應該是什麼樣的。

其實脾氣壞點真的沒關係，陸臻有那個耐性，大不了他暫時受點委屈以後慢慢磨。真正讓他開始憂心的是回去之後的政審，有資格審察夏明朗的全是人精，打了一輩子仗，個個目光雪亮，想要在他們面前掩飾自己談何容易？夏明朗現在Hold不住，將來也很可能會Hold不住。

可是，這一鬧騰，卻給兩人敲響了警鐘，這藥是絕計不能再吃了。回去一驗血什麼藥都藏不住，麒麟怎麼可能留下一個需要吃抗抑鬱藥的中隊長。那可是麒麟一中隊隊長，那個傳說中就算親娘老子死在自己面前，連手指都不能顫一下的位置。

人在海外，夏明朗那顆心就分外渴望沾染點麒麟的氣息，原來是戰時機密碰不著，現在閘門打開，真是攥死了不肯放。

如今正是論功行賞的時候，夏明朗事無鉅細恨不能一天給家裡打十八通電話，生怕自己不在場，陳默和鄭楷不懂得爭功，讓人欺負了。就連嚴正再三保證也沒用，一樁樁一件件都經他眼裡看過才放心。

是的，我不管上面有多為難，我也不管兄弟單位看著有多眼紅，我只知道那是我的兵，老子就是要給他們爭取最好的！

要不是身體情況實在不允許，陸臻相信夏明朗下一秒就能飛回去，像以前那樣，拍桌砸凳、撒嬌耍狠、機變百出……賴在老大們的辦公室裡不出來。陸臻偶爾想像一下那種畫面都覺得有趣，那麼剽悍的一個人，一身囂張到死的戾氣，又壓抑著做出一臉真誠的哀求，旁邊再站一個陰氣逼人的嚴正……這種組合真是攻擊力十足。當將軍的也是人，是人……總是會怕的。

可是悲摧的是夏明朗這次還真是離得太遠了一點，雖然衛星線路有加密，但畢竟在別人的地盤上。從麒麟那邊傳過來的消息就像是被大卸八塊了淨過身，不聽還好，聽完更是撓得慌。

陸臻眼看著夏明朗的火氣越壓越大，一個不小心，砰的一聲，就爆了！

「怎麼了？」陸臻淡淡地瞅了瞅桌子，還好，品質不錯。

夏明朗解衣扣搧風，壓抑著火氣看了陸臻一眼，轉身出門。陸臻凝眸看過去，幾乎能看到夏明朗經過時，空氣被燒焦扭曲掙扎的痕跡。他嘆了口氣，跟著走出去，夏明朗已經甩開上衣，一下直衝拳砸到門口的沙包上。

夏明朗想求發洩，白水二話沒說，就讓人給安了個沙包，畢竟一千五百美金一晚上的房子都給白住了，哪還在乎這麼點小錢。只是新沙包打起來尤其硬實，簇新雪白的布料上還沒染上污漬，被夏明朗一拳砸得飛起，又晃了回來。

「隊長！」陸臻提聲叫住夏明朗，指了指肩膀。夏明朗肩上剛剛拆線，還承受不了這種程度的爆發力。

夏明朗定了定神，開始一腳一腳地飛踢，正面、側面、前踏、下劈、擰身迴旋……一下接著一下，勢大力沉，樸實無華。陸臻走到沙包背後扶住，微笑著衝著人點了點頭：「來吧！」

夏明朗抬眸掃他一眼，一下側踢撞在沙包正中。

真是要命了！陸臻感覺到身前重物的晃動，在心裡默默望天。在麒麟的時候也見過夏明朗練基本功，或者比現在力足，卻沒現在狠辣。陽光下，汗水縱橫，夏明朗古銅色的肌膚上綻裂著可怖的傷口，渾身戾氣猛烈得好像要從肌肉裡衝出來，摧枯拉朽海嘯一般的震懾力，有如來自遠古的戰神。

陸臻自問心理素質過硬，可是此刻站在他的對面，即使有一個巨大的沙包隔著，心臟也在狂跳。

夏明朗踢了一陣，終究覺得不太爽，陰沉著臉揮手，讓陸臻閃開。陸臻真心覺得自己有越來越慫的趨勢，連對視一下都沒敢，就垂頭喪氣地靠邊站了。

夏明朗連環踢出去三腳，角度控制得好，沉重的沙包終於積蓄到足夠的動能，凌空高高盪起，飛到最高點時微微一頓，隨即挾著一股子勁風下落。

夏明朗擰身側踢，在沙包下落到速度最快時，硬碰硬狠踢了回去。這場較量由地球引力控制節奏，夏明朗不斷地出腿，橫掃、側踢、迴旋，讓那個一米多長的大沙包持續地飛在半空中，像半截鐘擺。

然而，人體總有極限，萬有引力沒有，沙包當然也沒有。

夏明朗踢了十幾分鐘，腳下漸漸虛浮。陸臻不自覺緊張起來，固定位的沙包雖然踢起來沉重，但因為不會晃動，所以很難受傷，但……終於，蕩到極高處的沙包呼嘯著砸下，夏明朗這次慢了一拍，角度與力度同時失準，一下砸個正著，踉蹌後退。陸臻正候著這一齣呢，連忙衝出去把人撈進了懷裡。

「歇會兒吧，歇會兒。」陸臻從身後抱緊夏明朗，把臉埋在他肩上。夏明朗輕輕應了一聲，一寸一寸地放鬆筋骨，貼到陸臻胸口。

午後天熱，夏明朗剛剛劇烈運動過的身體熱得發燙，呼呼地喘著熱氣。陸臻恍然覺得自己抱了一塊火炭，汗水濕漉漉地沾了一身，鼻腔裡全是夏明朗的味道，熾熱剛猛，雄性荷爾蒙燃燒，腎上腺素爆炸的味道。

陸臻按住夏明朗的胸口，一下一下地幫著順氣：「嗯，你這次就對了，發火的時候千萬別砸電話，衛星電話是咱們自己的，壞了還得賠。你就踢桌子，桌子是壞水兒的，壞了就壞了。」

夏明朗忍不住笑，慢慢坐到地上。

陸臻把人逗笑了，心裡也就鬆了，側身半跪著貼在夏明朗身後。他只覺得熱，熱得每一個毛孔都在冒汗，偏又捨不得鬆手，只能一邊解開上衣一邊柔聲勸慰：「你看，你明知道大隊部的文書就是這麼個德行，而且條例規定了，有些消息就是只進不出，他不肯告訴你也是應該的。你現在在外休養，你沒權管這些事。」

「煩死了！」夏明朗抹了把汗，濕淋淋地甩到地上。

「煩也沒用，你現在又回不去。再說了，撫恤金的事聶老闆打過包票的，這麼多年沒戰事了，咱這待遇怎麼都差不了。老曹不肯把細節告訴你，這也是紀律……」陸臻輕聲細語地勸，把外套扯了扔到地上，海風習習地吹過來，正是雪裡送炭的舒爽。只是胸口還貼著夏明朗的後背，高溫用汗水把兩個人焊在一起，心臟撲通撲通的……隔著兩層厚實的肌肉應和彼此。

運動後缺氧，夏明朗望著明晃晃的太陽，感覺到一絲暈眩。陸臻的聲音在耳邊流淌著，像泉水，清脆悅耳……他知道他在說什麼，卻又聽不清他在說什麼。這種感覺很奇妙，好像把一個東西很實地抓在手裡，又完全握不住。

夏明朗偏過頭去看陸臻的側臉，底子好的人就是經糟蹋，一樣的風霜血雨，陸臻臉上那張皮子仍然細膩柔軟，一個毛孔也不見。因為熱，臉頰染著緋色，一滴汗似墜未墜地懸在下巴尖上，倒像是情動的模樣。

一陣戰慄從心尖滑過，夏明朗下意識地收緊肌肉：那種餓的感覺又來了。

戒毒到了後期，身體上的痛苦漸漸變質，變成古怪的折磨，夏明朗也說不好那是一種什麼樣的感覺，混合著生理的痛苦與心理上的慾望，複雜而難耐。

就像乾渴，嘴唇乾裂而內心焦慮；像饑餓，胃袋抽搐而腦中空虛；像性慾，下身脹痛而心中燥熱。

夏明朗瞇起眼睛，盯著陸臻下顎那滴汗珠子，晶瑩剔透的水點在陽光下折出絢麗的光，隨著陸臻嘴唇的開合而不斷地顫動著。夏明朗鬼使神差地伸舌頭去舔，舌尖一捲，把一抹鹹澀含到嘴裡。

陸臻嚇了一跳，抬眼一掃，方圓幾十米前後的範圍都收到了心裡，這才有空轉頭瞪過去：雖然此地無人，但畢竟光天化日，誰知道小樹叢裡、遠方的窗口會不藏著窺視的眼睛？

夏明朗也像是一下醒了過來，直愣愣地跟陸臻對視幾秒，拍拍屁股站身：「我去海邊走走。」

「哦。」陸臻下意識地想跟過去，被夏明朗抬手擋了回來。

「沒事，我一個人走走，馬上就回來。」夏明朗彎腰把衣服撿起來抖抖，潦草地披在身上。

陸臻也沒轍，只能看著這人消失在花牆背後。

勸說照顧夏明朗是讓人非常無奈的工作，你想說的他全都懂，你剛剛起個頭兒他就知道後繼。他的煩躁不是因為不懂道理，讓他難受的是一些客觀而現實的存在，那些可望不可即，那些為難。但每次發脾氣，陸臻仍然會勸他，柔聲細語地分析來分析去，說得又輕又緩，內容不重要，陪著說話更重要，他知道夏明朗真正需要的只是那份關懷與柔情。

至於今天這茬又在抽什麼風……陸臻抹一把熱汗，心想，回頭再溝通吧。

這座島身處最美麗的加勒比海，360度全是沙灘，全是美景。好東西多了也不值錢，偌大一片白沙海灘上只有寥寥幾個人在散著步。夏明朗挑了一塊背陰處坐下，後背緊貼著粗糙的礁石，把視線拋擲到海天之交。

不知道是不是之前那場過分激烈的性愛留下的心理暗示，夏明朗發現自己最近很不對頭。慾望與快感糾結在一起，只要一難受就想，犯癮了會想，心裡煩躁了也想，好像做完一切都會好，快感如潮，把那些硌人的沙礫沖得乾乾淨淨。

當然，這都是妄想，再激烈的快感也只是一時舒爽，再過後該難受還是難受。而且夏明朗總覺得這樣不好，具體怎樣細微的不好，他沒有為自己分析過。雖然陸臻半玩笑似地說不介意他對自己上癮，可是夏明朗仍然覺得彆扭。

做愛啊！畢竟不是性交。要是只為追求那麼點生理快感，不就等於把陸臻當性工具來使用了嗎？夏明朗稍微一琢磨，就覺得很反感。

夏明朗兀自在胡思亂想，前方沙灘上有人慢慢站了起來，夏明朗眸光一閃，不自覺地看了過去。

身材好，是真好。那人穿了一條闊大的白色長褲，上半身赤裸著，更顯得肩寬腰細。大約是睡了一覺剛醒，伸直了手臂舒展身體，從肩胛骨往下，肌肉緊繃繃地流動著，隱而不發的力量感。

夏明朗看著他活動筋骨，拉伸，下腰……結實的腰背彎出誘人的弧度，臀部的輪廓從輕飄柔軟的布料下凸顯出來，可以想見會是多麼的結實緊翹……夏明朗感覺到方才沒有壓下的暗火又從血管裡甦醒過來，熱意一波波湧向指尖與下身。而因為眼前只是一具身體，漂亮的，極合他眼緣的身體，這讓夏明朗毫無顧慮地陷入了某種臆想中。

那是個火熱有力的身體，腰胯緊窄，被自己的雙手鉗著，一寸一寸地把身體擠進去，絕對會很舒服……夏明朗恍惚中幾乎想嘆息，那人卻漫無目的地轉過了身。一張完全陌生的臉與這個漂亮身體組裝到一起，一股腦地砸進視野裡。夏明朗猛地一愣，好像九天之上滾了一道驚雷下來直接在腦子裡炸了開來。

「靠！」夏明朗幾乎是瞬間就蹦了起來，有那麼幾秒鐘，大腦當機一樣空白。很快，隨著劇烈的心跳聲，方才的畫面像潮水回湧，衝破堤岸，砸得他暈頭轉向。

等等！發生什麼事了？

夏明朗回想再回想，視線落到下身處，寬鬆的沙灘褲囂張地支著帳篷……完全無法退去的熱意在提醒他：嘿哥們，你絕對是硬了。對著一個男人，一個不是陸臻的男人！

不，我這麼絕對是瘋了！

夏明朗熱血上湧，羞愧得一塌糊塗，咬牙切齒地下黑手攥了自己一把。

突如其來的劇痛在慾望之火上澆了一盆涼水，夏明朗疼得一哆嗦，再睜眼時，眼白爆出猩紅的血絲，明明滅滅的，就像是不甘熄滅的炭火。

回去時，陸臻正在後院游泳，那個游泳池看著無邊接海，其實很小，自由泳不夠陸臻兩下划水，蝶泳挺不過三次打腿，要是滾翻轉身再蹬上一腳，簡直一個蝶泳輪臂就能沖上岸。可也正因為小，夏明朗只要隨便在岸邊一站，就能把水裡的陸臻從頭到腳看得清清楚楚。

這種速度的游泳對於陸臻來說就是最好的休息，他游得極慢，所以有時間有餘地調整每一束肌肉，姿態格外的標準。麥色偏深的身體在水下流暢地湧動，像海浪起伏，揚臂時帶起一道水幕。

真漂亮！最漂亮的身體，夏明朗由衷讚嘆。

從肩到腰到腿，沒有一絲線條不順眼，沒有一個比例不合襯，簡直就是合著他的審美長出來的。又或者，他的審美觀是按這個人的樣子設立的。

夏明朗近乎迷戀地看著，心裡很不舒服，困惑而又沮喪，有種莫名其妙的負罪感。這種複雜的情緒讓他生出親近的慾望，像野火一樣在心頭滋長，燒得他燥熱難安……陸臻懷著一蓬清涼的水，只一划，雙臂伸展著，又從池子的另一頭掠過來。

夏明朗彎下腰，把人從水裡提了起來。

是的，提……

陸臻猝不及防，裹著一大團晶亮的液體離開水面，在陽光下折射出銳利的光芒，就像融化的琉璃與冰雪。那一瞬間的畫面落到夏明朗眼裡被拉得無限漫長，每一個毫秒都如日如年，足夠他看清陸臻在水膜之後微微睜開的眼，眼角帶著一絲海水浸漬出的紅，溫柔而嫵媚。

夏明朗呼吸一窒，另一隻手臂打橫劃出去，凌空攬住了陸臻的腰。

陸臻的嘴唇是清涼而鹹澀的，那是天然的海水的味道，夏明朗叩開他的牙關長驅直入，溫潤的口腔內部卻只有淡淡的鹹，滑嫩的舌尖靈活而綿軟，帶著清新的海洋氣息，鮮美無比。

「唔！？」陸臻被這突然而至的熱吻糾纏得差點窒息。他本來就是被夏明朗直接從水裡提起來的，身體懸空，腳下全是水，混亂中總也踩不到實地，索性蜷腿盤到夏明朗腰上。這個動作極大地刺激了夏明朗的神經，手掌往下滑，貼合著陸臻臀部的弧線，潮濕的泳褲滑膩無比，就好像另一層皮膚。

夏明朗控制不住地把人往自己身上壓，熾熱膨脹的下體擠壓在一起，彼此廝磨，帶來暈眩般的快感。慾望總是這樣水漲船高，起初他只是擋不住那一抹清涼的誘惑，然後他誘得人深吻，最後他吻得失了火。

「你怎麼了？」陸臻忍不住笑，呼吸急促，黑濛濛的眼睛失散了焦距，「受什麼刺激了，一回來就發情？」

說者無心，聽者絕對有意！

夏明朗被這一句話打進心裡底，漆黑的眸子裡閃出銳光，轉瞬間合上，又用力睜大，情慾在眼底平復下去，露出遲疑的異色。

「怎麼了？」陸臻有些莫名其妙，「去床上？」

「不不……不用了，算了。」夏明朗把人推開，又連退了兩步，忽然轉身，「我去沖個澡。」

「喂，哎？」陸臻登時愣住，夏明朗衝向浴室的樣子簡直像逃命。陸臻左右看了看，全然沒發現什麼異樣，不自覺低頭看了自己一眼，苦笑：這混蛋的個性是越來越怪了，哪有這樣的……

按說，陸臻最近被夏明朗磨得脾氣全無，對各種詭異事件都擁有良好的接受能力。

可是心理上能接受不代表生理上能忍受，在門外略等了五分鐘，陸臻漸漸感覺到慾火升騰的難耐……他畢竟是年輕，身體又好，最近運動量小，精力無從發洩。這種事，男人不在身邊也能忍，可是夏明朗成天在他眼跟前晃著，上衣的扣子從來鬆開三個以上，露出厚實有力的胸肌，極誘人犯罪。

既然妞不肯給爺笑一個，陸臻心想，那就讓爺給妞笑一個吧！

陸臻檢查好門鎖，大大方方地拉開了浴室的門。

夏明朗聞聲轉頭，細密的水流泛著銀光，像一束輕盈的絲線那樣罩著他，睫毛上沾滿細小的水點，眼睛是濃黑而潮濕的。陸臻飛快地掃了他一眼，視線落在那個完全沒有消腫跡象的硬塊上。

「水夠涼嗎？」陸臻嘲道。

「不夠。」夏明朗有點沮喪。

「醫生沒有要求你禁慾。」陸臻很誠懇。對一個科學主義者來說，除了醫囑，他真心找不到其他禁慾的理由。

「我知道。」夏明朗煩躁地抹了一把水。

「那還等什麼呢？」陸臻挑了挑眉毛，抬起一條腿，彎腰把緊繃在身上的泳褲往下脫。

夏明朗直愣愣地看著，完全移不開視線，黑色的萊卡游泳褲緊貼著皮膚，像蛻皮一樣滑下來。那個驕傲挺立著的部位沐在陽光裡，微微彈動著，暗示出他主人的急切。夏明朗發現好看的人還真是哪裡都好看，就連那個地方都生得筆直堅挺，顏色勻淨。

陸臻感覺到夏明朗舔舐一般露骨的目光，嘴角慢慢翹了起來。他勾著腳尖把泳褲踢到一邊，轉頭，半彎著身子看了過去。

夏明朗渾身一震，手忙腳亂地抽下一條浴巾，直接蒙住臉：「我好了！」

這這……這真是！？

陸臻看著夏明朗再度落荒而逃的背影，困惑地瞇起了眼睛。陸臻一邊洗澡，把身上的海水沖乾淨，一邊回想方才的前因後果。絕對有問題，而且絕對不是自己的問題。

就算是鬧彆扭也得有個限度，陸臻擦乾身上的水珠，把浴巾圍到腰間：鬧成這樣，就得問個明白了。

大概是自己也知道這事沒完，夏明朗垂頭在椅子上坐著，他又換了一套病號服，而且難得扣了個齊全。陸臻蹲到他身前，仰臉望去：「說吧，怎麼回事？」

按說，這種涉及路人的沒影的事，是完全不用交代的。但問題在於夏明朗現在腦子不夠靈光，他既然覺得這是個錯誤，那就一定得向老婆認罪。說完了，求批評求懲罰，被陸臻發火罵兩句，或者揍兩拳，這才叫贖罪。

「我剛剛，在海邊，看到一個……嗯，男人，在散步……」夏明朗下定決心要坦白從寬，可說才說了個開頭就發現組織語言的難度很大，窘迫中，老臉紅了個徹底。

「然後呢？」陸臻遲疑不決。

「然後，然後……我就……」夏明朗微一挑眉，與陸臻的視線輕輕相碰，一觸即收。

陸臻忽然就悟了，頓時臉色大變，失聲喊道：「不會吧？！」

夏明朗眸光一顫，這次是真的深深把頭低了下去。

「然後你就，就……然後就回來找我了？」陸臻的心情登時有點複雜了起來，七分驚訝加兩分好奇混一分醋意，「不會吧！那人長什麼樣啊？」

「不記得了。」

「不記得？」陸臻一臉懷疑。

「我沒細看。」夏明朗垂頭喪氣地坐著，視線下垂，濃麗的睫毛密匝匝地遮住了原本黑亮的眸子，難得地毫無攻擊性，一副任君處置的樣子。他是真不記得了，正YY（意淫）得入港時砸進來一張陌生人臉，雷得他七葷八素，哪還顧得上看清楚。

「看都沒看清，你就硬了？這是鬧哪齣啊？」陸臻感覺眼前這個夏明朗簡直異常可愛，讓他不自覺地就想小聲哄著。

「身材還不錯。」夏明朗想了想，馬上補充一句，「跟你很像。」

「跟我很像？」陸臻無意識地重複了一句，嘴角慢慢彎起來，「跟我，哪裡很像？」

「大模樣孿像的，腰挺細的……」夏明朗正誠心誠意地坦白，眼角餘光裡闖入一張臉，正笑得像花兒似的，嘴角都快咧到耳朵根了。

「你笑什麼？」夏明朗有些莫名其妙。

陸臻伸手握住夏明朗的手指：「我的腰細還是他細？」

「當然是你啊！」

「那，我帥，還是他帥？」陸臻已經快蹲不住了。

夏明朗頓悟，眼神連連閃爍，漸漸彎出了溫柔的弧度：「當然是你帥！」

陸臻哈哈大笑，起身踹過去一腳：「夏明朗，你要誇我也不用繞這麼大個彎，嚇我一跳。我還在想呢，能把你看硬了，那得什麼樣的國色天香！」

這誤會搞得！夏明朗簡直哭笑不得：「那要是真事呢？」

「再裝可就不像了啊，夏明朗！純情可不是你的戲路啊！」陸臻笑得眉眼皆彎，有些輕佻而得意的，「我就不相信了，你以前談完女朋友就不看片兒了？」

呃……這個！？夏明朗一愣，脫口而出：「可是這次是男的啊！」

「這事還分男女啊？」陸臻樂壞了，這世上最讓人心癢的是什麼？老流氓裝純情啊，那個窘迫、羞澀、遲疑不決的模樣，簡直……嗯，簡直了！可是他哪裡知道對於夏明朗來說今天這事的衝擊力有多大！

夏明朗雖然不是方進那種動作片收集愛好者，但從小到大YY過的中外女性沒有八十，也有十八，所謂法不責眾，虱多不癢，你再讓他YY上十個八個的，他也沒啥心理負擔。可是男人就不一樣了嘛，夏明朗在男男關係上可純情得很，三十多歲情竇初開就遇上陸臻這麼一個，直接被套牢。那個簡單純粹得，跟舊社會的黃花大閨女都有得一拼。

所以雖然這事從理智上分析起來是不分男女，可是個人體驗的差別可就大了去了……不過呢，夏明朗這會兒的確糊塗，沒有餘力把自己的心情攤開了細細分析，倒是被陸臻這麼一問，自己又囧上了。

一想是啊！多大點事啊！！我這是犯什麼傻呢？太他媽丟人了啊！

這層心思一明確，夏明朗幾乎十萬火急地想要揭過這一層，馬上嘻笑著回答道：「必須得分清，只有男的才能像你嘛！」

陸臻像是忽然想起了什麼，若有所思地直起腰，眼神變得異常迫切起來，像是傾注了一生一世的熱望，卻又是悠然而自得的，如此滿足與從容。

「你這讓我想起了我之前最擔心的一件事。」陸臻輕輕撫摸著嘴唇。

「嗯？」夏明朗盯著陸臻的手指，無所不在的燥熱燒得他臉頰發燙。

「之前，我一直擔心你的性審美偏向女性的身體，不能接受我。我當時還想過，實在不行，我們可以盡量在黑暗裡做愛，你就閉著眼睛想像我是個姑娘，只是胸平了一點。這些想法一直讓我很痛苦，好在……」陸臻微微笑著，眼神濕潤，「你第一次就很熱情，打消了我所有荒唐的念頭。」

「何止是胸平了一點，姑娘哪有你這麼硬的肉啊？哪有你這麼寬的肩，誰有你腿這麼長……你說要是一個妞兒長成你這樣，那還能看嗎？」夏明朗的聲音裡壓著笑，低沉而喑啞，配上失了火的黑眸，簡直是活生生的犯罪利器，專門誘人失身的。

「我們不說這個。」陸臻的手指往下滑，越過精緻的鎖骨、紮實的胸肌與腰線，「你剛剛說他很像我，是前面像呢？還是，後面……」

陸臻的眼神非常純粹，就是誘惑，最純情最淫蕩的誘惑：來吧，對我為所欲為！讓我看看你能有多熱情！

夏明朗直勾勾地盯著他，神色間有不加掩飾的矛盾，慾望與理智，在他的眼底廝殺。

「你還在猶豫什麼？」陸臻不解，「放心，我問過醫生了，這事與你戒毒沒衝突，沒準還有好處。」

夏明朗強行扭轉了自己的視線。

「嘿，親愛的。」陸臻跪到夏明朗身前，隔著長褲親吻他的性器，「一定要我邀請你嗎？」

夏明朗忽然站起，粗魯地把陸臻抱了起來。

「你真是越來越彆扭了。」陸臻一邊笑著與他接吻一邊催促，「前面還是後面？快點，買定離手，我好醞釀情緒。」

夏明朗雙手勒在陸臻腰上，幾乎把人抱得雙腳離地，貪婪地舔吻著陸臻赤裸的胸口，然後，握住陸臻的手臂，用力抬了起來。這間屋子既然是用來戒毒的，自然機關重重。陸臻正被吻得神魂顛倒，一時失察，手腕被套進兩個柔軟的皮質環扣裡，直挺挺地吊在了鋼樑上。

「喂！你？」陸臻下意識地掙扎，環扣被收得越來越緊。

夏明朗抬起頭來看他，從脖頸到胸口都浮出赤色的潮紅，嘴唇微微顫動，黝黑的眼眸亮得幾近瘋狂。

「你怎麼了？」陸臻有些慌了。

夏明朗下意識地搖了搖頭說：「我不要。」

這慾望來得太過猛烈，幾乎超出了理智可以控制的範疇，所以不要。此時此刻，夏明朗近乎於本能地排斥一切失控的情緒，無論因由為何，是毒品也好，是情慾也好。

「你不要我要啊，老大。」陸臻苦笑，一天被你勾引三次，一次比一次狠，老子現在硬得滴水，你把我吊在屋頂上說不要？

夏明朗深深地看了他一眼，單膝跪下去，火熱的唇吻過陸臻肌肉結實的小腹，然後用牙齒咬住浴巾的邊緣，把它拽了下來。陸臻的呼吸驟然急促起來，他像是忽然失去了氧氣那樣大口地呼吸。夏明朗貼著根部親吻，舌尖自下往上熱辣辣地舔過，而後深深吞入。

「你……」陸臻發出一聲急促地呻吟，「別這麼狠，輕點。」

大力的吮吸，不知輕重的舔咬，快感像洪水樣猛烈，幾近疼痛，陸臻被這種半是虐待半是愛撫的對待搞得幾乎要崩潰。他曲起膝蓋掙扎著想要逃開，卻被夏明朗緊緊抱住，到最後射出時幾乎靈魂出竅，只覺得連骨髓都被吸走了。

夏明朗俯在地上咳了半天。陸臻漸漸緩過神來，抬腳輕輕踢在夏明朗肩上：「快被你玩死了。」

夏明朗慢慢往後退，掙扎著靠到了一邊。

陸臻等待了一會兒，見夏明朗並沒有把自己放開的意思，只能足尖點地，用力盪了半個迴環，雙腳勾到鋼樑上，用力鬆開環扣，從樑上跳下。

「怎麼個意思？」陸臻蹲到夏明朗身邊，「以後我不能碰你了嗎？」

「別管我！」夏明朗吼道。

「媽的，發什麼神經？」陸臻勃然大怒，一把握住夏明朗的領口將他拉近自己，俯身便吻。

夏明朗唇邊還帶著精液的味道，在火熱的唇舌糾纏中極為催情。陸臻伸出一隻手去，隔著長褲搓揉夏明朗堅硬的勃起，體液沾濕了兩層布料，觸感極為滑膩。

「別這樣。別這麼為難自己。」陸臻將手從夏明朗的褲腰處伸進去，握住那個東西輕輕套弄，「看，沒什麼的，放鬆。」

夏明朗的喘息越來越重，心臟在胸膛裡熾烈地跳動，結實強健的身體汗水淋漓，他極度難耐地側過頭去，瘋狂喘息，像一頭正在狂奔中的狼。

陸臻忍不住貼上去親吻，夏明朗猛然轉過身，抱著陸臻把他壓到身下。

陸臻瞬間心裡一鬆，老大，你終於想開了。當即，手亂腳亂地扒起了夏明朗的衣服，專心回吻。

當兩個男人同時決定採取主動，甜蜜的親吻就變成了激烈的較量，啃咬舔舐，用更火熱的呼吸淹沒對方，用更快的節奏拖垮對方……吞食對方口中的唾液與氧氣，侵略與被侵略，引領與被引領，強勢地擠壓，激情而兇猛。

夏明朗專注地追逐著陸臻的舌頭，但是陸臻的氣息在壓制他，仗著先發優勢侵入到他的口腔內部，靈巧的舌尖勾弄著上顎黏膜上最敏感的部分，令他頭皮發炸。熟悉的麻癢感像一隻一隻的小蟲子那樣再次活動起來，在骨髓裡遊走，令他慌亂顫抖，瞳孔失散。

夏明朗硬挺的器官抵在陸臻的掌心來回磨蹭，灼熱無比。彷彿窒息般的熱吻與快要爆發的高潮逼得他幾乎狂躁，神智漸漸被抽空。腦中一片空白，被某種急欲發洩的暴虐慾望燒灼得徹底失控，完全無意識地咬了下去。

陸臻全身僵硬，所有的動作都停止，只有手指不自覺地顫動，一股熱液很快浸濕了他的手掌。兩個人茫然地僵持，幾秒鐘的工夫陸臻就疼出了一身細汗。

正當陸臻摸索著捏到夏明朗下顎的關節處打算用強，夏明朗被血腥味沖醒，驚慌失措地鬆開牙。陸臻緊緊抿著嘴唇，一聲不吭的，用同樣驚慌失措的眼神看著他。

「怎麼會這樣？！」夏明朗脫口而出，他的聲音暗啞，還帶著灼熱的情慾，卻是已經慌得變了調。

「你怎麼了？」陸臻一張嘴牙縫裡全是血，大團的血水混著唾液湧出來，有如重傷垂死，簡直怵目驚心。

「我不知道。」夏明朗手忙腳亂地幫陸臻擦拭下巴上的血，「你怎麼樣了？」

陸臻下意識地就想說沒事，可是舌尖一痛讓他改了主意，咽下一口濃重血水把舌頭抵出來，細膩紅潤的舌面上嵌著一道細痕，還在不斷地往外滲著血。

夏明朗臉色發青，急促的喘息讓他看起來像是一頭被人扼住了脖子的野獸。

陸臻這一看倒又不忍心了，大著舌頭安慰他：「沒事，你看，說話挺利索的。」

「怎麼會這樣？」夏明朗喃喃低語。

「我怎麼知道。」陸臻無妄遭災，心中默默流著淚，拉開抽屜找傷藥敷。

這倒楣催的，傷在這地方怎麼上藥啊？我得怎麼向醫生解釋，我自個能把自個咬成這樣嗎？陸臻心裡嘀咕著，忽然聽到耳後一聲悶響，夏明朗掐著腦袋倒在了地上。陸臻連忙撲過去把夏明朗的手指掰開，髮根處幾個半月形的血印子宛然可見。

這就是攻擊力太強的害處，一不小心就傷人傷己！陸臻一邊感慨著，強行拉開夏明朗的手腕並到胸口握住，從背後抱緊了他。

習慣真是一種可怕的東西，一個月以前，陸臻根本不能想像夏明朗會就這麼偎在他懷裡不斷地發著抖，冷汗、痙攣、呼吸急促地痛苦呻吟……這種事簡直想想都覺得天要塌下來；又或者，不知死活地心蕩神馳，激發自己胸中某些無恥的大男人情懷。

而事實卻是，什麼都沒有！

你以為會發生的其實不一定會發生，當你從最慘烈的情況開始適應，看著那個發病時像瘋子一樣的傢伙恢復到現在這樣，你就只會鎮定卻疲憊地盼望著：讓他快點兒好起來吧！讓我看到他神氣活現的本來面目……

陸臻把下巴支到夏明朗肩膀上，臉貼著臉。其實夏明朗要比他矮一些，從骨架上算起來剛好小了一碼，但平時不覺得，因為氣勢實在太足，肌肉紮實撐得起衣服。可是最近這幾個月連番折磨，一波未平一波又起，毫無喘息之機，熬得他整個人瘦了好幾圈。陸臻深深嘆了口氣，把人嚴絲合縫地填進懷裡，不留一點空隙。

嘴裡的消炎藥膏持續地擴散出苦味，陸臻喃喃自語：「怎麼會這樣？」

在這個問題上，陸臻與夏明朗有同樣的困惑，也有一樣的堅信：夏明朗捨得把自己斃了，也不會捨得動陸臻一個手指頭。

所以……陸臻驀然惶恐。

8

有技術的人就是這點牛氣，你再煩他，再信不過他，出事了還得找他。陸臻把白水約到海邊，大張旗鼓地搜身尋找攝像頭和竊聽器。他現在百分百確定白水知道他和夏明朗什麼關係，但知道歸知道，不能留把柄。

白水順從地配合，笑道：「你要出賣國家利益嗎？」

陸臻面無表情地轉過臉去，張開嘴讓白水看他舌上的傷口。

「他咬的？」白水訝然，「當時什麼情況？」

陸臻做了一個DIY的手勢，白水露出一些恍然的神色。

「怎麼回事？」陸臻急道。

「狂躁症吧，大概。戒斷期的不應症很多，有點暴力傾向也不奇怪。」白水又恢復了他萬事都很正常的淡定臉。

「他死了你也會說很正常。」陸臻怒道。

「冷火雞的確是有死亡率的。」白水不徐不疾地，「他現在的心理處境很糟，應激反應強烈。雖然看起來控制力很強，但那就像足球運動員的身體，表面強悍，但傷病無數。他需要休息和放鬆。」

「他沒有時間休息和放鬆，有一支軍隊在等待他去管理。」陸臻沉聲道，舌尖鈍痛不止。

「那就不是我的問題了。」白水淡然道，「老實說，他自己就是這方面的行家，我相信他對創傷後反應與犯罪心理方面的瞭解會超過我。我幫不了他什麼，你要明白，我只能讓一個癮君子不那麼不正常。我不能幫一個普通人成為卓越。」

「但為什麼，他會忽然出現暴力傾向，失控了？」陸臻問道。

白水想了一會兒：「正常情況下，人應該是先失控，然後出現暴力傾向。他太缺乏安全感，所以會傾向於在情緒失控時攻擊別人，保護自己。」

「他怕什麼？」陸臻若有所思。

「他自己。」

陸臻微微一愣，眉頭漸漸舒展開來，是的，是自己。如果他是夏明朗，他也必然是害怕的，而害怕的對象也必然是自己。

因為夏明朗實在太依賴自己了。普通人的生活由無數看不到的保障機制重重加持，有道德法律，有員警，有軍隊，有醫院，有親朋好友社會救助……甚至他媽的還有保險！在這樣嚴密的保護中，一個有神智的成年人總是不難知道什麼能做，什麼不能做。你可能混得很苦逼，沒錢沒妞沒有一個好工作，但你畢竟不會覺得不安全。

安全感！

這個普通人幾乎不必去考慮的東西，對於夏明朗來說卻是如此重要。因為某些時刻他一無所有，某些時刻他唯一可以倚仗的只有自己的身體與頭腦。甚至不僅僅是他一個人在依賴這些，而是一群人；又或者，更在某些更為關鍵的時刻……是一個國家。

於是，當他的身體和頭腦因為一些原因變得不那麼可靠的時候，他怎麼可能不害怕？他的恐懼根本就像是明火執仗那麼顯眼，以致於白水一眼就能洞穿。

而我居然一直都沒發現？陸臻很懊惱，無比懊惱！

可是，這其實也很正常……因為第一印象實在害死人。

當陸臻第一次看到夏明朗，那廝就是個頂天立地，談笑間判人生死的王者，他一個人扛著宇宙轉，從容不迫。陸臻那初出茅廬還未見多少風浪的小心肝深深地刻下了這一筆，無論後來經過歲月多少摧磨，有多少驚才絕豔的人物在他眼前燦爛綻放，都不能讓夏明朗的形象黯淡半分。

跟聰明人交流就有這麼個好處，你只需要說很少一點，剩下的他自己全能想通。白水見陸臻低頭深思，眼裡映出海上細碎的波光，不一會兒，那雙眼睛抬了起來，看向他……

「其實不難發現，他對待戒毒的方式也很暴力，強悍地對抗，拒絕所有可能的幫助，因為他需要證明自己的能力。於是，一方面他堅信自己可以對抗一切，另一方面，他害怕這個強悍的自己會崩潰。」白水知道陸臻聽懂了。

「所以壓力越大，他越是害怕。」陸臻很認真地問道，「我能幫他什麼？」

「給他安全感，打破他的惡性循環。」

陸臻苦笑：「你還真是看得起我。」

「那就換別人來。」白水順著建議。

陸臻的眼睛就像燃氣爐那樣騰的一下冒出火苗，藍幽幽的。白水摸了摸下巴，不動聲色地讓開了點，繼續說下去。

接下來的話題比較學術，一位資深心理醫師與一位菜鳥心理學速成者就同一個病例交換各種看法。陸臻雖然也看過一些資料，但白醫生的經驗畢竟更有價值。陸臻聊著聊著不禁有些感慨，感覺又回到了最初那個時候。小白醫生尚溫柔可親，知無不言言無不盡，於是再看向白水時，就有了那麼點「卿本佳人，奈何為賊」的意思。

陸臻回去時正看到夏明朗在窗邊抽菸，狠狠地吸幾口，又煩躁地按滅在菸灰缸裡，只是低頭的瞬間發現陸臻進來，神色又柔和起來。陸臻關好門，從夏明朗身後摟過去，雙手放在窗臺上。感覺到身前那標槍一樣繃緊的背脊放鬆下來，軟軟地靠到自己胸口。陸臻微微笑了笑，收起一隻手扶到夏明朗腰上，從菸盒裡拿了一支菸。

哧——夏明朗頭也不回地打著火，準確地遞上去，陸臻湊近吸了一口，橘色的火苗舔上雪白的菸捲。

陸臻最近特別喜歡這個姿勢，因為身高相仿，他的下巴可以很舒服地支到夏明朗肩上，而夏明朗的後腦亦可以很自然地枕到他肩上。雖然白水一直說要依靠自己，陸臻也不知道在夏明朗毒癮發作時這樣抱著他是否可以，但因為彼此都太喜歡，所以心照不宣地不做討論。

「有什麼結論？」夏明朗扔下打火機。

「他說你在害怕，害怕自己會崩潰，會扛不住，所以你在對抗，為了證明自己。」

夏明朗沉默了一會兒，說道：「你也這麼想？」

陸臻被他這一問，倒又不敢確定了，只能試探著問道：「你覺得呢？」

「紙上談兵，全是廢話。」夏明朗斥道，「老子不趕緊把毒癮利利索索地戒掉還怎麼回去？我不應該證明自己嗎？媽的，難道我應該哭爹喊娘地賴在這個破島上，一戒兩三年，戒來戒去戒不掉？」

「可是今天？」陸臻遲疑道。

「我不是故意的，我就是不知道怎麼了。」夏明朗急著申辯，「你也知道我現在不正常，我一定能控制好，你給我點時間。」

「好好，我明白。」陸臻心事重重，卻又不敢表露。

夏明朗看了他一會兒，又轉過頭去，一徑沉默了下來。陸臻側過臉看他，只覺得那雙眼睛特別亮。從側面看過去，由額頭到下巴折出一條棱角分明的線，被月光打亮，像是抹了一層銀粉。陸臻不由自主地湊過去吻他，動作無比的輕盈柔軟，像花瓣拂落。夏明朗無聲微笑，偏頭看了他一眼，陸臻沒來由竟覺得羞澀，悶聲不響地低頭抽菸。

「原來你也會抽菸啊！」夏明朗嘲道。

陸臻不解地眨巴眨巴眼睛，一口菸霧悶在嘴裡。

「我還以為你盡會燒著玩呢，一根菸點著了抽不到三口。」夏明朗促狹地擠了擠眼睛，「二手菸也傷身哪，陸大碩士，你這是圖啥啊？」

陸臻失笑，慢慢把菸霧吹出來：「圖你。」

夏明朗眼角生出柔和的笑紋，把菸從陸臻手上接過去，可是抽了幾口又煩躁起來，悶聲咳嗽著，隨手把半截菸扔進海裡。

「哎，怎麼了？又出什麼事了？」陸臻一邊輕撫著夏明朗的胸口，幫他順氣。

夏明朗止住咳嗽，親暱地拍了拍陸臻的臉頰，有些寵溺似的：「明天再說！」

陸臻沒吭聲，按在夏明朗胸口的那隻手臂慢慢橫過去勒住他，把人往自己懷裡擠。夏明朗低頭看了一會兒，無奈地說道：「聶老闆剛剛來電話，讓我們三天之內趕回喀蘇。」

「這怎麼行。」陸臻皺起眉，「這太趕了，不行，我得跟他商量一下，他還是拎不清你這裡的狀況……」

「軍委另外派了人來接替他，還有八天就到，一到就辦交接。」

「接替誰？聶卓？這不可能！」陸臻臉色大變。

夏明朗轉過臉與他無聲對視，眼中有相似的憂慮。

喀蘇尼亞這一攤事正是瓜熟蒂落論功行賞的時候，於情於理聶卓都應該再待上幾個月，把能收的收走，該埋的埋掉，讓這份功勞圓圓滿滿地落袋平安。然後再安排出一個四平八穩的局勢，好讓後來人接手。

可是為什麼，情況會忽然變成這樣？

這個世界上不是沒有我洗碗你吃菜為他人作嫁衣裳這種事，但這種事絕不應該落在聶卓頭上。以他的能力權勢背景，誰敢這麼對他，誰會這麼對他？

「怎麼辦啊？」陸臻長嘆一口氣，天上神仙打架，地上百姓遭殃。這下子，夏明朗的恢復時間徹底不夠了。

「涼拌吧！」夏明朗有些桀驁地，隨手拍拍陸臻的臉頰，轉身看向窗外。

陸臻順著他的視線看出去，黛青色的天幕上懸著一輪冰月。清涼柔潤的光澤無聲無息地鋪陳開，落到海面上，碎裂成燦爛的波光，千萬個光點隨著潮汐起伏，流動到無邊無際的遠方。

天高海闊，真美！如果不是在這種時候，用這樣的心情來看就好了。

「放心，至少誰也拿不走你曾經的榮耀。」陸臻沒來由地感覺心酸，就像是肋骨上生出尖利的刺，在一呼一吸之間反覆紮穿他的五臟六腑。

「什麼曾經？」夏明朗怒道，「老子正值當打，還要再創輝煌的。曾經你爺爺！」

陸臻愣了一愣，忽然孩子氣地笑開，雙手捏住夏明朗的耳朵，一下磕到他腦門上。

「喂？」夏明朗莫名其妙。

「我也覺得你牛死了！」陸臻按住夏明朗額頭上自己剛剛撞出的紅斑，笑彎了眉眼。

想那麼多幹嘛？

義無反顧地走下去就好了！

就算一頭撞到南牆，也不過兩指寬的紅斑。

「傻小子。」夏明朗雖然不解，卻也笑了起來，揉一揉陸臻頭髮，「虧了，這一千五的房子咱還沒住出味來。」

「是虧了。」陸臻扼腕。

夏明朗把陸臻手指握在掌心裡：「以後等咱老了，也搞這麼一套房子，開門就能見海的，你說怎麼樣？」

「幹嘛要等老了？」陸臻詫異，「我給你那聘禮還記得不？我家在三亞的那套房子，站在陽臺上就能見海。」

夏明朗眨巴眨巴眼睛：「這，這太貴重了吧，有點受不起啊。」

「沒事，反正我也就這麼一說，房本上寫著我媽的名字呢，你要真想過戶還有點麻煩。」陸臻忽然生出一絲神往，「你說要是你和我媽的名字寫在一張房產證上，那該是個什麼情景啊？」

夏明朗囧得臉色都變了。

「哎，沒辦法，我們陸家的男人就這門風，房產都得寫在媳婦兒名下。」陸臻笑瞇瞇地摸著下巴。

夏明朗挑起眉毛，陸臻敏銳地感覺到一絲危險的氣息，剛剛退開一步就被按到牆上，火熱的雙唇隨即堵上來，吞下他所有的呼吸，舌頭掃過口腔內的每一寸。這是象徵著夏明朗風格的吻，有力而直接！陸臻忍不住挑動舌頭回應，可是還未癒合的傷口讓他無法靈活地施展，只是輕輕一挑，疼痛就讓他捏緊了手指。

夏明朗專注於親吻的動作忽然頓了一頓，握住陸臻的脖子慢慢移開。

「？」陸臻凝聚起因為情慾翻湧而略顯渙散的視線詢問著。

夏明朗有些戲謔似的按住陸臻光潤的嘴唇：「你看你，就你這樣還爭什麼上下左右的名分？給你三分顏色就開染房，在老子面前擺什麼譜？」

陸臻忽然大笑：「夏明朗，你要知道我可是上海人！」

「上海人怎麼了？」

「你這個沒見識的。」陸臻撫著夏明朗的嘴角，「你是我媳婦兒我才這麼讓著你，我由著你爬在我頭上作威作福的……你什麼時候見過上海人家的女婿敢像你這麼耀武揚威的？」

「還有這說法？」夏明朗懷疑地，但是緊貼著身體的地方有個東西硬硬的在硌著他，這讓他無暇去深究那些複雜的地域問題。

陸臻顯然更瞭解自己的身體變化，不過，當前這個話題讓他對這種變化保持縱容，甚至還有那麼點得意。他按住夏明朗的腰讓他更貼近自己，然後刻意地頂弄了兩下。來吧，做點不相干的快樂的事，把前路陰影放到一邊去，今朝有酒就今朝先醉。

夏明朗嘴角含著笑，捏住陸臻的手腕按到牆上，然後一路親吻著跪下身去。

陸臻重重地哼了一聲：「嗯，輕點，這就對了……你得對它溫柔點。」他低頭往下看，嘴角翹起溫柔的弧度，發出滿足的喘息聲。

夏明朗正常發揮時的技術是無可挑剔的，陸臻曾經一度因為夏明朗一個直男的技術居然比自己這天生的Gay還好，而感覺無比羞愧。但基因是玄妙的，它決定了你的性向和嗓子眼，但不會去管它們是否配套，所以陸臻也只能無奈地接受這個現實。也正是基於這個原因，陸臻對如今在床上時常爭不到上位的待遇也表現出了相當程度的理解，畢竟……唉，畢竟嘛。

當陸臻從雲頭落地，喘息未定間正看到夏明朗低頭擦拭唇邊的白濁液體。陸臻探出食指在夏明朗嘴角一劃，輕輕點到自己的下唇上。夏明朗凝眸看著他，漆黑的瞳眸飛濺出火星，陸臻只覺得興奮，他喜歡這種凝視，好像隨時會把自己化骨燒淨那樣的專注，給他心理上帶來的滿足甚至大過生理上的高潮體驗。

夏明朗卻驀然閉上眼睛：「饒了我，寶貝。」

「怎麼了？」陸臻莫名其妙。

夏明朗幫陸臻整理好衣服，把人拉進懷裡：「不想再弄傷你。」

「你這……」陸臻愕然，話還沒說完就被夏明朗打橫抱起。

陸臻一時驚到，生怕扯動夏明朗肩上的傷口，也不敢掙扎，乖乖巧巧地被安放到床上。

「不至於的吧？」陸臻反手握住夏明朗的手腕。

夏明朗用指尖撓了撓陸臻的下巴，忽然問道：「你們上海男人是不是一定要聽媳婦兒的話的？」

陸臻的表情馬上扭曲起來，夏明朗哈哈大笑，隨手揉亂了陸臻的頭髮。似乎有點什麼地方不對……陸臻憤憤不平地戳著枕頭，彷彿比起前路渺渺，夏明朗居然坐在床邊拒絕他，這個問題才更要人命；而且一直拒絕他，這個問題比世界末日還可怕！

不一會兒，浴室裡水聲停止，一個濕漉漉的身體從背後貼上來，握住他的手指。

「睡吧。」陸臻聽到背後有人沉沉說道。

儘管天色還早，陸臻還是很快睡著了，這一整天的折騰令他身心俱疲。窗外星光燦爛月華如水，天花板上倒映著窗外的水波，讓人感覺就像是身在海底。

夏明朗枕著自己的手臂半靠在床頭，目光流連在陸臻沉睡的側臉上，神色凝重。

直升機失事被俘後，因為傷勢過重經不起過分劇烈的肉刑，海洛因的成癮效果一時半會兒又發揮不了，水刑便成了最恰當的選擇。這真是可悲的巧合，雖然巴厘維應該不是故意的。就這樣，他在那間陰暗的囚室裡反覆不斷地溺水，醒來，再溺水……窒息、暈眩、心跳彷彿要停止一般的痛苦與身體失控的無力感一次又一次無休無止。夏明朗慶幸自己關於水的回憶裡覆蓋了些許陸臻的臉，要不然他絕對堅持不下來。

因為擔心挺不住透漏出什麼秘密，他幾乎封閉了自己一切的感官，強制性地自我催眠，把所有的意識都用來思念陸臻。從相遇第一眼開始，每一個畫面，每一秒鐘，反反覆覆地回憶；擁抱、親吻、做愛……每一聲喘息，每一次高潮，那令人心醉的快感。來自肉體上的折磨讓他痛不欲生，而映刻在腦海中的畫面是如此甘美。在意識模糊的邊緣，他幾乎分不清什麼是現實，什麼是夢境。那睜開眼時，有如煉獄的地方才是夢吧，當閉上眼睛，那個有陸臻的地方才是現實。

他知道這麼幹一定會有隱患，可是在當時別無選擇，甚至在戒毒期他也下意識地這麼做了，這樣反反覆覆強烈的自我催眠，多少還是擾亂了他的感知力。常常，情緒繃到極處便瞬間失控，分不清現實與虛幻，只憑本能反應。

夏明朗的眉頭皺了皺，已經很多次了。他的自信一向都建立在他無與倫比的理智與自控力上。那種不知道自己在做什麼，搞不清自己在什麼地方的感覺，簡直爛透了。他低頭凝視自己的手指，沒有人比他更清楚地知道這雙手的能力，這是一雙切金斷玉輕易就能讓人喪命的手。

一個不受控的夏明朗！想想都覺得糟糕。

夏明朗按住額頭，為什麼不能有個營養槽，裝滿了氧氣和水，然後他只要躺進去睡兩天，一切都變得像什麼事都沒有發生過那樣？為什麼人活著就要處理這麼多的問題，有這麼多亂七八糟狗皮倒灶的爛事；為什麼就不能隨心所欲自由自在，為什麼要有……

陸臻翻過身，手臂自然而然地攬到夏明朗腰上。

「唔？你還沒睡嗎？」陸臻朦朧睜眼。

「快睡了。」夏明朗知道沒必要說謊，陸臻只要用心聽，就能聽出他的呼吸是睡著了還是醒著。

「睡吧！」陸臻輕輕拍著夏明朗的胸口。

夏明朗困惑了一陣才明白過來他在幹嘛，隨後，輕柔的搖籃曲調悠揚地哼起，有些黏滯的沙啞，彷彿哼唱者已然睡去了，呢喃如夢囈一般縹緲而纏綿。夏明朗一直知道陸臻唱歌很好聽，卻從來不知道能好聽成這樣……這一生，他所有聽過的樂曲都不如此刻動人。

可能，人活著就是要處理這麼多的問題，就是有這麼多亂七八糟狗皮倒灶的爛事，就是沒有一條通天的大道，就是要砍過一路荊棘才能到達彼岸。

否則你又怎麼會知道誰是你最好的愛人，什麼是最動人的歌謠？

白水在第二天下午飄然而來，將一個小巧的紙盒和一疊檔擺在桌面上。夏明朗雙手抱著肩，坐在餐桌邊發抖，白水觀察了一會兒，笑道：「你倒是恢復得很快。」

夏明朗挑了挑眉毛，證明他聽到了。

白水算了算時間：「不過，你本來成癮就短，再過個兩三天，應該就差不多了。」

「這麼快？」陸臻有些遲疑。

「那當然，他現在只是脫毒成功，接下來，就要著手處理他的各種情緒問題，還有心癮。」白水看著陸臻的神色笑了，「別這麼擔心，對於戒毒者來說，重新融入社會，建立新的交友圈，找回自己生活的重心與目標這才是最難的，而你們卻根本沒這個煩惱。」

夏明朗敲了敲桌子，從牙縫裡蹦出幾個字：「別廢話。」

白水呵呵一笑，把紙盒打開，露出三支用封口膜精心封好的1.5毫升離心小管：「老實說，你現在需要的只有時間，只有它能解決你的一切問題。所以，我唯一能為你們製造的也正是時間。」

「這玩意能製造時間？」陸臻瞪著那三支塑膠小管，「我覺得你可以改行去申請諾貝爾物理學獎。」

「這是經過一定滅活處理的病原菌，你的肩傷雖然已經拆線了，但最近一直劇烈運動，並沒有很好癒合。所以……」白水把盒子推到夏明朗手邊，「在需要的時候，你可以把它加水溶解，然後注射到傷口裡，就能製造一次嚴重感染。這個病菌可以容易地被常用抗生素殺死，也不會產生什麼後遺症。如果有醫生配合你，你至少可以再得到半個月的休養時間。」

陸臻只覺一陣惡寒，十分無語。倒是夏明朗慢慢伸出手去，把那三支小管子倒進掌心，嘿嘿笑了起來：「我就知道，你最擅長製造醫療事故。」

陸臻霎時間明白了他的違和感來自何方：白水你是個醫生耶！你這麼會對這種事說得這麼頭頭是道的？你他媽簡直像個特工！

「雕蟲小技而已。」白水若無其事地領了這聲稱讚，把檔理好推給夏明朗，「雖然我們之間的一切治療都基於口頭溝通，二位也不能真的簽字認可什麼，但我還是需要整理一份診療紀錄發給聯絡人。這是全文，請先過目。」

夏明朗隨手翻了翻，把前期他半昏迷狀態的內容分給陸臻，自己拿了後面幾頁查看。不過，雖然戒毒戒到現在症狀已經不明顯，可是正當巧趕上了注意力還是難以集中，只能用手指著一行行看過去，倒像是小學生在默唸課文。白水也不著急，一聲不吭地等著。夏明朗翻過幾頁，忽然「噫」了一聲，陸臻探頭過去張望，看到夏明朗用手指著一行字：

「……利用藥物催眠治療。引起患者極大反彈……分析原因為患者體質特殊，對催眠藥物有高度敏感性……」

陸臻一時不解，夏明朗已經似笑非笑地抬頭看過去：「催眠治療？治什麼？」

「安撫情緒，你當時忽然表現出強烈的攻擊性。」

「扯吧你，催眠能安撫個屁的情緒！」夏明朗不屑地挑起嘴角，腳踝上被人輕輕踢了一下。

「在絕大部分的醫療實踐中，催眠的主要作用在於安撫患者的情緒。」白水氣定神閒地解釋著，「甚至有時候在大型手術之前，麻醉師都會利用相關藥物幫助患者放鬆，我們稱之為預麻醉。」

夏明朗自眼角的餘光中看到陸臻微微點頭，不覺冷笑，真會為自己找藉口。

「甭管你給自己找什麼藉口，對我使用藥物催眠這意味著什麼，你應該懂。」夏明朗十分看不上白水這種得了便宜又賣乖的嘴臉，神色瞬間變冷。

「是啊，所以我的帳號要遭殃了。」白水露出苦色。

「你難道會被罰錢？」陸臻一陣驚訝。

「你難道覺得我會被打？」

「不，我是指，你會因為催眠他被罰錢？」陸臻狐疑地，這種行為怎麼看都不像是出於個人動機吧？

「噢，這倒是不會。」白水笑道，「但被你們發現了就會。」

夏明朗盯著白水看了一會兒，沒再說什麼，只把紙頁翻到最初一行，從頭開始。房間裡很安靜，除了秒針滴滴答答飛奔的聲音就只剩下翻動紙頁時的沙沙細響。陸臻閱讀快速，翻來覆去地看了三遍也沒看出什麼異樣來。

白水這份東西寫得極為客觀，就像一個管理嚴格的診所做出來的標準化病歷。裡面按時間順序紀錄著每一天的用藥方案，夏明朗的呼吸、心跳、血檢紀錄……各種身體參數詳細而龐雜，專業而冰冷，沒有一絲一毫與病情無關的存在。

夏明朗與陸臻對視一眼，慢條斯理地把檔收攏起來，輕輕敲擊著桌面：「白醫生，你也知道像我這種人出門在外，是隨時要跟上面聯繫的。你上次給我下藥那檔子事，兄弟嘴快……」

「我也沒指望您能幫我瞞著。」白水似乎也等得有些不耐煩了，「所以我坦白了，當然，做了些合理化的解釋。」

陸臻陡然有些恐懼了起來，如果白水不介意這件事被中國軍方知道，那麼，一報還一報，本著我不仁你不義的黑道邏輯，他和夏明朗的親密關係就很可能已經被……

白水似乎看出了陸臻眼底那一抹慌亂，微微笑道：「別怕。」他伸出手，握住陸臻手掌放到夏明朗手背上，「看，多麼美！這麼美好的東西，它好端端地存在著，我又怎麼會去傷害它？」

事若反常便似妖，夏明朗探究式地看著他：「你想讓我欠你一次？」

「你有什麼可以還給我？」白水微笑著，顯出某種輕描淡寫的高傲。

夏明朗舔了舔下唇，帶著興味十足的眼神沉默不語。

白水呵呵一笑，也沒再說什麼，把東西收拾好，起身：「明天早上會有航班回主島，到時候會有人接應你們，祝二位一路順風。」白水頓了一頓，傾身過去按住陸臻的肩膀，「我知道我讓你失望過，現在我還了。」

陸臻抬起頭只看到一雙平靜的黑眸，眼神溫柔誠懇，一如初見時，不由自主地說出一聲好，黑眸中湧出笑意，點頭離去。陸臻看著那個背影愣了幾秒，忽然撲到桌上狂撓：「我好想揍他。」

夏明朗挑眉看了一眼，無比憐愛地撫了撫陸臻的頭髮：「你現在知道我為什麼嫌他了吧？」

陸臻默默點頭。

白水就像那種技巧高深的花花公子，尋常人只看到他溫柔多情，於是心嚮往之。偏偏夏明朗也是此道高手，把那長袖飄飛的一進一退都看在眼裡，自然不會為色所迷。

僅是如此也就算了，戳破一紙畫皮，大笑而過就成了。

可是要命的是這位公子假作真時真亦假，你覺得他說話句句有深意，可細究起來，還真沒有一句是謊言；你明知道他給你一分恩惠是要換你一分情誼，將來總有個地方會讓他算計到，你仍然覺得欠了他的；你堅信這小子沒那麼簡單，可是回頭想想，卻找不到憑據……

這種讓人不上不下的感覺，實在是太討人嫌了！

小小番外

海默坐在白水的辦公桌上憤憤不平地刷網頁，忽然怒起，把手提電腦扔開：「我給你點錢？」

「我還不至於窮成這樣吧！」白醫生從一大堆病歷卡裡抬起頭。

「可是我很生氣……」海默起身捶桌子，白水默默地把震到桌邊的擺設收回來。

「我們這麼辛辛苦苦地為他，生怕他留個後遺症什麼的，這都落著什麼好了？居然還要賠錢！」海默是強盜個性，一生賠進不賠出，讓她出錢，真是比割肉還痛。

「沒關係。」白水把筆換到左手書寫，拉著海默坐到自己腿上，「反正妳一直都很欣賞他，不是嗎？而且像他那樣的人，全世界能有幾個？那麼漂亮，那麼強韌，我能親自參與修復他，也算是種榮幸……唔，妳怎麼了？」

海默嘴角抽搐：「你的用詞……」

「修復嗎？」白水想了想，「好像是不應該用在人身上。」

「是漂亮！漂亮！」海默掐住白水的脖子，「你說夏明朗漂亮！你看人是不是從來不看臉啊！」

白水眼前閃出一張似笑非笑讓人捉摸不定的臉，難得一陣惡寒，無敵深厚的心理素質也在此處破功。他終於承認自己離家太久，是應該去進修一下漢語言文學。

「呃，要是長得好看的話，我還是會看一看臉的。」白水試圖開個玩笑，「所以，如果妳將來毀容了，我會考慮換個老婆。」

海默手上收力，咬牙切齒然而眼神纏綿：「假如我毀容了，我就把你的眼睛挖掉。」

「別這麼暴力。」白水失笑，把海默的手指拉下來，「妳把我的角膜剝掉就可以了。」

9

回程時不需要醫療專機，夏明朗與陸臻利用一紙假身分乘國際航班從巴哈馬回到埃及。在埃及接機的是一個小個子的中東男人，眼神淡漠沉默寡言。他在一家醫院裡接上幾個人以後帶著他們從陸路入境喀蘇尼亞。

這一車的人看起來都不像善類，機警的眼神透出刀尖舔血的過往，彼此點頭問好，沒有更多交流。夏明朗樂得清靜，一路上都靠在陸臻肩上閉目休息，一副重傷未癒的樣子。陸臻自自然然地伸出手臂圈住他，偶爾的幾次毒癮發作也就這樣不著痕跡地硬挺了過去。

陸臻畢竟要比夏明朗的精神好些，旅途無聊時也聽幾耳朵閒聊，估計都是征戰在喀蘇尼亞的雇傭軍們，沒準兒還是海默的同伴。陸臻現在一想到海妞那個白開水老公就頭大，自然沒有半點搭訕的慾望。

非洲路破，開進喀蘇尼亞以後更是顛簸，哐哐當當開進勒多時已是拂曉。天邊凝著一團灰濛濛的土黃色，令人生厭。陸臻一邊舒展手臂一邊感慨，這人哪，就是過不得好日子，在喀蘇尼亞待了這麼久都沒敢煩過，去巴哈馬的清風朗月下還沒住上半個月……回來就受不了。

凌晨時分，勒多城內的宵禁還未解除，一小隊憲兵站在路邊查車。陸臻抖擻精神挺直地坐起，感覺到身體細微的化學變化，那是看到槍，聞到硝菸，臨近前線時自然而生的……戰士的直覺。

窗外，一個查看證件的戰士「噫」了一聲，推開防風鏡，雙手撐在車頂上問道：「請問您是？」

夏明朗聞言睜眼，慢慢搖下車窗。

喀蘇尼亞這地兒的風沙大得邪乎，戴上眼鏡風吹一臉土，居然連人種的差異都能抹平。眼下這小哥把眼鏡拿開，露出一雙標準的蒙古眼，再配上他那口正字腔圓的普通話，不用猜也知道這是個中國人。

夏明朗眯起眼，刻意放出一星半點殺氣：「你是？」

「是這樣，最近局勢不太平，喀方邀請我們協助巡邏。」小哥不自然地瑟縮了一下。

「哦。」這倒是有可能的，不過，這到底是哪家的熊孩子，這麼不禁嚇，一個瞪眼什麼都招了……

「請問，您是……」熊孩子看了看車子後座上那群傭兵，用口型問道：夏隊長嗎？

夏明朗一愣。

「您不認識我了嗎？您見過我的，我之前在大使館門口站崗，還跟您打過招呼。」熊孩子有些羞澀不安，然而眼神充滿了期待。

夏明朗愣了好幾秒，好不容易從回憶的垃圾堆裡把這熊孩子給抖落了出來。

「哦……」夏明朗露出一個意味深長的笑容，「要簽名嗎？」

熊孩子左右看了看，小心翼翼地問道：「可以嗎？」

夏明朗一愣，倒覺得有些不太好收場，眼珠子一轉有些似笑非笑的：「怎麼，上次回去後悔了？」

「嗯嗯，戰友們都說我了，這麼好機會都沒抓住。」熊孩子拼命點頭。

這這……夏明朗頓時囧了，碰上個這麼單純質樸善良的，連欺負人都沒地兒下手啊！

他們用中文聊了太久，終於引起了圍觀人士的注意，接應人兼司機頻頻回頭，車後座的傭兵們也投來了好奇的目光。陸臻略一思忖，索性跟接應人交代了幾句，直接拉夏明朗下車。既然聶卓希望他們突然出現在勒多，那麼這個出現方式也挺突然的。

「喂，有車嗎？」陸臻站在晨光裡衝熊孩子挑了挑下巴。

「呃，你你……你是……」

陸臻不爽地咬了咬下唇，真他媽的不紅了，本來以為這小子是認出了沒顧上，沒想到居然真是到現在才認出。再怎麼說，老子這張臉也比夏明朗好認得多吧。

熊孩子顯然不能理解陸臻如此曲折的心思，還以為是抱怨車輛問題，連忙打開步話機叫車。

不一會兒，一輛輕型裝甲車停到空蕩蕩的道路中央，門開處又湧出一小隊士兵，一個個眼神狂熱，略帶羞澀，躲躲閃閃地瞅著夏明朗，活脫脫的腦殘粉巧遇心中偶像。要不是軍紀嚴明，陸臻真擔心這幫熱情的騷年會撲上來尖叫吶喊，類似：夏明朗我永遠支持你！……神馬（什麼）神馬的。

夏明朗痛苦地捂住臉，陸臻挑了挑眉毛，心想就你丫這臉皮難道還會不好意思？湊近一點，聽到夏明朗抱怨：「媽的，為啥食品廠跟咱不是一個編制的？真他娘的浪費！」

陸臻眨巴了一下眼睛，很是唾棄自己居然會覺得夏明朗的辭典裡有「不好意思」這四個字！？

熊孩子叫了車送他們去大使館，士兵們期期艾艾地把夏明朗擠在中間。陸臻聽到角落裡有兩個小兵在偷偷張望，手上指指點點：看，那就是傳說中的夏明朗！

啊，「傳說中的」！

陸臻不自覺挺起胸膛，爽得每一個毛孔都張開，無比的舒服妥貼。

就是這樣，「傳說中的」！陸臻發現他真是愛死這個形容詞。「傳說中」……代表著無盡的可能與無窮的力量，每一個傳誦它的人都為它付出心血，用最美麗的辭藻修飾它，把自己心中最壯麗的情懷投射給它，那才叫傳說！

那是超越生死，永無止境的奇蹟！

的確，只有這個詞才足以形容夏明朗，陸臻對此非常滿意。

烈日攀升，乾燥與酷熱再一次禁錮這座城市，陸臻卻不再感覺厭煩。這場勒多街頭的偶遇雖然突然，卻如光風霽月，霎時間揮開了最近籠罩在他們心頭的陰影。

那些年少的士兵，那樣純粹的熱血，如此專注的熱情……一股腦兒地湧向到夏明朗身上，讓他單薄的病體奇蹟般地煥發出光彩，眼神流動間的犀利與狡黠讓陸臻的心臟怦怦直跳。

這才是他熟悉的夏明朗，所有人的仰望與依靠，無論用多麼熾烈的目光去追逐他，他都安之若素，好像他生來就應該讓人這麼看著。他受得起你所有的期待與仰慕，因為他無所畏懼的勇氣與無與倫比的自信。即使洪水滔天，他坐地為王。

陸臻隱隱感覺到自己做錯了什麼，只是答案寫在一團迷霧中，他一時還看不清。

「首長？」一個礙於軍銜問題擠不到夏明朗身邊（因為好位置都讓上司佔走了）的小兵，興奮地捅了捅陸臻。

「別叫我首長。」陸臻下意識地回絕，他一直不喜歡這種分明的等級，見士兵露出錯愕的神情，連忙笑道，「叫我班長。」

「陸班長……」小兵受寵若驚，「您這是剛剛跟夏隊執行任務回來嗎？啊……不不不，您不用跟我說，我就是隨便問問，哈哈哈……」

「不，我們去治病的，你們夏隊受了傷。」陸臻微笑。

「噢，我知道！我知道！巴厘維那個老黑鬼太他媽混帳了！」士兵瞬間怒目，「陸班長，我告訴你說，當時可把我們氣壞了，我們支隊長一直說，要不是夏隊馬上把您給救回來了，沒說的，兄弟們直接衝了他老巢……」

夏明朗把我給救回來了？陸臻微微有些詫異。然而，很快的，小戰士的話題又轉向了他們武警編制的士兵不能親臨前線戰鬥，成天價地在後方巡邏警戒的種種苦逼。陸臻只好打起精神安撫，把革命只有分工不同，沒有高低貴賤之類的老生常談搬出來擺。

小戰士一邊沮喪，一邊感動，眼神真摯得讓人邪念橫生，感覺不欺負兩把真是虧本。陸臻瞥了夏明朗一眼，發現他身邊那群士兵的情況更是嚴重，那叫一個痛悔交織的狂喜。用一個不恰當的例子形容就是：悔不相逢未嫁時！

「這樣。」陸臻極為誠懇地說道，「等這事消停了，回去以後，我們兩邊想想辦法，看能不能上你們那兒去選一輪人！」

「真的嗎！您可不能騙我啊，班長！」小戰士一聲驚叫，引來夏明朗意味深長的一記注視。

當然，夏明朗沒有簽名更不能合影，不過，紀律所限，大家都是軍人，隨便解釋幾句都能體諒。可是夏明朗雖然沒留下什麼，卻貨真價實地帶走了什麼，離別時一本正經地看著眾人說：把你的名字告訴我，我保證我會永遠記住！

此言一出，霎時間驚起淚光一片。陸臻目瞪口呆，表情扭曲。第一個反應是：你他媽果然老流氓；第二個反應是：還好你不是Gay；第三個反應是：不是Gay又怎麼樣，有這手腕泡妞也是一等一的；第四個反應終於正常了：這妖孽是我的！

陸臻心懷竊喜，幾乎是有些飄飄然地走進了大使館。

聶卓的任期將盡，大使館裡人來人往，大清早都十分繁忙。聶卓剛剛上班，第一批就接待了陸臻他們，幾乎沒有什麼等待地，陸臻與夏明朗就被聶卓的副官引到了門外。

推門而入時，陸臻忽然有些感慨，曾經他們也是這樣，帶著忐忑與茫然走進這扇門裡，走向烈火與硝菸。現在回想起來，似乎已經是很遙遠的事了，又好像就發生在昨天。這一路走來，流過很多血，受過很多傷，身邊消失了太多人。

門內陽光燦爛，聶卓正站在窗邊喝茶，看到他們進門，馬上迎上來握手，十分熱情。陸臻不自覺地想起當年第一次見這位將軍，當時屋子裡黑漆漆的，窗簾拉得死緊，聶卓腰杆筆挺地端坐在辦公桌後面，面容肅穆。

「辛苦了！」聶卓笑道，伸手引他們入座。

「不辛苦，為人民服務。」夏明朗舒張開眉目，看起來很輕鬆的樣子。只有陸臻明白這個表情代表他在疑惑，其實陸臻也有相似的疑惑：眼前這位笑容可掬的將軍看起來實在不像是剛剛遇上過糟心事。

副官敲門進來，送上兩杯清茶，聶卓看著他點了點頭，說道：「幫我關門。」這句話代表著：別讓任何人進來。副官乾脆地應了一聲，恭恭敬敬地退了出去。

「我聽說，是特警學院那幫小鬼把你們送過來的？」聶卓笑呵呵地坐下，一派閒話家常的模樣。陸臻倒是心裡一跳，暗自感慨聶老闆的消息也太靈通了點兒，不愧是情報頭子出身。

「偶然遇上了，想想也不礙事，就搭了個便車。」夏明朗笑著回應。

「你如今這名頭，在這邊可是響得很啊。」聶卓曲起手指輕輕敲擊著桌面，「怎麼樣？恢復得如何？」

夏明朗相信情況一定有人向聶卓報告過了，但是領導既然問起來，就是關心，就是體恤，自然還是要細細地回答一番。只是白水的形象讓他毀得夠戧，聽到最後陸臻都有點小不忍。雖然那位白面小哥深不可測，肚子黑得很，但畢竟對他們還是不錯的，並沒有幹什麼真正的壞事。

聶卓一邊聽一邊點頭：「他們那些人做事沒規矩，你別放在心上。我也想把你交給自己人，可是人多手雜，經手的人多了，就容易走漏風聲。而且我們的人辦事，你是知道的，太過刻板，生怕犯什麼錯誤影響了自己的前程。不像他們，天馬行空怎麼都成，最擅長拿人錢財替人消災，一點痕跡都不會露，將來就算是有人要查都查不下去。」

「那當然，我知道您是為了我好。」夏明朗誠懇地。

「不過……」聶卓忽然笑，「他們會把心思動到你頭上也是正常的，我要是有地兒能讓你使，我也想把你要過來。不過那小子倒也乖巧，試探不成還知道進退。海景套房什麼的，你們住就住了，也別覺得不好意思。佔點便宜怕什麼？別人給你根牛繩，難道就要讓他把牛牽走？」

聶卓說得有趣，看似不著調，其實意思全到：無論你們兩個之間有什麼恩怨，相信你小子也不會讓自己吃虧，就算是你拿了錢，佔過什麼大便宜，做過什麼承諾，沒關係，組織上支持你賴帳。總之，你夏明朗是個寶，我們是不會放的。

夏明朗玲瓏剔透，自然不難聽出這層意思，早就知道聶老闆表面莊重，實則行事詭譎，於是心中默默遺憾：早知道領導這麼沒下限，他其實應該玩得更黑一些的。

話題繼續往下引，夏明朗提起白水的那個醫療事故計畫，果然不出所料，聶卓欣然同意，並保證會向潘醫生打招呼。這一番談話簡直賓主盡歡，陽光敞亮，毫無陰影。陸臻幾乎要懷疑他來之前的那些疑慮是不是杞人憂天，難道聶老闆真的是HAPPY地高升了，風光正好，前途無量？

另外再扯了幾句閒話，正當陸臻迷惑不解時，聶卓忽然敲了敲桌子，斂盡了笑意問道：「有一件事，我想你應該是明白的，只是，站在一個老前輩立場上，我還是要提醒你。」

「您說。」夏明朗精神一凜。

「夏明朗吸毒、夏明朗被俘和夏明朗刺殺雷特，這是前後絞鎖在一起的、不可分割的整體，而我會把這一切都封存到檔案袋裡。從今往後，任何人在任何時候向你問及這段時間的經歷，你都可以用四個字回答他們：國家機密。但是……」聶卓凝重的神色間流露出一絲慈悲，「這也就意味著，無論這些經歷對你造成了什麼樣的影響，都成了你的個人問題……」

陸臻心臟猛地一跳，幾乎停下一拍。聶卓說得隱晦，但意味是殘酷而直接的，也就是說，在絕大部分人眼裡，夏明朗被俘與強制吸毒都不存在。假如你因此身心受創，那是你頂不住戰場壓力；假如你將來不幸復吸，那是你自甘墮落。

「那是自然的。」夏明朗笑道。

陸臻忍不住轉頭看，夏明朗神色如常，從容而鬆弛，沒有一絲怨懟，好像聶卓只是想要提醒他這麼一件事，反而讓他更放心了似的。

「不過，我就是有一個想法啊。」夏明朗嘿嘿笑著，「假如都不存在的話，我那……獎金和撫恤怎麼算？」

聶卓一愣，轉而哈哈大笑：「放心，我一定想辦法補給你。」聶卓說到這裡，忽然頓了一頓，又笑道，「你們人在海外大概還不知道，第一批戰時津貼已經發下去了，有空去查個帳，看兜裡多了多少錢。」

「真的啊！」陸臻一陣驚喜，本來最擔心人走茶涼，聶卓曾經做出的承諾換一個主官就不作數。

「難得你也這麼高興。」聶卓微微挑眉，「我還以為有錢人是不會在乎這一筆的，隨手一拋就是六十多萬。」

「六十多萬？」夏明朗茫然。

陸臻當即僵硬，不知道應該給哪邊使眼色。

聶卓想也知道，按夏明朗的個性怎麼可能讓戰友為自己花大錢，所以陸臻那六十萬必然是瞞著的，只是……他笑道：「我跟嚴正提了一下，他說，這錢按理還是應該隊裡出。」

「真的啊！」陸臻興奮地蹦了起來。再怎麼有錢人不差錢，六十萬也是結結實實的一筆鉅款啊，那可是他從小到大的壓歲錢和工作這麼多年來全部積蓄！

「什麼，什麼六十多萬？」夏明朗一頭霧水。

「哎，回去告訴你！」陸臻樂得眉花眼笑。

聶卓欣然看著，不覺莞爾。

「喂……怎麼回事？」夏明朗被陸臻的情緒所感染，一時忘形，在聶卓面前露出一絲威脅的痞樣。

陸臻忙著打岔，連忙問向聶卓：「說起來，特警兄弟們怎麼說是夏明朗把我救了？」

聶卓微微一笑：「你不覺得這樣才合理嗎？」

的確，來自中方談判團的軍事觀察員被巴厘維秘密扣留，再由傳說中的夏明朗把人救走，這樣的故事從各個角度來看都要合理得多。否則，傳說中的夏明朗被關押在牢裡，而由那位看起來斯斯文文的幾乎像半個文職的傢伙來組織營救，這個故事就很讓人困惑了。

「您還真是厲害，我當時也就是隨口一扯，居然被您用得這麼徹底。」陸臻讚嘆。

「除了這個你還有什麼別的藉口的嗎？」聶卓溫和地笑著，已經全然是看心頭愛將的眼神，讓夏明朗心裡醋意橫流。

陸臻心裡突地一跳，刻意鎮定地問道：「說起來，當時如果我沒有主動請纓，您會把這個任務派給我嗎？」

「你是最好的人選。」聶卓意味深長地看了陸臻一眼，「當然如果你沒信心，我也不會強迫你。我一直認為，像你這樣的戰士，自己明白自己能做什麼。」

你是最好的人選！

最好的人選？

陸臻忽然發現他曾經深信不疑問的邏輯鏈條碎裂了一大塊，所有的事件像雪片一樣飛旋在半空中，重新組裝，重新拼接，一環環斷開，一片片拼合。

「我是最好的人選？」陸臻試探著問了一句。

「是巴厘維，不是雷特。」聶卓輕輕敲了敲桌子，眼神溫和，帶著幾分長輩的慈愛。

夏明朗無聲微笑，幾乎想伸出手去撫摸陸臻的頭髮：寶貝啊，下次要鬥BOSS之前跟老公商量一下，成不成？你看你這讓外人給欺負得……

「是啊。」陸臻恍然大悟，是巴厘維不是雷特。

雷特是鐵了心要跟中國對著幹到底的，他自然全無顧忌，像陸臻這樣的人萬一落在他手上，只會死得更慘，傷得更徹底。而巴厘維不一樣，巴厘維是一隻腳踩在門內的人，投鼠忌器，陸臻這張全世界都知道與中國有關的臉，反而成了護身符。

陸臻強烈懷疑當聶卓確定夏明朗被俘的情報以後，後續一切的操作都已經握在他的掌心裡——

陸臻一定會主動請戰。

陸臻一定不會忘記自己最大的優勢。

巴厘維一定不敢貿然殺掉一個貼著中國標籤的中國軍人。

……

從而完美地向外界解釋了：夏明朗為什麼會出現在那裡，陸臻為什麼會出現在那裡，為什麼他們如此高調地闖入、劫殺，然後退走。

為什麼鬧出這麼大的動靜，惹了這麼多麻煩，聶卓卻從沒有斥責過他們，甚至這麼快就安排好了夏明朗的戒毒醫療計畫？

因為一切都是他預料得到的，夏明朗不沾毒癮也要受重傷，總得有個地方安置。

最高明的計畫是把適當的人放在適當的位置上，明瞭他們的慾望與能力。他是棋手，你是棋子，然而即使你看透了這身為棋子的命運，你仍然會耗盡自己一切的心力去完成這步棋路，因為你的願望與棋手是重合的。

陸臻感覺到冷，徹骨冰寒。

然而，在這樣的寒意面前，他居然無比鎮定，沒有半分想要逃避的衝動，也沒有任何反感。就像是你站在雪域峰頂，你哆哆嗦嗦地抱住自己，但不會想要逃避，也不會咒罵老天；因為你知道無從逃避，你知道這是無可改變的存在。

存在沒有對錯之分，就像天然的寒冷，沒有善惡之別。

可是，陸臻心裡翻湧起強烈的好奇。像聶卓這樣的人，一個這樣的聶卓，他怎麼可能被人坑？誰能對他下手？誰敢？

夏明朗搓了搓雙手握緊：「將軍，容我冒昧地問一個問題。」

聶卓眉一挑，看了夏明朗一會兒，說道：「會安排好你的。」

「可是……」陸臻鼓起勇氣問道，「那我呢？」

夏明朗微微一愣，旋即明白過來。之前陸臻說他用一個語焉不詳的通話就能把聶卓直接叫到機場，他就預感到了這一切。現在，陸臻當面問出來，也正是為了讓彼此得個心安。

「我一直在等你問這個問題。不過，你看，我現在換行當了。我也就不知道，在我身邊還有沒有你想要的位置。」聶卓苦笑，「我打算再過個一兩年，等我這邊穩定了，再考慮你。」

「您會去哪兒？」陸臻問道。

「下半年，解放軍軍事科學院的老張就要退了，我過去頂他的位置。」聶卓看起來很從容，無悲無喜，就像在說別人的事，「他們覺得我在那裡，會讓大家放心些。」

「為什麼？」夏明朗凝眸看過去。

「是這樣，」聶卓拿起桌上的鋼筆輕輕撥弄，「你有一把劍，此刻剛剛斬敵於陣前，劍尖還在滴血。你有兩個選擇，回鞘，或者不回鞘。」

「他們決定回鞘。」夏明朗露出極為失望的神色。他是職業特種軍人，對征戰的渴望融化在骨血中的本能。

「既然決定了要回鞘，當然要做得徹底一點，最好放到盒子裡，束之高閣。否則這把劍也不安心，旁邊的刀也不安心。」聶卓眼中終於透出了一絲黯然與蒼涼。

聰明人對話總是說半句藏十句，大家在一個頻道上，彼此太容易理解。陸臻與夏明朗對視了一眼，一切豁然開朗。

沒有人在與聶卓作對，為難他的是大勢。

既然國家在近期之內無心開戰，不想賭國運，那麼，最堅硬的金屬就不能放在爪牙上，否則傷人傷己，也會引起不必要的驚慌與戒備；倒不如打面護心鏡貼在胸口，有百利卻無一害。

而且，和平年代軍功最不易，聶卓撈準了這一票，賺得顯赫功勳。自然有人要學樣子，從各種地方找出機會來。聶卓的存在就像一個榜樣一種誘惑，為了避免高級軍官竭盡所能地貪功冒進，聶卓只能走，離開風口浪尖之地，離開權利的中心地帶，讓那些求功求名的人看看代價。

也讓國內國外都明白：喀蘇尼亞只是被逼無奈的一時之策，不代表整體戰略方向的轉移，中國仍然是要和平崛起的。

「其實科學院是個好地方。」陸臻只能這樣說道。

這句評價不算違心，畢竟那也是個上將級的崗位，只是不太符合聶卓對人生的期待。而且同為上將，總參謀長與科學院院長畢竟是不一樣。如果沒有喀蘇尼亞這一攤子事，聶卓將來未必不能爬到總參老大那個寶座上，可是現在，就因為他幹得太好太牛Ｂ了，反而永遠沒這機會了。

陸臻有些想笑：生活真是黑色幽默。

「呵呵，他們也不能太虧待我。」聶卓終於露出一絲古怪的疲憊。

「既然大勢所趨，不如順勢而為。」陸臻一脈坦然，「我等著你來招我。」

聶卓的眼神猝然一利，很快又柔和下來，就像是有一團光華憑空一閃，劃破黑夜：「你這樣想？」

「您難道不是嗎？」陸臻說道。

「這個命令下來，我接了很多電話，或明或暗地，他們都在問，我怨不怨，我悔不悔。我說沒有，沒多少人相信。」聶卓起身伸出手。

陸臻上前一步，傾身越過長桌伸手握住：「我相信。」

聶卓重重地拍了拍陸臻的手臂。

「我也相信。」夏明朗心中泛酸地伸手過去，大手覆到陸臻手背上，三個人的三隻手緊緊相握。陸臻激動地回頭看了他一眼。

10

聶卓沒給他們安排住處，打包一併送去了和平號，又是辦理入院手續，又是各項常規檢查，雖然有潘醫生陪著，也折騰到了中午。這一路都有外人在，陸臻與夏明朗也不好交流，這會兒各領了一份簡餐坐在病床上，陸臻習慣性地檢查完病房，一邊嚼著牛肉塊，一邊興致勃勃地問道：「關於中央的決定，你怎麼看？」

「什麼怎麼看？」夏明朗愣神。

「就是國家的未來戰略，你覺得回鞘和不回鞘哪個更好？我們是不是應該闖得更快一點？」

夏明朗眨巴眨巴眼睛，茫然道：「我怎麼會知道？」

陸臻一陣失望。

「難道你知道？」夏明朗大奇。

「我也不知道。」陸臻攤開手，「要早個三五年我可能會說我知道，然後扯出一大篇，但現在我也覺得我不知道。」

「就是嘛，說不定聶卓也不知道。」夏明朗背起雙手躺下，「你不在那個位置，看不清的。」

陸臻有樣學樣地躺下，瞪著天花板。雖然剛剛把自己給賣了，但這會兒回想起來倒也不覺得後悔。難得聶卓是夏明朗能認可的人，這種認可是建立在人品和能力上的，而不是職位。自己一個小小的中校，聶卓就算是再淪落也能教給他很多。

陸臻從小生活在牛人堆裡，就不曾輕狂過，現在更是一天比一天明白自己只是個普通人，只能幹一些問心無愧的普通事。時矣運矣，大勢之下，你一個人再聰明再牛B又能怎麼樣？聰明人最多也只能看清自己的位置，明白潮流的方向，順勢而為。

世如棋盤，人如棋子。

「你覺得聶卓會甘心嗎？」夏明朗忽然問道。

「他不甘心也得甘心啊。」陸臻苦笑，「還能怎麼樣？」

「所以你看，就算是聶卓這麼個有權有勢的，也沒得心想事成。我還有什麼可抱怨呢？」夏明朗凝視著天花板，「憑什麼中隊長那張椅子就只有我能坐？」

「因為你牛！」陸臻理所當然地答道。

「如果我不牛了呢？」

「那怎麼可能！？」陸臻急了，「你到底在胡思亂想什麼？」

「沒什麼。」夏明朗轉頭看向陸臻，「我就是覺得我還挺幸運的，只要挺住了別趴下，就沒人會把我趕走。我比聶老闆的運氣好多了。」

陸臻靜靜地與他對視，漸漸有些醒悟過來。

白水說夏明朗缺乏安全感，夏明朗說白水紙上談兵……其實他們都沒有錯。因為這個世界是現實的，沒有人能心想事成，想要追求卓越，就必須承受壓力，只有一次又一次的成功才能建立自信，只有實實在在的進步才能抗住壓力。

逆水行舟，不進則退，這就是夏明朗的人生哲學。當他成為麒麟一中隊隊長的那一刻起，他的心裡就充滿了憂患。

麒麟的隊長是不可以軟弱的，他必須強悍，必須屹立不倒，他必須是所有人的依靠與仰望，他必須光芒萬丈。

你若覺得這太難了，不切合實際。沒關係，你可以走，換別人上來。每個人，每一代麒麟的隊長都會把他們生命中最強不可摧的那段歲月留給那張王座，用自己的青春與熱血鑄就一段輝煌。

而那張王座不屬於任何人。

即使，是夏明朗。

所以夏明朗從不抱怨，他明白自己所有的恐懼與壓力，明白強悍是他唯一的出路。

陸臻想起清晨時分，在晨光下的勒多街頭，夏明朗隊長眼神犀利而狡黠，嘴角三分帶笑，只是那樣普普通通地坐著，就有讓人隨他赴死的魅力。這種魅力由汗與血鑄煉而成，以意志為爐，用毅力為火，所以無可抵擋。

人，必須先戰勝自己，才能征服天下。

「親愛的，我一直在想……」陸臻微笑著，「我要怎樣才能把你捧在手心裡，好好地疼著。」

夏明朗驚訝地轉過臉去，做出那種肉麻得抽筋快要死掉的怪相。

「我真希望，我能跟你真正血肉相連，你所有受過的苦，我都能為你分擔一半。」

夏明朗的神色一變，有些無措起來。

「我知道，有些事你必須要自己做，但，能不能偶爾，把你的人生在我肩上靠一靠？」陸臻從床上坐起，拍了拍自己的肩膀，「雖然單薄了點，但也是練過的。」

夏明朗磨磨蹭蹭地跟著坐起，欲言又止，似乎不知道說什麼好。

「你信不信我？」陸臻問道。

「信啊！」夏明朗無奈，「你要我怎麼信？」

陸臻站到夏明朗身前，輕輕抬起夏明朗的臉低頭吻他：「信我可以保護你。」

夏明朗略有些不安地按住陸臻的手臂，但並沒有站起，在他沒有注意到的地方，陸臻垂在身邊的另一隻手已經緊緊地握成了拳。

不能再繼續懦弱下去了，陸臻心想，我必須要先相信自己，才能保護你。如果直面生死、悍勇為王是你的宿命，我不會再讓你這樣孤身作戰了。

下午聶卓的副手過來跟夏明朗核對資訊，事關國家機密，陸臻不得已，避到甲板上散步。

最近戰事漸止，和平號上也清靜了很多，聽說不久就要返航歸港。陸臻默默哀嘆：要能跟著和平號一起回去就好了，海路漫長，不知道能多拖多少日子。當然，這也就是個YY，連自我滿足都圖不上。

麒麟一向把人往死了用，半個月休假已經是極限。畢竟一個特種人才的青春年華也就這麼幾年，您要是挺不住，趕明兒退役回家想睡幾年睡幾年。除了傷重的，在北戴河休養的兄弟們已經陸續回基地跟訓，該審的審，該查的查，該訓的訓，整個後勤和大隊部估計早就忙得不可開交。

夏明朗手握一中隊隊長正印，在麒麟的地位舉足輕重。不像陸臻，再怎麼軍銜過人都是個錦上添花的角色，有你最好，沒你也成。所以夏明朗即使是政審期都不能完全脫崗，一邊審著，一邊揀無關機密的公務處理著，這種蠟燭兩頭燒的事不是一回兩回。這次要不是毒癮纏身，狀態實在差，估計早就回去了。否則，如果一隊之長都能在外面逍遙那麼久，除了說明你小子無能，有你沒你一個樣，還能說明點啥？

陸臻在艦尾看著那位副官大人匆匆離艦，轉身慢悠悠地往回走，在廊道裡遇上潘醫生虎著臉心事重重地迎面而來。陸臻笑瞇瞇地揮手道好，換來一聲重重的「嗯」。

「噫？你把老潘怎麼了？」陸臻推門進去。夏明朗正坐在床邊看文件。

「我把白水那幾管東西交給他了。」夏明朗苦笑，「費了我半天牛勁兒。」

「為什麼啊？」陸臻大奇，舉手之勞而已吧。

「住進來還是好好的，在你手上睡一晚起來就嚴重感染，這是什麼概念？絕對出事故了啊，扣獎金挨批評少不了的。」

「這個……」陸臻突發奇想，「就說我們進來就這樣了，不成嗎？」

夏明朗似笑非笑地看著他：「你這可是篡改醫療紀錄啊！你當老潘是白水？」

陸臻一拍腦袋倒上床，是啊，跟白水那種蒙古大夫混久了，沾了一身學術不規範的壞習氣。

到晚上，潘醫生過來打針，面沉如水。陸臻涎著臉糾纏說算我一個，我們倆同吃同住的，一起感染了也很正常，把老潘氣得差點發飆，最後好說歹說才算是勸了下來。

老潘把兩個人處理完，夏明朗賭咒發誓他們倆今天晚上一定找機會溜出去，讓護士抓個現行什麼的，好把罪名都攬自個頭上，絕不連累旁人。畢竟這遭是純私事，潘豪與他們非親非故毫無交情，莫名其妙背這麼一黑鍋，擱誰身上都不會太舒服，夏明朗也只能多服個軟。

老潘倒也沒多說什麼，鍋都背了，什麼扣錢你給這麼不大氣的話，再扯就沒意思了。

夏明朗點頭哈腰地把「恩人」送走，悶頭往床上一栽，抱怨道：「哎，自己人坑起來就是不順手啊！」

「我沒聽錯吧？你也有良心發現的時候？」陸臻嘲道。

當天晚上，兩位高級特種軍官輕而易舉地從小護士們眼前消失，玩了一手大變活人，直到護士長從船頭跑到船尾，驚動了整個海港才把人找出來：這倆人下海捉魚去了！

和平號上的護士長是一位年近四十的老阿姨，經驗豐富腰杆子就硬，不帶喘氣兒地罵了半小時。夏明朗裝得像個孫子一樣服服貼貼地聽著，陸臻心裡好笑，強撐著，憋得面無表情。

要說白小哥的東西是真有用，當天晚上陸臻就開始覺得不舒服，第二天果然高燒不止，夏明朗此刻體質比他弱，折騰起來當然更嚴重。潘豪控制著沒上猛藥，病期又拖了一天，聶卓那邊終於來了電話：該回國了，聯繫了三亞那邊的療養院，有病回去養！如果單單從表面上來看，這道命令來得很不溫柔，但夏明朗可就等著這個呢！

潘豪大筆一揮，醫囑已定：高燒不止，建議休養兩週以上。

好吧，雖然連頭帶尾一個月很難徹底戒除毒癮，但總比一回國就被送進基地接受審查來得好。這份簽過聶卓大名的醫囑迅速飛赴四方，在遙遠的麒麟，那個山坳裡，不明真相的嚴正拍著桌子破口大罵：臭小子，你他媽再也別回來了，要美人不顧江山，有了媳婦忘了爹。（嚴正以為夏明朗想辦法蹭假是要雙宿雙飛）

當然，這時候的嚴正還不知道，他的這番錯罵要等到三十年以後才能有個滿意的答覆。

老潘自然是有醫術的，或者，應該說白水的手段的確高明，夏明朗和陸臻上飛機時還暈得厲害，落地時已經好了很多。在軍區總院又住了一天，高燒退盡，居然……硬是好了。

總院的主治拿著老潘那張醫囑單子不知該如何下手，然而推翻前人的結論畢竟不符合中國人的習慣，再加上病人明裡暗裡的示意，醫生大人猶猶豫豫地寫下一句話：建議靜養！

噢耶！萬事俱備！

陸臻一路歡呼著從軍區總院出來，開車的小戰士不明白這位年輕的軍官為什麼這麼開心，只是傻乎乎地陪他樂著。三亞的路有一半修在海邊，一面是海，一面豪宅，XX佳苑，XX花園，XX家園……

夏明朗忽然想起他那件聘禮，陸臻那套嫁妝，笑嘻嘻地問道：「咱家那房子呢？」

陸臻歪著頭回憶，視線漫不經心地掠過那些精雕細刻的樓盤大石，忽然大吼一聲：「停車。」

小戰士驚駭得一腳剎車到底，陸臻穩住身形，探頭出去張望，過了幾秒，他帶著滿臉不可置信的表情從車上跳下來，繞到另一邊為夏明朗開車門。夏明朗坐在車裡看著他，陸臻笑容滿面，用口型說道：夫人，隨小生回府！

夏明朗驀然間很想踹一腳過去，腳尖剛剛離地還是忍住了：這做派也太娘了！只能自自然然地從車裡出來，隨手攬了陸臻的肩膀，另一手牽著開車的小戰士，自覺二五八萬的像個大爺了，方才穿過馬路，走進綠樹繁花的社區裡。

陸家媽媽一向品味卓越，陸家這間房子買得早，當時三亞剛剛經歷了一次惡炒，各種房源都便宜。便宜裡挑貨，自然挑好的買，全裝修的酒店式公寓社區，買的是最高那一棟樓的最頂層。有專門的物業統一管理，平時用來當家庭旅店出租，家裡人想住只需要提前打聲招呼，拎包進去，免費！

陸臻依稀記得買房時老媽要過自己的軍官號，跑到物業那邊一問，果然登記在冊，正兒八經直系血親級的家人。陸臻把軍官證一亮，物業的工作人員給陸媽媽打了個電話過去一番確認，很快就把事給辦了下來，剛好這房裡現在沒人住，日後的預訂單子都給換到相似的房型裡去，當場就給陸臻把房子空了出來。

夏明朗站在旁邊斜眼看著，嘴裡嘖嘖作響：什麼叫有錢人？真他媽有錢人……

小戰士疑疑惑惑地問道：「你們不跟我去院裡啦？」

陸臻低頭一想，也對啊，得跟療養院那邊打好招呼，雖然沒什麼大不了的，放人鴿子總是不對的。當下，把鑰匙一收，湊到夏明朗耳邊輕聲道：「心癢了吧？別急，晚上再帶你上去。」

夏明朗這下沒忍住，一腳踹了過去，頓時後悔不迭。陸臻樂呵呵地看著他，彎眉笑眼的。

軍區療養院或者會對多一個人這種事有些介意，畢竟不能憑空變一套房出來，但是對於少兩個人這種事，實在沒什麼可介意的。兩個校級軍官，一個上校一個中校，既沒有金貴到需要巴結的地步，也沒有寒磣到輪著他們管束的地步。療養院方面處理起來就很隨意，當即表示房間還是會給他們留下，鑰匙收好，需要的時候隨時回來住。公家的東西嘛，不需要考慮空置率的問題，這樣操作最簡單。

這一番折騰出來已是黃昏，陸臻站在門口攔車，夏明朗踢了踢他腳跟說道：「走回去吧，鍛鍊身體。」

陸臻陪著他走了幾步，忽然說道：「那還不如跑，誰先到誰先洗澡！」陸臻的話還沒說完，夏明朗已經竄了出去。

從療養院到陸臻家那套房子相隔大概12公里，一路上都是椰樹林立的大道，遊人如織。夏明朗身體還沒恢復，雖然不至於連這點路都跑不下來，速度倒也確實不快，陸臻不緊不慢地與他並肩跑著。

霞光燦爛，海水被染作玫瑰色，陸臻聽著耳邊有節奏的呼吸聲，只覺得安穩。這世間，什麼龍潭都闖過，什麼妖魔都砍過，還能並肩跑在這樣的美景裡，還有什麼可怕的。

這一路跑回家已是天黑，夏明朗在最後一千米開始發力，陸臻捨不得追他，讓他領先了五十米搶進樓裡。陸臻索性緩下來慢走，進門才發現夏明朗雙手撐著膝蓋等在電梯旁邊。

「怎麼了？」陸臻奇道。

「我沒鑰匙。」夏明朗抬起頭看他，剛剛跑得太急，血氣翻湧，整張臉紅彤彤的，莫名其妙的，看著竟有三分羞澀，有如新婦。

陸臻只聽到腦子裡嗡的一聲響，口中發乾，眼裡發直，熱汗裡又夾著別的情緒湧上來。兩個人廝混了太久，一個眼神便足夠達意，夏明朗只是茫然，不知道自己哪裡招了他。電梯門剛一合攏，陸臻就想湊過去，眼中餘光裡瞟到一隻黑球，猛然抬頭看到一個碩大的攝像頭壓在頭頂。

夏明朗忍不住笑，越笑越是按捺不住，哈哈哈笑得整個人都縮起來。陸臻惱羞成怒地撲上去，背對著攝像頭趁機咬他耳垂，兩個人的汗水流在一處，熱氣蒸騰，薰得臉上發燙。

鬧成這樣自然收不住，陸臻心急火燎地把大門打開，夏明朗走得快，先了他一步。陸臻也不等他找著燈，緊一步貼上去，掐著腰就把人抱了起來。

「哎，要造反是吧？」眼下一團濃黑什麼都看不見，夏明朗也不好太掙扎，萬一磕著誰總是不好。他當然不是真的生氣，語氣雖兇，卻三分帶笑。

按陸臻的意思，是要這樣一路把人抱進浴室裡去。可要命的是這間屋子他也沒住過，進門玄關處漆黑一片，他連往哪兒走都不知道，剛剛試著跨了一步，就把夏明朗撞到了牆上。

「公報私仇就沒意思了啊！」夏明朗笑著，一手撐在陸臻肩上，輕輕落地。

陸臻很鬱悶，這種以下犯上的事講究個一鼓作氣，中間這麼一攪，他也就玩兒不下去了。兩個人趴在黑暗裡摸燈，摸來摸去摸不著，最後夏明朗把打火機點著了兩人才恍悟。這間屋子是酒店式裝修，鑰匙連著門卡，要把門卡插到牆上的卡槽裡才能取電。按理說這種卡槽應該自帶亮光，可是不知怎麼的，這燈就是壞了，恨得陸臻牙根直癢，咬牙切齒地把卡捅了進去。

一時間，所有的燈都亮了，光華滿室。

11

夏明朗繞過玄關那道隔斷就愣住了……這屋子不大，整個就是一間，幾乎120度整個扇面都是透明的，晶瑩剔透的落地窗外是寬闊的陽臺。陸臻走到他身後，又關了幾盞燈，屋子裡暗了下來，更襯得星光燦爛。登高望遠，一眼看過去全是海，水面波光點點。

夏明朗這輩子雖然經歷豐富，但畢竟沒享受過。巴哈馬的海邊屋已經是他人生奢華的極限，可是當時滿腦子都是毒癮和未來，你讓他住皇宮裡都感覺不到。眼下身體恢復了些，又是自己家裡，直接看傻了他！

夏明朗左右摸了摸，居然有些訕訕的無措，咧著嘴笑道：「咱爹不貪污吧？」

陸臻滿懷期待地等了半天居然落這麼句鬼話，登時怒了，惡狠狠地瞪過去一眼：「貪個頭的汙啊，我爹又不是當官的。」

夏明朗也不吭聲，只是笑，東張西望地四處看。他十七歲從軍，一生行伍，住慣了宿舍，從來沒想過什麼時候頭上有片瓦會是自己的。因為從沒起過這心思，也沒這慾念，如今站到地方了，心頭那叢野火不知怎麼的，呼呼啦啦地就燒起來了……忽然覺得是啊，這日子過得，跟陸臻好了這麼久，居然絕大部分時間都住在別人的屋子裡頭，都沒個自己的家。

雖然這屋是陸臻的，但沒關係，陸臻的就是自己的，夏明朗對此一向非常想得開，就像他的也是陸臻的一樣。

陸臻還在咕咕噥噥地抱怨：「怎麼說話呢，你怎麼不說是我媽眼光好？她下手那會兒房價還沒起來呢！再說這房子小，也不值多少錢。」

這屋子的確不大，滿打滿算不過五十平米，但因為四面通透，看來氣勢不凡。房間右手靠牆邊放著一張巨大的雙人床，床前擺著精緻的沙發、茶几，全套的藤編家具，清涼細潔。廚房是全敞開式的，夏明朗把櫃門打開看了一遍，發現鍋碗瓢盆俱全，雖然不是什麼上等貨色，可是夏明朗什麼出身啊，用茶缸子都能吃飯的主兒，這就已經足夠讓他驚嘆的了。

陸臻跟著他走了一圈，氣也消了，眼巴巴地問道：「怎麼樣？」

夏明朗一本正經地瞪著他問道：「你家就你這麼一個兒子吧？」

「是啊。」陸臻莫名其妙。

「嗯。」夏明朗刻意點頭，「太好了，沒人分家產了。」

陸臻登時哭笑不得。

夏明朗伸手圈住了他：「我喜歡這兒，住一輩子都好。」

陸臻瞬間又歡喜了。

夏明朗總覺得這屋裡有什麼地方不對，再度巡視了一圈，終於看出來了，有些困惑地問道：「衛生間在哪兒？」

陸臻唇邊浮出一絲笑意，這房子是他媽的心頭寶，他雖然沒來過，但必須聽過，而且是翻來覆去地聽過，當下往落地窗邊一站，拉開了一道簾幕……正所謂酒店式度假公寓，度假嘛，自然與普通人家裡住的地方不一樣，總要有些分外出格的浪漫。而這間屋子的精華，其實全在這浴室裡。

夏明朗站在床邊看過去，發現這間浴室幾乎是用玻璃圍起來的，除了右手邊與隔壁相鄰的地方有一道實牆，其他三面通通晶瑩剔透，水晶牆下放了一張碩大的三角衝浪浴缸，在融融的燈光與星光下映出瓷白的光暈。

「洗澡嗎？」陸臻笑吟吟地在浴缸邊沿坐下，隨手開了水。

清亮的水流從陸臻的手背流下，裹著他的手指，泛出流動的波光。夏明朗像貓一樣無聲無息地走近，眼睛一眨不眨地看著他。陸臻的手指是筆直而修長的，事實上，他這個人從整體到細部每一個零件都這樣修長筆直，沒有一分多餘的累贅。

夏明朗咽了一口唾沫，笑著說道：「好啊。」隨手扒了汗濕的衣褲扔到地上。他脫得太快，快到陸臻幾乎有些失望，他本來是想要重拾方才進門時那番旖旎風光的。

就著流水沖淨了身體，陸臻與夏明朗一人佔了一角躺下，這浴缸雖然大，可是畢竟不是泳池，四條長腿糾糾纏纏地絞在一起，橫陳在瓷白的底子上，讓人分外眼暈。夏明朗不得已轉過頭去，眼前是一整塊的玻璃牆，連道接縫都無，幾乎就像是不存在。夏明朗記得這棟樓前面應該還有別的樓，可是因為此處絕高，所以什麼遮擋都在腳下，一眼看出去只有天和海，通通深沉地靜謐著。

「在看什麼？」

夏明朗感覺後背一熱，陸臻濕漉漉的胸膛貼上來，下巴支在他的肩膀上。

「沒什麼。」夏明朗漫不經心地說道，的確沒什麼。

陸臻的手在他腰上摸索著，連帶著胸口的肌肉一起綳了起來。夏明朗熟悉這種緊綳感，神經末梢一絲絲地抽動，最終束縛了肺葉，彷彿要窒息似的緊張。這是每一個成年男人都逃不過的感覺，情慾翻湧的衝動。

「別鬧了。」夏明朗握住陸臻的手指，「我累了。」

夏明朗聽到嘩的一聲水響，陸臻從他肩上越過來看他，夏明朗不想讓他看清自己的眼神，索性閉了起來。

陸臻濕淋淋地在他臉上撫摸一下，頗有些失望地說道：「真的累了啊？」

夏明朗不吭聲，不動不說，幾乎就像是睡著了。

陸臻果然沒有再鬧他，輕輕柔柔地從他身上退了下去。夏明朗慢慢把眼睛睜開，眼珠子比夜色還要黑上三分，水氣森然地燃著火。他知道陸臻想幹什麼，因為他也想。他雖然現在身體的確不好，但十幾公里平地慢跑還不至於讓他累成什麼樣兒，更何況，疲憊本來就更可以挑起他對陸臻的慾望。

然而這樣的慾望終究是異樣的。

夏明朗左思右想，仍然覺得不對，他一次比一次失控，自然一次比一次惶恐。所以，在沒有把握能控制好自己之前，他寧願熬著，把夏明朗這具身體盡可能地收攏在理智清晰的管束下。

夏明朗睜大眼睛熬著，想把胸口那一段血氣強壓下去，忽然聽到一聲細碎的呻吟，伴著漸漸濁重起來的呼吸，高高低低地迴響。夏明朗驚訝地轉頭，迎面正對上陸臻潮濕迷離的目光……

陸臻正在自助。

身為成年男人，當慾望起來時，憋回去當然不如放出來合理。陸臻沒覺得自己有什麼不對，於是放心大膽地挑起嘴角，露出一個情到熱時……幾乎有些脆弱的微笑。他手上有繭，所以弄起來並不是特別愉快，正有些進退維谷的窘迫。看見夏明朗醒了，便伸手按住他的腰側，輕聲笑著說道：「我不鬧你，你借我摸摸。」

只是，摸摸而已，陸臻感覺自己真他媽男人中的男人，如此體貼入微，簡直了……

夏明朗仍然沒有吭聲，只是垂眸看著他。陸臻一直都不能算黑，皮膚是柔和的蜜色，情動時臉上胸上都泛出粉色的紅。陸臻的手指滑過腰線凹處，爬過夏明朗平坦的小腹，再往下，手背輕輕地觸到一個溫熱的柱體。

陸臻忽然一笑，反手握上去，貼在夏明朗的耳邊低語：「你還累嗎？」

夏明朗濕淋淋地抹了一把臉，眼睛閉上又再睜開，眼底湧上一重又一重的黑潮。再下一秒鐘，他從浴缸裡跨出去，轉過身，把陸臻攔腰抱起。

「哎，我自己能走。」陸臻有種自得的快意，他這番自力更生雖然是為了發洩慾望，也的確抱著一點不上檯面的試探。

陸臻當然不算輕，但夏明朗的力氣畢竟大，捧著他就像捧著一隻蛋殼兒似的穩當。他也不顧渾身是水沾濕了床單，甩手把陸臻扔到床上，合身撲了上去，兩具身體嚴絲合縫地貼在一起，兩支劍拔弩張的傢伙頭碰著頭，頗為欣喜地彼此打了個招呼……卻，又不動了。

陸臻有點疑惑，心想，不能吧，到這當口上你還能忍得住，我都得開始考慮我們的婚姻生活穩定性了。

夏明朗捧著陸臻的臉，把他沾濕的頭髮一縷一縷地撥到腦後去，然後極深地凝望著他，憋了半晌，擠出幾個字：「要不你來吧。」

陸臻長眉皺起，露出一個疑惑的眼神。夏明朗說完就後悔了，這下完了，砸鍋了。

「不，你來。」陸臻漸漸笑開，眼神溫潤如水，「如果你亂來，我就揍你。」

夏明朗捏住陸臻的下巴，用探究的眼神看著他。

「我知道你在怕什麼。」陸臻輕笑，「但我又不是紙糊的，你那兒也不是鐵打的，你還擔心我治不了你？」

夏明朗仍有些猶豫。陸臻已經把一雙長腿纏到他腰上：「相信我。」

夏明朗沒有再說廢話，伸長手從床頭櫃上拿了幾樣東西。其實床櫃上花花綠綠的放了很多東西，男用女用的一大籃子，夏明朗早就看在了眼裡，雖然無心。陸臻正想提醒他別用這裡的套子，用了還得買一模一樣的還回去，夏明朗已經撕開一個安全套頂在手指上探了進去。他那雙手比陸臻還勞碌，砂紙已不足以形容，根本就是水泥地，陸臻得了便宜，不好再賣乖。

因為夏明朗反覆強調，陸臻自然也會加以重視，但是左看右看也沒看出什麼特別來，一樣的情動，一樣的耳熱。如果硬要挑個異常，也只能說這次的前戲真是做得有夠冗長，全身上下被摸遍吻遍，入口處嵌進了三根手指進出，這混蛋居然還在等。

陸臻深吸了一口氣，正想吼：你他媽也不怕我憋死！

忽然一根直通通的東西徹底頂了進來，居然一插到底，盡根沒入。陸臻的吼聲卡在喉嚨口，呼吸斷了半分鐘才繼上，轉而有些虛弱地嘆了一聲：「你也輕點。」

他這邊一發話，夏明朗馬上不動了，把陸臻那張臉握在手心裡深深地看過來：「疼？」

「不疼。」陸臻連忙搖頭，就是有點猛，吃不太消。

「我不是故意的。」夏明朗笑道。

他的確不是故意的，只是對專業產品的專業表現力估計不足，沒想到居然能這麼滑，一下子就衝過了頭。

「嗯。」陸臻微微喘了一小會兒，調勻呼吸，一手勾住夏明朗的脖子用力親吻，「動吧。」

夏明朗動得不算快，總有三分保留，雖然每一下都準準地頂到那個點上，可陸臻除了感覺腰腿酥麻，心思也並不全在這裡。做愛講究個投入，兩邊兒都不投入，天時地利再好也無趣。

陸臻感覺這事很難辦，他其實很有心看夏明朗發作一次，說得那麼可怕，又會怎麼樣呢？難道真能把我幹死不成？

但是色誘這種事，可以說是陸臻的死穴，他永遠不知道怎樣有分有寸地挑起對方的慾望，煽風點火的方式只會一種，那就是：扒光衣服，用我的烈火，點你的乾柴。

陸臻主意打定，馬上豁了出去，把那些亂七八糟的念頭往腦後一丟，全身的血液、神經元都跑去了下身排隊。夏明朗正在試探自己的底線，睜大眼睛瞪著自己身下這個活生生的人，其餘的念頭一絲都不敢想。可是沒想到，這人居然一下子活得透了，像游魚似的躬身迎上來，垂頭在他耳邊低低呻吟。

夏明朗握住陸臻的脖子把人按到床上，視野像水波一樣一圈圈地蕩漾開來。

「隊長，你再快一點。」

「隊長，沒事了。」

「是我，我是陸臻。」

「陸臻來了……」

「陸臻！」

很舒服，也很痛苦，好像窒息一般的快感與苦痛，像水一樣包裹著他，無處可逃。「嗯，陸臻……」夏明朗的嘴唇翕動著，卻沒有發出任何聲音。

陸臻卻被他此刻的眼神駭住了，瞬間清醒過來，指尖輕顫著撫上夏明朗的嘴角，不由自主地低語：「是我，陸臻。」

夏明朗的眼睛裡含著墨，黑潮湧動，貪婪而絕望。

陸臻從沒見過這樣的夏明朗。夏明朗永遠是熱情的，帶著外放的氣場，黑眼睛裡閃閃發著光，好像懷著滿腔的愛意，熾熱火辣，迫不及待地要傾倒給你。他像洪水，像巨浪，噴薄欲出。

「隊長，你怎麼了？」陸臻感覺心疼到了極點，卻不知道為什麼在疼。

「我很難受。」夏明朗嘴裡說著難受，可眼底卻看不到苦痛，只有一脈饑渴。這種饑渴讓他的眼神看來無助而狂熱，漆黑的眼珠子像兩口看不到底的井。

陸臻熟悉這種眼神，這是瀕死掙扎時的眼神！

他不止一次地在戰場上看到過這樣的眼神，那些人一口一口地咳著血，半個身子已經不知道去向。當軍醫官無聲地搖頭，陸臻便會從他們眼中看到這種撕心裂肺的饑渴，那雙眼睛裡好像能出伸手來，抓住這世間的一切萬物不肯放。

恐懼到了極點，最頂點，當神經被擊穿時，仍然不願死，求生成了不顧一切的執念。那樣地渴，拼了命地要多吸一口空氣，多喝一口水，想要活著。

夏明朗終於低下頭去，卻沒有吻他，硬挺的鼻樑擦過陸臻的脖頸與耳後，他很用力地嗅著，像一頭孤狼遇到了同伴。

因為夏明朗一直語焉不詳，陸臻就總覺得他在小題大做，在床上發瘋能瘋到哪裡去，他又不是那種嬌花一般的小男小女，實在不行一掌劈到後脖根，鐵打的人也得暈過去。可是陸臻並不打算這麼幹，夏明朗正在他耳邊廝磨，混合著灼熱的喘息一聲一聲地叫他的名字，那聲音低而喑啞，有如呻吟。這種呼喚讓陸臻徹底軟化，無論夏明朗想幹什麼，他都想讓他如意。

夏明朗微微抬起頭，一手握住陸臻的脖子，吞沒似的吻上去，竭力地吮吸，彷彿連一絲氧氣都不打算給陸臻留下。陸臻挑動舌尖迎合，手指虛虛地按在夏明朗的下顎關節處，準備好隨時把自己的舌頭救出來。對此夏明朗似乎全無知覺，只是一口一口地用力親吻，火熱的舌面碾過嘴唇，發出好像野獸舔食生肉一般的黏膩水聲。

倒像是要吃了他！陸臻心裡無奈，然而那無奈中含著莫大的憐惜，所以沒有半點厭煩，只是輕聲喘息著，蜷起雙腿，絞到夏明朗背上。

夏明朗喜歡他這樣，喜歡他熱情一點，渴求一點；夏明朗還喜歡聽他喊，無論是「快一點」還是「慢一點」都可以，求饒哀告或者不知饜足……都可以。夏明朗是個很正常的男人，他喜歡所有正常男人都會喜歡的那些事。

他們相處太久，陸臻就像熟知自己那樣熟知對方的喜好。

夏明朗似乎被觸動了，雙手從陸臻的腋下穿過，緊緊地攥住了肩膀，開始緩慢地律動。

那動作起初是輕柔的，然而很快猛烈起來，近乎蠻幹般地全進全出。陸臻被夏明朗攥在手心完全不得動彈，連撞床頭的機會都沒有，只能小心吸氣，順著他那個勢頭調整。因為擴張充分，疼倒並不是很疼，只是不太舒服。

做那事當然也不是越粗越大越硬越好，否則拿根擀麵杖捅捅豈不是更欲仙欲死？陸臻被這麼毫無章法地一通狠頂，反而冷靜下來，滿腔慾火滅了個一乾二淨；一邊纏綿地親吻著夏明朗的肩膀與脖頸，一邊留心觀察他的動作，即時化解。

要讓一個像陸臻那樣訓練有素的戰士真正受傷畢竟不是那麼容易的。夏明朗此刻一無智計，二無勇力，更沒有半點殺機狠勁，只是單純地犯渾，全不顧及對方的感受。陸臻見招拆招，雖然被頂得五臟六腑差點移位，倒也沒出什麼大事。這麼激烈當然不可能持久，夏明朗很快就一瀉如注。

然而，還沒等陸臻喘勻氣息，嘴唇又被攝住。哎……陸臻在心裡露出一個苦笑，打點精神準備持久戰，當夏明朗憋了許久成心發力，的確不可能是一次就能打發了的。

幾乎沒有太多停頓，夏明朗提槍再戰第二輪，可這一次陸臻卻有點穩不太住了，他被換了一個體位從後背插入，卻莫名其妙地頂對了位置，陸臻禁不住呻吟，連腳趾都縮了起來。

陸臻簡直有點悲憤，這時候他最不需要的就是快感，但是夏明朗雙手握住他的腰，連一寸餘地都不給。陸臻連聲求饒，卻被抱得更緊；他的反應激烈，夏明朗自然更激烈，很快，快感就堆積到了讓人難受的地步。陸臻咬牙切齒地忍著，轉過身去勾住夏明朗的脖子與他親吻，一邊扣著他的脈門用力，好從那雙鐵鉗下鬆脫出來。

你來我往，情事變成一場激烈纏鬥，只是一個無知無覺一個小心應對。

反反覆覆不知道磨了多久，汗水和體液把床鋪搞得一團亂。陸臻到最後心力交瘁，累得連一個手指頭都抬不起來，只要夏明朗別掐他脖子，他就懶得再動彈。

終於等到夏明朗脫力放手，陸臻也一頭栽了下去，腦子裡昏昏沉沉的，像煮開了一鍋岩漿，所有的聰明伶俐就只剩下了一句話：讓我睡一下。

訓練都沒累這麼狠過，就像是連骨髓都被吸乾乾，整個人空落落的，全身上下沒有一個關節不痛。不過，按夏明朗的體力和尺寸，如果放手橫行的確也就是這麼個結果，陸臻雖然難受，卻一點也不後悔。夏明朗用那樣饑渴的眼神看著他，想要什麼他都會給。如果你餓了，那就餵飽你，你狼吞虎嚥也只是因為餓得狠了，慢慢就會正常了，陸臻感覺這個邏輯很合理。更何況，他早就下定了決心，不會再讓夏明朗獨自面對任何困境。

陸臻模模糊糊地想了想，居然頗有些自得，心想也就是我了，換個別的……就算是男人都得死在這床上。

12

夏明朗半夜驚醒，腦中一片空白，睜大眼睛瞪著天花板長久地發呆，彷彿從一場痛醉中甦醒，頭痛欲裂。海風從視窗灌進來，夏明朗過了好一陣才感覺出冷，身下的床單濕透，像蛇皮一樣貼著皮膚。

燈一直沒有關，房間裡很明亮，陸臻背對著他側臥，光潔的皮膚泛出柔和的光暈，只是從後背到大腿淤痕無數，青綠發紫，就像剛剛被人狠揍了一頓那麼慘。

夏明朗慢慢眨著眼睛，記憶像潮水那樣湧上來。之前都由陸臻主導，夏明朗雖然心驚肉跳，可是多少還是能控制。而這次卻不同，一切進退都握在他手裡，陸臻乖得讓人發瘋，無論怎樣索求都肯迎合，真正神魂顛倒。夏明朗越想越後悔，知道自己禽獸不如，心疼得要命。

夏明朗伸出一個手指輕輕按在一塊紅痕上，觸手濕膩冰涼，沒有一點熱氣。夏明朗心裡一跳，馬上翻身坐起，握住陸臻的手臂輕輕搖晃：「陸臻？」

陸臻就像沒有知覺那樣順著他的力道仰面翻倒，夏明朗這才發現他身下浸了一攤血，從脖子到鎖骨，雪白的床單上沾染了血色，怵目驚心的紅。

夏明朗頓時僵住，魂飛魄散。

如果夏明朗此時足夠清醒，當然能看出來其實情況並不嚴重，只不過床單是濕的，血洇得特別開。可是他心心念念最怕的就是這種事，一覺醒來，陸臻已經死在他身邊，他幹的！

這種極致的驚恐一瞬間束縛了他的心臟，連呼吸都停止，所有的肌肉僵化成岩石，手指抖得停不住，居然沒有能力伸過去摸一摸到底是不是真的。即使有九成九的把握可得平安無事，他仍然害怕那百分之一的可能。

陸臻被光線刺到眼睛，難耐地皺起眉，不過是眉心一點點隆起，看在夏明朗眼裡就跟驚濤駭浪沒有兩樣。周遭的空氣好像忽然間又回來了，夏明朗屏息太久，居然被空氣嗆到，咳得上氣不接下氣。

「怎麼了？」陸臻微微睜眼，頭皮猛然一痛，已經被人拎了起來。

「你讓我相信你，你在搞什麼？」夏明朗完全壓抑不住那股怒氣，幾乎要爆炸，「你有病嗎？我腦子不清楚你知不知道？你以為這就是對我好嗎？我要是弄死你怎麼辦？你讓我怎麼辦？」

陸臻下意識地扣住夏明朗的手腕把自己解救出來，他實在是累，又睏又餓又冷……只想好好睡一覺，夏明朗的聲音聽在他耳朵裡像雷鳴，一字一字都聽得清，但是懶得想。

夏明朗一時脫手，見他又要往血泊裡倒，反射性地伸手一推。陸臻這會兒暈頭轉向的連眼睛都沒睜開，一頭栽下去，後腦勺砸在地板上，發出咚的一聲大響。

這下子，陸臻徹底醒了，不醒也得醒了。

夏明朗還在暴怒中，濃眉倒豎，全身都是火，他實在是被嚇壞了，到現在心跳都是亂的。陸臻漫不經心的態度尤其激怒了他，好像自己面對的是個沒心沒肺的臭小子，你這邊心如刀絞，他衝你嘿嘿一樂。夏明朗氣得大罵，連髒話都罵出來，一路問候十八輩兒祖宗。

陸臻按住後腦勺，大腦開動慢慢運轉，怒氣漸漸積聚。他雖然看著像個小白臉，但這輩子從沒軟弱過，更沒有半分逆來順受的個性。對夏明朗予取予求百依百順，那也是因為夏明朗足夠愛他。

陸臻並不著急發火，他躺在地板上前前後後慢慢地想，地上是乾的，反而溫暖。打起精神從頭到尾想了一遍，陸臻仍然覺得自己沒錯，既然我這邊沒錯，我就得教訓你了。

陸臻向夏明朗伸出手，一雙眸子清清亮亮地瞪著他，夏明朗毫無顧慮伸手去接，想把人拉起來，忽然手腕上一緊，整條手臂都被扭過去。陸臻從地上忽然暴起，一雙長腿已經絞到他的脖子上。

在電光石火之際，兩個人憑本能反應交換了一招，陸臻猝起發難搶到先手，把夏明朗從床上捲下。

「別動。」陸臻沉聲警告，膝蓋往下壓住了夏明朗的喉結，夏明朗頓時窒息，臉漲得通紅。

「你罵夠了沒有？」陸臻低頭看下去，「看見了嗎？我打得過你，你就算信不過自己，也不能瞧不起我。」

陸臻在夏明朗額頭上摸了一把，起身坐到床沿上，有些挑釁地抬起下巴：「還要再打嗎？」

夏明朗當然搖頭。

「為什麼不相信我？」陸臻一步不放地逼問他，「我就那麼不可靠嗎？你當我是什麼？」

陸臻是真生氣，就算你夏明朗是個非凡人物，強悍到不正常，我陸臻難道就是正常人？

夏明朗一時語塞，其實他腦子裡也亂，否則又怎麼會失態。茫茫然正想坐起，沒想到陸臻一腳踏在他的肩膀上，又把人踩了下去。夏明朗試著發力，發現陸臻並沒有放開的意思，反而踩得更緊。

「現在。」陸臻兇狠地瞪著他，「告訴我，為什麼會這樣？」

夏明朗的確是蒙了，他從沒見過陸臻這麼凜冽強勢的樣子。他知道他的寶貝很唬人，但那都是對外，對自己只有一笑兩彎月牙，乖巧順從，怎樣都說好。

「可……」夏明朗張口結舌，發現所有的話都湧到了喉嚨口，已經呼之欲出。他強硬了太久，心牆已經被磨成了一張紙，卻因為知道沒人有權利幫助他，也沒人有資格聽他傾訴，所以咬牙切齒地全都忍著。

「夏明朗。」陸臻彎下腰去逼視他，「你說過你是信我的。」

夏明朗聽到了什麼東西破碎的聲音，橫梗在心頭張牙舞爪地戳著他所有皮肉的那些棱角在剎那間碎成了細粉。他直覺那樣不好，可是為什麼不好，一時卻想不透。但他是直覺為先的人，即使腦子裡還糊塗著，眼神已經流露出渴望，他看到陸臻那雙黑白分明的大眼睛裡清晰地映出自己的臉，就像一面鏡子。

這感覺似曾相識，他不自覺一愣，轉而又恍悟！

是的，鏡子，一面鏡子，站在你的位置，映照出我的樣子，這便是他對陸臻最初最初的期待。

雖然這些年發生了很多事，而他幾乎已經完全忘記了自己的初衷，總是不遺餘力地想要把這個青年收攏到自己懷裡。可是陸臻還是那樣倔強地按自己的方式在生長，他從沒與他合為一體，他有自己的位置。

於是，在必要時，仍然可以冷靜清晰地映照他，指引他，並且無比忠誠。

「好啊。」夏明朗聽到自己的聲音在發抖。這是一種全盤挫敗的顫抖，但輸在陸臻手裡，又讓他由衷地感覺到快意，飄飄然像在飛一樣，無比地輕鬆。

他伸手握住陸臻的腳背，輕輕吻了吻那精緻的腳踝，這算是個臣服的姿態，卻莫名其妙地感覺到踏實。他贏了一輩子，一直想輸一次，卻無人背負得起。只有眼前這個男人，從他還是一隻羽翼未豐的幼鷹開始就一直唸叨著要保護他。

陸臻說得沒有錯，他的確信不過他，雖然理智明白這是自己並肩而立的伴侶，但從沒有真正放心依賴過。他渴求一雙強而有力的臂膀，渴求一份無所思慮的安全感，他渴望那雙臂膀來自陸臻，卻又捨不得他的寶貝受累，這就是矛盾，左右為難。

既然夏明朗說好，那陸臻這通火就算是發完了，最關鍵的共識已經達成，剩下的細節可以心平氣和地慢慢商量。陸臻討厭吵架，吵架是一種爭鬥，為了求勝而不是為了解決問題，可是他和夏明朗榮辱與共，並沒有輸贏可爭。

「行。」陸臻說道，「那你先洗個澡，我去買點吃的。」

陸臻如今也算是個體力勞動者，能忍痛不能挨餓，之前折騰了大半夜水米沒打牙，早就餓得前胸貼後背。剛才昏睡著還好，現在一時清醒了，胃裡一把陰火燒得人坐立不安。

「不不，我去買。」夏明朗連忙攔住他，「你現在這樣子怎麼能出門。」

陸臻對跑腿這事沒有執著，輕輕點了個頭，夏明朗手忙腳亂地披上衣服狂奔而去。

陸臻走進浴室無意中看了一眼鏡子，自己把自己嚇了一跳，血流披面沾了半張臉，半乾涸的血跡一直蜿蜒到胸口，乍一眼看去，可不就是個重傷垂死的樣子？

「怎麼搞的？」陸臻疑惑地摸來摸去，把血跡沖淨了才發現是耳垂上撕開了一個口子。那地方毛細血管豐富，陸臻的體質敏感，激動時必定雙耳充血，血流一時止不住，不知不覺就流出了不少。這會兒把血痂衝開，裂口上又盈盈凝出一滴鮮紅。陸臻疑心這口子得去醫院縫兩針，可是三更半夜實在懶得走，只能拿了一條毛巾暫時壓住。

放熱水草草沖了個澡，陸臻赤裸著身子站到鏡前仔仔細細地看了兩圈。還不錯，全是皮肉小傷，陸臻輕輕吹了一聲口哨，對自己很滿意。槍林彈雨都闖過，這點小傷他還不至於放在眼裡，而且，現在身體無礙，也就更證明了夏明朗那番暴怒師出無名，他這場火發得有根有據。

陸臻剛剛披上浴袍，就聽到玄關處一聲大響，夏明朗兩手拎著雪白的塑膠袋，就像是突擊陣地那樣撞進來。陸臻看著一樂，不自覺彎起了嘴角。夏明朗登時站住，期期艾艾地說道：「你笑了。」

陸臻一愣，心想老子啥時候都在笑啊，轉念再一想，哦，不對，我正在發火呢，馬上又把臉給繃了起來，不趁此機會狠狠地利用，怎麼可能打開那個頑固的個人英雄主義份子的防火牆？

三更半夜買不到什麼好東西，夏明朗只能在社區門口的夜宵攤子上買了四份炒飯，外加幾十串羊肉和半箱啤酒。陸臻聞到飯香更是站不住，隨手搶了一盒炒飯就往嘴裡倒，雙手捧著飯盒正想坐下去，屁股挨上硬凳面又站了起來。

還……真他媽挺疼的！陸臻咧了咧嘴。

夏明朗馬上拍著自己的大腿說：「坐我這兒來吧。」

陸臻不屑地瞥了一眼：「你那兒還不如這凳子軟呢。」一邊說著又扒了兩口飯，陸臻感覺到後背一熱，夏明朗從背後擁住了他。

「那你靠著我。」夏明朗低聲細語。他出門吹了一路風，把腦子吹清醒了，心裡也涼了。方才醒過來時，夏明朗覺得自己禽獸不如，現在想想，這結論還是錯了，太對不起禽獸了。他這會兒滿心愧疚，只希望陸臻能多給他幾個機會。

但是陸臻抬手掙脫，用筷子尖指了指浴室說道：「去洗個澡吧，一身的味兒。」

夏明朗猶豫了兩秒，再一次像打仗那樣衝了過去。

陸臻鼓著腮幫子，一邊大嚼一邊樂，沒想到他難得發一次火居然這麼管用。看來以後還是要控制住少發火，物以稀為貴，用多了就不值錢了。

陸臻靠在牆上猛吃，飯粒吞猛了，一時噎住，夏明朗頂著一頭濕髮出來，極有眼色地給他開了一瓶啤酒。狼吞虎嚥地倒下兩份飯，陸臻摸著肚子灌下半瓶啤酒，終於滿足了。夏明朗雖然也餓，但畢竟食不甘味，垂頭喪氣地靠在陸臻身邊默默扒飯。

陸臻把羊肉串拿起來仔細查看，無比惋惜：「辣椒太多了。」

「你怕辣？」夏明朗詫異，心想，他還不至於粗心到連陸臻的口味都不記吧？

陸臻想了想，用了個比較隱諱的說法：「下面傷了。」

夏明朗一口飯粒噴出來，嗆得直咳嗽。陸臻哭笑不得，一邊幫忙順氣，一邊在心裡嘀咕：怎麼著了，你自己幹的壞事，還聽不得了？

夏明朗心神不寧地灌下幾口啤酒，捏著酒瓶子低吼了一聲，攔腰把陸臻抱起來按到了沙發上。

「喂，你這？」

「讓我看看。」夏明朗聲音發啞，黏黏膩膩的，便有了一些哀求的意思。陸臻是最受不了夏明朗求他的，反正也不算是什麼出格的要求，也就把臉埋了下去。

夏明朗撩起陸臻浴袍的下擺，惴惴不安地看過去，白生生的屁股上印著好幾個指痕，那地方雖然沒見血，但是紅腫透亮看著都疼。夏明朗不自覺探出指尖輕觸，陸臻輕罵了一聲，頭也不回地捏住了他的手腕。

「疼！」陸臻實話實說。

夏明朗直勾勾地盯著他，臉色陰晴不定。

「你又想罵我了？」陸臻沉下臉。

夏明朗連忙搖頭，半晌，憋出一句話：「你能不能揍我一頓？」

陸臻知道他什麼心思，斷然拒絕：「不揍。」

「我這麼對你，你都受著，你怎麼能這樣！」夏明朗心裡絞得難受，他是絕對看不得陸臻受半點委屈的。

「你當然不能老這麼對我，你要老這麼對我，我也得跟你急。但你現在不是生病嗎？」陸臻把衣服理好，斜斜躺下，「不讓你發作一次，我們誰都不知道會是什麼樣，對不對？」

「你把問題想得……」夏明朗著急分辯，話還沒說完，陸臻忽然出手扼住了他的喉嚨。

「唔？」夏明朗有些茫然，下意識地雙手握住陸臻的手腕，卻沒有反抗。陸臻俯身看向他，手上加力，虎口壓住了夏明朗的喉管。時至今日，就憑陸臻這雙手，擰斷頸椎都是尋常事，夏明朗要害被制，又沒有即時掙脫，眼前金星直冒。

陸臻很快鬆手：「你為什麼不怕我？」

夏明朗咳得說不上話，氣急敗壞地喊道：「那，那不一，樣！」

「一樣的，都一樣。」陸臻閉上眼睛，「你等會兒。」

夏明朗調勻呼吸，一頭霧水地坐到地上。過了好一會兒，陸臻忽然睜眼，只是極細微地一抬手，夏明朗已經條件反射地往後仰，這個漂亮的戰術動作做到一半時猛然頓住，夏明朗一手撐著地面，極度疑惑地看過來。

陸臻眼中漸漸湧上笑意：「你為什麼又怕了？」

「有殺氣。」夏明朗隱約有些明白，「你剛剛在想什麼。」

「巴厘維。」陸臻頓了一頓，伸手握住夏明朗的手臂，「你不想傷害我，我能感覺得到。夏明朗，你是很厲害，如果你有心要我的命，我可能鬥不過你，但是……我還不至於無能到讓你不過腦子就能幹掉我的地步。」

「幹不死你就不會心疼了嗎？」夏明朗不滿地嘀咕。

「那是另一碼事。」陸臻溫柔地撫摸著夏明朗的臉頰，「恐懼源於未知！我今天不是犯賤，我只是想讓你明白，就算你不行了還有我，出事我給你兜著。所以別怕，沒什麼可怕的，最壞也就這樣了。」陸臻臉上微紅，隱約有些不好意思，「我最後太累了，懶得動彈，我要知道你這麼擔心，我一定會做得更好些。」

「夠了。」夏明朗脫口而出，「夠了。真的。」

「那麼現在，把所有的事情都告訴我。」陸臻微微傾身，居高臨下地看進夏明朗眼底，「你心裡那些事，我不是不想知道，也不是因為他媽的什麼國家機密，我只是習慣了相信你，相信你什麼都能扛得住。你總是把我當成一個小玩意，錦上添花的那一朵花……」

「我沒有。」

「你聽我說完。」陸臻毫不客氣地打斷他，「我最近一直在想，我們兩個怎麼可能讓這麼點事就難成這樣？夏明朗，你太習慣一個人扛著天轉，我也太習慣聽你的，這樣不好。既然現在你自己都承認挺不住了，那麼，告訴我！」

「你真的要聽嗎？」夏明朗露出慘澹的笑容，他輕輕吻了吻陸臻的手背說道，「寶貝，我捨不得。」

「相信我！」陸臻拍拍身邊的空位，「坐上來慢慢說，從頭開始……」

夏明朗剛剛回憶了一遍官方機密版，一樁樁一件件的事都在腦海裡飛旋不去，印象深刻到想忘記都很難。他枕在陸臻腿上，仰面看著天花板，因為傾訴的對象是陸臻，這讓他感覺尷尬而又難耐。而陸臻一直神情平淡地聽著，手指溫柔地撥弄著夏明朗的頭髮。

陸臻是那種很上得了檯面的人，這種特質意味著他在關鍵時刻很能撐，即使心中駭浪驚天，也可以不形於色。聽到水刑的時候，他只是輕輕噫了一聲，他知道夏明朗一定不會責怪自己不夠關心他；所以他選擇用另一種輕描淡寫的態度來暗示夏明朗：沒什麼，即使那很可怕，也就是個很可怕而已。

夏明朗說完時天都快亮了，海面上翻起魚肚白。夏明朗側過臉偷看陸臻的神色，陸臻垂眸一笑，彎下腰去在他額頭輕吻一記，口中喃喃道：「你受苦了。」他沒有哀慟的神色，明亮的雙眸裡只有化不開的憐愛，即使他現在胃裡頂得難受，很想找個地方去吐一吐，然後找塊空地去喊一喊。

陸臻沒有抱著他痛哭流涕，也沒有悲痛得難以自抑，讓這夏明朗感覺很意外，他甚至在最後完全徹底地說了實話，他所有的絕望與恐懼，所有的執念與掙扎。但是陸臻連眉毛都沒有抬一下，好像那些事只是單純地存在著。噢，聽起來真可怕，你真可憐，然後……就沒有了。

這種無止盡的從容讓夏明朗的心防軟化，他慢慢抬起身體把陸臻抱進懷裡，埋頭貼在陸臻胸口，專心致志地聽著他熱乎乎的心跳。

陸臻飛快地用理智思考，他不能讓自己的感情起一絲一毫的波瀾，否則徹骨的疼痛會在一瞬間吞沒他。好在夏明朗只是單純地抱著他，很依賴很放鬆，這樣很好，讓陸臻有時間去思考接下來應該怎麼辦。

因為他的確有些不知道怎麼辦才好。

他知道夏明朗這段時間承受了很多，可是現實仍然超出他的想像。有些災難無法用語言來形容，更無法用語言化解，一切勸慰在殘酷的現實面前顯得如此單薄。

如果這個人不是夏明朗，陸臻甚至會勸他算了，從現在開始一輩子待在最安全的地方，忘記所有的一切。

可他是夏明朗。

陸臻最終決定什麼也不說，就像大恩無法言謝一樣，大悲亦無法告慰。

「真奇怪。」陸臻摸了摸夏明朗的後腦勺，「為什麼你會有這種想法……嗯，慾望。」

夏明朗困惑地抬頭。

「你好像每次心情不好就想幹我，以前跟我吵架是這樣。每次出完任務回來，你都纏得我特別緊，在天琴島那次也是，現在還是，甚至你剛剛說，連受刑的時候都……」陸臻臉上飛紅，有些不好意思。

夏明朗慢慢變色：「我不知道。」

他的確不知道，因為沒想過。他一直對陸臻慾望強烈，但之前所有的行為都在正常範疇，而且散落在漫長的相處中，並不出格，現在串起來抖一抖才發現居然一脈相承。

「陸臻，你聽我說，我不是……」夏明朗細看陸臻的臉色，生怕從他眼中看出一絲一毫的厭棄。

「我就是奇怪了，以前你沒我的時候，靠什麼來解決你這些情緒？」陸臻微笑著，是一個好奇八卦的態度。

夏明朗稍稍放寬心，埋頭苦思了一陣子，吐出兩個字：「吃飯。」

陸臻愣住。

「洗個澡，燒完衣服，吃頓好的，睡個好覺，早上起來沿著基地跑一圈，跟兄弟們打兩局牌……然後就緩過來了。」夏明朗攬住陸臻的脖子，把人摟進懷裡，「以前都是這樣。」

夏明朗感覺困惑，這些習慣從什麼時候開始變化的，他並不知道，好像慢慢的，無知無覺的，想法就變了。

從屍山血海裡走出來，就只想看到你對我笑，聞著你的味道，撫摸著你的身體，感覺一切都那麼好，那些血淋淋的爛事眨眼就都過去了，滾得遠遠的。彷彿從最初時，你在背後擁抱我，告訴我你的手上也有血……從那時起我就不知不覺地開始依賴你，雖然我一點也沒發覺。

從某種意義上來說，夏明朗更像一種動物，直覺永遠比理智先行一步，身體總是比頭腦更坦率。所以，無論理智有多茫然，他知道陸臻說的是真的，他對陸臻有不正常的執念，他的直覺反應比腦子更靠得住。

「原來我還有這麼個用處。」陸臻微笑。

夏明朗像是被子彈打中了那樣抬起頭。

「你怎麼又慌了，在怕什麼？」陸臻極溫柔地吻了吻夏明朗嘴角，「告訴我，說實話。」

「你不生氣？」夏明朗感覺很彆扭，他一直相信自己對陸臻所有的行為都是源於愛。可是剛剛理清的事實讓他無地自容，他一直非常排斥那種心態：把陸臻變成一個物品，使用他，只為了滿足自己單方面的需要。

「我為什麼要生氣？」陸臻笑了，「我覺得挺好啊，原來我這麼重要。以前，你說我是你的奇蹟，這話當時聽了很高興，可是回頭想想又不甘心。什麼叫奇蹟，那是奢侈品，有了很好，沒了也行，可有可無的存在。我總是盼著，有一天我能成為你生命裡的一部分，必不可少的那種。」

「你一直都很重要。」夏明朗急著強調。

「那不夠，夏明朗，那不夠……」陸臻捧住夏明朗的臉，在極近的距離凝視他，低聲囈語，「看著我，你知道的，只要你看著我，我就什麼都能做到。你以前無懈可擊，什麼都不需要，我根本找不到機會愛你，可是現在不一樣了。夏明朗，是我把你救出來，是我帶你走，我就是你想要的那個陸臻，你一直念著的那個名字，你想像中期待的那個人。別害怕，把你想要給我的都給我，我已經準備好了，我受得起。」

夏明朗一直擰著眉頭，那神情極度複雜，幾乎看不出悲喜，眼眶卻漸漸紅了起來。

「別這樣，寶貝。」他哽咽著說道。

陸臻看著他微笑，輕輕咬了咬下唇，說道：「別這樣，寶貝。」

「他很害怕。他受了很嚴重的驚嚇。

他很依賴你！你是他全部的安全感！」

陸臻在心裡嘆息，讓我保護你，我的寶貝兒。

因為陸臻的耳朵一直也沒能止住血，兩個人趕大清早出門看耳朵，對於陸臻身上某些金貴物件，夏明朗一向看得比天還大，現在親手損了一個，那種心痛，簡直無法形容。

附近的醫院沒有整形外科，醫生給了兩種縫合方案，據說都會留疤。橫豎自己看不見，陸臻也不是很介意，倒是把夏明朗心疼得夠戧。他自己全身上下無數道口子，從來不當回事，陸臻那完美無缺的小圓耳朵上出現一個米粒大的缺口，便是晴天霹靂。

夏明朗忙著懊悔，回到家鞍前馬後地伺候著。陸臻一覺睡醒已經是下午，陽光撲灑進客廳裡，夏明朗開了空調，溫度很適宜。

「餓嗎？」夏明朗從沙發後面探出頭。

「有什麼可吃的？」陸臻揉著迷濛的睡眼。

鍋裡熱著三個包子，電飯煲裡還有半鍋粥。陸臻洗漱完出來，食物已經裝盤上桌，他站在桌邊吸了吸鼻子，不由自主地感慨道：「太賢慧了。」

「不生氣了？」夏明朗從背後摟著他。

陸臻一口咬下半個包子，嘴裡塞得鼓鼓囊囊地說道：「話都說開了還有什麼可生氣的。我又不是個妞兒，還跟你賭氣不成？」

夏明朗似乎不知道做什麼好，張開大手理順陸臻亂翹的頭毛：「等會兒幹嘛去？」

陸臻轉了轉眼珠子，忽然笑了：「跟哥混，哥讓你幹啥就幹啥。」陸臻這人從頭到腳就沒有半分流氓氣質，即使這會兒咬著牙尖裝壞也不得精髓，十足一個學抽菸的小公子。

夏明朗倒是配合，馬上拉平衣角，畢恭畢敬地一點頭：「是，臻哥！」

陸臻一口粥喝岔了氣，又笑又咳，把剛剛存下的那點黑社會小哥範兒賠了個精光。

吃完飯出門大採購，超市、菜場各走了一圈，大包小包拎了兩手。都是些最瑣碎的生活必需品。這讓陸臻感覺很幸福，好像成家過日子的模樣。他偶爾會偷看夏明朗專注挑選的樣子，夏明朗總是很快發覺，起初是轉頭詢問，再後來就只是笑，嘴角勾起一點點，三分無奈七分了然。

陸臻最愛他這個笑容，小心肝被笑得軟軟的，在沒人看到地方偷偷勾纏夏明朗的手指，眼角眉梢都是化不開的濃情。陸臻已經打定了主意，過去那些事兒老子沒辦法，將來就讓我用十倍的愛意溺死你。

晚飯是蔥薑炒蟹、鹽水煮蜆子和一條不知名的魚，夏明朗一進門就扒掉上衣準備做飯。夏明朗喜歡做飯，陸臻最喜歡看夏明朗做飯，兩個人各得其樂。

夏明朗勢大力足，炒個菜就像打仗那樣大開大合，背上的肌肉舒展開，在汗津津的皮膚下流動；陸臻洗了一碗蓮霧站在夏明朗身後啃，清甜的汁液沾了滿手。

水開了，蒸汽彌散，夏明朗把蜆子倒進鍋裡，花雕、生薑、蔥段兒……鹽！

夏明朗忽然「嗯」了一聲，鹽勺在指間一顫又落了下去，鍋裡咕嘟咕嘟地冒著泡，廚房裡似乎更熱了。

陸臻聽到夏明朗的呼吸漸重，自然而然地從背後攬住他，一手攏在夏明朗手背上，幫他穩住了鹽勺：「要多少？」

「一勺半。」夏明朗閉了閉眼，仰面枕到陸臻肩上。

陸臻握著夏明朗手指放好鹽，隨手把鍋蓋放上：「只是鹽而已。」

「我知道。」夏明朗勉強笑道，「忽然有點不太舒服。」

「怎麼個不舒服法？」

夏明朗按住胸口：「心慌，沒著沒落的。」

毒癮好除，心癮難戒，陸臻心下了然。夏明朗最近已經不再出現生理性的毒癮發作，但是心癮成災的時期也近了。

陸臻親暱地拍著夏明朗的臉頰：「趕明兒買兩斤麵皮，我們包餃子吃。」

「好啊！」夏明朗悶笑，「真有你的。」

「好點了嗎？」

夏明朗搖了搖頭，把臉埋到陸臻頸邊輕輕嗅著：「我想親親你。」

「好啊！」陸臻失笑，扶住夏明朗的腰胯，把他推到牆上，「小生求之不得。」陸臻最擅長將一個吻進行得纏綿悱惻溫柔漫長卻不帶情慾，等他意猶未盡地離開夏明朗的嘴唇，一道菜已經可以出鍋。

鑑於陸臻的身體狀況，菜都做得很清淡，只用了最簡單的鹽、酒和一點點醬油，夏明朗耐著性子剝殼吃完了兩隻蟹螯，又默默走上了他牛嚼牡丹的老路。

陸臻撩了他一眼，敲著桌面說道：「求我。」

「唔？」

「求我啊！」陸臻微微挑起下巴，眼睛笑成了兩彎新月。

夏明朗吐出一堆螃蟹殼，慢條斯理地擦乾淨嘴說道：「臻哥兒，求你了。」他將尾音拖長，把那三個字唸得風流倜儻。

陸臻頓時哭笑不得：「怎麼什麼話讓你一說，就全不是那個味了呢？」

「我都叫你哥了。」夏明朗佔便宜沒夠，很有躍躍欲試大叫特叫一通的趨勢。

陸臻連忙用蟹肉堵住他的嘴：「得了得了，別叫了。聽著太穿越了，跟你家小廝似的。」

夏明朗起身越過桌子接了那一口，有滋有味地嚼著，隨手一撐，竟然從桌上翻了過去。他雖然長得結實魁梧，但身手實在太好，那麼大個人飛身落地，居然沒有半點聲響。

陸臻感覺就像是身邊落了件衣服，扭頭一看，人已經咧著嘴在對著自己笑。他不自覺多看了夏明朗一眼，就面前這位爺，橫看豎看也沒有半分明清公子哥兒的氣質，再亂想一下，也就個夏門慶，當他們家的小廝……陸臻無力再想下去，一陣惡寒地舉了白旗。

關於「哥」這個稱呼從早爭到晚，以陸臻同志的全面潰敗而告終。陸臻雖然爭得臉紅脖子粗，但心裡很歡樂。

夏明朗的個性裡有三分妖氣，當他佔上風時怎樣賣弄都可以，他可以媚得讓你心慌，也能妖得讓你心跳，只要你高興，他能扮上去唱一曲《貴妃醉酒》，那都不會影響他強悍迫人的氣勢；但此時他虎落平陽，正是不順的時候，現在要弱下去那可是真弱，不是什麼賞心樂事。

陸臻雖然有心要調整他們之間相處模式，但他的調整方向是只限於自己的，最好夏明朗還是能怎麼神氣就怎麼神氣，該怎麼得瑟就怎麼得瑟，回頭一個不順，自己還能把他給罩住了。

當然，這個心願是有些理想化，但陸臻本來就是個理想主義者，那麼大個中國他都能當成自己的所有物那樣理所當然地說一句：我要保護她。夏明朗再牛B，也只是個人。

夏明朗炒了四隻蟹，自己吃了三隻半，他是到今天才真正嚐出這甲殼類生物的鮮美，一口等不及一口在吃，等他終於發覺盤空碗淨，陸臻手上只剩下了最後一隻蟹腳。

「你吃你吃。」夏明朗訕笑著推過去。

陸臻臉上似笑非笑，慢吞吞把這最後一口蟹肉塞進嘴裡，用力咀嚼著說道：「真好吃。」

「明天多買點。」夏明朗賠著笑，拉過陸臻的手指舔他手上沾的汁液。

陸臻感覺一陣酥麻麻的癢像過電一樣從指尖傳到心臟，然後忽忽悠悠地就往下走，把某個沉睡的器官悄然喚醒。陸臻昨天被折騰了半宿，其實一次沒射過，憋得厲害。這會兒吃了個半飽，正是適合起心思的時候，眼睜睜看著自己的手指在夏明朗厚實的嘴唇間吞吐，如此直白的刺激讓他不自覺閉上眼：這屋子似乎有點太熱了。

夏明朗把「餐具」清潔到一半，愕然發現陸臻居然硬了，他嘴角一咧剛想調笑幾句，話到嘴邊又咽回去了，然後滿頭滿臉地紅起來，連脖根都臊得通紅：昨晚那麼激烈的一場，陸臻絕對不應該這麼經不起撩撥，那唯一的可能就是……

陸臻大為驚異：「你臉紅什麼……又不是沒見過？」

夏明朗憋了半天憋出一句話：「對不起。」

陸臻一愣，很快悟了，強忍住條件反射攔下了那句「沒關係」，只是笑瞇瞇地看著夏明朗，很有一種請你看著辦的意思。夏明朗移開椅子半跪到陸臻的兩腿之間，仰面看著他，那雙深不見底的眼睛裡起了波光，溫柔似水地流蕩著，好像一不小心就會溢出來。

陸臻鬼使神差地伸出手，在夏明朗的眼角抹了抹，喉嚨發緊，說不出話來。夏明朗握住那隻手放在唇邊一吻，拉起他的T恤慢慢往上捲，陸臻隨著他的動作伸展起來，露出一截結實緊瘦的腰。

一個傷痕一個吻，夏明朗也不管是不是自己幹的，新傷舊痕，一點不落。

陸臻輕輕喘氣，手指潦草地抓扯著夏明朗的頭髮：「你這也能算是賠罪啊？明知道我今天做不了……」

「你來啊。」夏明朗一口噙住陸臻的乳頭，用牙齒輕輕地咬。

陸臻試著發力動了動，感覺還是不行，腰上一使勁兒，後面就抽得疼。當然硬撐著也能挺過去，可是那就沒必要了啊！又不是明天就不活了，來日方長。他於是一巴掌拍到夏明朗後腦勺上：「廢話，老子要能上你，還叫什麼做不了！」

夏明朗這下倒是真蒙了，猶豫了半晌，半笑不笑地問道：「要不然，你還是揍我一頓吧。」

「不用了。」陸臻擺了擺手，指著下身說，「搞定它。」

夏明朗心頭一喜，正要下口，就看見陸臻露出一絲狡黠的笑意：「昨天的帳，我們存下慢慢算。」夏明朗哦了一聲，即使陸臻笑得跟自己使壞的時候特別像，他還是覺得很開心，他不介意跟陸臻慢慢算帳，無論是哪一種。

兩個人有情有慾，可解決的方式當然不止一種，夏明朗一向擅長此道，此刻盡數施展，手口並用，讓陸臻享受了個徹底。完事兒後兩個人都出了一身透汗，新鋪的床單再一次變成了爛菜花，還好一次買了三條，還有得換。

吃飽喝足事畢，再沖個澡，陸臻感覺人生最大的幸福也不過如此，心滿意足地躺在露臺的籐椅上乘涼。習習的海風溫柔涼爽，像輕紗流過他的皮膚。

想吃什麼就吃什麼，想怎麼搞就怎麼搞，這日子怎麼能過得這麼美？

陸臻撓了撓頭髮，感覺有點困惑，好像他卯足了勁要開一炮，卻陡然從槍林彈雨被扔進了富貴溫柔鄉。回頭一想，陸臻又握了拳：果然，還是自己家裡好。

夏明朗靠在露臺的欄杆上，專心地玩著一柄小飛鏢，銀光在他指間跳躍，輕盈靈動，像是某種活物。他是身上離不開武器的人，卸裝給他的感覺有如裸奔。在南珈駐防時，夏明朗全身上下帶著三把槍兩把匕首，外加各式各樣的飛刀、鋼絲鋸和手雷。這會兒武器不能隨身，有片小鐵捏在手裡玩玩也好。

陸臻津津有味地看著夏明朗賣弄，驀然間銀芒脫手，化成一道光弧投進房間裡，陸臻心裡一驚，連忙坐起來：「怎麼了？」

「沒事。」夏明朗微笑，手上一揚，一枚紅果子從門內飛出來。

「渴了。」夏明朗在褲腿上蹭掉刀刃上的汁水，滿不在乎地啃了起來。

陸臻仰面又倒回去：「我也要。」

「沒了。」

陸臻懷疑地瞪著他，扭過頭自己看了一眼。

「真沒了。」夏明朗很無奈，信譽不好的人說話就是費勁兒。

陸臻笑眯眯地攤開手：「給我。」

夏明朗停嘴猶豫了兩秒，揚手拋了過去：「就剩下半個了也要。」他小聲嘟囔著，「不怎麼甜，挺好吃的，這是什麼玩意？」

「蓮霧。」陸臻樂孜孜地捧著搶來的水果，慢條斯理地啃。

夕陽西下，天邊是濃豔的火燒雲，陸臻垂著眼，睫毛上飛了一層金粉，神色是活潑潑的。年輕、健康、喜悅……那些美好有力的辭彙就蘊藏在他的皮膚下，透出玉質的光華。

夏明朗一時看得有些呆了，房裡電話鈴聲響起都沒聽見，傻乎乎地看著陸臻踱回去接電話，然後像一隻受驚的兔子那樣竄回來。

「誰？」夏明朗陡然警覺。

「嚴頭兒。」陸臻扭曲著臉。

「沒事的。」夏明朗越過陸臻身邊時，輕輕拍了拍他的肩膀。

剛剛拿起話筒，夏明朗就聽到對面一聲陰陰的冷笑。

「頭兒，」夏明朗畢恭畢敬地說道，「您怎麼找到這兒來了？」

「膽子不小。」嚴正完全無視夏明朗那種轉移話題式的開場白，「什麼時候回來？」

「醫生給開了兩週假。」

「喲，哪個醫生那麼大臉，讓你歇倆禮拜你就歇倆禮拜？」嚴正涼涼地吐了口氣，「我給你兩天時間滾回來。」

夏明朗肩上一暖，抬眼看到陸臻豎直了耳朵站在自己面前，表情介於驚惶、忐忑與期待之間，就像一個小偷在打量門鎖。

「頭兒，我出事了。」夏明朗沉聲道。

「哦？」

「我不太舒服。」

嚴正停頓了幾秒鐘，像是在分辨夏明朗說得是真是假，聽筒裡傳來一陣細碎的衣響。夏明朗腦中出現了嚴頭兒把兩條腿從桌上收回來，正襟危坐的模樣。

「要幫忙嗎？」嚴正的聲音冷冽。

夏明朗心底一暖，知道嚴頭兒這就算是相信了，而且十之八九想岔了，大概以為自己在誰手上吃了大虧倒了大楣。雖然事實與此不遠，卻不是嚴正可以幫忙解決的。

「你幫不上。」夏明朗老老實實地說道。

「有什麼需要的？」

夏明朗想了想：「陳默他們到了吧？這次的審查程式是什麼樣？」

「回頭弄給你。」嚴正道。

陸臻大氣兒都不敢出，無聲鼓掌：頭兒就是頭兒，霸氣！

「行，別的就沒了。噢……我那撫恤，幫我盯著點，能多要倆多要倆，我開銷大，養家呢……」夏明朗臉上漸漸揚起笑意。

「閉嘴！」嚴正不屑一顧，利利索索地掛斷了電話。

陸臻瞪大眼睛：「成了？」

「成了！」夏明朗親暱地拍著陸臻的臉頰，「怕什麼？嚴頭兒還能坑了咱們？」

陸臻不好意思地撓著頭髮：「你也知道的，我心虛，見嚴頭兒就跟見丈母娘似的。」

夏明朗呆了半晌，感覺陸臻這個比喻真他娘的精確到位……以致於他無言以對。

陸臻攬著夏明朗的肩：「頭兒真是個好人。」

「那是。」夏明朗心想都成我媽了還能不好嗎？「其實我這次主要還是有點背，什麼都湊一塊了，如果沒有那個倒楣的毒品，我能直接回家就好了。」

麒麟那方水土足可以養活他，為他驅散一切陰霾與恐懼，就像母親的懷抱那樣讓人感覺到安寧。

陸臻的睫毛顫了顫，抬眼向他看過來。

「你還有我。」陸臻的目光清澈如水，帶著少年人的無畏與灑脫。

夏明朗總覺得他已經有很久沒見過陸臻這樣看著他了，這種恍如隔世的感覺幾乎讓他有點欷歔。他永遠清晰地記得當年那一幕，他在辦公室門口攔住他，語無倫次驚慌失措。陸臻低頭看他，用那樣的眼神和聲調說道：「我是那麼愛你。」然後扭頭就走，不再回顧。

那種無畏與灑脫當場擊碎了他，這是夏明朗第一次清晰地感覺到這樣內心粉碎般的潰敗。

雖然他拖了很久才下定決心向陸臻投降，但失敗只是那一瞬間的事。在那一刻，他終於意識到，這是一個比他更狠決的男人，是一個能為自己負責，能控制自己行為與內心的人。然而，自從他們開始相戀，那個收放自如的陸臻就消失了，取而代之的是一個小心翼翼、患得患失的傢伙，總是緊張地觀察著他，討好他，遷就他……

夏明朗一直很內疚，他認為是自己當年搖擺不定的態度嚇到了陸臻，把個陽光燦爛的大好青年活生生熬成這樣。有時候，太艱難才追求到的戀人會被人不自覺地捧到天上頂禮膜拜，因為習慣了仰望、追逐與忍受失望。

夏明朗諳熟世事，他知道這種情況不能靠溝通解決，也就只能拼了命地對陸臻好，特別好，寵著你縱容你，讓你明白我對你的忠誠與迷戀，我不可能再離開你……所以，別害怕。

但是，沒有用，陸臻就像是在跟他較著勁似的。有一陣子，夏明朗幾乎要放棄了，反正在他眼中看到的陸臻是無所不好的，即使還有期待，那也是好和特別好之間的分別。

然而，就在今天，莫名其妙毫無徵兆的，陸臻拿回了他全部的自信。

他微笑著看著他說：你還有我。

夏明朗發出一聲嘆息，寶貝，你知道你在拿自己跟誰比嗎？然而，即使是這樣的狂妄，夏明朗也並不覺得荒唐，麒麟是他的家，陸臻也是他的家，心所歸處，都是家。

「是啊，我還有你。」夏明朗把臉埋到陸臻的頸側，用力地嗅吸。

陸臻按住他的後腦輕輕笑著：「我有味道嗎？」

「有。」夏明朗很確定。

「什麼味道？」

「說不清。」

「據說人對氣味的記憶是最長久的。」

「那很好。」夏明朗心想，就算有一天你會老，改了容顏變了聲音，氣味總是不會變的。

14

日子很順暢地過了下去，當你經歷過太多事，吃過太多苦，內心思忖過太多的糾結與困惑……等到某一天豁然開朗時，你會發現什麼都難不倒你。

這他媽都算什麼呀！陸臻心想，曾經他們生死一線，天上有直升機，地下有機關槍，那樣都能殺出來。曾經他們危機四伏，待在一個陌生的小島上，夏明朗毒癮發作，自己六神無主，那樣都挺了下來。到現在，已然是陽光大道了。

陸臻把每天都安排得很充實，早上起來跑步，恢復體能，披著淋漓的汗水回去洗澡吃飯。中午最熱的時候，他們躲在門內模擬政審，陸臻就是那個目光敏銳、提問刁鑽的政審人員，夏明朗負責氣定神閒。嚴頭兒搞來了這次政審的相關程式，而夏明朗是審慣了的人，經驗十足。

海南的陽光很烈，天藍得清透，夏明朗和陸臻穿著花花綠綠的島服漫無目的地走在椰樹的陰影裡，時光像鍍了金的絲綢從身邊悠然流淌。

他們在不知名的海灘上長跑，每一天，伴著晨光與夕陽；他們去當地人才會知曉的海邊市場買菜，從漁民手裡換回最新鮮的海味，夏明朗最近廚藝飛漲，一盤蔥薑炒蟹可以香飛十里。

陸臻變得像一個教官那樣操心著夏明朗的一切，從衣食住行到每天的訓練量，設計出各種古怪的訓練方案，苛責他，高標準嚴要求。他會在逛完一圈魚市以後問夏明朗今天有幾家賣生蠔，或者在跑步時問他，十五分鐘前經過他們身邊那個穿白裙的姑娘是長髮還是短髮。

這些都是常規狙擊訓練，隨時隨地地觀察與高度注意力集中，夏明朗經常被他累得腦子裡想不了其他事，然而，那也正是陸臻的目的。人心是一座迷宮，有時候連自己都不知道路在何方，不是所有的問題都能徹底得到解決，有時候只能靠挺，讓時間去淡化傷痕。

夜幕降臨，陸臻「拖」著夏明朗走在酒吧街上，是的，拖著。夏明朗被訓了一天，累得腦仁疼，閉上眼睛耍賴。陸臻萬萬沒想到英明神武的夏隊長會來這手，咬牙切齒地威脅著：「再不睜眼，回去跑樓梯。」

「行行行。」夏明朗把頭點得像啄米，「我回去跑三次都成，饒了我吧，陸教官。」

陸臻圍著夏明朗轉了一圈，又笑了出來：「哎，你當年新兵的時候，是不是也這樣啊？」

「咋樣？」

「撒嬌耍賴逃訓練，變著法地討好班長。」陸臻的笑容隱在霓虹燈光弧裡，溫柔動人。

「切。」夏明朗睜開一隻眼，「我們班長哪有你狠啊？」

「過獎過獎。」

夏明朗睜一隻眼睛還是覺得暈，連忙又閉上：「你這臭小子，不懂亂來，就你這麼個訓法，全麒麟只有陳默那個混蛋能挺住。」

「有這麼誇張嗎？」陸臻拉著他到路邊坐下。

「明天我拿你試試，不用多，三小時就成，你要能挺得住我跟你姓。」夏明朗憤然。沒料想陸臻居然一徑沉默下來，過了幾分鐘，夏明朗懷疑地問道：「你不會是想當真了吧？」

陸臻慢吞吞地說道：「憑良心講，跟我姓這個籌碼還是蠻重的。」

「挺不下來你跟我姓。」夏明朗馬上追注。

陸臻細想了想，狙擊訓練他沒受過，但是小花當年是怎麼個七死八活的狀態，他是看著過來的，明智地轉了個話題：「頭還疼嗎？」

「廢話。」夏明朗試著睜開眼，四周霓虹流麗，人影綽綽。完全不自覺的，腦子裡那根弦又繃了起來，大腦高速運轉，所有的路口、視窗、行人……像一張立體的圖形直接拍進了他的腦子裡。

「靠！」夏明朗捧住腦袋把頭埋下去。

「還難受？」陸臻心疼起來，只是礙於大庭廣眾的，不好把人往懷裡攬。

「廢話。」夏明朗從牙縫裡擠出兩個字，環境嘈雜，這聲音曲折地鑽進陸臻的耳朵裡，就有了幾分柔弱的意味。陸臻於是躊躇著站起來，匆匆說道：「我馬上回來。」

夏明朗聽著陸臻走遠，就好像身邊的氣場被陸臻帶走了一部分，周遭的一切像潮濕的塑膠薄膜那樣貼到他的皮膚上。自覺不自覺的，夏明朗每一根汗毛都豎了起來，皮膚泛起細小的顆粒。

這恐懼來得毫無緣由，然而，卻真實地存在著。

眼睛不看，聽力就越發靈敏，遠遠近近的，車聲、人聲，從酒吧裡傳出的斷續樂聲，到角落裡人們的切切低語，在夏明朗腦中徘徊吵鬧……

看不見總是最可怕的，夏明朗嘆了口氣，只能把眼睛再睜開。暈總比怕好，心理恐懼這種東西是沒有任何道理可言的。

找陳默是件麻煩事，因為他沒有任何個人通信工具。你非得把電話打到中隊隊部，拜託通訊員幫忙找人。好在尋到正主兒以後，諮詢起來很方便，陳默說話永遠乾淨俐落有條理，而且從來不多問為什麼。陸臻三言兩語地說完情況，陳默馬上給出了解決方案：你給他上個簡單點的課程緩緩。

專業人士就是專業人士，陸臻一路感慨著往回跑，決定抽個夏明朗看不到的時候好好向默爺討教一番。至於為什麼非得是夏明朗看不到的時候，大家都懂的，新教官是很需要建立自信的。

夏明朗還坐在原來那個地方，連姿勢都沒怎麼變，只是頭抬了起來。陸臻一時興起，忽然放輕了自己的腳步，夏明朗卻像是被什麼東西扎到似的猛然跳了起來，轉身瞪著他。

「隔那麼遠都知道是我？」陸臻美孜孜地跑過去。

「你心懷不軌。」夏明朗揚手搭到陸臻肩上，「幹嘛去了？」

「鬧……鬧肚子。」

「正好，我也想放水，帶我過去。」夏明朗似笑非笑地瞪著他，「編，繼續編……」

陸臻用力一揮手，顧左右而言他：「來來來，我們進行下一個課程。」陸臻眨巴著大眼睛，一手指向自己鼻尖，「幹掉我！」

夏明朗噗的一笑，壓低了嗓子問：「是幹你，還是幹掉你？」

陸臻伸手按住夏明朗的眼睛：「五分鐘後睜開，我就在這條街上。」

「誰教你了？陳默？」夏明朗嘴角挑起。

陸臻在夏明朗肩上推了一把，扭頭就跑，憤憤不平地抱怨：「死要贏！一點也不給我留面子！」跑開兩步轉身又吼，「默爺只是給了我一個思路。」

「你那會兒也沒給我留過面子啊！」夏明朗樂得大笑。

同樣的一條街，同樣的閉眼傾聽，之前那莫名而來的恐懼卻又莫名而去了，車與行人成了單純的背景，變得不再有威脅性。只有陸臻的腳步聲綿延遠去，像是在一片濃黑的菸霧中劃出的一條流光的線。

殺一個人比保護一個人要容易得多，這就是為什麼殺手可以獨自幹活，保鏢總要聚一大群的原因。而殺人最難的步驟在於善後，可「幹掉」陸臻不用善後。所以對於夏明朗來說，這的確是個輕鬆的課程，需要專心，卻不激烈，剛好能給他過熱的大腦降降溫。

半小時以後陸臻聽到手機響，按照短信提示轉過一個角度，夏明朗舉「槍」待射，笑眯眯地望著他。

「哎呀！」陸臻做驚訝狀。

夏明朗眨了眨眼，做出一個射擊的動作，陸臻配合地按住胸口倒退了幾步。

「幹掉了！有什麼獎勵？」夏明朗得意地。

「做不好要罰，做好了沒獎，這不是你的老規矩嗎？」

夏明朗伸手擼了擼陸臻的頭髮，把一條汗津津的手臂勒到陸臻胸口，湊到他耳邊低聲說道：「不許學我。」

陸臻感覺有些透不過氣，背後這具身體的熱力驚人，他用力從夏明朗手下掙脫出來，一聲不吭地拔腿就跑。夏明朗一個失察沒能拉住他，連忙追上去大喊：「耍賴啊？跑得了和尚，你跑得了廟嗎？」

短距離衝刺是絕不能說話的，夏明朗這一句話喊完，陸臻已經把他甩開有五米遠。臭小子，夏明朗心裡暗罵一聲，馬上發力追上去。陸臻像一條小魚那樣在人群裡閃動，七繞八繞衝進一條小巷，夏明朗馬上樂開了花。這地方他剛剛進去過，看著深，其實是條死路，兩幢樓之間的一條狹縫而已。

夏明朗緩了幾步走近，從暗處伸出一隻手，抓住衣領把人拽了進去。

「鬧……什麼……」夏明朗氣喘吁吁地笑罵，超速跑最耗體力，兩三百米也讓人喘不過氣。

「獎勵。」陸臻含糊地喘息一聲，握住夏明朗的下巴堵上去，把人用力壓到了牆上。

陸臻對這個吻用足了力氣，在黑暗中激烈地糾纏著夏明朗的唇舌，仗著先下手為強，把優勢利用得徹徹底底。夏明朗始終沒能吸到足夠的氧氣，在暈頭轉向中癱軟下去。

暗昧處視覺失效，其他感官變得異常敏銳。夏明朗難耐地掙扎著，後背蹭著粗糙的牆面，身前堵著年輕有力的身體，周遭空氣裡浸透了陸臻的氣息，一層層地包裹著，把他與外界隔絕。陸臻劇烈的心跳就壓在他的胸口，捶打胸腔引起共鳴，讓血液喧囂著沸騰起來。夏明朗很驚訝自己居然會這麼衝動，難道是運動過度引起了腎上腺素的失常？

陸臻的嘴唇忽然離開，灼熱的呼吸帶著新鮮的氧氣湧到夏明朗的口鼻間。夏明朗抓住機會拼命喘氣，一手攥住陸臻的頭髮，防著他再來一次偷襲。

「你想憋死我？」夏明朗頗為惱火地瞪了一眼，他自己看不見自己，當然不會知道這種時間抬眼瞪人是個什麼樣的效果，煞氣有多重，風情就有多濃。

陸臻臉上一紅，神情古怪地說道：「你好像，好像……」

「嗯？」夏明朗還沒緩過神，一隻手按到自己胯下，把那個火熱硬挺的東西壓出了清晰的輪廓。

呃……夏明朗掩飾性地低咳了一聲。

「我只是親了你一下而已啊！」陸臻顯然是困惑的，但字裡行間透著得意。

夏明朗眼珠子一轉，緩緩抬頭。他此時側對著巷外，瞳孔裡映出霓虹的光，微微瞇起來，便是一個攝人心魂的笑容。帶著攻擊性，卻又曖昧不明地誘惑著，讓人猶豫徘徊在進與退之間，心癢難耐，不知如何自處，只能死死盯住他。陸臻感覺到夏明朗隔著短褲握住了自己，卻只是低低喘息了一聲，忘了阻止。

半晌，夏明朗鬆開手，若無其事地笑了：「很好，現在咱倆都一樣了。」

「你……」陸臻幡然醒悟。

很好歸很好，但接下來要怎麼辦呢？

這地方走出去三步就是大街，人來人往，車去車走，抱一起親個嘴兒還成……巷戰神馬的，夏明朗與陸臻尷尬地對視一眼：還真沒這個膽子。

陸臻退開幾步，喘息著靠到對面的牆上，指住夏明朗：「你他媽太幼稚了。」

「幹嘛？」

「行行行，你別看我。」陸臻把手擋在眼前，「先緩緩吧。」

夏明朗失笑，轉頭看向巷外。

陸臻一直認為要從夏明朗那張老臉裡看出好來，很是需要一點情人眼裡出西施的審美觀，但此時夏明朗微笑低頭的側臉實在帥得讓人驚心。陸臻試圖用理智來解釋這個現象，思來想去，大約是夏明朗輪廓深峻，側臉比起正面要好看得多。陸臻搓著汗津津的手指按住胸口，感覺就憑這一幅霓虹燈下剪影的輪廓，一直把夏明朗當帥哥算帳，他也不算虧心。

「我說，你這麼一直盯著我，真能緩下來嗎？」夏明朗笑道。

陸臻沉默了幾秒，把上衣扒下來抄在手裡：「我先走一步。」

「真乖。」夏明朗臉上的笑紋擴大，「你還別笑我，我要不把你也搞硬了，你能這麼輕易就放過我？」

「我有那麼壞嗎？」陸臻囧然，轉念一想又釋然了，煞有介事地點著頭說，「有道理。」

陸臻提著上衣擋在身前，就近拐入一間公廁把自己草草處理了，咬牙切齒地給夏明朗發出一條短信：訓練繼續！

夏明朗馬上回覆過來：明白。

夏明朗這個晚上第二次鎖定陸臻時，後者正在舞臺上打鼓，赤裸的胸膛上滾著一層汗，射燈掠過他的臉，炫出一抹琉璃質的光彩，像一個晶瑩剔透的人。

夏明朗在吧台的亮處坐下，向陸臻遙遙敬了杯酒，他知道陸臻一定看到了。果然，密集的鼓點越發狂暴起來，好像憋著一股勁兒在發洩。每一記狂飆的鼓聲都敲在人們的心臟上，舞池裡的紅男綠女被這鼓聲撩撥得騷動，歡呼聲陣陣。

不一會兒，歌唱完了，吉他也停了，只有貝斯還在鼓架旁邊和聲，主音吉他興奮地大吼：「SOLO，SOLO……鼓手要SOLO。」

台下有人吹起口哨，人們又笑又跳，熱鬧得有如颱風過境。

陸臻一曲終了，整個人濕得好像從水裡撈出來那樣。酒保扔上去一瓶水，陸臻抄手接住大口大口地往嘴裡倒，一邊從舞臺上輕盈跳下。

「認識？」夏明朗詫異。

「剛剛認識。」陸臻在夏明朗身邊坐下。

「你找了個好地方。」夏明朗感慨，這酒吧他之前進過一次，可是當時射燈對著舞池，他走了一圈居然沒發現端倪。

「那是，我看著你進來過一次。」陸臻把酒杯從夏明朗手上鉤過來仰面喝乾，然後重重地拍到桌子上，「你輸了。」

夏明朗舔了舔下唇，極其溫和地說道：「先把衣服穿上吧！」

陸臻湊近去看夏明朗的眼神，慢慢笑了起來。

「好。」他用更溫柔的聲調應道。

陸臻套上衣服又要了兩杯酒，開始向夏明朗解釋他這番小奇遇。原來這家駐場的正牌鼓手最近告病，替補隊員水準太爛，節奏永遠差一拍。陸臻正懷著滿腔慾火無處發洩，再遇上這麼個鼓點節奏，憋得火燒火燎，實在忍不住便隨口向酒保吐槽，說這鼓打得，就跟射不出來一樣。酒保當即爆笑。

不一會兒，主音吉他從臺上下來，圍著陸臻稱兄道弟大喊知音。是的，今天晚上剛剛開場的時候，他也發出過同樣的感慨。

搖滾小青年的交情很好攀上，先說說你喜歡的樂手，再說說我喜歡的樂手，最後痛罵一下現狀，吼幾句搖滾已死，馬上就成了知交故舊。主音聽說陸臻原來打過鼓，立馬拉著他上臺去試。陸臻正愁沒地方排解，挑了幾個曾經練到熟透的曲子，乘興一通狂飆。這不是什麼出名的搖滾吧，也不是什麼大城市的酒吧街，大家進門喝酒求的就是個熱鬧，陸臻這番半生不熟的技藝已經算是高超。

「這也太亂來了。」夏明朗失笑。

「亂來就對了，又搖又滾的哪能不亂。」陸臻發洩完畢，心平氣和，慢慢地喝著酒，「你輸了。我看到你了，你卻沒看到我。」

「嗯，要罰點什麼？」夏明朗最近一直在想，如果當年他的試訓教官是陸臻，那成績是不是能更好些？恐怕是不會的，他對陸臻毫無敬畏，只有濃烈之極的愛與信任，連懲罰都令他感覺到甜蜜。

陸臻抬手鉤住夏明朗的下巴：「妞，給爺唱一個。」

「我五音不全的，沒關係嗎？」夏明朗面不改色。

陸臻想了想：「也是，聽你鬼吼還不知道是誰罰誰。那不如這樣，爺給你唱一首吧……」

夏明朗笑了：「聽你唱歌可不算受罪。」

陸臻撐著吧台的桌面彎腰看向夏明朗，環境嘈雜，他的聲音又低，幾乎貼在了夏明朗的耳垂上：「我樂意。」

主音吉他對陸臻的去而復返表示驚喜，陸臻跟樂隊交流了幾句，不一會兒，店裡的跑腿從後門擠進來，遞給陸臻一件大紅色的T恤。

「一塊紅布。」陸臻站在立麥前面高喊，徒手撕開棉質的T恤，拉出一塊紅布蒙到眼上。這手很炫，極具舞臺效果，引得台下歡聲雷動。

……

那天是你用一塊紅布

蒙住我雙眼也蒙住了天

你問我看見了什麼

我說我看見了幸福

……

這首歌曾經在夏明朗的少年時代大紅過，街頭巷尾無人不知。但原唱的唱腔古怪，夏明朗不是搖滾青年，從來沒聽清過歌詞。此刻，當陸臻的歌聲響起，夏明朗幾乎認不出它的本來面目。

陸臻沒有採用老崔那種好像隨時會斷氣的唱法，他的聲線清澈悠揚，在高音區略帶一點金屬質的沙啞，即使唱得溫柔纏綿，也仍然是有力的，歌聲裡纏繞著情愫，卻不是絲質的線，而是鋼質的纜。

……

我的手也被你攥住

你問我在想什麼

我說我要你做主

我感覺你不是鐵

卻像鐵一樣強和烈

我感覺你身上有血
因為你的手是熱乎乎

……

夏明朗記得這不是一首情歌，卻不明白為何聽起來這麼深情，每句歌詞都像是寫給自己的，那麼合襯，妥帖得讓人眼眶發熱。陸臻握著立麥唱得渾然忘我，歌聲驚豔了眾人，人們安靜下來不約而同地仰頭望著他。

然而，陸臻用紅布蒙眼，全場只有一個人知道他在看著誰。

……

我感覺我要喝點水
可你的嘴將我的嘴堵住
我不能走我也不能哭
因為我身體已經乾枯
我要永遠這樣陪伴著你
因為我最知道你的痛苦

……

陸臻蒙著眼睛，就那樣反覆唱著最後一句從臺上跳下來，他只有模糊的光感，卻不擔心自己會走錯方向——夏明朗總會在前方等著他的。有膽大的姑娘伸手去攔他，把酒往他手裡塞，陸臻笑著躲閃，直到撞進一個紮實火熱的懷抱裡。

「臭小子。」夏明朗的聲音極低，低得像呻吟。他伸手拉下陸臻蒙眼的紅布，跌進一片亮如晨星的光彩裡，那雙眼睛泛著波光，說不清是淚水還是汗水，然而興奮的，歡喜的。

夏明朗恍然有種錯覺，他覺得自己簡直就像是在成親了：新娘從轎子上走下來，在前呼後擁中跨過火盆，人們歡呼著尖叫著，四處都喜氣洋洋的。紅布落下，他看見那個人，那雙眼睛，在笑著……

「寶貝。」夏明朗用力抱住了陸臻，很用力地抱了抱，勒得他幾乎喘不過氣來：我真想用我的嘴把你的嘴堵住，讓你再也不能走也不能哭……

15

夏明朗在情緒激動完全沒有防備的情況下，聽到巡迴音響裡有個嗓子在吼：「親一個！親一個！親一個！」

起哄神馬的，大家最喜歡了。遠處不明真相的群眾被這種情緒帶動，興奮地附和著，很快的，「親一個」的聲浪鋪天蓋地席捲而來。夏明朗無比迷茫地抬起頭，感覺有些奇幻。

「我操，男的啊！」主音吉他驚嘆了一聲，台下黑糊糊一片，夏明朗的臉被陸臻擋住，他是真沒看清楚。

夏明朗神色一暗，但很快冷靜下來，失落之餘也有些釋然。然而，總有一些人的心思是你永遠都摸不準的，主音抓了抓下巴，很快吼道：「男的也親一個啊！不親白不親啊！介好的氣氛表浪費嘛，兄弟哎！」

夏明朗這下徹底傻眼，姑娘們的尖叫已經把他徹底淹沒。夏明朗實在搞不懂那些女人們有什麼好激動的，一個個衝鋒陷陣好像這裡蹲著兩捆人民幣那樣殺過來，面帶狂喜，眼神閃爍……反覆詢問反覆確定：

帥哥啊！

真的，帥哥啊！

好帥啊！高的那個太帥了！

哎呀，都帥都帥！

萌死了啦！

……

呃，這個，這是什麼狀況？這是哪國語言？夏明朗後背的寒毛都豎了起來，他敢肯定，百八十個全裝壯漢攔在他面前，都不帶這麼嚇人的。這他媽……是沒見過帥哥嗎？夏明朗扯住陸臻扭頭想跑……圍觀群眾很快發現了他的企圖，一層層堵上來：跑什麼跑啊……不親不讓走啊！

是的，起哄神馬的，人民群眾最愛了，管他是男是女啊，先起了哄再說嘛！

夏明朗當然可以撞出去，但是……

手足無措之際，他感覺陸臻拉了他一把，然後，他的嘴把他的嘴堵住，他就真的走不了了。

爆場了！

人們的尖叫和歡呼差點把屋頂掀飛，路上的行人紛紛擠進來看熱鬧。主音吉他目瞪口呆地看著這一幕，喃喃自語：「哎呀，真啃啊！」但是很快的，他又激動起來，真啃啊！太帶勁了！他一邊大吼著：「我操，牛逼！」隨手撥出一個超炫的和絃。

當陸臻低頭吻過來的時候，夏明朗腦中只剩下一片空白。幾秒鐘以後，他的大腦才重新運轉起來，卻感覺很不真實。這也太瘋狂了！瘋了嗎，這小子？

陸臻鎖住了他的脖子和下顎，在這一片聲色流麗的喧囂中激烈地糾纏著他的嘴唇，舌頭撬開牙齒，勾住他的舌頭，拖到自己口中吮吸。這是真的嗎？不能吧？夏明朗感覺自己暈透了，身邊有人在鼓掌，有人在尖叫，擁擠的人流把他們擠得跌跌撞撞，陸臻的牙齒磕破了他的嘴唇，卻不肯放開他。

可是，這又真的……太像一場婚禮了，夏明朗不自覺地恍惚起來：當新郎親吻新郎時，所有的賓客都在大笑著叫好！

是啊！夏明朗忽然意識到，怎麼能只有陸臻在親他呢？他得親回去啊！必須啊！

夏明朗站穩腳跟，雙手握到陸臻臉上正想回吻……可是，當他的意識回來，氣場放開，四周揮舞的手掌中那些黑糊糊的小盒子立刻引起了他的警覺。

我操！有人拍照！

雖然這地方烏漆抹黑人來人往，憑手機也拍不下什麼，但是……夏明朗在心裡暗罵了一聲，也不及細想，手忙腳亂地解扣子。陸臻顯然吃了一驚，迷茫地瞪著他，夏明朗在他的唇上用力咬下一記，抖開襯衫罩在兩個人頭上。

「哎，兄弟哎，我送你個伴奏！」主音吉他仗著有音響撐腰，強勢性地把話送到每一個人的耳朵裡，樂聲響起時所有人都瘋了：大花轎！居然？！

連陸臻聽清旋律後都笑到崩潰：這混蛋真是個妙人！

然而，在這樣的夜晚，在這個陌生地方遇到這樣陌生的妙人，著實是一種幸運。

他轉過身，雙手抱拳：「謝了！兄弟！」然後將夏明朗打橫抱了起來，姑娘們發出一陣極為響亮的驚呼聲，有幾把特別尖銳的嗓子穿透性地響起：不是吧！

這三個字簡直說到了夏明朗心坎裡：臭小子！蹬鼻子上臉，你還沒完了！？

夏明朗擰身就想往下跳，陸臻眼明手快地湊到他耳邊低語：「別鬧啊，要不然就走不了了……」

呃？夏明朗一愣，糊裡糊塗地聽到陸臻高聲在喊：「讓讓啊，別擋著我入洞房呀！」這他媽也……夏明朗一陣鬱悶，卻驚訝地發現那些如狼似虎的姑娘們居然當真往後讓開了。必須嘛，遇上這麼配合又愛演的主，圍觀群眾也是知道什麼叫識趣的。

好不容易擠到門口，夏明朗瞅到機會從陸臻懷裡掙脫出來，斷然下令：「跑！」

門外的圍觀群眾尚不知道裡面發生了什麼，只覺得這裡有一場大熱鬧，好奇地想湊過來看一看，冷不丁看到兩個人跑出來，門內又有人在起哄，下意識地就往上圍住了，一個個左右顧盼著打聽八卦：怎麼啦，怎麼啦？發生什麼事兒了？

前無去路，後有追兵，夏明朗抖擻精神正想殺開一條血路，一個依稀瞧著面熟的小子鬼鬼祟祟地擠過來猛招手：「這邊這邊。」夏明朗看到陸臻轉身，不及細想，拔腿就跟了過去。那小子帶著他們三兩一繞，居然閃進了一扇門裡，他把大門一關，拍著胸口笑道：「太牛逼了，我操，你們太牛逼了！」

夏明朗感覺這把嗓子聽著太熟，再一細看，頓時驚了，指著對方的鼻子吼道：「是你？！」

主音吉他嚇了一跳，笑容僵在臉上：「啊？咋了，兄弟？」

夏明朗猶豫起來，不知道應該怎麼處理這小子。這是個渾人，當然的，就是這小子放肆胡來，讓他們尷尬無比，被眾人圍觀，差點逃生無門……可是，憑良心講，這能怨人家嗎？你真的不樂意嗎？你真的不開心嗎？

夏明朗發現這事真是無與倫比的囧，可也就是這麼個莫名其妙的二愣子，為他們創造了這一生從來不敢期待的幸福時刻。似乎就憑這一點，他也不能嚇著人家：大恩人啊，這明明是！

夏明朗連忙堆上滿臉的笑：「沒事沒事，我就是剛剛沒認出來。」

「噢！」主音毫無芥蒂地拍著夏明朗的肩膀說道，「一會兒宵夜啊！」

「啊？」夏明朗頭大，這哥們的思路也太跳躍了。

但主音同志已然轉移了談話的對象，一把摟住陸臻笑道：「太牛逼了，真的，你太牛逼了！」他好像已經不知道怎麼表達驚嘆，停頓了幾秒，還在唸叨：「太牛逼了！High死了，今天！台下都瘋了，你看到沒？跟音樂節似的！」

「這，沒什麼牛逼的啊！」陸臻自覺受之有愧，當時氣氛那麼好，不親一個簡直後悔終生。他要能忍住了不親下去，那才叫真牛逼。

「哎呀呀，謙虛了吧？謙虛了！」主音興奮地揮著手，一邊掏出手機撥號，一邊指著陸臻說道，「別走啊，一會兒宵夜！」

陸臻看著他連說帶笑地打完電話，他說得又快，口齒不清，嘈嘈切切的方言陸臻一句沒聽懂。可是，電話一丟，這哥們兒居然馬上撲過來掐他脖子，咬牙切齒地笑罵著：「嫉妒死哥哥了，一大堆妞纏著阿豹在打聽你，聽說有幾個超正點！」

「這有什麼可嫉妒的。」陸臻樂了。

「正妞啊！阿豹說正那是一定正啊！」主音瞪著眼睛，「我不管啊，等會兒一起宵夜……你一個人也用不了這麼多吧，分幾個給兄弟們。」

陸臻感覺他越說越不著調，遲疑不決地指著自己的鼻子說道：「我Gay啊！」

主音愣住，驚訝地瞪大了眼睛。夏明朗在旁邊聽得一頭霧水，心想：你這算什麼表情啊？你居然到現在都沒想通，這他媽才讓人驚訝，好不好？

「你居然……沒看出來？」陸臻知道搖滾小青年多半不靠譜，但不靠譜到這種程度的也是少見。

主音同志不滿地嘀咕了一句：「那個，布蘭妮也親過麥當娜嘛！」

陸臻無語。

「Tommy Lee和Dave Navarro也舌吻過啊！」主音又神氣起來。

「好好好。」陸臻敗下陣來，「是兄弟孤陋寡聞，但……非常不巧的，我還真是。」

「真是就真是唄，有什麼好得意的。」主音莫名其妙而又不屑地瞥了陸臻一眼，「不就是Gay嗎！老子也睡過男人啊！」

「呃？那你？」陸臻大驚。

「感覺不咋地，睡了幾次就沒再睡了。還是妞兒好啊，男人有什麼好睡的，跟飛機場似的。」

夏明朗與陸臻面面相覷，無語凝噎，這種感覺非常神奇，你全心全意地想要隱藏，自以為一旦暴露就會萬劫不復的那個秘密，在他面前根本不值一提。他的底線擊穿了你的下限，他用完全不以為然的眼神看著你，就像在看一個不開眼的土包子：你以為你很特別？切！老子什麼沒見過！

「嗯，那個什麼……」陸臻憋不住笑，「是兄弟太不上道了。」

「沒事。」主音揮著手，非常寬宏大量的模樣。

「不過，我是真不想跟妞兒一起宵夜。」

「啊？為什麼？」主音大奇，眼珠子一轉幫陸臻想到了理由，他瞅著夏明朗說道，「也對，你老婆也在，這是不大好。」

夏明朗面沉如水，默默爆了一圈血管：老婆你的個頭！

沒想到主音同志詭異歸詭異，眼色還是有的，看見夏明朗臉上變色，馬上打著哈哈笑道：「哎呀，不要這樣嘛，大家都是男人，你也懂的。」

夏明朗迷惑不解，心想懂啥？過了好半天才反應過來：我靠！什麼人啊，這是？！

主音生拉活拽著把他們帶到酒吧樓上的休息室裡按下，威逼利誘，要求等下一定要一起宵夜。用他的話來說，他跟陸臻這叫一見如故，陸臻身上擁有一個真正的搖滾人所應該具備的不羈與性感，讓他倍兒欣賞。

總之，緣分！

夏明朗暗自猜度，要是陸臻把他的中校禮服穿上，繃起臉一本正經地給他放一個立正，會不會直接嚇死這小子？

老實說，夏明朗到現在都覺得暈，他對中國人的開放程度還是不夠瞭解，總覺得像查理那種變態妖人都存在於萬惡的資本主義。可是今天這群本土妖魔讓他大開眼界，他一向認為自己年輕時也是野過的，可跟這些人一比簡直小巫見大巫，純潔保守得像一個鄉下土鱉。

正所謂「性、毒品、搖滾樂」，三位一體，不可分割……要比亂，人家是專業的，雖然比國外那幫子差點，也可以代表社會主義的最高水準了。

這樓裡的隔音做得不好，樓下傳來喧鬧的樂聲，夏明朗摸了摸陸臻的腦袋，笑著問道：「走嗎？」

「你說呢？」陸臻滿懷期待。

夏明朗吻了吻他的額頭：「那就再玩一會兒。」

陸臻馬上笑得連眉眼都彎了。

「哎，你有沒有覺得……」陸臻握住夏明朗的手，得意地搖頭晃腦，「我剛剛那句話說得太牛逼了！」

「哪句啊？」夏明朗心想你剛剛哪句話都挺牛逼的，老子差點兒沒跟上你的思路。

「就那句啊！那個……他一個勁兒地向我推銷姑娘時那句。」陸臻居然在這時候羞澀起來。

「哦。」夏明朗反應過來，「那就是句實話嘛。」

「是啊。」陸臻靠到夏明朗身上，「可是做人要想說句實話是多麼不容易啊！」

陸臻瞇起眼睛，盯著天花板上那條日光燈管，光線很亮，但並不刺眼，就是單純雪白的光，看著乾淨而清冷：「我第一次看到這句話的時候，就特別想說一次，我就想，我一定要對著人說一次，一定要！」

「那現在是不是很爽？」夏明朗低下頭，動作輕柔地撫過陸臻的嘴角。他瞭解陸臻的心思，壓抑了這麼久，一直都壓抑著。那群沒心沒肺的小夥子們讓他感覺輕鬆，可以肆無忌憚地做一些平時連想都不敢想的事，說最出格的話，沒有人會驚訝，沒人會用異樣的眼神看著你，那感覺真是好極了。

「爽死了！」陸臻心滿意足地翹起嘴角。

以一個現場搖滾酒吧而論，十二點收工算早。可是主音同志實在受不了那個替補鼓手了，用他的話來說：再聽下去今天晚上非得陽痿不可。

不過，這小子對音樂敏感，卻顯然不是什麼言而有信的主，當陸臻看到他們出現時，身邊還是跟了五六個妞。

「這個……阿豹女朋友。」主音訕笑著解釋。

「阿豹有幾個女朋友？」陸臻似笑非笑地低聲問道。

「你Gay嘛，反正……剛好便宜兄弟們啊！等會兒你就管你老婆，那些妞兒你都不用答理的。」主音同志嬉皮笑臉地耍起了賴。

陸臻哼了一聲，心想如此良辰，這般美景，我當然只管我老婆！

夏明朗對剛才酒吧裡那一幕還心有餘悸，陡然看到陌生女人出現，立馬進入十級戰備狀態。果然，那幾個姑娘鬼鬼祟祟好像對暗號那樣嘀咕了一陣（憑老子的唇語功底，居然硬是沒看懂），又有人邪惡地舉起了手機。夏明朗眼明手快地上前一步，一把握住。

「呃！」此番捉姦在床，姑娘明顯愣了。

夏明朗微微笑著，緩慢而又堅定地從她手裡抽走「凶器」。他用一隻手輕鬆壓制住對方微弱的反抗，退回到檔夾裡查看照片。夏明朗的力量對於一個女人來說簡直是無底的，就像石雕鐵鑄那樣，堅硬得讓人絕望。

「我我……我什麼也沒拍到。」姑娘被嚇著了。

「我不喜歡這個。」夏明朗低下頭，很認真地看向對方的眼睛，他明白怎麼對付女孩子，尤其製造那種萍水相逢時第一眼的驚豔。

「哦，對不起。」姑娘臉上迅速紅起來。

「我不喜歡被人參觀，像猴子一樣，被人拍來拍去。」夏明朗對自己產生的效果很滿意，這些年，為了勾住陸臻那個渾小子，他還是下過苦功的。

「對不起！」姑娘愧疚得都快哭了。

夏明朗抬起頭，向另外那幾位伸出手。那眼神像命令又像是要求，讓你感覺自己必須對他坦白，否則內心不安。好在還沒做賊的也不用心虛，幾個姑娘馬上大大方方地把手機展示給夏明朗看，趁機還要說上兩句漂亮話，類似，我怎麼會做那種事啊，我們也是有節操的，云云……

陸臻在近處旁觀這一切，主音忽然扯著他的袖子說道：「哎呀，你老婆很風騷嘛！」

「廢話。」陸臻表示不屑。

就這樣，一行人提著樂器走在午夜的街道上，天氣很好，夜空晴朗，不冷也不熱。

貝斯是一個略顯沉默的小夥子，挑染著詭異的髮色；主唱則是個風騷青年，燙爆炸頭，比主音還要能侃，當這兩人同時開腔，你需要氣沉丹田先吼一聲，才能把自己的聲音擠到他們中間。陸臻感覺貝斯的沉默完全是被這兩個話癆（話很多者）給逼出來的，所以不惜染了一個藍紫色的雞冠頭以示抗議。

然而，即使是這樣不搭的一群人，陸臻卻喜歡得不得了，因為單純，單純得好像天地一片純白，於是毫無顧慮地開心。

16

宵夜是啤酒、燒烤和各式小海鮮，陸臻嚐了一口炒蟹，感覺與夏明朗的手藝相去甚遠。

但是，陸臻是過來吃菜的嗎？

不，他是過來閃瞎狗眼的！

基本上，像秀恩愛這號無聊的囧事，夏明朗是不太熱衷的。畢竟他曾經輕狂過，也曾處心積慮地把新泡上的漂亮姑娘領到兄弟們面前，表面不屑實則忐忑地接受羨慕嫉妒和無窮恨。可是陸臻不一樣，陸臻一生憋屈

（委屈），就連在徐知著面前都沒敢放肆過，平日裡別說拉拉小手親親小嘴，連眉目傳情都不敢，生怕礙了兄弟們的眼。

人嘛，就是這樣，凡是得不到的都是好的，人生八苦，倒數第二個就是「求不得」。炫耀夏明朗是陸臻一生「求不得」的苦，所以明知無聊他也要炫一把。傻就傻了，爽到是自己的。

陸臻存心要顯擺，夏明朗當然陪他演。落座沒多久主音就感覺到了某種壓力，那是兩個人共同釋放出的粉紅泡，強光四射，BlingBling閃得他眼暈。左右看一看，所有的妞都驚了，有男友的看男友，那眼神都是鄙視加饑渴，翻譯成白話文就是：你看看人家！沒男友的個個都呆了，居然臉紅心跳氣短。

主音生平第一次感覺到要一個包廂是正確的，Gay見多了，膩歪成您二位這樣的，少見！

服務員走過，上了一盆黃辣椒炒白蛤，陸臻伸手捏了一個，半道上被夏明朗截了。

「太辣。」夏明朗嚐了一口。

陸臻露出失望之色。

「乖，明天我給你炒個不這麼辣的。」

主音等待長久，終於在這兩人密不透風的濃情中找到了插嘴的機會：「噫，小夏兄弟不吃辣椒嗎？」

「吃啊。」夏明朗莫名其妙，心想我不是剛嚼了一個。

「呃，你也姓夏？」主音樂了。

夏明朗一愣，光速醒悟，飽含深意地瞥了陸臻一眼，笑眯眯地說道：「是啊，很巧吧？」桌底下，夏明朗的腳背在陸臻光滑的小腿肚上蹭了蹭，一切盡在不言中……

陸臻很憋屈，他知道夏明朗在琢磨點啥，但他還真不是那麼想的……當時跟主音套近乎，隨口編了個假名，他是絕逼沒料到這兩人還有碰頭聊天的那一刻！

「那，那你們，不會是親兄弟吧！」一個女生怯生生兩眼發光地問道。

「你這眼神也……」夏明朗托著陸臻的下巴讓他轉過臉來，「你覺得我們倆有可能是一對爹媽生的嗎？」

即使相處日久會讓兩個人的面目相似，夏明朗和陸臻畢竟還混得不夠久，一個是清爽明亮的帥哥，一個是眼神勾魂的型男，風格形象迥然不同。

「我我，我想多了。」女生連連道歉。

夏明朗感慨，這年頭的女孩子真是越來越不靠譜了。

一邊胡吃，一邊海侃。陸臻是話癆出身，一肚子搖滾典故養在麒麟無人識，剛好有機會拿出來曬一曬，等他把那些閃瞎狗眼的噁心恩愛套路秀完，終於也忍不住加入了這桌上的主流話題。而夏明朗則一直沉默，沒轍，他們現在討論的那些名字他一個不識。但陸臻那眉飛色舞的樣子就像一幅畫，在燈光下鮮活潤澤……夏明朗安靜地看了一會兒，發現自己與過去真的是不一樣了。

以前，他是不會樂意讓自己這麼低調的，一張桌子上只能有他一個聚光點。

從三歲起，他就喜歡當頭兒，呼風喚雨眾人附和，也為所有人負責。以前，如果女朋友在某個話題中這麼打眼，而自己真正一無所知，他是一定要犯急的，表面上不動聲色，心裡鬱得要死，小火苗噌噌地往上冒，回家不惡補一番絕不可能甘休。

可是現在，他旁聽得很愜意，非常放鬆的感覺，即使陸臻不時嘲他幾句土包子，也完全沒有知恥而後勇的勁兒。因為知道這些都不重要，一丁點也不重要。

陸臻見過他最難堪的時刻，他曾經向他傾訴過內心深處最隱秘的恐懼與傷痛……那些慘烈的回憶，此刻回想起來竟漸漸滲出了無比厚實的幸福感。

那是一種非常踏實的感覺：就是你了，就是我了，我們兩個！

那種不可分割的信念堅實得好像某個定理：我們一起經歷過那麼多事，那些共同流下的血和淚會把我們死死地捆綁在一起，牢不可破。

夏明朗的神色變得越發溫柔起來，把手掌覆蓋到陸臻手背上，陸臻正忙著侃大山還顧不上他，卻自然而然地反手握緊了他。

「話說，夏老大，我真服了你。你看，就俺們家小兄弟這身段，這長相，這才華……沒治了，你怎麼泡上的啊？」主音擠眉弄眼，這哥們看人有種動物般的直覺，陸臻是有才的小夏兄弟，夏明朗是風騷的夏老大，一眼定性。

「呃。」夏明朗咽了口啤酒，「我就是……點了個頭。」

「是兄弟我先下的手。」陸臻指著自己胸口，「那會兒他一直不點頭，把我吊得……抓心撓肝的。」

「嘿，這……嘿嘿！」主音兩眼放光地衝夏明朗豎起大拇指，「老大，有點意思，夠風騷！」

夏明朗眨巴眨巴眼睛，對著主音露出一個意味深長的笑容：這老兄說話你永遠拿不準他是在罵你還是誇你，只能陪著內涵。

吃完聊完，已經是午夜兩點左右，除了陸臻和夏明朗，大家都多少顯出了一些疲態。街面上只剩下三三兩兩的行人，大都是從夜場裡剛剛散出來的。暗夜裡的霓虹閃出詭異的色彩，空氣裡浮動起夜到最深處的瘋狂味道。

夏明朗忽然變了變臉色，壓在陸臻耳邊說道：「大麻。」

陸臻吃了一驚，雖然大麻與海洛因相去甚遠，但毒品的心癮難料，有時候一個詞兒都能引起煩躁和痛苦。

「我靠！這麼重的大麻味。」主音用力吸了吸鼻子，大驚小怪地嚷嚷著。街角處幾個小青年馬上惡狠狠地瞪過來，主音雖然人不靠譜，膽子卻是不大，立馬縮頭縮腦地向陸臻招手：「走走走，趕緊走，惹不起。」

「那什麼地方？」夏明朗皺起眉頭。

「不是好地方。」主音拉著他們繞過那個街口才又重新神氣起來，指著同行的幾個女孩子教訓，「看見沒，賊窩！豎著進去，橫著出來；小姑娘進去，破鞋出來……」

陸臻與夏明朗對視了一眼，從對方眼中看出一連串的火光。陸臻忽然招了招手說道：「哥們有事，先走了。」

主音尚沉浸在教導美女的快感中，半晌，等他回過味來，陸臻已經攔下一輛計程車絕塵而去。主音如夢初醒似的張大嘴：「哎呀，你還沒給我留電話呢……」

顧不得司機異樣的眼光，陸臻一上車就把夏明朗攬進懷裡：「感覺怎麼樣？」

「還行。」夏明朗垂下頭平緩呼吸，過了幾分鐘，他把腦袋枕到陸臻的肩膀上，輕聲說道，「我想打架。」

陸臻的神色連連變了幾變，忽然間，好像終於拿定了主意似的說道：「我們回去！」

夏明朗略有些驚訝地看向他。

「回去看看，如果啥都沒有，你也就不想打架了，如果有啥……你也就有架可打了。」陸臻眼中閃爍著銳利的殺氣。

夏明朗看了他一會兒，慢慢地笑了：「好主意。」

陸臻在三個街區以外讓司機停車，然後撥出了一個電話——110。雖然只是一場臨時起意的小活動，陸臻還是過了腦子的，這項行動的風險主要來自兩個方面：1.保安。2.員警。

被保安抓住揍一頓事小；被員警逮住，說出入聲色場所尋釁滋事，這個就大條了，一世英名不能毀在一條陰溝裡。雖然軍方通常極為護短，可是也要給領導臺階下。報個警，紀錄在案，回頭萬一鬧大了，也可以說老子報警在先，無人受理，純粹替天行道。

110接警台的姑娘態度很平淡，陸臻結束通話，把手機卡拆下來藏好，與夏明朗慢慢像散步那樣踱過去。

街道盡頭開著一家通宵的小型超市，夏明朗拉著陸臻進去晃一圈，零零碎碎地買了幾件「武器裝備」，手套、襪子、牙線、細鏈條鎖、美工刀以及兩支記號筆。陸臻一心想買一支墨綠來配個迷彩色，在貨架上找了半天未果，只能湊合著拿了一黑一紅。

回到剛剛打車離開的地方，主音他們已經不在了，再往前走，麻菸的臭味越來越濃烈。偶爾有人與他們錯肩而過，大約是盡興散場的玩家，臉上帶著癲狂過後的疲憊與興奮，眼神迷茫，殘妝半褪。夏明朗永遠想不通，這種地方有什麼好玩的，髒醜黑亂，沒有半點活氣。

他們站在門外溜達了兩圈，估摸著員警大概是不會來了，陸臻向夏明朗調皮地眨了眨眼睛。這是意料之中的事，那些長期存在的夜店是不會因為一個匿名舉報電話就被臨檢的，否則，它們如何活到現在？

要混進去很順利，開門迎客的地方沒那麼多規矩，更何況還有夏明朗在。這廝平素就像個流氓，裝一裝簡直就是個流氓，襯衫的扣子一開，露出胸肌上幾道泛紅的刀痕，門口的保安差點沒對他會心一笑。

凌晨三點，High到最高處的人群就像一顆顆熟過頭的漿果，讓空氣裡充斥著腐爛的味道。紅男綠女們擁擠在漆黑的舞池裡，摩擦著彼此慾望的肉體。夏明朗剛剛擠進去就讓人摸了好幾把，汗津津熱烘烘的手指從他胸口劃過，激得背後汗毛直豎。

「操！」夏明朗暗暗吐出一句髒話。陸臻示意他看向另一邊，幾個女孩子在舞池一角瘋狂地搖著頭……這果然不是什麼單純地方。夏明朗莫名感覺到興奮，那種血液一點點燃起火的感覺。

熱，躁而熱！

「這裡一定能搞到白粉。」陸臻用唇型說道。

夏明朗微微眯了眯眼睛，以一種極為厭惡的表情說道：「真噁心。」

其實最噁心的地方不是舞池，而是——洗手間。

深處的包廂裡壓抑著似有若無的呻吟；爛醉如泥的男女踉蹌著撞進撞出；有人在洗手臺上嘔吐，酸腐的臭味混合著酒精味，刺鼻得令人作嘔……人們在洗手間外略顯明亮的燈光下明目張膽地做著交易。

性與毒品……最原始的慾望，用最骯髒的方式呈現著。

「從來沒見過？」陸臻輕輕握住夏明朗的手。

「聽說過，沒見過。」夏明朗陰沉著臉。他雖然也玩過，但也只是抽菸喝酒追校花，偶爾與臨校的男生打一架……那種正常男孩子的玩法，像這樣飽含著黑暗淫靡的慾望深淵是他從來都不屑去接觸的。

夏明朗感覺到極度的噁心，對毒品對快感的慾望在燒灼他的神經，然而這衝動略一翻滾，他心底強烈的厭惡感就強壓了下來。太噁心了！這種人，這些事……我居然也會有慾望？

慾望如此醜陋，而理智如此清醒，它一刻不停地在呼喝著，就像一個憤怒的審判者，咆哮怒罵，鞭笞靈魂！於是，這所有對外的厭惡與對自己的不滿，會合到一起，便催生出了怒火。夏明朗最近一直與自己鬥，鬥得遍體鱗傷血肉成灰，現在有了現成的靶子可發洩，他連牙尖都流動著渴血的快意。

陸臻感覺到夏明朗的手掌在微微發抖，便把他的手指拉到唇邊輕吻：「冷靜點。」

「我知道。」夏明朗舔一舔下唇，然後重重咬住。

陸臻極少見到夏明朗發怒的樣子，太理智太博大的人總是不太容易動怒。然而此刻純粹的怒火讓他的面目變得極為堅硬，殺氣四溢，所有眼角的戾與唇邊的狠都帶上了金屬的光，令人無法直視。

陸臻鄭重其事地攔到夏明朗身前：「不能鬧出人命來。」

「那當然。」夏明朗瞪他一眼。

「也不能弄殘。」陸臻握住夏明朗的手，「不過你放心，我會看著你的。」

夏明朗笑了：「遵命！」

夏明朗一向有戰神之威，但是這種威嚴是蘊而不發的，如山般沉重，極具壓迫感，卻不致命。而此刻，他就像去了束縛，如重刀破鞘而出，那是真正透膚的殺氣，被他看一眼，就像胸口被轟開了一大塊。

陸臻一直覺得陳默殺氣很重，專注戰鬥時三步之外都能感覺到寒意。但是鄭楷一直說陳默還好，那是你們沒見過夏明朗當年。陸臻發現居然連他的心臟都在狂跳：是的，我現在知道夏明朗當年是什麼樣了，當他放下心頭的責任與慈悲，暫時回歸為一個純粹的戰士，他的兇悍與狠戾也就暫時回到了頂點。

陸臻看著夏明朗往前走，一步兩步，然後伸出手舉到那個正在數搖頭丸的小夥子面前。那人含糊不滿地抱怨了一聲：「等下，一會兒就好。」他無意識地抬頭看，卻愣住，目瞪口呆地張大嘴。

夏明朗從他手裡把東西拿過來：「還有嗎？」

「我……」那小子明顯感覺到了危險，卻茫然於這危險來自何方。

夏明朗不耐煩地把他拎起來倒了個兒，亂七八糟的雜物從他口袋裡落下來，散落一地。有人在尖叫，有人冷漠地離開，也有人好奇地擠過來，夏明朗把地上的小藥丸踩碎，一腳踢散。

終於有人驚呼了一聲：「有人砸場子。」

夏明朗把那個被搖得七葷八素的搖頭丸販子扔到地上：「幹點什麼不好？幹這種行當！」

「他媽的，關你鳥事……你他媽算哪根蔥哪頭蒜……」那小子強撐著站起來，敢吃這一行飯的多半不是善類。

夏明朗發現不遠處幾個穿黑西裝的夜場保安正在往這邊聚攏，回頭向陸臻遞出一個眼色，一把握住那小子的腰帶，把人掄了出去。在連串的驚呼與尖叫之後是肉體落地的悶響，保安們明顯加快了聚攏的腳步，把驚覺異樣的尋歡客往後面撥。

陸臻把記號筆的筆芯拔出來，撕開內部的海綿遞給夏明朗，就著走道裡光亮的鏡面給自己仔仔細細地抹了一張黑紅交錯的鬼臉。夏明朗他們形跡詭異，保安也不敢妄動，強壓著怒氣過來喝問：「幹什麼的？知道這是誰的場子嗎？」

「我就知道這裡是中國，賣搖頭丸是違法的。」陸臻隱在暗處，口氣平淡地說道。

「你他媽……」對方不自覺罵出半句，露出極為錯愕的表情，「搗什麼亂哪……唔！」他退後兩步，像是不明白陸臻什麼時候出現在他面前那樣瞪著他，眼中滿是迷茫，脫力似的滑了下去。

當重拳與胸骨相擊時，陸臻聽到一聲脆響，那是肋骨輕微斷裂的聲音。

開打！

陸臻重拳揮出的瞬間，夏明朗已經竄了出去。在昏暗不明的光影中，他的動作快得出奇，迎面堵住他的那名保安刀子剛剛拔出一半，被他合身撲上去，雙手壓住肩膀，一記飛膝撞在胸口。

夏明朗其實可以跳得更高一些，但那樣會撞斷頸椎。

據說廣州真正有後臺實力的大場打手可以擊退特警，但這家場子的水準顯然沒達到那種高度，而且夏明朗與陸臻猝起發難，佔了太大的先手優勢。

這地方昏暗嘈雜，站在後排的打手根本看不清前面發生了什麼，只知道有人直衝過來，勢不可擋，沾衣即倒。這時候，有經驗與沒經驗就完全分出了差別，愣頭青們往前衝，老江湖往後退。夏明朗一連撂倒三四個，通通都是一擊，他就像一個中世紀的騎士，用最迅猛的方式攻殺，沒有任何精妙的招數，然而有效。

戰士與打手之間最根本性的分別在於狠絕，勢大力沉，角度精準，一擊即中。

真正的打鬥遠沒有電影中拍的那麼好看，即使是世界頂級格鬥賽在外行人眼裡看起來都是平常，不過是一拳一腳地招呼著，不親身上陣，根本無法體會那種一瞬間地轉天旋的無力。

一直衝到走廊的盡頭，夏明朗眼前一暗，退到最後的三人終於聯手出擊。這是套過招的，左邊的揮拳，中間有刀，右邊是一條甩棍，風聲赫赫中正面全部封死。

算是有點意思！

夏明朗退後一步，讓開正面寒光四射的刀鋒，用手肘砸開左邊那人的一記勾拳，同時一下膝擊頂到那人腰上。這地方不算要害，夏明朗用足了十成勁力，那人雖然極為敏捷地抬腿擋住，卻在硬碰硬的力量對抗中敗下陣來，哀呼著向後退去。夏明朗順勢一拳砸在他胸口，把人送到中間那位的刀尖上……

這時候，右邊那條甩棍已經砸到近處，夏明朗讓開頭部要害，抬手格擋。肉體與金屬相撞，發出沉重的悶響，夏明朗感覺骨骼一陣顫動，瞬間麻痺似的痛感從手肘傳遞到指尖。他順勢往後退了一步，用力甩手，好儘快熬過那一陣銳痛。

「幹！」拿甩棍的那位齜牙咧嘴地大吼了一聲，虎口處濕漉漉的，滲著血。這人倒是悍猛，血淋淋地握著棍子又砸了過來，夏明朗還是退，一連退開三步。那人自以為佔到上風，一條短棍揮得虎虎生風，一步趕著一步地追著夏明朗打，把自己的同伴甩到身後。

愚蠢！

夏明朗冷笑，一道銀光從他身邊劃出，與甩棍平行錯過，直接撞向那人的面部。使棍子那位顯然沒料到夏明朗身後還藏著個幫手，急跳著往旁邊閃，被鏈條鎖的尾端擊中鎖骨，連著胸口的扣子都被扯開了一半。

「交給你了。」夏明朗藉這個機會衝了過去。

「沒問題。」陸臻把鋼鏈一道一道地纏回到手套上，雙手握拳，蓄勢待發。

二對二，這架就好打太多了，贏面是指數倍增長的。使短刀的那位剛剛全力一擊差點捅死自己人，好不容易躲過去，抬頭一看人又跑了。他人在局外，腦子自然要清爽些，剛想開口提醒把人叫回來，夏明朗的身形一閃已近在眼前。

這一連串的變故兔起鶻落，不過幾秒鐘的工夫戰局已經變了好幾變，等那人的思維跟上形勢，馬上反手握刀平推了出去。打架基本上是不用動腦子的，打架主要得靠直覺。

夏明朗往後一仰，差點樂了，標準軍用匕首格鬥術，這哥們絕對是當過兵的。夏明朗馬上順著他的套路走了兩招，嚴絲合縫一點不差……

真是班門弄斧，夏明朗心想，早知道把這小子留給陸臻處理了，他一邊心裡嘀咕著，一邊格開對方的劈砍，右手短刺拳快如流星，在尺寸間發力，正中對方的鼻樑。那人雖然躲得即時，但畢竟是要害處，受到拳尾半成勁力已經一塌糊塗，鼻涕眼淚混血狂流，轉瞬間滾了滿臉。

夏明朗順勢拿住他的手腕，一腳橫踢，正中腋下。那人正滿眼金星東南西北都分不清，身不由己地往後一仰，跟著夏明朗的拖鞋一起飛出去兩三米遠，一頭栽進舞池裡。

勁舞場裡意亂情迷視野受阻，可DJ畢竟居高臨下，他還是清醒的。陡然看到一個人從走廊裡飛出來，連滾帶爬地摔下臺階，馬上嚇得手下一緊……震耳欲聾的樂聲拉成一道刺耳的尖嘯，瞬間戛然而止。

一道追光打在走廊的出口，夏明朗被這過分明亮的光線刺得微微瞇眼。陸臻從他背後走出來，手上纏繞的鋼鏈在燈下泛出金屬的冷色，極為炫目。

紅黑交錯的色彩讓他們的面容看起來極度詭異，站在近處的尋歡客不自覺地往後退開了一圈，一個個目瞪口呆的，像是在懷疑自己是不是出現了幻覺。

原本樂聲震天的空間變得死一般寂靜。

「怎，怎麼了？！」DJ壯著膽子在臺上喊。

這變故來得太過突然，一時間沒有人可以告訴他怎麼了。

「你們是誰？」他又問了一句。

夏明朗沒有理他，只是先走過去把鞋穿上。燈光師出現了一絲猶豫，不知道應該讓強光跟著誰，光圈在黑暗中微微顫動，透著膽怯。

「誰身上還有毒品？」夏明朗沉聲喝道。他的聲音不響，然而有力，壓抑著暴虐的勁勢。

強光飛快地移過來，夏明朗轉過身背對光源，又重複了一遍：「誰身上還有毒品！」猛烈的白光從他身後直射出來，將他渲染成一道濃黑的陰影。

站在他身邊的人群飛快地後退，像潮水一樣，某個帶著濃妝的年輕女人動作慢了一步，驚慌地發現自己居然已經突出人前，連忙尖叫著哭喊道：「我沒有，我沒有……只有這個了……」

一個輕飄飄的塑膠自封袋從她手上飛出來，夏明朗伸手抄住，發現裡裝了三張顏色豔麗的小紙片。

「看起來像致幻劑。」陸臻接過去迎光細看。

夏明朗並不關心這是什麼，連著袋子一起燒了個精光。

「你們……」終於有人大著膽子問道，「你們幹嘛的？」

「禁毒的。」陸臻露齒一笑。

「啊，員警？」

「不，見義勇為。吸販毒是犯法的，知不知道？軟毒也是禁藥知道嗎……」陸臻說到一半，驀然感覺到一陣強烈的心酸和惆悵。或者說，他被對方錯愕的神情和自己調侃的語氣震驚了。

這是多麼堂而皇之的罪惡！簡直就像是擺在了檯面上，所有人理直氣壯而放肆地享受著。當他說，知道嗎？幹這個違法的。對方看他的眼神就像在看一個白癡。

陸臻心想，假如我說老子是黑社會，過來砸場子的，他們沒準兒會更容易接受一些。

「我操……你媽！」夏明朗忽然高聲咒罵。

陸臻轉身看過去，驚訝地發現夏明朗正對著一個男人海扁。正常人怎麼可能受得了夏明朗的拳頭，兩三拳下去，連呻吟都沒有，化成一攤爛泥糊在地上。

「喂喂喂……」陸臻嚇了一跳，連忙衝過去把夏明朗推開，「當心死人。」

「死不了！」夏明朗赤紅著雙眼，把一小包微黃的細粉砸到陸臻懷裡，金黃色海洛因，來自新月沃土。

「媽的！」陸臻瞬間怒火上湧，從吧臺上提了一桶冰水澆在那人臉上，剛剛被夏明朗兩拳直接揍暈的癮君子癱在地上呻吟著扭動。陸臻繞著他轉了三圈，愣是沒找到可以下手的地方（怕打死），一腔怒火燒得五內俱焚。

「兩位，我說兩位……」一個穿著整齊的中年人從人堆裡擠出來，「兩位到底哪條道上的？」

夏明朗抬頭看了他一眼，兇狠的目光刺得對方微微錯開了視線。他敏銳地注意到客人正在被有序地疏散，遠處，大門口站了了一排黑衣的打手，有幾個性子急的，已經把砍刀提在了手上。

我說呢，怎麼動作這麼慢？！夏明朗暗忖，原來安排了這一手。

「鄙姓曹，是這邊管事的。你們到底哪條道上的，我們哪點得罪了，一是一，二是二，能不能給個明白話？」管事的長了一張過目即忘的長臉，五官平淡，毫無特色。

夏明朗咧嘴一笑：「老子討厭販毒的。」

「誤會了吧？我們可不沾那個。」管事的馬上分辯。

陸臻一聲不吭地把那包海洛因拿出來亮了亮，然後撕開撒進了地上的積水裡。

管事的皺起眉：「我們開門做生意，難免的……」

「夠了！」夏明朗打斷他。

陸臻立即眼前一亮，集中起注意力，因為夏明朗背在身後的手指無聲地向他說了兩個字：撤退。

現在撤？陸臻疑惑地看向大門口。

夏明朗盯著管事的看了一會兒，神色漸漸和緩下來：「老實說，我也不想為難你，只是有人托……我們也是……」他雖然怒火沖天，但畢竟沒有失態，仍然收放自如，他故意壓沉聲音說得含糊，誰都沒有注意到他又往前走了一步。

「你說什麼？」曹經理暗暗鬆了口氣，有理由有來路就好，想要什麼都可以商量。混到他這個年紀的多半是謹慎人，純粹的好勇鬥狠已經不上檯面。他剛才聽陸臻扯什麼禁毒違法什麼的，聽得心驚肉跳，如果是警方特別行動，而他又沒收到任何風聲，那可就太糟糕了。

「我是說……」夏明朗雙手交握。

「嗯？」曹經理還在認真等下文。然而眼前一花，脖頸上一陣刺痛，身不由己地往前跌，被夏明朗一把拉到身前。

他站得離夏明朗太近了，實在是太近了！

當然，這不能怨他，因為在他的前半生裡，從沒有出現過夏明朗這個級別的高手。

「你……」曹管事嘶聲喊叫，下意識地伸手去抓，然而細幼的牙線緊貼著皮膚，仿若無物。這就讓人產生了一種邪門的驚駭感，曹管事的喉嚨裡呵呵作響，聲嘶力竭地叫喊，卻吐不出一個完整的詞。

站在曹管事身後的兩名打手下意識地出手想救，被陸臻挺身截下，一人一拳，逼退了兩米遠。不遠處的打手們看到管事兒的被綁，一窩蜂地擠過來。

「住手！」夏明朗厲聲斷喝，指間放鬆了一點。

「兄、兄弟……」曹管事含糊地呻吟，「有事好商量。」

「給輛車，加滿油，讓我們走！」夏明朗冷冷地掃視了一圈。當怒火被理智壓制，那種黏膩的噁心感又湧了上來：這地方，真是再待一秒鐘都嫌煩！

「你們……他媽的到底是來幹嘛的？」這要求完全不合預期，曹管事差點沒轉過神來。

「不幹嘛的。」夏明朗一勾手指，看到對方臉上變色，「怎麼？還不讓走了？」

夏明朗低頭看他，眼神中有一種淡漠的兇狠，讓對方立刻平靜下來。其實夏明朗無心開殺戒，也沒興趣替天行道，他好像忽然間就感覺到夠了，這裡的一切人和事都帶著腐敗的氣味，令人作嘔。他慢慢逼近，赤裸裸地威脅：「一輛越野車，加滿油，別做手腳。老子什麼都不為，誰都不怕，你別再惹我，我就放過你，你要鬧大我也隨你！」

有時候，最容易服軟的反而是那些恃強凌弱的人，曹管事跟夏明朗對峙了一會兒，眼神中的茫然大於兇狠，最後揮了揮手，喊道：「照他說的辦。」

陸臻到吧臺上挑了瓶酒，如數付帳，然後在眾人看鬼似的眼神中鎮定自若地跟著夏明朗退了出去。

車不算是好車，油倒是滿的，曹先生當然還要「委屈委屈」再陪一程。夏明朗在前面開車，陸臻在後座看路，兩個人配合默契。曹管事的被人用一根牙線捆住手腳，每一點掙扎都像是有刀子在割，可是偏偏沒有繩索的存在感，茫然而痛苦。他團在陸臻身邊把事情的前因後果反反覆覆想了好幾遍，完全找不到半點頭緒，只能啞著嗓子問道：「兩位高手，請讓兄弟我死個明白！」

「沒人要你死。」陸臻頭也不轉。

「那今晚到底怎麼了？」

陸臻不知道該怎麼形容，他很想說：誰讓你點背，把壞事幹到我們眼跟前，正趕上我家大爺心裡不爽，不練你練誰？但陸臻是個死要佔理的人，重新組織了一下語言說道：「老子最恨的就是沾毒，見一次打一次。」

曹管事幾乎要冷笑：「打得過來嗎？累死你們！」

「所以說見一次打一次，眼不見就心為淨。」陸臻這話是真心的，但也知道對方絕不會相信。

三亞市區不大，道路多半寬直，既不利於逃跑也不利於跟蹤。夏明朗不想在市區超速被拍，引起警方的注意，所以耐著性子與尾巴們周旋，不緊不慢地把車子一路開進山裡。然而，剛一進山他就關燈加速，從大路轉小路，小路到土路……硬生生憑目視高速開到一條窄小的泥石路上。

曹管事在後座被顛得七葷八素，好像竹匾上的一顆元宵。正是到此時他才真正開始害怕，這兩位大仙兒是從哪座山上下凡的他不知道，但是把車開成這樣，他的手下是絕對要跟丟了。

這一整夜的莫名其妙好似沒有盡頭，一團迷霧再套著一團迷霧，他自認是老江湖，道上的規矩門兒清，卻無論如何都摸不透這兩人的路數，從頭到尾就是場噩夢。當然，這仍然不能怨他，因為這兩位從來不是道兒上的。

「你們，你們能不能讓我死個明白？」曹管事嚇破了膽，完全忘記這話他早已經問過。

姓曹的堅信，在這世道裡沒有白給藥的醫生，也沒有白打架的黑社會，你鬧這一場總得有個目的，他陪著周旋到現在也就是在等那個目的。在他看來，這兩人身手敏捷頭腦清晰，下手極有分寸；而且一沒嗑藥二沒醉酒，絕不可能是腦子一抽就要殺人全家那種暴徒。可現在這趨勢，難道目的就是把自己綁進山裡幹掉？

可這也不對啊！！

老曹是真的想哭了，他十幾歲就在街頭混，第一次如此驚恐，就是那種孫猴子逃不出五指山的驚恐。

「就這兒吧。」夏明朗被他哭煩了。

「啊？！」曹管事慘叫。

「行啊！」陸臻當然沒什麼意見，隨手一掌劈在曹管事後頸。兩個人解開牙線，收了收東西，一頭鑽進了林子裡。

17

夏明朗感覺有點膩，好像吃了太多肥肉，頂到嗓子那種不爽快的膩味。他很難描述自己的心情，只覺得打架之前他有點躁，打完之後，他膩了。而那些所向披靡的拳腳，在外人看來嚴密的安排與佈置，於他而言都不過就是順手。他就像一個頂級大廚，偶爾做個家常菜也要在炒青菜裡加半勺高湯，沒什麼刻意的成分，只是順手，就是個習慣。至於這個習慣會對那些「中下層黑道人士」產生怎樣的心理陰影，夏明朗沒興趣關心。

熱帶的山野植被繁茂，危機四伏，然而這正是夏明朗與陸臻最熟悉的環境。他們用酒水擦乾淨臉，就著林梢漏下的點點星光行走，夏明朗一直不吭聲，陸臻也不想打擾他。

爬到山頂時天色已亮，一輪鮮紅的朝陽從對面的嶺線上跳出來，萬道霞光把天際染得十分明豔。

陸臻欣喜地喊了一聲，伸手拉住夏明朗：「歇歇吧！」

夏明朗轉過頭呆看著那輪紅日，就地坐下。

「怎麼還是不開心？」陸臻把手放在夏明朗肩膀上。

「老子出生入死，換他們醉生夢死，真他娘的！」夏明朗笑著罵了一句。

「別介啊！你出生入死也不是為了他們。」陸臻輕輕吻著夏明朗頸側，舌尖有一點微辣，還帶著伏特加的酒香。

「那倒是。」

「你看。前輩們拋頭顱灑熱血，死得白骨成山灰都不剩，到頭來換了這麼個世道，也沒從地下跳起來說什麼。你我好歹全胳膊全腿，看開點……」陸臻笑眯眯地彎著眼睛，臉上的笑意溫暖而明朗，有如朝陽。

「我不會變成他們那樣的。」夏明朗忽然很篤定地說道。

「那當然。」陸臻錯愕。

「我是說，我絕對不會變成他們那樣的。」夏明朗慢慢露出一個輕鬆的笑容，「太噁心了。」他略微頓一頓，有些困惑地強調：「人怎麼能那樣活著？」

陸臻漸漸明白過來，卻驚喜得幾乎不敢相信，只是小聲附和著：「是啊，那當然。」

一種人永遠無法理解另一種人的生活方式，就像夏蟲不可語冰。

夏明朗知道自己身前有一個深淵，因為所有人都在提醒他，如果你不幸沾上那個東西，你就會掉進那個洞裡。於是一直以來，他都在畏懼那個深淵，所以驚恐，所以不自信。而忽然間他不再害怕了，那個深淵裡或者隱藏著某些人無法抗拒的慾望誘惑，卻是他真心厭惡的泥沼……那是由衷的，從心底裡噁心出來。他像所有從舊日迷夢中甦醒的人那樣，難以置信地回望，不敢相信自己曾經被那些東西為難過。

然而，曾經的彷徨也是真實的，現在的解脫也是真實的，就像生命的旅程，起起伏伏，卻同樣真實。

夏明朗和陸臻走了兩個小時的山路才找到地方搭車回城，折騰了一晚上，陸臻已經有些睏了，側頭靠在夏明朗肩上，睡得迷迷糊糊。車子開到城邊停下，兩個人下來買了一碗抱羅粉吃，陸臻吃完一抹嘴，帥氣地打了個響指招呼小妹過來結帳，然後自自然然地拉上夏明朗的手出門叫車。

夏明朗低頭看著陸臻的手指，陸臻迎著晨光走在前面，耀眼的白光從他的肩膀和頭頂上漫出來。夏明朗忽然從身後抱上去，有些不顧人地吻了吻陸臻的耳垂，啞聲道：「寶貝！」

天色還早，街道兩側只有稀稀落落的幾個行人，旅遊城市風氣開放，大家見多不怪，倒也無人側目圍觀。陸臻警覺地掃了一眼才放下心來，笑道：「又怎麼了？」

「我愛你。」夏明朗的聲音壓得極低，每個字都像是從喉嚨口擠出來的。

陸臻一怔，掙扎著轉過身去。夏明朗伸手撩他下巴，很認真地說道：「我喜歡你這樣子。」

「什麼樣子？」陸臻迷茫的。

「就這個樣子。」夏明朗毛手毛腳地在陸臻頭上揉了兩下，然後一拳捶在陸臻胸口，「特別帥，像我第一次見你時的那個樣子，像你要離開我的時候，那個樣子……」

「我沒有要離開你過啊！」陸臻疑惑了。

夏明朗哈哈大笑：「就是那天，你對我說，你是那麼愛我，所以要走……」

「我那是……沒辦法了。」陸臻有些不好意思。

「但我最喜歡你這樣子，特別霸氣，有自信，像個頂天立地的漢子。」夏明朗有些懊惱，「你看我有多笨，到現在才想明白。」

陸臻凝視夏明朗片刻，低聲說道：「不能怪你，是我一直都沒有準備好……」

夏明朗見陸臻還想繼續說下去，便湊過去捏他的臉，壓低了嗓子說道：「少廢話，回去做愛。」

陸臻呼吸一促，轉而大笑，竟衝到馬路中間去攔車。

陸臻發現自己被夏明朗那一句話就點著了火，在計程車上都不敢在擠在一起，尷尬地硬著，寬鬆的褲子被頂出一個小帳篷，他微微蜷起腿，把T恤拉出來遮擋。夏明朗偏頭看過來，深黑的眸裡全是火光。

大約是感覺到了某種詭異的氣氛，師傅把車開得飛快。陸臻等不及找錢，隨手扔下一張百元大鈔，拖著夏明朗就跑，兩個人像打仗衝鋒那樣撞進門裡。陸臻用腳甩上門，手臂一張，鉤住夏明朗的脖子便吻上去，摟著人一路往牆上推，唇舌糾纏間呼吸凌亂濁重，隔著衣褲彼此磨蹭擠壓。

「脫衣服！」夏明朗大口喘著氣，嘴角勾起一絲笑意，「上我。」

陸臻一怔，手裡下意識地用上了全力，把夏明朗的褲子從外到裡撕了個粉碎。

「你小子！」夏明朗悶聲笑，迷戀地吻著他的嘴唇，「敗家的貨。」

「我有錢，我有……都給你，我養你……」陸臻追著夏明朗親吻，一邊飛快地扒褲子，鉤腿遠遠地踢飛出去，像是生怕礙了自己的好事。夏明朗笑得胸口起伏，拽住陸臻的T恤往上擼，拉到肩膀的時候被袖口卡住，隨手也撕了下去，嘩啦一聲脆響……

陸臻無辜地眨了眨眼睛。

夏明朗挑釁地挑了挑眉。

「沒事，你想撕多少都有。」陸臻毫無原則性地抱住夏明朗的腰，一邊糾纏地吻，一邊推著他往浴室走，經過床頭時，伸手撈起一瓶防曬油。

「今天全聽我的。」陸臻把夏明朗壓到洗手臺上，興奮得兩眼直冒火，「一定爽死你。」

夏明朗微微瞇眼，囂張地舔過陸臻光滑紅潤的嘴唇：「我等著……看你讓我怎麼死。」

陸臻把防曬油倒在夏明朗胸口，用力揉開。夏明朗的身材極為強健，雖然這些日子瘦了一些，但肌肉並沒縮水，寬厚的肩背與精瘦的腰身構成一個完美的三角，腹肌堅硬而勻稱，塗過油的身體在陽光下閃閃發亮，像一個美妙的雕塑。

陸臻低下頭一口含住夏明朗的喉結，含糊不清地感慨：「你他媽太帥了！」

甜言蜜語總是催情。

夏明朗只覺得迷亂，他的後背硌在涼硬的大理石桌面上，胸口卻緊貼著陸臻灼熱發燙的身體，便不自覺地伸手去抱住陸臻的腰，用力搓揉擠壓，讓兩個人的東西毫無保留地緊貼在一起，在相互抽蹭的瞬間傳遞出痙攣般的快感。

「別，別這麼急。」陸臻拉過夏明朗的肩膀讓他轉身，濕熱的舌尖沿著夏明朗的脊柱滑下去。夏明朗發出一聲難耐的低吼，不太自在地雙手撐住了檯面。

其實，於性愛一途，陸臻與夏明朗的追求各有不同。夏明朗喜歡快，猛暴熱烈，瞬間釋放，有如爆炸一般的高潮體驗；而陸臻其實更喜歡慢。如果說一夜七次是夏隊的最高行動綱領，那麼一次一夜便是陸臻的美好追求了。

他們折騰了一夜，又在林間吹透了風。夏明朗的皮膚上帶著複雜的氣息，有泥土與雨林的濕氣，還有汗水的鹹澀和防曬油濃鬱的檀香，像是剛剛戰鬥過的味道，滾燙的皮膚下，肌肉還緊緊地繃著，充滿了力量感。

陸臻把手繞到夏明朗胸口，一寸一寸地撫摸，用指尖撚動他的乳頭，另一隻手則探下去，輕輕套弄。

「你快點。」夏明朗終於受不了了，向後仰枕到陸臻肩上，反手撈住對方結實的臀部往自己身上壓，某個火熱挺翹的東西緊緊地貼到腰上。

陸臻張口咬住夏明朗的耳朵輕輕撕扯，聲音又沉又啞：「就這麼等不及要我操你嗎？」

夏明朗登時翻臉，抬手就是一肘。

「喂喂喂……」陸臻手忙腳亂地招架，笑著調侃，「別這麼娘。」

夏明朗被這話堵得面紅耳赤，一把扭住陸臻的肩膀就想把人往地上掀。陸臻竭力掙扎，兩個人幾乎較上了關節技巧，陸臻急得大喊：「喂，說好讓我上的！」

「老子自己騎上去，也算讓你上！」夏明朗獰笑。

浴室裡地方狹小，偏偏兩個人都是滿手油，握得上捏不住，皮膚相互摩擦，帶來難言的快意。夏明朗畢竟大傷初癒，毒癮未盡，身體還沒有恢復，又不是真心要拼命。陸臻費盡九牛二虎之力把人重新壓制下去，知道這種時候不可強攻，只能智取，於是放軟了嗓子低頭舔了舔夏明朗耳廓，柔聲道：「隊長……」

夏明朗不耐煩地甩了甩頭髮：「你他媽快……唔！！」

「快嗎？要不要再快點？」陸臻指尖動一動，旋即又退出來，撕開一個套子。陸臻的手指修長，食中二指並起藉著套子上的潤滑深深沒入，直到指根處。夏明朗還沒回過神，馬上又來這麼一下，頭皮一炸，漸漸放棄了掙扎：好嘛，速度搞起來就好。

「趕緊的，上真傢伙。」夏明朗吩咐道。他始終不太喜歡前戲，尤其是手指，最好就是稍微開拓就一下就上真章，否則總有一種被玩弄的難堪感。

陸臻的嘴唇輕勾，從掛在一旁的浴袍上抽出衣帶，一手拉過夏明朗的手腕開始捆綁。夏明朗警覺地回頭瞪他，陸臻一臉無辜：「等會兒你又發狂怎麼辦？我可打不過你。」

夏明朗眼神一黯，乖乖並起手腕方便陸臻下手。他想做愛，又怕再把心肝寶貝幹個半死，所以退而求其次，主動居下位，沒想到就這麼著對方還是不放心。唉……綁就綁了吧，夏明朗心想，誰讓我剛剛又得意忘形了。他一路堆積的情慾壓著不得發洩，陸臻撩撥了他這麼老半天的工夫，胯下硬得發疼，又連開胃菜都沒吃上。

TNND（他奶奶的），夏明朗怨恨地想，文化人辦事就是愛磨，要是換了老子，早就烙完背面開始翻正面了……唔！？？

「你的手！」夏明朗抓狂地吼，感覺到陸臻的手指在自己體內摸索，終於觸到某個敏感處按壓住，某種強烈的酸軟的快感瞬間轉遍了全身。

「是這兒嗎？」陸臻輕輕籲出一口氣，迷戀地欣賞了片刻夏明朗慌亂的表情，「我說了，是男人就一定會有感覺的，從來都不肯讓我好好找找。」

「你他媽！」夏明朗難堪地轉過臉，知道這種時間罵什麼都挺娘，索性不罵了。

陸臻卻俯身下去，左手從夏明朗的腋下穿過，一把握住他的下顎，把臉強行轉向鏡子。夏明朗極不情願，狠狠地挑眉瞪視。

「看著我！」陸臻微微眯眼，眼神清澈銳利。他偏過頭，隔著一面鏡子凝視夏明朗的雙眸，火熱的舌尖挑釁地舔過他的嘴角，聲音低沉而緩慢，「是我，放鬆點，別這麼緊張，舒服嗎？嗯？」

夏明朗閉了閉眼，臉上的戾氣漸漸化開，側過臉去想吻，卻被陸臻制住。

「看著我，乖！」陸臻微笑，「我要你一直看著，我是怎麼……」

「閉嘴，媽……啊。」夏明朗怒斥，卻被陸臻指間的動作刺激得變了聲調，連忙咬緊了牙關。陸臻的手指並沒有抽插，只是找準了地方反覆按壓，前列腺刺激帶來的快感緩慢而濃烈，像潮水那樣堆積起來，並不猛烈，然而熬人。夏明朗雙手背縛，陸臻刻意不去碰他前面，那杆長槍空蕩蕩地懸著，得不到一絲撫慰，難受得要命。

「小兔崽子，你等著。」夏明朗語無倫次地怒罵。

陸臻專注地盯著他看，眼神越來越亮，終於將手指退了出去。夏明朗剛剛鬆了一口氣，便感覺到某個勃然怒張的硬物緩緩抵了進來，馬上呼吸一窒，連氣都有些喘不過來。

陸臻潤滑做得很夠，但一直沒換三指。在喀蘇尼亞忙得幾乎沒空做全套，寥寥幾次也都是陸臻在下面，夏明朗幾乎有一整年沒被進入過，驟然而來的刺激讓他的甬道產生一陣痙攣般的疼痛。

夏明朗情不自禁地抬頭去看，陸臻已經直起腰，舒展開修長的身形，沐在燦爛的陽光裡。汗水和防曬油讓他的皮膚像緞子一樣泛出柔光，肌肉修長堅硬，六塊腹肌整整齊齊地排列在平坦的小腹上，緊繃出完美的輪廓線，像是被絲綢包裹的鋼鐵。

陸臻半咬著嘴唇，眼神凜冽而又狂亂，靜靜地與夏明朗對視了幾秒，忽而一笑：「我要進來了。」

他的動作很慢，極盡溫柔，然而只進不退，便顯出某種不容分說的侵略感。

夏明朗焦躁地想吼，催他快點，可是那幾個字被擠壓在喉嚨口，滾來滾去，變成艱難的喘息聲。陸臻拉著夏明朗直起身，手臂勒到夏明朗結實的胸膛上，終於頂到了最深處。

夏明朗幾乎站不穩，艱難地嗯了一口唾沫，啞聲道：「放開……手，放。」

陸臻把下巴擱到夏明朗肩上，雙臂環繞，把人緊緊地收進懷裡，極為迷戀地注視著鏡子裡的畫面，手指探進夏明朗唇間攪了攪，帶出一抹亮線從嘴唇劃過鎖骨與胸膛。

「感覺到了嗎？」陸臻啞聲道，「我在你裡面。」

夏明朗感覺既難堪又甜蜜，既想把那個臭小子揪出來揍一頓，又著了迷似的不忍動手。最終只能斷斷續續地罵道：「少……少廢話，快點。」

「快點？」陸臻瞳孔一收，「你還想，再快點？！」

他極緩慢地退出來，然後整根撞入。

夏明朗沒料想陸臻會來這一手，失聲大喊。但是天性使然，在床上硬扛不服軟，即使兩眼發黑也沒肯求句饒。陸臻知道夏明朗在別的事情上能屈能伸狡黠過人，只有在床上絕對是個倔種；所以好上這麼多年都是一隻炸毛的獅子，稍一戳弄馬上跳起來全力反噬，以前完全鬥不過他，今天軟硬兼施終於做到這一步，只覺得非常快意。

陸臻當然不會指望靠下狠手把夏明朗拿下，馬上放軟了嗓子，柔聲哄道：「說句話。」

「嗯？」夏明朗沒好氣地哼了一聲。

「確定你沒暈過去。」陸臻輕笑，帶動著全身發抖。

夏明朗氣極欲罵，剛要開口，陸臻便一下輕頂，把氣息撞斷在他喉嚨口，幾次三番，夏明朗終於醒悟過來，咬牙切齒地擠出一句話：「故意的？！」

「啊！」陸臻一口咬住夏明朗的肩膀，一雙眼睛狠狠地盯著鏡子，眸光幽亮，毫無徵兆地加快了速度。

剛剛這麼一打岔，夏明朗已經適應過來，痛感消退，快感便源源不斷地漫捲上來。陸臻的動作不大，但每一下都精準到位，抵著最敏感的那處反覆擠壓。夏明朗被頂得兩眼發黑，不自覺地側過臉去急促喘息，然而很快又被陸臻握著下顎扳過來，在鏡中對視。

「看著我。」陸臻的呼吸濁重，「要不然我就再轉個身，讓你看清楚我怎麼幹你。」

「你他媽！」夏明朗崩潰似的疾喘，雙手很快從浴袍的帶子裡掙脫出來，卻馬上被陸臻抓到手裡，分開五指相扣，牢牢地壓到胸口。

「放鬆……是我，隊長，是我。」陸臻一邊語無倫次地低哄，一邊毫不留情地衝撞。

夏明朗的瞳孔漸漸渙散，又驀然收緊，那種被填滿被擠壓的快感，終於堆積到了他難以忍受的地步。陸臻握著夏明朗的手往下摩挲，在他的大腿內側重重揉搓。夏明朗不自覺地挺動著腰去追逐自己的手掌，只是輕輕擦過粗糙的掌心都會令他止不住地發抖。

鏡子裡的景象變得極為催情，陸臻近乎著迷地盯著看，一邊貪婪地啃咬著夏明朗被情潮染得通紅的脖頸和肩膀。

「幫，幫我。」夏明朗似乎融化了一些，失焦的雙目帶著些許恍惚的神色，他失控地疾喘，幾次想給前面加把力，好痛痛快快地射出來，都被陸臻強行拉開，終於……忍不住哼了出來。

陸臻被這一記呻吟驚得心頭一蕩，幾乎射出來，下意識地偏頭吻上去。未幾，唇分，陸臻撤了出來，額頭抵在夏明朗肩上不住地喘氣。

夏明朗恍惚中只覺得一陣空虛，詫異道：「射了？」

「沒。」陸臻緩了片刻，又頂進來，「差點。」

夏明朗莫名其妙地有些驕傲起來，彷彿頗為自得，這份自得讓他更放鬆了一些，隨著陸臻的動作，發出壓抑的喘息聲。

陸臻拉開夏明朗的手放到自己腰上：「抱住，不許碰前面，我要你自己射出來。」

「不可能。」夏明朗模糊地抱怨著。

「一定可以的。」陸臻扶住夏明朗腰胯開始動作，先是淺淺幾下，然後退出，一撞到底。

夏明朗站立不穩，伸手想扶住檯面，陸臻迅速退了兩步，靠到背後的玻璃幕牆上，夏明朗被他拉著往後倒，一下猛頂深入到徹徹底底。夏明朗忍不住喊了一聲，手上無處著力，在半空中抓了幾下，下意識地反手環過陸臻的脖子，拉過來接吻。夏明朗是天生的霸道，情到濃處，連呼吸都帶著火星，他的吻灼熱而猛烈，極具侵略性。陸臻毫不讓步地與他糾纏，唇舌交纏時，彼此都喘不上一點氣，彷彿要窒息了一般，心臟怦怦直跳，像一記記重拳擊打在喉嚨口。

夏明朗發出沉悶的低吟，幾次要把手往下伸，都被陸臻拉開，反而被抱得更緊，撞得更深。

陸臻感覺到甬道內一陣陣痙攣，知道夏明朗快不行了，頭眼發花地枕在他肩上，焦慮地問道：「舒服嗎？」

「閉嘴！」夏明朗好像要斷氣似的猛喘，「讓我射。」

熱。

「自己來，一定可以的。」陸臻完全不容分說，他將火熱的尖探進夏明朗的耳孔內，又舔又咬，氣息灼熱。

「我操！」夏明朗被逼得眼前起霧，神志一片片地斷開。

「是我，是我，隊長……別這麼固執，好好享受，都交給我……」陸臻的聲音低啞，像咒語一樣反反覆覆，語無倫次，手指顫抖著按到夏明朗根部，然後從下往上輕輕掠過。

夏明朗失神地看著鏡子，視野像水波一樣晃動，周遭的景物都消失不見，只剩下一團柔和的白光。他忽然驚覺，喊道：「陸臻？」

「嗯，是我。」一個聲音在他耳邊響起，「射吧！」

一種奇異的，好像海潮一般的快感從裡到外地漫出來，淹過堤岸，沖刷著他的心神，令他全身顫抖。精液極緩慢地流出，陸臻用食指輕輕按壓著，這似有若無的撩撥拖慢了射精的速度，讓高潮漫長到讓人難以接受的地步。

夏明朗眼前一片模糊，生理性的淚水積聚在眼眶裡，直到射精結束後許久，他才像忽然找回了呼吸那樣劇烈地喘息起來。陸臻脫力似的枕在他肩上，胸口起伏，心跳快得像飛。

「你也射了？」夏明朗笑道。

「嗯。」陸臻微微抬起頭，「看你那眼神，怎麼忍得住。」

夏明朗呵呵笑著，十分快意。

陸臻這種幹法極耗體力，一時間兩個人都有點腳軟，陸臻貼著玻璃牆滑坐下去，把夏明朗拉到胸前抱住。高潮的餘韻還沒有散盡，身體變得極為敏感，灼熱的皮膚相互摩挲，說不出的舒服愜意。

陸臻漸漸緩過神，神采飛揚地看著夏明朗：「爽不爽，自己說！」

夏明朗失笑，伸手拍了拍陸臻的臉頰：「這次幹得不錯，我很喜歡。」

陸臻得意得幾乎要把尾巴翹到天上去，轉念一想，什麼叫這次幹得不錯，難道以前都幹得很錯，馬上不滿地哼了一聲：「以前那也是因為你不給我機會！」

「熱死了！洗澡！」夏明朗從陸臻懷裡掙脫出來，走到浴缸邊放水，赤裸的身體迎著陽光彎出誘人的弧度，皮膚上佈滿了汗水。

陸臻看得口乾舌燥，馬上力氣又回來了，一把攬到夏明朗腰上：「別洗了，再幹一次。」

「你他媽讓我把汗沖一沖！」夏明朗終於炸毛了。

尾聲

不知道什麼時候，外面的天變了，濃雲翻捲，暴雨抽打著透明的大窗，留下密佈的水珠子，一如此刻陸臻胸口的汗水。夏明朗仰躺在寬大的浴缸裡，身下墊著潮濕的浴袍，花灑裡有紛紛揚揚的水滴落下來，像一場細雨，帶來清涼的快意。

陸臻微昂起頭，雙手握住夏明朗的腳踝深深頂入，微瞇著眼，露出極度享受的神情，細碎的水滴落到他臉上，簌簌地滑落，流過寬闊而結實的胸肌……

夏明朗總覺得有些恍惚，思維飛旋，灑落一地。他茫然中記起陸臻最初的樣子，那個意氣風發的青年，眉目間滿是年少輕狂，一看就是少年得志，從未受過挫折的模樣。那個時候他比現在瘦弱得多，皮膚略顯白皙，四肢修長，有些肌肉的輪廓，卻不明顯。

真快啊！真是神奇！

夏明朗模模糊糊地想，即使時光可以倒流，他可以站到曾經的那個夏明朗面前親口告訴他：「那個叫陸臻的傢伙會讓你心甘情願地把自己交出去……」他也是一定不可能相信的吧！

「在想什麼？」陸臻俯下身來。

「別……」夏明朗感覺到身體被折起，幾乎喘不過氣來，然而陸臻像一隻飛躍在半空的豹子那樣強勢地壓下來，罩住了他全部的視野。夏明朗的視線發散，瞥到自己被折到肩頭的膝蓋與陸臻強健的腰腹，那些結實有力的肌肉繃得緊緊的，有如暗潮般湧動，動作兇猛而俐落。

「看。」陸臻稍微退後了一些，引導夏明朗的視線，讓他看向兩個人結合的地方。

「閉嘴！」

「你害羞了。」陸臻嘿嘿直笑。

夏明朗一把拉低陸臻的脖子，狠狠地堵上那張嘴。陸臻趁機把舌頭探了進去，夏明朗上下都被填滿，膝蓋壓迫到內臟，幾乎要暈過去，連忙抬腿把人推開，大口喘息。

「喜歡嗎？」陸臻加快了動作。

夏明朗臉上赤紅。他終於明白為什麼以前做愛的時候陸臻都不許他說話了，假如說行動是金刀鐵馬的戰將軍，語言就是虛偽狡詐的毒謀士，輕輕一語插在軟肋上，羞恥而又難堪。

「喜歡嗎？」陸臻頂到最深處停下，迷戀地撫摸著夏明朗的臉，「閉上眼睛感覺一下，我在你裡面。」

夏明朗不自覺地閉眼，像是被催眠了一般，那個硬熱的東西在一下一下地脈動，有如心跳的節奏。身體被填得極滿，擠壓著體內的敏感點，有種令人難以啟齒的充實感。

「喜歡嗎？」

夏明朗感覺到陸臻的聲音裡有一絲絕望，他猛然睜眼，發現陸臻雙手撐在自己頭邊，漆黑的眼眸幽暗發亮，像是要吃人一樣。夏明朗一瞬間動容，微微點頭，低聲說道：「喜歡。」

陸臻呼出一口灼熱的氣息，雙手從夏明朗的腋下穿過去，握住他的肩膀，開始猛力抽頂。

「我也喜歡。」他斷斷續續地低喊，嘴角揚起，「都喜歡。喜歡幹你，也喜歡被你幹……都喜歡……」

快感像肆虐的野火燎原，讓每一個細胞都灼熱不安，夏明朗眯起眼睛，瞳仁微微渙散，映出陸臻無聲嘶吼的神情。

「我只愛過，你一個男人。」夏明朗忽然說道。

「唔，那怎麼辦？」陸臻甩頭灑出一串水滴，眼神迷惑，「我比你多一個。現在去殺也來不及了。以後讓你多上幾次吧……」

夏明朗悶笑，他想說我不是這個意思，但已經出不了聲，他分開雙腿纏到陸臻腰上，試圖坐起來。

陸臻雙手交錯，勒住夏明朗結實的後背，就著交合的狀態把人直接抱起，仰頭吻上去，一邊兇狠地抽插。夏明朗的手指插進陸臻濕淋淋的短髮，用力攥緊了髮根，專注而瘋狂地接吻，唇舌交纏，來不及吞咽的唾液從陸臻的嘴角溢出來。兩個人緊緊地摟抱在一起，從上到下，再沒有一絲縫隙，幾乎同時感覺到高潮爆發的快感。

陸臻靜靜地喘著氣，雙手移到夏明朗腰上，細細碎碎地親吻著夏明朗的嘴唇與胸口，在意猶未盡中慢慢平復自己的心跳。

「天晴了。」夏明朗側過身，示意陸臻看窗外。

陸臻眯著眼睛看過去，漫天濃烈的雲團已然裂開了一條縫，一道烈陽像劍一樣劃下，亮得刺目。遠方海天相交之處還有暴雨在肆虐，隱約的電光穿透烏雲，而近處風雨已止，巨大的玻璃窗上，水滴靜靜地滑落。

「嗯，天晴了！」陸臻笑道。

番外一　夏珍

番外一　夏珍

人的心思，就像牆角的蘑菇，平時看過去什麼都沒有，可是一場透雨澆下，「嗖」的一下就冒出來了，還白生生一簇接著一簇地長，讓你想忽略都忽略不成，非得去拔了它，才能好好安下那顆心。

後來夏明朗回頭想，自己也有些搞不清那一時的衝動從何而來，是因為白天在湖邊陸臻逗那個牙牙學語的奶娃娃逗了太久？還是晚上與小朋友們揮手道別時他的眼神太過留戀……又或者更早一點，在那個寒風呼號有如煉獄一般的冬夜，唯一溫暖著他的身體貼在自己胸口……

他說，我們要是能有個孩子就好了。

夏明朗沉默地看著陸臻站起來開窗，撲面而來的夜風中挾裹著孩子們的喧鬧與家長的呼喝，他看到陸臻臉上有隱約的笑意與溫柔。

是啊！如果我們能有個孩子該有多好？他長著我的眉毛與你的眼睛，他會有你的嘴巴和我的鼻子，他一定會很帥。

夏明朗有些索然無味地把PSP扔到一邊，陸臻已經再次進入了工作狀態，對著電腦，心無旁騖。夏明朗歪著腦袋胡思亂想，想了半天又笑了，頗有些自嘲的：得嘞，別說生不出來，真生出來了要怎麼帶呢？那是個人又不是一條狗。他抱著枕頭趴在床上皺眉，心有不甘卻又無可奈何，忽然跳下床，拿著手機跑到客廳裡去打電話。

北京時間九點，夏小妹正在做晚飯，聽到客廳裡手機響，她急匆匆把耳機翻出來接聽。

夏明朗餵一聲確定是本人，聲線放沉直截了當地開口：「手上的活停下來，有要緊事！」

夏小妹切了一聲，把油煙機關掉，繼續切她的菜。

「聽媽說妳還想再生一個？」

「哦！」

「那正好，反正我這輩子也不想結婚了，妳把小女過繼給我吧！」

「呃……啊！」夏小妹手上一抖差點把自己的手指切下一截，她伸手扶耳朵，把耳機拼命往耳朵裡頂，試圖以此證明自己其實是幻聽了，夏明朗卻不耐煩了。

「怎麼樣？行不行給句話！」他像個人口販子那樣鎮定從容地討價還價。

「喂……哎！這個……夏明朗，你要死啊！你今年才幾歲，你現在跟我說一輩子不結婚？！」夏小妹終於醒悟，一聲怒吼，把菜刀牢牢地釘在案板上。

夏明朗失笑，把手機拿開半尺。

「老媽會弄死你！」

「她弄不死我！」

夏小妹沉默了一會兒，慢慢把菜刀從木板上拔下來放平。

「為什麼呀？是不是老媽催太緊了，你煩了？我也覺得她這麼鬧是不成，可是你也得體諒她，我們這邊結婚都早，你那些同學小孩都上學了，她看著能不急嗎？你別跟我亂來，我回去勸勸她……」夏小妹頭疼地揉眉心，都說姑嫂關係不好處，可要是從根本上就不存在這不好處的關係，也是一種煩惱啊！

「別，甭勸，我不跟妳開玩笑。」夏明朗聲音沉沉的。

夏小妹一下又沉靜了，掌心出著汗，心跳開始加速，她是知道她那個哥的，滿不在乎的笑容，過分明亮的眼神，決定之後死不悔改的強硬。

「可為什麼呀？！」她長長歎息。

「不為什麼，就覺得沒什麼意思，老子這輩子什麼漂亮姑娘沒見過，老了老了還得看小丫頭片子的臉色賠小心，我受不來那個氣……」

「夏！明！朗！你他媽以為自己是誰！？要漂亮，要學歷好……花好月也好，還得圍著你轉，得捧著你！你當自己是神啊你！！」夏小妹勃然大怒，夏明朗聽到對面咚的一下悶響，偏頭看到臥室裡漫出的晶瑩的光，笑意在眼中流轉，如斯甜蜜。

「所以啊……」夏明朗拖長了聲調，「所以我不找了嘛！」

夏小妹重重地哼一聲。

「你也別說我，咱憑良心，你看啊，要找個好的，哄騙人家和自己結婚，一年回家待個十天半個月，這不造孽嗎？咱虧不虧心哪？可是要找個不怎麼樣的，別說我了，就妳看著，妳能樂意嗎？」

「我有什麼不樂意的！你老婆關我什麼事？」

「夏明妍！妳別以為我不知道當年是誰往人包裡扔死耗子啊！」夏明朗提聲。

「我那時候小，不懂事！」夏小妹大囧。

「那妳現在大了，懂事了？……幫我嗎？」夏明朗說得輕柔，沙沙的，有誘人上鉤的魔力。

夏小妹默然不語，斜倚在廚房的長條案上，只覺得身上有些軟，她一邊想著，夏明朗你他媽混蛋徹底沒救了，自己家裡人玩這手攻心為上；一邊卻又想著那是她哥，是啊，那是她哥，那個只用一雙似笑非笑的利目就可以讓她身邊所有的渾小子都肅立的哥，她英明神武的大哥，無所不能，縱橫捭闔，她少年時全部的自豪與光耀……

「你說你這到底為了什麼，你不想結婚就不結，陽奉陰違的事你幹得還少了啊？誰知道將來會怎麼樣呢？急什麼啊你？」

夏明朗沉默長久，緩緩開口時聲音裡帶著沙啞：「我就是想，萬一怎麼樣了，還有人叫聲爹。」

夏小妹攤開手看到自己掌心裡全是汗，她知道自己屈服了，雖然這事聽起來荒唐無稽。

「行嗎？這孩子就算我們兩家養，對外面就說是跟妳姓夏，妳要是同意，明天去銀行開個戶頭把帳號告訴我，我每個月往裡轉二千元(人民幣)……」

「哪裡用得了這麼多？」夏小妹捂住嘴，眼淚熱辣辣地流過手背。

夏明朗心中大定，他笑笑地說：「這年頭養個孩子不容易，先收著。」

「改個什麼名字？」

「哦……」夏明朗一愣，轉瞬間醒過神，說，「叫夏珍！」

「哪個ㄓㄣ？」

「珍寶的珍。」

他微笑，眉目寧定，臉上有不自知的歡喜，視線穿過客廳，穿過半開的房門，他看到陸臻那一線狹長的背影，燈光在他頭髮上鍍出毛茸茸的金邊。

夏明朗收起手機回房，精神抖擻志得意滿，陸臻好奇地問他跟誰打電話聊這麼久。

夏明朗一臉嚴肅：我娃她媽！

陸臻登時笑噴，視線從螢幕上移開，上上下下地打量他，眼神極之促狹。

夏明朗懶洋洋地靠在桌邊，半眯的眼眸似笑非笑半假半真：「我在外面養了個小的，剛剛電話跟我說生了。」

「哦！」陸臻做恍然大悟狀，「男的女的？」

「女的！」

「我不喜歡女兒，我要男的，讓她再生去！」陸臻一揮手，豪邁大氣。

夏明朗到底忍不住掐他，人給你生一個就不錯了，還挑男挑女的……

「哎……哎哎！」陸臻忍著笑掙扎，「我跟你說正經的，你要真在外面生了個娃，早點帶回來，趁還小我跟他還能培養培養感情。要說這人吧，有了感情什麼都好辦，我不說視如己出吧，好歹也不能虧了他。你要拖到個十五六，貓嫌狗不愛的再往我眼前領，這事就不好說啦！」

夏明朗笑眯眯地逗他：「連媽一起領回來？」

「行啊！您老受得住就行啊！」陸臻斜著眼睛瞄他下三路。

「哦……哦……」夏明朗看著他笑，手上忽然發力就要把人往床上抱，陸臻連忙掙扎按住他，「別別……我工作做到一半，我靠，別鬧了，思路斷了回頭還得找！」

夏明朗停下來埋在陸臻的頸邊，聲音悶悶的，呼吸灼熱：「早點休息。」

「嗯……這塊弄好就睡。」

陸臻撫過夏明朗頭頂刺硬的髮，發現滿螢幕的字母符號都在咧嘴大笑。夏明朗放開他獨自爬上床，隨手拿過PSP有一搭沒一搭地玩，戰到正酣時忽然聽到陸臻問：「哎，我閨女叫什麼名字？」

「夏珍。」夏明朗頭也不抬。

半晌，再沒什麼下文，夏明朗心裡奇怪，一關闖過去抬起頭。

他看到陸臻抿著嘴角無聲笑得燦爛，那笑容如此明亮，好像恍然間天就亮了，地也寬了，窗外的春光漫進來，滿屋子都是青蔥的香氣，帶著所有三月煙花的旖旎……

PS・補充一個花絮背景，夏小妹的老公，也就是隊長的妹夫，是維族同胞，按規定可以生二胎……

另外，雖然少校是不懂什麼叫CP攻受順序，可我還是對他這麼大意地就把戶主姓氏給定了下來……感覺到強烈的……扼腕。

番外二　戰爭與和平

番外二 戰爭與和平

為免再次出現類似讓嚴正的寬容變成自己不要臉的資本的嫌疑，夏明朗決定他這一次要急領導之所急，想領導之所想，再不讓領導主動多操一分心。為此，兩週的假期一到，夏明朗立馬(立即)灰溜溜(神情消沈)地開拔回基地。

陸臻送人出門時戀戀青山脈脈含情，用深情的眼神訴說情深：為夫休息的也差不多了，夫人先行一步，少則一週多則半月，一定速去與汝相會。

夏明朗用力擼著他的腦袋說：「嗯，頭髮長了，歸隊前記得剪一下。」

陸臻倒地不起。

夏明朗這廝沒有別的優點，最無敵的莫過於野獸的直覺，他剛一歸隊就發現風向不對頭，眾人的表情有異。嚴正作為麒麟人品的下限居然面露不忍，鄭楷身為隊中最後一個義人竟然眼懷狡色，而天不怕地不怕的方小爺如今畏怯如鼠，永遠笑顏如花的徐知著則神情肅穆。

夏明朗偷偷拉走鄭楷細問，這才知道原來就在他走的那兩週，陸臻的一等功和陳默的二等功還有一中隊的集體二等功已批復了，剛好趕上軍區政治部組織全軍英模巡講，任務下放到麒麟，政委沒辦法就只能找陳默上了。

當然無論是於情還是於理，陳默都是當仁不讓的人選：第一，占著個人軍功；第二，尚在恢復訓練期，任務不重，空閒較多。

但是，問題是……就像鄭楷說的，那是陳默啊！

夏明朗痛苦地捂住臉。

「其實明天還有一個會，陳默本來應該去，可是大家都說你不在我也有事，隊裡要留人，就把他留下了，結果現在，你看？對了，老子怎麼想你小子也得再磨個兩天，當頭的還沒開催(舉辦)呢，你回來幹嗎啊？」鄭楷非常不滿。

夏明朗懊惱地搓著自己的臉頰心想：老子回來幹嗎？

鄭楷喃喃自語：「這都第十場了……」

呃……連夏明朗的肝都顫了。

是的，在麒麟基地，比嚴頭更可怕的生物是存在的，那就是謝政委。雖然麒麟的政委不像別的野戰部隊那麼有影響力，畢竟麒麟以軍事技能為先，而且隊員們根正苗紅，政治過硬，入隊前八輩祖宗都讓國安查了個底掉。再加上謝嵩陽與嚴頭合作多年，紅臉白臉唱得歡樂，對上對下也玩得周轉。

所以在麒麟，平時的大會小會紅頭文件學習本來就比一般普通部隊少的多，夏明朗記得早幾年麒麟基地還是要做政策學習的，他這輩子最煩這個，到後來跟謝政委熟了，擺了明地耍賴，人也不計較。

可是這一次很明顯老謝自己也沒辦法，所謂政治任務，天大一頂帽子罩下來，那就沒小事。聽鄭楷說陳默所有的講稿都是謝政委一手操辦，饒是如此大家也都捏了一把冷汗。畢竟，那是陳默啊……

陳默第一次上路就連轉五場，回來後臉色之黑，三米之內飛蟲勿近，連嚴頭看到他都遠遠地繞著走。方進到最後實在受不了這種颱風尾的氣場，主動向謝嵩陽要求替代，老謝斜眼看之：你有受傷嗎？你有二等功嗎？你是狙擊手嗎？……

方進吐血。

一週後陸臻打電話給夏明朗要求歸隊，夏明朗說你得想清楚再回來，謝夫子正滿大街地找人去做英模開報告會呢！陸臻大驚失色：「難道要我去？」夏明朗不屑，你老人家又是一等功又有傷在身，邊說邊養傷多好，你不去難道還讓我去？

陸臻沉默良久，問道：「那我不回來這事著落給誰了？」

夏明朗一字一字從牙縫裡擠出來：「陳默！」

陸臻扶額。

夏明朗慢悠悠地說：「別怪哥哥我不提醒你，陳默已經講了十二場了，你回來，再往下那十場就全歸你了，除非你有本事讓陳默代你去開報告會。」

陸臻痛苦地捂著臉：「佛說，死道友不死貧道。默爺我對不起你！」

夏明朗嘿嘿一笑。

就這麼一折騰，等政治處那群人消停了已經是五月初，陸臻少校乘著春風歸隊，看到隊友們興奮得不能自已，抱著徐知著狂呼，兄弟們，我想死你們了！而兄弟們則紛紛表示詫異，您老是誰，您老貴姓，您老如此白白胖胖，哪裡來的小白臉？

當天下午陸臻就被鄭楷拖去操場試訓，成績慘不忍睹，晚上在基地醫院接受全面檢查，從內臟透視到肢體力量……鄭老大眉關緊鎖，站在軍醫邊上頻頻點頭，陸臻強烈地預感到徐知著的烏鴉嘴已經顯靈，他將被鄭老大操練到死。

回到隊裡，夏明朗癱在桌上耍賴，強行把陸臻的恢復訓練扔給鄭楷，鄭老大強烈地不忿，您倒是會做人。夏明朗長歎一聲，兄弟啊，你怎麼就不懂我的心呢？這看著心疼，眼不見心為淨哪。

一面是小量多次花樣百出的密集型體能訓練，另一面資訊組還有拖下的工作要接手，再加上陸臻這幾月來整理的資料有很多還要交給專業人士審核……如此強大的工作量洶湧而來，連陸臻這種工作狂都有點受不住的意思，真正達到了睜眼幹活、閉眼昏迷、兩耳不聞窗外事的革命最高境界。

是的，夏明朗心情複雜地想你都回來好幾天了，居然連跟老子Kiss一個的工夫都沒有，這是怎樣的一種……敬業啊！

這期間應軍區廣大青年幹部的強烈要求，陸臻被迫從天昏地暗中抽出半天時間跑去跟吳鳴吃了一頓飯。說到這局飯，夏明朗起初是打算陪同的，同時以麒麟大隊一中隊隊長的身份，向軍區技術骨幹表示感謝，但又覺得自己最近真是太忙了，這喝酒的事不擅長，您老自個去吧！

陸臻被灌了酒，在軍區招待所乖乖地睡了一夜，大清早開車回來趕晨訓，看著夏明朗搖頭說：「吳鳴這人啊，看著倒是斯文，睡著了可真不消停。」

夏明朗一呆，瞬間臉綠，半晌歎氣。

操勞的日子總是嘩啦一下就過去了，一轉眼就到了陸臻生日，當然，他自個是不會記得的，晚飯時全中隊忽然站起來敬酒，把他刺激得又是笑又是哭，抱著徐知著嘩啦啦的，酒到杯乾。敬的人多，一會就有些意思了，陸臻剛要起勁，夏明朗站起來力排眾議，說夠了啊，人傷還沒好透呢！就此散席，把這個興奮孩子領回家。

陸臻關門落鎖，後背頂在木板上，笑微微地說：「禮物！」

夏明朗撓撓腦袋：「您還真好意思開口！」

「我有什麼不好意思的？」

「禮物擱這屋裡都擱十幾天了，你也沒睜眼看一下！」夏明朗做哀怨狀。

陸臻配合地做出興奮模樣衝過去抱著他：「就是你嗎？你打算把自己送給我？」

夏明朗囧然，小聲嘀咕：「早知道你這麼容易滿足，老子……花了我大半月工資呢！」

這下子陸臻倒真的詫異了，這麼值錢啊，那是什麼東西？他四下張望，看到窗邊的桌子上蒙了一層布，布下隱隱的凹凸好像藏著什麼，陸臻指了指桌子：「那個？」

夏明朗沮喪地點頭。

陸臻走過去深呼吸，把架勢搭得足足的，把驚喜的表情備份到臉皮下，就等著幕布一開，說一聲YOYO，吼一句哇，也讓夏明朗平了那口心氣，可是真揭開時他倒又愣了，二乘一的大桌上放著一個兵團，18：1的標準比例軍模，有直升機、坦克、步戰車……和許許多多的兵。

「好好……好隆重……」陸臻一時找不著形容詞。

「喜歡嗎？」夏明朗貼背後抱過去。

「嗯！怎麼想到送這個啊，我也不是小孩子了。」

「你不是喜歡嗎，追著人家八歲的小男孩子討兩個兵……」

陸臻一囧，頗有了幾分哭笑不得的意思。

這話說起來那就長了，那會還是夏明朗在武漢的時候，他們上午在東湖邊釣魚，陸臻扶著池杉樹在堤上學步，夏明朗一個沒留神陸臻那邊就招了一圈的人。十幾個有老有小有中有洋，看著像幾大家子，可奇怪的是小孩大半都是中國人，看著像父母的倒全是老外。夏明朗怎麼瞧那幾個小孩都不像混血，走近一聽才發現他們說的是法語，嘰裡咕嚕的繞嘴，半句聽不懂。陸臻見他過來就笑眉笑眼地把人拉到圈子中間，夏明朗臉上僵硬著中華民族親切友好的官方對外笑容，小聲嘀咕：「什麼人？」

「加拿大的，來中國收養孤兒的。」陸臻小聲解疑。

呃？夏明朗一個愣神，陸臻又讓人給問上了，大姑娘小媳婦大爺們小夥子團團地圍著他，七嘴八舌談笑風生。夏明朗敏銳地感覺到這些人眼神亂飄，總在他身上溜來溜去，再看看陸臻多少有點促狹的眼神，心裡知道自己已然成為了話題，可就是要了親命了，一句不懂啊！

啊啊，夏明朗頓時就煩躁了。夏大人是怎麼個主？天然的中心，天生的焦點，那是要引導話題和輿論的人……像這種明明知道對方在談論自己，可愣是一句不懂的心情真他娘的不悅！

「說什麼呢？」夏明朗偷偷踢陸臻腳後跟，對面二八芳華的棕髮小姑娘好奇地看了他一眼，夏明朗連忙親切微笑之。

「法語啊！」陸臻在百忙中抽空回答他。

「我操，老子當然知道是法語，說什麼呢？！」

「您自己不會聽嗎？」陸臻回眸一笑，春光明媚。

夏明朗很想捏死他。

夏明朗壓低了聲音威脅：「老子會的法語除了　街就是泡妞！」

陸臻一愣，笑了：「那給爺泡一個？」

夏明朗摸了摸下巴，眼神慢慢變柔和了，陸臻陡然升起一股毛骨悚然的寒意。他看到夏明朗對著芳齡小姑娘微笑，眼中滿是柔和的……愛意，端的是濃情一片，落葉飛花都要動容。

上真功夫了，陸臻腦中警鈴大作：不不不不，不好！！

「Vous etes si belle,(你真漂亮）si j'ai l'honneur de savoir votre nom?（我可以認識你嗎？）」夏明朗拖長了聲調，字正腔圓。

芳齡明顯一愣，光速臉紅，小小聲地說了一句：「Oui, d'accord.(當然可以）」轉身，更小小聲地用小少女夢幻般的眼神看著陸臻說：「Votre ami, il est tres charmant!（你朋友真性感）」

YOYO！

夏明朗偷偷比了個搖滾手勢，得意地向陸臻揚著眉毛，幾乎要拽到天上去，陸臻咬牙切齒：「媽的，十五歲你都不放過！？」

呃，不會吧！！夏明朗迅速地垮了臉，陸臻迅速地轉移了話題。

然而悲劇就此鑄成！後來芳齡姑娘還孜孜不倦地給夏明朗留了郵箱(e-mail)地址，不過那張紙片在她轉身之後就嫁與了東風。陸臻指著夏明朗痛心疾首：「不是人！」

夏明朗大刺刺地無辜望天：「你讓我泡的！」

陸臻一口鮮血：「我沒讓你去泡未成年少女！」

夏明朗更無辜了：「她自己長得老相，也不能怨我吧！」

陸臻心想，得，算了，老子再跟你這無賴辯下去就得投湖了！他氣呼呼地在湖邊坐著，一手拿著一隻軍偶造型玩。夏明朗一時奇怪問他哪裡來的，陸臻有些不好意思地坦白說剛剛向人討的。那群人裡有個八歲的男童喜歡軍械，他爸媽這次過來收養第二個孩子，在超市裡看到中國版的兵人就給他買了幾個，三寸來高，關節很靈活，陸臻一見鍾情，死氣白賴地討了倆。

夏明朗聽完首尾，一手摸著陸臻後腦勺說：「我看到，在你的淫威之下，一個未成年少男屈服了！」

陸臻眼前一黑，差點真的栽湖裡去了。

夏明朗本來以為陸臻也就是一時的小孩心性，沒想到他對那兩個兵偶倒是真的愛如珍寶，自己臨走前兩天領著他去武漢市裡和周邊逛了逛，陸臻到哪都帶著，不亦樂乎地擺造型，大張旗鼓地拉著夏明朗說拍照拍照。夏明朗雖然囧之又囧，屢屢擔心被無知路人嘲笑，可是看著陸臻那眉花眼笑的樣子又莫名心軟，就這麼個又傻不拉幾又丟人的事也一路奉陪到底了。

後來，夏明朗收拾東西打包歸隊，不知怎麼的就裹帶了一個回來，電話裡不好提，陸臻居然也沒問。夏明朗把小兵人在桌上放著，就坐在他的煙盒上，一本正經的嚴肅的臉，越看越覺得像陸臻，走到哪都覺得他在看著他，抽煙都不敢抽得太凶。再過了些日子鄭楷家裡的來探親，年初匆匆一別，把鄭嫂的念想(思念)招上了又恨恨地沒吃飽，索性提前修光了年假出來奔夫，還搞偷襲，人到了軍區才給鄭楷打電話。

鄭老大五大三粗一漢子，樂得像什麼似的，搓著手在夏明朗面前語無倫次的，這什麼都沒準備呢！他眼尖，指著夏明朗桌子上那小兵偶問這是啥。夏明朗淡淡瞥了一眼說撿的。鄭楷大喜過望地搶了過去說正好，先給我哄哄兒子，這小子已經會叫爸爸了，叫得可甜啦！

夏明朗愣了一下沒攔，想攔的時候又找不到詞，就這麼眼睜睜讓他走了。

東西丟了才知道不適應，拿菸的時候又沒了節制，夏明朗暗自唾棄自己怎麼也變得這麼幼稚了。思念總是在不經意間出現，他想起當時他陪著陸臻在電腦上看照片，這裡那裡……陸臻開心地大笑。

那些相片上有綠瓦紅牆，有煙波浩渺……還有兩位一本正經嚴肅活潑團結友愛的兵偶，他們衝鋒，他們奔跑，他們立正，他們勾肩搭背，他們笑看風雲……那些照片上沒有人。

夏明朗想起來，他們在外面的時候從來不合影。

冥冥中，夏明朗覺得自己悟到了什麼，可是又本能地不願去深究。為了發洩心中的煩躁感，他上網找到那家兵偶的官網下單訂了所有的品種。東西運過來時候夏明朗自己也嚇了一跳，軍需官指著那個集裝箱似的大盒子問：你的？

夏明朗說是的。

什麼玩意？

夏明朗微微一笑：軍火！

夏明朗光是拆盒子就拆了小半夜，清空一張桌子給自己擺出了一整個中隊，徐知著驚呼說隊長您真是童心未泯，夏明朗渾不懍地對鄭楷說給你兒子也這麼一整個，保管他高興。鄭楷眼中閃著綠綠的光，半晌歎息：不行，錢還要省下來還房貸呢！

陸臻站在桌前愣了很久，修長的手指撫過一位又一位嚴肅的兵偶。

「原來那個呢？」陸臻問。

「你認得出？」夏明朗驚訝了。

「弄丟啦？」陸臻有些失望。

「你，你這也認得出來？」夏明朗感覺匪夷所思，這些兵明明都是一張臉。

「我自己的就能認出來。」陸臻小聲飛快地說了一句，轉身指著桌上說，「打一仗嗎？」

他微微笑，下巴挑起一點點，三分挑釁，十分挑逗！

夏明朗揚起眉毛：「奉陪到底！」

於是，開打！

兩個人一起動手，把桌子椅子都清到牆邊，陸臻提著半袋白米站在中間空地上歪著頭：打什麼呢？

半晌，他歪腰畫出漫長的中國國境線，下手標準而自如，一粒粒白米乍一看過去簡直像地圖上扒下來的，這一手太帥，夏明朗吹了聲很炫的口哨，豎起大拇指。

「誰攻誰守！」陸臻問。

「當然是我攻！」夏明朗理直氣壯地說。

陸臻笑著抓起一把兵偶的小頭盔問：「單還是雙。」

「單！」

陸臻張開五指，一雙一雙地拔下去，夏明朗很不幸，是雙，於是陸臻占了祖國大陸，執兵先行。

「怎麼打？從哪開始？」夏明朗著地圖的一角，沿順時針轉手。

陸臻站在對面看著他，微微昂起頭，說：「天下！」

「好！」夏明朗撫掌大笑，轉身去櫃子裡翻騰了半天，摸出一瓶酒。好酒，伊利特，十五年醇！

「來，我敬你！」夏明朗揚著酒瓶。

陸臻的眼睛亮了。

沒有杯子，就用平時喝水用的茶杯，沒有菜，用天下佐酒。

藏南、釣魚島、珍寶島、第一島鏈……陸臻收攏零散的白米，肆意揮灑畫出一張張新圖，他從櫃子裡找到一小包去年夏天買的本想偷偷煮綠豆湯的豆子和一些八寶粥原料，數出五十幾顆綠豆撒在臺灣以東洋面，這便是我軍的潛艇。

他還特別挑出的幾顆花生混在裡面，神情嚴肅地說，這是核潛艇。

夏明朗囧囧有神地看著他，您這是貨真價實的撒豆成兵啊！那俺家盟友呢？

陸臻想了想，在第一島鏈附近與臺灣以南洋面撒了一把紅豆，另外在八寶粥裡撥拉了半天，找出兩枚紅棗鄭重其事地擺在外太平洋洋面，敲一敲地面，曰：航空母艦！

就這樣兩個人沿著國境線一路打過去，你攻我守，你守我攻，撒豆成兵，翻手為雨，十分豪情！

夏明朗輸多贏少，仗著醉意耍賴把地圖抹得一團亂：「兵者，凶器也，止戈為戰哪！你跟我打這麼久，死了有十萬人了吧！十萬人啊！」

陸臻把手上的兵偶握進掌心，這是個狙擊手，與他精心收藏的那一模一樣，長著夏明朗的臉。

「你看外面，春風怡人，春色盎然，這世界如此美好，而你我卻如此暴躁，不好不好！」

陸臻忍不住大笑，仰頭把杯中最後一口酒倒進嘴裡，夏明朗喝得慢，十分慷慨地傾身過來把酒分給他。陸臻順勢把他抱進懷裡：「你醉了嗎？」

夏明朗思考了一下，誠懇地回答：「還沒。」

陸臻失笑：「你到底多少的量？」

「一杯。」夏明朗嬉笑，露出雪白牙齒，狼似的微笑。

陸臻卻忽然有些恍惚了：「那你醉過嗎？」

夏明朗一愣，眼神沉下去，深邃而悠遠，他想起幾年前的那個夜晚，他沉醉在一個人的呼吸裡，至今未醒。

夏明朗於是笑著說有，陸臻問什麼時候，他笑而不答。

時間過得多快，一轉眼滄海桑田，連心境都全不同，那時候他是他的下屬、隊員、學生……暗自愛慕的對象；而現在，他是他今生的奇蹟與不可分割的愛人。

陸臻低頭看著夏明朗的眼睛，他說：「我沒醉過。」

夏明朗笑了，說：「那是，您千杯不醉。」

「不，」陸臻鄭重其事的，「我真的，從來沒醉過。」

夏明朗哦了一聲，他發現陸臻想要告訴他的似乎並不只這些。

陸臻緊緊地抱住夏明朗慢慢地平躺到地上，他的眼神很專注，從側面看過去，眼珠像深茶色的水晶那樣剔透而明亮。

他說：「我小時候看三國，記得一句話：諸葛一生唯謹慎。魯迅說孔明多智而近乎妖，可我覺得謹慎才是他最大的法寶，那時，他是我的偶像。我沒醉過，因為醉不了，喝再多酒都沒用，我總要知道自己在做什麼。有人覺得我很狂妄，也有人認為我活得瀟灑，其實只有我自己知道，我很謹慎。如果生命是一場賭博，我就是那種永遠不會壓上最後一堆籌碼的賭徒。我好像時刻都在提醒自己，如果下一秒一無所有會怎樣？所以，無論何時我都能比別人更從容。」

夏明朗沉默地翻過身把陸臻合到身下，他溫柔地親吻著陸臻的嘴唇，陸臻仍然專注地看著天花板，好像那裡有他全部的夢想。

「曾經，我相信，這個世界上沒有什麼東西我永遠都不會失去，除了我的頭腦和身體……而現在，還有你！」

夏明朗一時僵住，他慢慢抬頭，眼中有不可置信的疑惑，忽然又微笑，挑一挑眉毛，十分得意的樣子，而心底卻唏噓，他本來是打算放棄這些的，他本打算寬容這個怪小孩所有的怪癖與壞毛病，就像陸臻包容著他一樣。

陸臻垂眸看向他，微笑：「你走了以後，我拿著嚴頭開的介紹信去廣州軍區那邊訓練作交流，在那裡遇到以前帶過的一個排長，現在已經做連長了，看到我很興奮，他們要參加國慶閱兵式的軍區選拔，大操場上全都是踢正步的軍人，那氣勢排山倒海。我看著他們訓練，在領子上扎大頭針，在背上綁T字架，我說這簡直勞民傷財。佇列隊形的確在塑造新兵集體感上有非常好的效果，可是，何必要搞成這樣？我的老兵沒有不高興，但是他說，他要禁止我接觸他的士兵。」

「怕你帶壞人家嗎？」夏明朗眨眼。

「他說我會毀掉一段美好的回憶。他說每個男人都應該當一次兵，感受兩年最純粹的日子，在那裡，輸和贏是那樣地明明白白，我們不惜一切代價的爭取勝利，最徹底的熱血，最徹底的剛強，不計得失。那才是青春，那是永不凋謝的鮮花之海。這種日子，不是苦，是享受。人會老，會變，會開始變聰明變世故變得不敢放肆，然後再也回不去。可是那段青春的日子會永遠留在心裡。」

陸臻抱住夏明朗的肩膀笑得明亮又冒傻氣：「所以，小生白活了這麼多年，剛剛發現我原來還沒有青春過。」

夏明朗失笑：「現在開始也不晚。」

陸臻抱著他看了好一會，從地上爬起來一頭紮進裡間翻書櫃，他找出一個大紅封面的本子，這是陸臻軍事學碩士畢業論文，陸臻翻到最後一頁，在所有的引用文獻最後用黑色的鋼筆寫了四句話——

最好的抵抗是威懾。

最強的戰略是禦敵於國門之外。

最高明的戰術是不戰而屈人之兵。

而仁慈，是死神的執照。

夏明朗在心裡一字一字地默念，感覺震撼而動容。

「這是我原稿的最後一段，後來被導師刪掉了，他說太文藝。」陸臻筆直地站著，「可是前兩天我整理資料又看了一次原始文檔，忽然發現原來我想做的，從來沒有改變過。」

夏明朗似有所感，抬頭看向他，神色鄭重。

陸臻慢慢抬起手，敬禮！

「您的少校陸臻！將以畢生心血，為中國的不戰而奮鬥！」

陸臻的眼睛一眨不眨地盯著夏明朗，他的身姿筆直，每一條肌肉都繃緊，昂揚向上，像暴雨中生長的竹，有直刺天幕的銳利鋒芒。

「好，很好！」夏明朗很慢很用力地鼓掌。

他的眼神溫和，抬手舉杯一飲而盡：「那麼，就讓我做你一擊必殺時最銳利的武器。」

陸臻笑起來，緊張繃住的身體逐漸軟化，他用一種近乎感激與崇拜的眼神看著夏明朗，那個男人半躺在地上，毫無形象可言的樣子，卻有無可比擬的莊嚴氣勢，他曾經想過夏明朗會用一種怎樣的姿態來支持他。

他也曾經猶豫過，他如果決意追逐理想不顧一切會給夏明朗造成怎樣的壓力。

可是夏明朗又一次輕而易舉地超越了他所有的預計。

陸臻忽然想起聖經裡的一句話：當洪水氾濫之時，耶和華坐著為王。

特別番外 國慶日

1

北京時間，10月1日，0點13分，北京。

陳默垂眸看了一眼腕錶，淡淡的螢光一閃即滅，此刻他在北京的夜空之中，眼前是暗夜流光的長安街。夜半更深，但這裡並不寂寞，北京的夜晚從來不清冷，尤其是……今夜。

陳默微微轉了轉脖子，頸椎發出細響，他偏過頭去看身邊的方進，那小子正聚精會神地盯著大功率紅外探測器的顯示幕，半徑一公里，逐片掃描，黑底上跳躍著深深淺淺的紅與明黃，有汽車的發動機，對面大樓上窗邊的一杯咖啡，以及，人體……

方進感覺到視線的壓力猝然回頭，窗外的車河拉出流動的光映到他臉上，方進瞇眼一笑，用嘴型問：「餓嗎？」

陳默想了想，點了點頭。方進站起身去拿乾糧，陳默一隻眼睛又貼上了瞄準鏡。

牛肉乾是沙嗲味的，巧克力有黑巧和牛奶的兩種，壓縮餅乾今天領到的是香蔥味，方進一邊看著顯示幕（螢幕）一邊撕牛肉乾，把牛奶巧克力扔給陳默。

味不錯，鮮美！方進嚼得很有勁，城市任務就是這點好，物資充裕又上等，早上還有人送牛奶，這簡直像是在度假。

陳默等方進把宵夜吃完才放開狙擊槍，他站起來活動身體，撕開一塊巧克力吃，牆角邊的睡袋裡有個黑影探起身，陳默對著他豎起三根手指，意思是你還能再睡三小時，黑影又蒙頭睡下。

陳默吃完兩塊巧克力，伏回狙擊位。

整個房間又歸於平靜，一切如常，如同這個城市的外表看起來那樣的如常。

2

標準太平洋時間，9月30日，9點46分，洛杉磯。

藍田走進實驗室打開電腦，電子信箱裡堆積著20多封未讀郵件，他首先挑出學生報告實驗進度與求助的郵件看完回覆，然後略帶期待地點開來自基金會的郵件。

匆匆掃過一眼之後他自嘲地笑了，被拒絕，果然……不過沒關係，已經習慣了。他站起來大聲說，麻煩誰給我來杯咖啡！然後思考下次應該換哪家基金會申請資助，或者，索性找一家藥廠？他點開工作檔夾(資料夾)流覽標題，琢磨著手頭哪部分的工作可以去延伸一下，挑逗製藥公司的興趣。

許智強把咖啡放在藍田桌上，搓著手緊張地對藍田說：「教授，剛剛收到郵件，我的那篇文章被《Neuron》接收了。」

「唔？！」藍田顧不上喝咖啡直接站了起來，「真的？那太好了！」

藍田用力握許智強的手，還覺得不盡興，用力拽了一把，扎扎實實地給了一個擁抱。

許智強一愣，有些尷尬，也有些感慨，藍田雖然算年齡大不了他幾歲，卻是真正的導師，真正在他的科研(科學研究)道路上指過方向的那種導師。他這一生經歷過各種各樣的導師，他知道這樣的人、這種機會不多，他真心感謝。

「行，這樣的話，打算什麼時候回國？」藍田問。

「哦，祁紅那邊博士課程還沒結束，我打算等等她，而且我現在手上做的東西還有得挖，我想再弄篇大的。」許智強微紅著臉孔，有些興奮的。

「別挖盡了！不過……嗯，你那個，在這裡收掉也好。」藍田眨眨眼，壓低聲音側耳過去，「開個大課題帶回國，你也知道現在國內競爭多激烈，手上沒點東西回去了也站不住。」

「唔，唔……」許智強沒料到藍田說得這麼直白(直接明白)，把自己那點小心思抖得乾乾淨淨，臉上紅了個透，支吾著說，「晚上您有空嗎？祁紅說今天高興想請您回家吃頓飯。」

「哦，有好吃的嗎？」藍田笑道。

「有有有，她老家剛剛寄來的榛蘑。」

「行！」藍田翻了翻記事本，答應得爽快，許智強樂呵呵地離開了。

很好的一天啊！藍田心情舒暢地坐下來，MSN上有消息彈出——

霍德華：晚上我們去吃牛排吧，最近都沒機會好好吃一頓。

藍田失笑，回覆：不好意思，晚了三分鐘，晚上有約了。

看完一封郵件發現對面沒說話，回覆的小人頭像很失望的樣子，藍田只好又多加了一句解釋：我有個學生今天投中了《Neuron》，晚上請我去他家吃飯，聽說他老婆手藝很不錯。

霍德華回覆一個笑臉說，恭喜了，玩得開心點，把明天留下給我。

藍田回覆說好，他挑了挑眉毛把咖啡喝完，換上白大褂去操作室。

3

北京時間，10月1日，1點33分，北京。

夏明朗走進監控室發現裡面燈火通明，雪白的牆面上貼著三行紅字：時刻警惕，萬無一失，忠誠衛士！

靠左邊第一個是陸臻，他習慣性地托下巴咬住左手食指，前面並排放著三台液晶顯示幕。夏明朗不太看得懂那些複雜的儀器與資料，但是這個地方承擔了整個天安門的秘密通訊與警備公開頻道的中轉繼接，以及全頻道的掃描與監控，可以說方圓幾公里的每一縷電波都會在這個房間裡像篩子那樣被篩過。

很不容易，這世界上最累的就是時刻警惕，最難的就是萬無一失，最怕的就是忠誠衛士。

夏明朗走過去把手放在陸臻肩膀上，掌心裡握著兩顆閃亮的金色星星，陸臻仰頭微笑，眼中隱現細密的血絲，他把休息鈴按下，移開了耳機。

「開工了？」他小聲地用口型說。

「嗯。」

「這班到幾點？」

「一直到晚上慶典結束。」

「哦，」陸臻了然，「那到時候你在哪裡？」

「廣場上，我們跟藍劍的便衣上廣場做快反(快速反應)。」

「真好！」陸臻羨慕的，「你可以近距離看到BOSS閱兵的英姿。」

「滾！」夏明朗笑 ，「老子分那塊連天安門都看不見。」

「那也好，你至少可以呼吸廣場上狂歡的空氣，哪像我啊，身在咫尺心在天涯，咫尺天涯……空餘恨哪，這麼說起來還是小花最幸福，他可以看到BOSS的車從他眼皮子底下開過。」陸臻搖頭歎氣。

「那你索性跟他們去走方陣吧，我聽說特種兵還缺人。」

「行啊！」陸臻笑瞇瞇的，「好歹我身高還夠！」

夏明朗微微一笑，兩隻手指捏住陸臻的肩窩略一使力，陸臻咳了一聲，無聲地張大嘴，抱住肩膀。

小混蛋，不收拾你不知道馬王爺有三隻眼！

休息鈴在螢幕上彈出視窗，提醒一分鐘之後重新進入工作介面，陸臻拎起耳機對著夏明朗齜牙：「滾吧！」

夏明朗慈愛地撫了撫陸臻的頭髮：「老子現在要上長安街掃蕩去了，有什麼話捎給兄弟們嗎？」

陸臻眨了眨眼睛說：「幫我提醒小花，別再吃了，已經很胖了。」

「行，一定帶到！」夏明朗忍著笑拍拍陸臻的腦袋。

4

巴黎時間，9月30日，19點28分，巴黎。

蘇會賢走在巴黎的地鐵中，身邊是匆匆而過的異國人，白色的耳線從線帽下面一直延伸到風衣的口袋，一色一樣的Apple為各色各樣的人打造各自的空間。

音樂聲忽然弱了下去，提示有電話接入，蘇會賢隨手按開了通話鍵。

「我！」蘇嘉樹特有的簡潔明快自信到狂妄的開場白。

蘇會賢微微笑起：「您哪位啊！」

「少囉唆，我跟永寧現在去找妳。」

「喂？什麼事這麼急？」蘇會賢一驚。

「看閱兵啊！今兒國慶妳不會忘了吧？他媽的，米蘭這種鄉下地方，酒店裡居然沒有中文台！」蘇嘉樹咬牙切齒的，「馬上要登機了，在家等我們，唉，記得買點啤酒！」

哦，不是吧！

蘇會賢痛苦地扶額，她老哥以為這是在幹嘛？世界盃嗎？

「我怎麼以前沒發現你這麼愛國？」

「廢話，妳才知道啊！老子最愛國了，機票都是自己買的，妳看這覺悟，自費愛國啊！妳應該奇怪楊永寧為什麼跟著我跑才對。」

「永寧我倒是很好理解的，她要看帥哥。」蘇會賢慢吞吞地說，「另外，我在巴黎也就是落個腳，我還沒開通有線電視，所以……我也沒有中文台，其實你們在米蘭可以用電腦上網看直播的。」

「我靠，妳幹嘛不早說？」蘇嘉樹囧之。

「你沒問啊！」蘇會賢氣定神閑的。

「算了算了……上都上來了，反正歐洲就這麼巴掌點大的地方，一會兒就到了，起飛了，落地再給妳電話。」

蘇會賢關上通話愣了幾秒鐘，失笑，回家之前還真去了一趟超市，啤酒熟食七七八八買了一堆，路過加油棒的時候惡趣味地拿了一對。

嗯，誰規定只有世界盃可以狂歡呢？

5

北京時間，10月1日，3點整，北京。

衛立煌被腕錶震醒，猛然從睡袋裡坐了起來，陳默頭也不回地抬起手，示意他可以清醒五分鐘。衛立煌與他的同伴站直身體在黑暗中無聲地伸展四肢，倒水出來撲在臉上。

五分鐘過後，他抱槍站到陳默面前，輕輕地點了點頭。

陳默提槍站起，把狙擊位讓給他，另一邊的方進在小聲地介紹情況，衛立煌看著陳默冷淡的背影微微一皺眉。

兩個月前，這批人被大隊長借通天手請調入京，是協防是補充力量也是學習切磋，這兩個月彼此之間都學到不少，可能只有他比較倒楣，磁上這位爺，五十多天沒看到一個好臉。當然或者就像方進說的，陳默不擺黑臉的時候就是好臉。

陳默在黑暗中分解槍支擦槍養護，衛立煌豎起耳朵聽那些細微的輕響，心中判斷他幹到了哪一步。那是個極愛槍的槍手，值得尊重，雖然他第一次試圖借此套進乎就吃了一鼻子的灰。

那時候衛立煌舉著自己的愛槍說，他叫鐵花。你的呢？陳默平靜地看了他幾秒鐘，說：叫槍。

半個小隊的人站在他旁邊笑得前俯後仰。

衛立煌憤憤地扯動嘴角，轉而也覺得有些好笑。

等陳默養完槍方進已經四仰八叉地睡著了。陳默挑起睡袋一角，把方進往裡面踢了踢，空出一個位置來抱著槍和衣睡下。

長街對面的另一幢大樓的另一個黑暗的視窗中，剛剛換班的徐知著把臉貼上冰涼的槍身讓自己更冷靜。在他眼前，圓形的視野中掠過一個個明亮的窗。長安街開始變得喧鬧，群眾演員與待閱士兵漸次入場，遠處隱隱傳來低沉的馬達聲。

6

標準太平洋時間，9月30日，16點14分，洛杉磯。

藍田坐在肖恩的辦公室裡，看著這位長著灰白頭髮目光炯炯的倔老頭。平心而論這是位好前輩，公平爽朗，而且目光敏銳，雖然個性有點生硬，也有點……嗯，大美國主義，但是，平心而論，他仍然是位好同事。

藍田用眼角的餘光掃了一眼時鐘，呃……原來已經半小時了，藍田換了一個坐姿直起後背。

「藍，不要找藉口離開，藍！」肖恩指著他。

藍田苦笑說：「我沒有。」

「我要再重申一點，這是我，一個朋友對朋友的真誠勸告，你應該結束你現在的工作狀態，你在中國分設實驗室，這樣對你的發展會很不利。」

「我還能顧得過來！」藍田有些無奈，有時候不得不承認老美的固執。

「不是這個問題！」肖恩瞪著眼，「你現在這樣很難申請資金，你明白嗎？那些基金會的混蛋根本看不懂你的價值，但是他們會覺得他們把資金投給了中國！」

「總會有懂行的人。」藍田笑道。

「噢，藍，有時候我真的不能理解你們中國人的道理。」肖恩伸手，「你能不能給我一個合理的解釋！？就像你為什麼堅持說你叫Lan，而不是Blue，可我知道藍就是Blue。」

「不，我叫藍田，我姓藍，我不姓Blue。」

「Oh，shit！」

「相信我，我會為自己做最好的打算，亦不會背叛我的道德觀與您的立場。」藍田笑容淡淡，極具耐心地解釋，像個老派的紳士，雖然他並不見得真誠。大國的狹隘是種很沒有辦法的事，藍田無法向這個倔老頭兒解釋他在國內能得到的資源足可以彌補他在此地的損失。肖恩不會相信，他同情地看著你說，哦，藍，你不用這樣，我知道，你們中國人都太愛面子。

好吧，藍田挑了挑眉毛，就讓他覺得我是個義人，這也沒什麼壞處。

「好吧，霍德華很希望你能穩定下來，而不是像現在這樣，他希望我能說服你，但是……你看。」肖恩無奈地攤開手，「你知道那孩子對我很重要，他是我的教子，當然，我也非常喜歡你，我希望你們能快樂。而且，我感覺他在準備跟你結婚。」

「呃……」藍田一愣，抬手按住眉心說，「但是我沒有美國國籍。」

「啊?」肖恩大吃一驚:「可是你來了那麼久,應該早就可以通過了。」

「我有綠卡,但是一直沒入籍。」

「哦,天哪,那你應該趕緊去解決這件事。」

「是,是,我考慮一下。」藍田又看了一眼時鐘,「抱歉,實在不早了,我還有學生在等我。」

藍田一邊走一邊搖頭,失笑,許智強在走廊裡轉來轉去,抬頭看到是他,一陣驚喜:「教授,什麼時候走?」

「現在吧!」藍田笑道。

「行!馬上好!」許智強跑回實驗室換衣服。

7

巴黎時間,10月1日,1點零8分,巴黎。

蘇嘉樹想砸電腦,蘇會賢在防著蘇嘉樹砸電腦,楊永寧在打電話,你很難想像一個像她那樣的美人會用法語跟人吵到如此聲色俱厲。

氣氛很緊張,因為網路忽然斷了。

「還沒好？」楊永寧重重地把手機砸到沙發上，探身過去看螢幕。

「沒！」蘇嘉樹怒氣衝衝的，「網路公司怎麼說？」

「三更半夜就一個白癡在值班，我跟他說什麼都不懂，我問他到底怎麼辦，他讓我等明天，說技術人員沒上班。我說請你告訴我，你什麼都不會，你待在那裡的價值是什麼，這跟放條狗有什麼分別？」

蘇會賢失笑：「他會告你人身攻擊的！」

「他敢！」楊永寧目光一斂，「我跟他說我是中國人，我現在等著看自己國家的國慶日慶典，而你們居然在這種時間斷我的網路，你們這是民族歧視，我要去打市長電話，我要投訴！」

蘇嘉樹豎起大拇指說：「親愛的，我支持你。」

蘇會賢冷靜地提醒：「北京快八點了，我們現在怎麼辦？」

蘇嘉樹與楊永寧面面相覷。

你巴黎還有熟人嗎？

沒了……

蘇會賢歎氣，心想有熟人也不管事啊，現在是凌晨一點。

楊永寧忽然站起身說：「我們去酒吧！」

「親愛的，這是國慶不是世界盃。」蘇會賢扶額。

「不，我們去酒吧！」蘇嘉樹眼睛一亮，「這時候只有那地方有人，我就不相信找不到一個家裡能上網的。」

蘇會賢無奈地看著這兩位尤物相視一笑，眼角眉梢都是鉤子。開車到最近的酒吧，蘇嘉樹與楊永寧各點了一杯酒，蘇會賢抬手說我開車，這種事讓我出馬是一位的恥辱。楊永寧大笑，拉著蘇嘉樹消失在人群中。

不一會兒，蘇會賢就看到她哥於光影曖昧中拉出一位身材高大，五官卻清秀的小男生。蘇會賢嘀咕：「兩條腿的女人半屋子，你幹嗎找個男的？」

蘇嘉樹微笑，俯耳過去大聲說：「他說他室友是中國人，客廳的電視有CCTV新聞台。」

蘇會賢恍然大悟，點了點頭，楊永寧眼觀八方，一眼瞥到這邊有結果了，馬上抽身就走，她眼前的男人不明所以跟過來看，被門口的月光一映，膚色白淨眉目柔和，戴一隻黑色細鐵框眼鏡，倒是個相當悅目的帥哥。

「日本人？」蘇嘉樹大剌剌地用中文問，眼鏡帥哥下意識地皺眉搖頭，不太高興的樣子。

「哎呀呀，兄弟貴姓？」

「蕭然。」

「一起一起。」蘇嘉樹頓時大喜，挾了那人的肩膀就往車裡推。楊永寧在身後踢他，小聲說：「臺灣人你帶著他幹嗎？」蘇嘉樹一愣，轉眼粲然而笑：「那有什麼，咱爹做壽擺酒，十里八鄉的都來看個熱鬧，我堂姑奶奶家的小兒子反倒不能來喝口酒了？」

楊永寧一時無言，瞪著他，蘇嘉樹比出OK的手勢，拉開車門坐到臺灣帥哥身邊。法國小男生轉頭去找蘇嘉樹，有些依戀又不太開心的模樣。蘇會賢偷眼看到小男生困惑的眼神，心中偷笑。

一路上蘇嘉樹聲情並茂地向小男生闡述了他們一路而來的艱辛與愛國熱情，直聽得人家臉上發紅，深深羞愧，由衷地感覺到自己那點小心思在這個乾淨俊朗的男人面前是多麼的齷齪。倒是蕭然漸漸聽明白了這群人到底是要去幹嗎，眼鏡下的長眉皺起一點，有些錯愕尷尬的窘迫。

進門後蕭然躊躇著怎樣開口說走，蘇嘉樹倒給他一杯紅酒：「好日子，莫談國事，陪兄弟高興高興。」

蘇嘉樹一雙淺色琥珀眸子溢彩流光，蕭然被人看穿了心事有些窘，碰過杯，低頭笑了笑。

「你看起來不太開心。」蘇嘉樹觸覺敏銳。

「你們在炫耀武力，我很難覺得很開心。」蕭然倒是坦然。

「別說你們，說我們，你會開心一點。」

「但是那樣很難，而且……」蕭然皺起眉頭，「你看我總不能那樣，一會說你們，一會說我們，你明白，覺得好的時候就說我們，覺得不好又馬上把彼此分割開。」

「對，有道理，」蘇嘉樹壓下音量笑道，「其實你們丟人的時候，我也挺……不能感同身受的。不過，人多力量大嘛，一起看國慶，多個節日有什麼不好？」

蕭然失笑，聳了聳肩不置可否，倒是沒再動心思要走。

8

北京時間，10月1日，9點整，北京。

天空中鬱積的雲層彷彿神蹟般的破開，露出藍得耀眼的晴空與新生的朝陽。金黃色的陽光從天的盡頭傾瀉下來，在琉璃瓦上碎成一團光的霧。

天安門廣場上花團錦簇，人如海洋。保安、公安、武警、特警還有隱匿在種種人所不知的暗處的狙擊手、觀察手、便衣與特工們結成無形無跡的網，此時此刻好像有一個透明的玻璃罩，扣在古老的皇城上。

被罩在其中的人們臉上洋溢著興奮與激情，他們的表情被電波傳遞到神州的各個角落，傳遞著平安與歡喜、安寧與富足。

這樣美好的時刻不容許任何一點點醜惡來影響，中國人，從古到今都是那樣一個為禮儀聲名所累的民族，這麼久，一代一代地傳承，卻樂此不疲。

五千年！

多少曾經燦爛輝煌過的文明消散在歲月的風煙中，被取代被磨滅，只有這塊土地上的人們還一脈相承著古老的文明與秉性。

這個蒼老的民族，這個年輕的國家，浮躁而又保守……

夏明朗聽到耳機裡一陣沙沙的微音，一個電子音響起：「各分隊注意，各分隊注意，最後一次對錶試音，請報告你們的狀態與位置。」

「編號4811951，J16區，一切正常。」

夏明朗懶洋洋的視線掠過眼前一張張新鮮的面孔。

……

「編號89178687，M2區，一切正常。」

徐知著略降了一下槍口滑過路面，在那裡一隊一隊的士兵已經在肅立。

……

「編號87950311，N3區，一切正常。」

方進折騰著手裡的鐳射測距儀，雖然這幾天的觀察下來，方圓1.5公里內的每一個視窗每一個塊牆磚都讓他給標記過了……

……

「編號53485913，JC101，一切正常。」

陸臻抿起嘴角微笑，我的國家，既然宇宙中某種神奇的力量把我投生在這裡，就讓我為你的生日做點什麼。

……

「編號87190400，N3區，一切正常。」

陳默平靜的視線中不帶一絲溫度，瞄準鏡平滑地套進一個個假想狙擊點。

……

裡之外的江南，一個嬌小的身影背著一隻巨大的書包在狂奔，她拿出手機看時間，拼命按門鈴。

苗江摘下話筒問：「誰呀！」

「開門！」苗苑大吼。

這麼早？

苗江暗自嘀咕，打開門看著女兒風塵僕僕地從樓道裡衝上來……

「呃……這麼快。」苗江驚歎於他素來懶散的閨女這難得的光的速度。

「讓開讓開……」苗苑很沒良心地把自己老爹一把推開，視線已經穿過客廳落到了電視機的螢幕上。她激動地術過去，連書包都來不及脫就直接從沙發背上爬過去，何月笛皺眉說妳的鞋！

苗苑的眼睛直勾勾地盯著電視感動地流淚，還好趕上了！國慶的車票太他媽的不好買了，害姑娘我大清早趕六點的車回家，我容易嗎我！

好帥！好帥好帥！

苗苑脫了鞋把書包扔到地上，湊到電視前去撫摸英俊筆挺的兵哥哥，鏡頭拉起大航拍，一路掠過繁華的長安大街，苗苑痛心疾首地在電視機前跺腳，說特寫！我要特寫！我要看人我不要看帝都的觀光片啊，死導播，我要殺了你！

那個時候，她還不知道，在那條長街兩邊的高樓中，有一雙眼睛將來會屬於她……

9

標準太平洋時間，9月30日，18點42分，洛杉磯。

藍田坐在許智強家的沙發上，饒有興趣地看著小許的兒子許國棟難得嚴肅的小模樣，這是個七歲的小男生，非常好動，貓嫌狗不愛，剛剛還在家裡翻江倒海，讓祁紅尷尬不已。可是剛剛電視換到中文台，他忽然就不動了。許智強好奇張望了一眼，驚呼：天哪，今天是國慶啊！

在國外沒有那種萬眾期待的氣氛，許智強一直記得十一是國慶，卻不知道今天是9月30。他這一吼，所有人都圍到了電視機旁，祁紅把飯菜在茶几上擺了一圈。

很是和樂融融的樣子，讓藍田有些感慨。很好，這才像是個過國慶的氣氛，他開始慶幸今天晚上沒有答應霍德華去吃牛排。

他忽然想起十年前的那個國慶，也是大慶，也有華麗的閱兵，那時陸臻的導師去國防大學出差，帶了他一起過去。那孩子興奮地打電話向他炫耀，一時衝動，藍田買了30號的紅眼航班從上海直飛去北京。

很難形容那種感覺，一瞬間的狂熱感，只有年輕才會有的狂熱感，當時太晚了根本買不到火車票，從學校打車去虹橋。從櫃檯上售出的票只有半夜，到北京已是凌晨，陸臻在接機口等他，空蕩蕩的大廳裡好像只有他一個人，安靜地靠在一根柱子上睡覺。

藍田至今都不能理解自己當時怎麼會如此瘋狂，可是他仍然慶幸，人生總得有那麼一兩個時刻放肆一回，這是寶貴的記憶。可是天亮了進城後才知道原來不是待在北京就能上天安門廣場跟著看閱兵的，他們坐在計程車裡聽著那位侃叔亂侃，信誓旦旦地把他們放在某個陌生的路口，據說待在這裡，能看到退走時的坦克。

藍田很有些懷疑，然而陸臻很興奮，抱著肩在金秋涼寒的北京街頭跳來跳去。藍田從上海過去身上只有一件薄薄的襯衫，陸臻脫了外套給他穿，不一會自己也凍得受不了，又再穿回去，來來回回好幾次，到最後兩個人都沒感冒也是奇事。藍田認真回憶當時的情景，可是腦海中只有空蕩蕩的北京、空蕩蕩的街與頭頂白楊樹葉嘩嘩的聲響。他記得自己當時一直在猶豫，猶豫應該用怎樣理由來擁抱陸臻，與他分享同一件外套，這其實是最順理成章的思路，可是直到太陽升起，他都沒能想好。

路邊的人漸漸多起來，淹沒整個街口，陸臻拉著他佔據有利地形，藍田終於相信在這裡可以看到些什麼。

人群中有人帶了收音機，國歌聲就那樣響起……

10

北京時間，10月1日，10點整。

夏明朗聽到不遠處傳來國歌聲，身體不自覺地轉向，看著聲音傳來的方向。他心想，小子，你現在離國旗比我近，忽然又想，近也沒用，他現在什麼都聽不見。

方進小聲地跟著熟悉的旋律哼唱，陳默眼角的餘光掃過他，平直的嘴角柔和了些許；衛立煌不自覺地握緊手中的槍，心潮起伏；徐知著瞇起眼睛看瞄準鏡外的世界，像是在看心愛的戀人。

電波在流轉，一瞬間傳遞到這世界的每一個角落。

苗苑淚流滿面地坐在沙發上，看著升旗手最後的那記揚臂，鮮豔的紅旗冉冉升起，眼淚流進嘴角時才驚覺怎麼哭了。好帥好感動，不是一般的帥與一般的感動，那心情複雜極了，她形容不來，沉甸甸地壓在心裡，卻只覺得溫暖。

蘇嘉樹打著節拍大聲歌唱，加油棒在他手上嘩嘩地響，蘇會賢偏著頭掩面，很想假裝不認識他，卻聽到嘉樹衝著法國小男生吼：「看，看……這是我們的軍人，我們的……哈哈！你不懂，你們都是雇傭軍。」微笑，不自覺的微笑爬到她臉上。

嚴正集合麒麟所有不當班的隊員在禮堂集合，一行行英武的士兵肅立著敬禮，眼前的大螢幕上，鮮紅的國旗在杆頂定格。

藍田猛地鬆了一口氣，詫異地發現自己剛才居然呼吸困難。

萬眾期待的閱兵式正式開始，陳默聽著耳機裡的提示判斷閱兵車經過自己管區的時間，眼前只剩下純粹的罩色；徐知著感覺到自己的肌肉繃緊，他略略垂下左眼往下一瞥，浮光掠影的瞬間，只看到模糊的黑色車影。

事隔多年之後，他們各自與人說起這次閱兵，一個被扼腕，一個自己很扼腕。

夏明朗被淹沒在人海中，那樣的狂潮，與無數人擦身而邊，他心懷警惕卻仍然被歡樂所感染，臉上揚起笑意。

而陸臻卻沉浸在電波與圖形的世界裡，外面的盛典彷彿與他無關，那樣的群情激昂那樣的滿心歡喜都像是隔了時空的存在。這是他參與最深，卻也最最虛假的一次國慶。他忙碌、他尋覓、他等待……然而沒有人知道他的存在，連他自己亦沒有真實的觸感，所有的紛繁都好似一場演習。

他只能用時間表感知外面的世界：分列式，嗯……特種部隊已經走過去了……

在遙遠的異國的螢幕上，藍田看到海軍陸戰隊踏著整齊的方陣走過，心中有些微的恍惚，彷彿能從那片海藍色的迷彩中看到那張熟悉的臉，驕傲而明亮地微笑著，有奪目耀眼的光彩，他曾經深愛過的男孩。

然而，最後他還是離開了他，儘管彼此都留戀。

因為那個孩子有著太過豐盛的靈魂，卻渴望被引領被覆蓋，如此矛盾，讓他像一個迷幻那麼動人。可是那種豐盛讓他沒有了缺失感，他總是可以失去任何人，因為他的生命不必依賴任何人就可以獨自完整。

於是，當陸臻決定離去時，藍田沒有試圖挽留，因為他也沒有孤獨感。

因為他們都是太忙碌太有野心的人，活在這個世界上，更渴望能留下一些真正的痕跡。

蘇嘉樹如數家珍地報著各種導彈的型號與參數。蘇會賢由衷感到她哥真是個奇才，天上地下居然沒有他不知道的。蕭然臉上維持著禮貌的微笑，眼神有些複雜，不算舒服亦不是憤然，不算羨慕亦不是淡然。楊永寧則在抱怨領導人的鏡頭太多而軍人的特寫太少，她感慨說回家應該換個當兵的男朋友。

蘇會賢說我謹代表中央軍委請求你放過咱們的子弟兵。楊永寧看著她笑得嫵媚，她說那我代表總政治部請求你好好安慰咱們的子弟兵。蘇會賢爽快地點頭說好……

那時年輕，不知道冥冥之中，有誰在接收著你的承諾。

法國小男生窘迫地看著這三個中國人肆無忌憚地說著中文在法國的凌晨三點狂歡。

嗯，這房間的空氣裡滿是狂歡的氣息。

蘇嘉樹給他全球各地的朋友打電話，他說快點快點，咱媽六十大壽，喊你們來家吃飯，那場面那陣仗，沒見過吧……氣派！某個蒙城的小子不開眼，結結巴巴地說：「啊中國，對了，我們這裡最近來了個中國的和尚。」蘇嘉樹連眉角都沒動，輕淡地說：「哦，他哪，怎麼連你們那塊小地方也去，得，隨他吧，都忙著看閱兵呢，沒空理他。」

楊永寧若有所思地敲了敲桌子，輕聲說：「國家還是強一點好。」

蕭然終於忍不住轉頭看向她，楊永寧微笑，像一隻毛羽輕軟的貓，呵氣如蘭似的輕聲道：「過來一起要不要？」

蕭然登時笑了，笑得很有分寸而文質彬彬，他說：「中國人有句話，兒不嫌母醜。而且……你看，我並不欣賞這個，太形式化了，太生硬。」

「可是我喜歡。」蘇嘉樹揚眉而笑，全然是逼視的目光：「土是土了點，但是夠威，反正咱中國人好熱鬧，你看去年我家老頭子做壽還擺80桌呢，這就是個氣派，震死那幫土包子老外。趕明兒咱們去跟人談生意都能站得更直點。」他抽出名片遞給蕭然，「蘇嘉樹，進出口食品貿易，有生意請多照顧。」

蕭然失笑，雙手接過去，又遞回一張，說一定一定。

「有麻煩也可以找我，能幫的儘量幫，一起發財。」蘇嘉樹低頭一掃，把名片收進夾子裡。

蕭然愕然，看著那雙過分漂亮的含笑的眼睛實在辨不出真假，只能笑著說，客氣了。

蘇嘉樹忽然抬手指向螢幕，說：「看到沒，核武器出來了。」

他轉過眼溫柔含情地看著法國小男生，用法語說得婉轉：「你看，我們的核導彈，很帥吧！我很不喜歡你們現在的總統，原來那個多好。」

蘇會賢聞言痛苦地捂住臉，可憐的男孩子驚愣地傻愣著，半晌終於悶出一句：「我不是投的薩科奇的票。」

蘇嘉樹一愣，轉而大笑，眉目間有輕狂的意氣，清峻逼人。在他身後，電視螢幕上走過更為宏大驚人的群眾方陣，有極繽紛的色彩，連綿不絕……

如果目光也有力量，如果目光真的會有壓力，那個時刻那片巨大的廣場大約也無法承受，那是鋼筋與水泥無力撐起的一種沉重，因為同一時間有太多人懷著太多複雜的情懷在看著它……那些視線凝聚在一起，讓人戰慄心悸。

11

標準太平洋時間，10月1日，6點16分，洛杉磯

藍田坐在床上看晚會，伴著窗外初升的朝陽，螢幕上金色的煙花像暴雨一般傾瀉而下，好像那種金黃從電視漫到了房間，從海的另一邊，流到了這一邊，他忽然想起昨天晚上臨走時許國棟對祁紅說的話。

他說：媽媽，我們不改國籍好不好，一輩子都做中國人。

國家圖書館出版品預行編目資料

麒麟：戰爭之王—劫後重生 / 桔子樹著.
——第一版——臺北市：宇河文化 出版；
紅螞蟻圖書發行，2013.2
面　公分——(Homogeneous novel；7)
ISBN 978-957-659-928-6（平裝）

857.7　　101027865

Homogeneous novel 07

麒麟：戰爭之王—劫後重生

作　　者／桔子樹
責任編輯／韓顯赫
美術構成／Chris' office
校　　對／楊安妮、朱慧蒨、桔子樹
發 行 人／賴秀珍
總 編 輯／何南輝
出　　版／宇河文化出版有限公司
發　　行／紅螞蟻圖書有限公司
地　　址／台北市內湖區舊宗路二段121巷19號（紅螞蟻資訊大樓）
網　　站／www.e-redant.com
郵撥帳號／1604621-1　紅螞蟻圖書有限公司
電　　話／(02)2795-3656（代表號）
傳　　真／(02)2795-4100
登 記 證／局版北市業字第1446號
法律顧問／許晏賓律師
印 刷 廠／卡樂彩色製版印刷有限公司
出版日期／2013年 2 月　第一版第一刷

定價 360 元　港幣 120 元

ISBN 978-957-659-928-6　　Printed in Taiwan